推 云

孙世平　著

经济日报出版社

图书在版编目（CIP）数据

推云 / 孙世平著. -- 北京：经济日报出版社，

2022.7

ISBN 978-7-5196-1162-0

Ⅰ.①推... Ⅱ.①孙... Ⅲ.①长篇小说—中国—当代

Ⅳ.①I247.5

中国版本图书馆CIP数据核字（2022）第143642号

推云

作　　者	孙世平
责任编辑	周　璠
助理编辑	王孟一
责任校对	张永刚
出版发行	经济日报出版社
地　　址	北京市西城区白纸坊东街2号A座综合楼710（邮政编码：100054）
电　　话	010-63567684（总编室）
	010-63584556（财经编辑部）
	010-63567687（企业与企业家史编辑部）
	010-63567683（经济与管理学术编辑部）
	010-63538621　63567692（发行部）
网　　址	www.edpbook.com.cn
E－mail	edpbook@126.com
经　　销	全国新华书店
印　　刷	长沙创峰印务有限公司
开　　本	710 mm×1000 mm　1/16
印　　张	18
字　　数	266千字
版　　次	2022年7月第1版
印　　次	2022年7月第1次印刷
书　　号	ISBN 978－7－5196－1162－0
定　　价	58.00元

目录

我和老婆是"北漂"

孙世平

提起我的小说《推云》，心里似有许多话想说，却又不知从何谈起。

2003 年春天，乍暖还寒时节，我和爱人秦果珍一起，乘列车离开家乡临河，来到北京打工。

"北漂"不容易，我们又遇到了"非典"。进退两难之际，幸亏老友慷慨相助，才得以安顿下来。等"非典"过去，爱人应聘到一家酒店做财务，我则进了某杂志社，做小说编辑。一切看起来似乎都有了转机，都有了出路。然而事实并非如此。由于我们立足未稳，便匆忙安家，使供女儿上大学的两个"老鬼"，又戴了顶"房奴"的帽子；不仅如此，压力山大的我，在职场方面，也麻烦不断，问题迭出：不是今天这个老板开了我，就是明日我炒了那个老总，单位换得跟走马灯似的。几个回合下来，我真的累了，加之觉得自己反正有了安身之所，且每月还有八九百块的退休金领着，便索性在家待着了。说是赋闲，其实我一刻也没有歇着，只成天到晚在电脑前趴着——《战地》《使命召唤》《荣誉勋章》……这些大型的枪战类游戏，我几乎都玩遍了。按说，一个兜比脸还干净的男人，成天窝在家里，不务正业，爱人肯定会不高兴，肯定会唠叨些什么。然而，我家老秦不仅一如既往，风中雨里、早出晚归继续上她的班，而且对我没有半句怨言。我当时想，或许是面对当下的生活、眼前的处境，爱人感同身受，理解我、尊重我的缘故，或许是性格开朗，本就一直戏言我"就是个'坐家'"的妻子，深知我的坏习惯、臭脾气，懒得与我理论罢了。

说起我的性格，我想趁此机会，再啰唆几句。我喜欢自由自在、无拘无束的生活，爱过平静自然、不加修饰的日子。要说这也不是什么坏事，但有时把握不住，任性过了头，难免会显得半痴半呆，甚至于装疯卖傻：听一首歌，至美妙处，我便觉得，此生再也不需要什么了；写一首诗，动笔前几天，就兴奋和紧张得喘不过气来；兜里一有几张百元大钞，则仿佛气也粗了，腰也硬了，有点像小品里演的"不差钱"了……读者朋友，你们说说看，一个人，大半生这么走过来，是不是有点另类、有点奇葩？

其实，每当静下心来，我也觉得自己有些怪，有些不正常。是呀，都过不惑之年的人啦，放着好端端的国家干部不当，倒办了提前退休手续，还带着同样是公务员的老婆，千里迢迢地跑到异地他乡，给人家老板打工，这不是有病，不是自己跟自己过不去，自己给自己找不痛快吗？！这且不论，当有一天，有人对我讲，"你若是卖了北京的房子，返回内蒙古老家，也算个小康之家了"时，我先是茫茫然、慌慌然一回，之后便猛然发现，自己不论从哪方面讲，都是个穷光蛋。也是直到此时，我才感到自己不能再这样混日子了，得找个什么正经营生干干了。那干点什么呢？我琢磨来琢磨去，又想到了文学，想到了写小说，还想起了1995年初冬，我和恩师尹庚最后一次见面时，他老人家叮嘱我的"你要（将创作）坚持下去"的话；可自从来京后，只顾忙生计奔日月，已经三四年没写东西了。虽然我清楚地知道，像我这样一个缺少才气、没有名气的作者，恐怕再写也写不出个啥名堂来，但还是觉得，动动脑子，思考一些事物，寻找点精神寄托，起码也可以聊以度日、抚慰余生。况且，自己除了会码几个方块字，还会做什么，还能干什么呢？这样前思后想过了，我便坐在电脑前，又开始敲打起了键盘。

一年之后，这部名为《推云》的小说诞生了……

时至今日，回头看去，不过眨眼的工夫；而掐指算算，我和爱人老秦来京，已近二十年了……今年春上的一日，我闲来无事，登楼远眺，想起我们夫妇来京时的情景，不由得百感交集，思绪万端，遂吟出一首感言诗来。之后，我将它写在纸上，拿给老秦看。没想到，爱人读过了，一时竟泪流满面，不能自已。

现将此诗抄录如下：

我和老婆是"北漂"（代前言）

忆进京十九年作

春来寒未尽，我自向东行。

风雪张家口，杨花紫禁城。

南街观雀鼠，北海望鱼龙。

不觉十余载，已成白发翁。

2022 年 3 月 20 日

引子

造谣惑众引发踩踏事故

近日，在我市某座大楼内，当人们听说，有人在此安置了炸弹时，转眼工夫，就几乎全都逃光了。可是却有三个人，没有往外面跑。这三个人，一个是聋子，一个是瞎子，还有一个是乞丐。当警察闻讯火速赶到现场，才将这三人强行驱离了大楼。

事后，警察问聋子："人们都跑了，你为什么不跑？你耳朵聋，难道眼睛也瞎了吗？"聋子答："我是看见了，但是以为大家都要到商店抢购便宜货。楼下商店搞促销，金秋大甩卖，有跳楼价呢。"警察问瞎子："人们都跑了，你为什么不跑？你眼睛瞎，难道耳朵也聋了吗？"瞎子答："我是听见了，也想往外跑，可大家把我挤倒了，等我爬起来，却怎么也找不着门了。"警察又问乞丐："人们都跑了，你为什么不跑？你眼睛不瞎，耳朵也不聋，难道看不见、听不到吗？"乞丐回答："我是看见了，也听到了，但是我觉得，像我这种人，跑还不如不跑：跑出去仍然会肚子饿，而不跑呢，也许从此就不会饿肚子了。"警察听后，对这三个人道："刚才，我们把整栋大楼搜遍了，也没有发现什么炸弹……其实，对这里有爆炸物的话，我们也是宁信其有、不信其无的。所以，刚才硬拉你们出去，也不过是作为警察，觉得这是我们应尽的职责罢了。"

据悉，日前人们在逃离大楼时，引发了踩踏事故，致使一人受重伤，两人受轻伤。目前，警方正在追查造谣惑众者。

——平郡电视台（记者　维象　实习记者　蒋潮）

这则触目惊心的报道，在晚间六点半播出后，立即引起了观众的广泛关注和强烈反响。平郡的人们，一时间议论纷纷，莫衷一是，他们在惊异、不安、好奇的同时，对事件发生的时间、地点、人物，提出了种种质疑。疑问一，在平郡这样一个三线城市，对有人在大楼安放"炸弹"这样的大事，竟然没有人发现，也没有人听说过？疑问二，"近日"究竟为何时、何日？疑问三，"某座大楼"到底是哪座，具体地址在哪里？疑问四，怎么会这么巧，一个聋子、一个瞎子和一个乞丐，此时倒遇在了一起？这且不论，更让人感到困惑不解的，是他们在身处险境、面对灾难时，居然表现得如此沉着冷静、泰然自若……不过，待大家稍稍冷静下来后，便很快由关注和怀疑，变为了不满和气愤；在不少观众看来，平郡电视台极有可能是在恶搞、恶炒，是在编造假新闻。

于是，事情开始逐步升级。

首先，是有部分群众通过电话、短信、网络等媒介，要求电视台和市委、市政府澄清事实，还原真相。其次，是市委秘书长黄继业，在新闻播出后不到半小时，便把要求追究责任的电话，打到了宣传部部长申有余的家里。

"市公安局经过调查核实，最终认定，我们电视台刚才播出的，所谓有人'在某座大楼安置炸弹'，并发生'踩踏事件'的新闻，是一条子虚乌有的虚假消息。——为此，侯书记拍了桌子。"黄秘书长说，顿了一刻，传达了市委书记侯再道的指示：宣传部要会同广电、公安等部门，立即行动起来，彻底查清事件的真相。是谁如此大胆，竟敢在光天化日之下，信口雌黄，制造和传播谣言？我们的媒体，播出这样毫无事实依据的"新闻"，不知是从业人员业务水平太低，还是背后另有隐情，乃至于别有用心？谣言是社会的毒瘤，它严重危害国家的政治安全、社会稳定和人们的生产、生活秩序。目前，随着现代信息传媒技术的快速发展，谣言的传播速度更快、影响范围更广，其危害性也更大，这不能不引起我们的高度警惕。总之，此事绝不是一个简单的错报误报问题，也绝非一起孤立、偶然的事故。因此，要本着对党对人民高度负责的态度，刻不容缓、严肃认真地进行查处；对那些故意编造、传播谣言，制造恐慌、扰乱社会秩序的违法犯罪行为，应依法追究其刑事责任。

申有余也像黄继业一样，迅速找到了广播电视局局长梁音，传达了市委侯书记、黄秘书长的指示。末了，口气严厉，但却语重心长地说："一个地区的权威电视台的权威节目，竟然播出这样的失实报道，问题十分严重，让人难以置信，同时也令我深感痛心。因这一假新闻，不但造成了群众的恐慌，在社会上产生了恶劣的影响，而且严重损害了市委、市政府的形象，损害了我们平郡安定团结的大好局面。梁局，我们的每条新闻、每则消息，在写出和播出前，都应做深入细致的调查研究，都应进行认真的考证核实。尤为重要的是，我们作为宣传思想阵地、新闻舆论战线的领导，对于此次事件，首先要充分认识到它的严重性、复杂性；正如市委领导所讲的，它关系到平郡的国计民生，关系到平郡的社会稳定，因此，有必要查一查，某些从业人员的'动机'和'出发点'；如果真的发现，涉嫌违法的问题，应尽快交由司法机关依法处理……否则咱们的平郡，很可能会人心不稳，天下大乱……今后，我们一定要加强内部管理，完善制度建设，确保新闻采编的真实性和准确性，自觉维护新闻工作者的良好形象。"

"作为新闻媒体，客观、真实、准确地进行报道，是我们光荣而神圣的职责和使命，尤其是像《平郡新闻》这样一档重要的节目。然而，我们却空穴来风、捕风捉影，播发了这样一条耸人听闻的假新闻，散布、传播了这样一则假信息，在无形中给谣言插上了'翅膀'。因之，它不仅伤害了公众感情、社会公信和传媒精神，更损害了党和政府的形象。无论从哪方面讲，我作为广电局的一把手，都负有不可推卸的责任……我会向上级主管部门和领导，做出深刻的检查和检讨。同时，请申部长放心，我们将从这起严重事件中，吸取教训，引以为戒，彻底杜绝假新闻；我们将以最快的速度，认真查找和分析原因，以最大限度挽回产生的负面影响；我们将在最短的时间内，对制造、传播假新闻的相关责任人，进行严肃、恰当的处理，给党和政府以及全市人民一个交代。"梁音对申有余表明了态度，主要是诚恳地检讨过了，一边拨通了电视台的电话，一边往楼下走。

梁音到了电视台。

经过一番顺藤摸瓜、追根究底的排查，梁音很快便把事件的来龙去脉，基本上搞清楚了。

原来，新闻部主任维象，下午上班后，因有事外出，便在已经下好的、拟于当日《平郡新闻》播出的稿件上签了字，然后交给实习生蒋潮，要他呈报总编办二审。

当时，蒋潮正无所事事地坐在那里，漫无目的地浏览刚送来的报纸，见维象把那叠稿子，搁在自己面前，正要起身往总编办送时，报纸上的一篇短文，引起了他的注意。

这篇发表在《平郡周末报》副刊上的文章，标题为《聋子、瞎子、乞丐与谣言》。蒋潮一口气看完了，觉得有点意思，便也没探究什么由来，甚至连作者是谁都没管，只一字不落地抄了下来。当然，在抄录的过程中，蒋潮改了个《造谣惑众引发踩踏事故》的标题，在文章开头处添了"我市"两字，又在落款处加了《平郡新闻》记者，以及维象和他自己的名字。当这一切完成后，蒋潮满意地左右看了一回，往上面别了稿签，将它插进了那堆拟播出的稿件里。末了，他才抱起稿子，到了总编办。而当蒋潮听说，总编患了急性脑膜炎，已经入院治疗后，便径直进了副台长办公室。

台长到省电视台开会去了，台里的工作暂由副台长万路得全面负责。

万路得三十五六岁，先前任广电局办公室副主任，刚来电视台没几天。由于他不懂新闻，不熟悉业务，且看距离播出时间不到两小时了，所以，蒋潮抱来的稿子，他只是随手翻了翻，便一一签发了。

电视台会议室里，梁音一边听着万副台长，以及相关人员的汇报，一边查看着刚才播出的新闻稿，以及那张《平郡周末报》。

"梁局长，你知道，我先前在咱们单位，只是个开小车的，即便后来当了办公室副主任，仅仅是管管吃喝拉杂；上月调到台里，分管的也是党务和后勤，所以，对专业技术这块儿，不是很熟悉……"副台长万路得嗫嚅道。他本来个子就小，加之又过早地谢了顶，此时看上去，差不多要缩到桌子底下去了。

"你现在跟我讲这些，还有什么用？"梁音口气严厉地说，"我不管你以前是干什么的，我只知道，你今天在做新闻工作，而且是电视台的副台长。"末了，她一边从包里掏出一叠纸，低头写着什么，一边问："维象呢，她怎么没来开会？"

"她手机关机，联系不上。"万路得回答。

梁音一双锐利的眼睛，死死地盯着蒋潮。

"蒋潮毕业于省新闻学院，是上半年人力资源部招聘来的；他一直跟着维象，做实习记者。"万路得小心翼翼地介绍道。

"蒋潮，你是本科还是专科？都写过哪些新闻作品？"

"我专科，基本上没写过稿子。"蒋潮起身答道，样子似还平静。

"你在校学了几年新闻，写过几篇新闻稿？"

"一篇都没有写过。"

"那来电视台以后呢，总写过一些吧？"

"也没写过。"

"那你每日上班，都干些什么？"

"主要是寻找新闻线索，联系采访单位，还有就是维主任与其他同事采访时，我帮着扛扛机器、打打灯光。"

"不管怎么讲，你就是实习，也总是记者吧？蒋潮，请你告诉我，什么叫新闻？"

蒋潮翻了翻眼珠子，挺胸答道："新闻是指报纸、电台、电视台、互联网等媒体，记录与传播信息的一种文体，它包括消息、通讯、特写、速写等。其主要特点是真、短、快，即迅速而及时地报道国内国际，新近发生的、真实的、有价值的事实……不过，也有人说：狗咬人不是新闻，人咬狗才是新闻……"

"我想你入职考试的分数，一定不会低了。"梁音打断他的话，拍拍那张《平郡周末报》："这篇登载在《平郡周末报》副刊上、署名水闻的《聋子、瞎子、乞丐与谣言》，只要有点基本常识的人就知道，它是一篇虚构的小品文，属幽默笑话之类，可是，你这样一个专业新闻工作者，竟然把它当成了新闻？！你倒是说说，这是狗咬了人呢，还是人咬了狗？"

"我当初读它的时候，确实感觉十分真实，所以才……梁局长，我错了，我捅了娄子，我愿意承担由此而产生的一切后果，愿意接受组织上给予的任何处分。"

"承担后果，说得轻巧，你承担得了吗？！"梁音挥挥手，叫他坐下了，然后清了清嗓子，对大家道："鉴于这起假新闻事件，已经水落石出、真相大白，在此，我代表平郡广播电视局党组，就我台编造、播出假新闻一事，特做如下处理决定：

"一、我台播出道歉声明。其'声明'如下：经调查，今日晚间六时半，《平郡新闻》播出的《造谣惑众引发踩踏事故》一文，属于假新闻。在此，我台向观众表示歉意。真实是新闻的生命，对于任何违反职业道德的行为，我们都将依法依规，从重从严查处，绝不姑息。目前，我们已按照单位的规章制度，初步形成了对相关责任人进行处罚的意见，待广电局党组会议研究后，将在第一时间，向社会公布处理结果。今后，本台将吸取此次事件的深刻教训，不断加强内部管理，进一步改进采编作风，坚持传播正能量。希望广大观众，一如既往地关心、支持、监督我们的新闻报道工作，并坚持做到不造谣、不传谣、不信谣，以共同维护健康良好的社会环境和秩序。

"此'声明'报上级主管领导批准后，由我台副总编负责落实，安排在今晚二十二时播出。

"二、追溯相关负责人责任。1. 副台长万路得停职检查，具体党内、行政处分种类，待党组研究决定后执行；2. 总编办、新闻部负责人，做出深刻检查，并扣罚当月绩效性工资；3. 建议电视台对此次事件的主要责任人蒋潮，给予解除劳动关系处理。

"三、在本台台长兼总编辑住院期间，其职务由我本人兼任。"

梁音宣布散会后，叫万路得留了下来。

"对于刚才的决定，你有什么意见？"梁音问。

万路得忙摆手道："我没有意见，我完全同意梁局长的决定。"

"不是我的决定，是广电局的决定。"梁音正色道。

"是是是，广电局的决定。"

"小万啊，你跟了我五六年，也不是不了解我这个人，不了解我对待工作、对待下属的态度……现在，事情搞得这样严重，成了原则性问题，我们组织上对上对下，总得有个交代。这也是没有办法的办法，所以哪，希望你理解……"

"理解，我理解老领导。"万路得不住地点头，样子却似快哭了。

"你也别太难过，更别背啥思想包袱，只要深刻反省、接受教训就行了。"梁局长语重心长地说，在万路得的肩膀上，轻轻拍了两下，"好了，就这样吧。我现在要去趟申部长家，把咱们这里的情况，跟他汇报一下。你哪，就再辛苦点，安排即将播出的'声明'。另外，记着再联系下维象，争取让她尽快赶回来。噢，对了，还有《平郡周末报》那个水闻，你问问他，到底怎么想的，写了这么个小品文。"

梁音说过了，左右摇了摇头，走了。

目送着梁局长文弱纤细的背影，一直消失在走廊尽头，万路得冲着天花板，长叹了一口气，以后便掏出手机，拨了维象的电话；听维象不在服务区，又要了水闻，谁知也是盲音。

不知是生维象和水闻的气，还是恨自己，万路得情不自禁地把手机在窗台上磕了两下。

万路得不知道，维象和水闻，此时正头对着头，在红马篷饭馆里喝酒；要是他知道的话，说不定会抬起手来，扇自己两个嘴巴子。

第一章　文学这东西

水闻和他的同学陈启民，在一家不大不小的餐馆里，热火朝天地涮羊肉。

"他妈的，干个体真不是人做的营生，连咱们先前当工人都不如：早出晚归、栉风沐雨不说，在社会上一点儿地位都没有；即便有几个钱在手里，也很少有人正眼瞧你。"陈启民说，举起杯来，跟水闻碰了下。

陈启民的酒量比水闻大，喝得也比水闻猛。但他不似水闻，喝多少脸上不变色，没反应，且话越来越少；陈启民是两天不喝酒就难受，一沾酒倒脸红，一脸红就酒话连篇，说不到尽兴处不罢休。

"可是，有些人听我这么说，还批评我跟不上时代，思想观念落伍了。他们还举例说，在深圳宁波珠海，那些沿海发达地区，人们都用'长大了让你当干部'这话，吓唬夜里不睡觉的孩子。这些年我做生意，天南地北地跑，四面八方地逛，可无论走到哪里，却丝毫感觉不到，这个体户跟国家公务员相比，有什么长项和优势。水闻，你若不信，出去往大街上一站，看看过往的行人就明白了。凡是衣着整整齐齐、干干净净，走路目不斜视、旁若无人者，不用说都是吃皇粮的；而穿得零零乱乱，往来匆匆忙忙的人，则大多为小商小贩。就是偶尔见着个大款、暴发户，浑身透着的也是穷人乍富、腆腰鼓肚的样儿。街头巷尾尚且如此，到各自的工作场所去看看，就越发天上地下没法儿比了……"

水闻听着，一边不住地点头，抑或摇头。

水闻跟陈启民同届不同班，在校的时候，俩人并没有多少交往，他们之间的交情和友谊，是从走上社会后开始的。

从市第一中学毕业后，水闻和陈启民，几乎是在同时进了两家不同的厂子，做了学徒工。那时，"文革"刚刚结束，理想破灭的悲观情绪在社会上蔓延，但国门初开，解放思想的浪潮席卷着华夏每一寸土地。由于十年动乱，几乎毁灭了整个社会的精神家园，文学艺术领域便成为首当其冲的高地。一大批文艺家从沉睡中醒来，挥舞着投枪和匕首，直面喧嚣的社会生活，穿刺和剖析着，那段伤痕累累的历史，重塑着信念的大厦、理想的基石。其间，一个作者，以一篇小说或一首诗歌，一举成名的屡见不鲜。当然，他们以及他们的作品，所展示出来的叛逆精神，确实使读者感到新鲜和震撼，也唤起了千百万青年，对现实的反思，对文学的向往。

今天回头看来，那种千军万马，横过独木桥的场面，比稍后形成的、全民经商的疯狂势头，毫不逊色。水闻和陈启民，便是会聚在文学这杆大旗下的两个。他们在滚滚的洪流中，全心全意、热血沸腾地做着，唤起民众和拯救自身的作家梦。

由于水闻与陈启民，经常一同出没于沙龙式的聚会，拉扯起来又是同学，因而他俩的关系，与其他来自各行各业的笔友相比，无形中更进了一层。不过，俩人的文学观念不大相同：水闻倾向于传统，思想较为保守；陈启民则甚为激进，属现代或先锋的一类。

当时，他们自办着一份油印刊物，唤作《麦芒》。在《麦芒》上，几乎每期都有他俩的作品。水闻的不消说了，多是直白明朗的句子；而陈启民的却不同，他有一首诗，题目为《乞丐》的，其中一部分是这样写的：

风中听到的声音
是一枚硬币
与一个诗人
在接吻
还有
喝醉了的空酒瓶
摇晃着寂寞的黄昏

……

这样折腾了两年，不见有什么实质性的效果，有人便支持不住，忙自己的事去了。又过了不久，商潮渐起，世风大变，大家便纷纷开始"下海"。至此，水闻与陈启民们，无依无靠的精神组织，开始走向低谷，以致最终土崩瓦解了。

陈启民先是离开厂子，到河北白沟倒腾服装，后来不知怎么，进了地区报社，跑起了发行，拉开了广告。

时光流转，日月如梭。过去的一切，都如风地逝去了。只是，水闻常常会情不自禁地想起那个火红的年代，想起那些文朋诗友。

水闻计划好了，等出了小说集，就着手创作一部反映"文革"，及"文革"后期的长篇小说，写写那个年代的人与事。为此，他现在一有时间，便会收集一些其时的资料，这里面既包括自己，也包括他的同学陈启民们，那些朝气蓬勃、斗志昂扬的年轻人……

那个火红的年代，那个特定的历史时期，对于一个作家来说，有取之不尽、用之不竭的题材，是一片广阔无垠的创作天地。

"我如今在报社，单是跑业务，算个低级打工仔。可这报纸，到底是党和国家的喉舌，门槛高，机关硬，牌子也亮。不管高矮胖瘦，只要你在这里供职，就没有人敢小看你。按说，我只是个拉广告的，可逢人对事的光景，同事们都会给你的头上，戴顶记者的帽子。咱也有自知之明，从不敢跟那些正牌编记比，总觉得人家已给足了自己面子，咱得把出头露脸的机会让给人家才对。俗话说得好，水涨船高，人抬人高嘛。"

陈启民涨红了脸，一味地说着，水闻一味地听着。

水闻坐在那里，暗自寻思，他的这个老同学，已今非昔比、鸟枪换炮了。过去，他做事像写诗一样，喜欢翻些花花肠子，显摆给人看；如今呢，眼见得是一口唾沫一个坑，变得越来越实际、越来越直接了。真是士别三日，当刮目相看啊。

"扯了一大堆，尽是瞎侃，没一句有用的，咱还是讲些能当饭吃的吧。水闻，我今天叫你来，可不是专意为了喝酒涮肉的，我是有正经事和你商量哩。"

陈启民道，又喝了一杯酒。

水闻"哦"了一声，端着杯子，认真地看着他。

"我琢磨着，你在文联待着，具体也没多少事做，不如咱们一起，合伙儿办张报纸。"

"咱们办报？办张啥报？"

"什么报不能办！你一直在文化部门工作，难道就没有看到，现在市面上这报那报，满世界都是报纸了吗？我前些天看到一则消息，说英国伦敦吧，总共才有十来家报纸，且其中有两三家，还是白送人的。可咱们国家呢，那些大城市不消说了，单讲咱们平郡吧，什么经济报、法制报、作文报，办起多少家了？我闲下来时，曾做过这方面的调查，结果发现那些报社的效益还都不错。我琢磨过了，咱们就办它一张社会文化生活类的，内容嘛，吃喝拉撒无所不有，一准叫座。"

水闻沉默着，没点头，也没摇头。

"你还犹豫什么？老兄呵，看在你我多年交情的分上，我便说你两句：搞文学艺术，本是青春期的梦，大凡年轻人都爱做的。可一般人等到天亮，梦也就醒了，你老兄倒好，眼看日头都西斜了，还在被窝里美着哩。从你写东西至今，算来快二十年了吧，你是写成王朔琼瑶金庸了，还是写成雨果海明威巴尔扎克了？创作需要天分和勤奋，也需要机遇啊。"陈启民望着水闻，感慨万端地说。"人常说知音难觅，屈指数来，你我也可算是了。你的那些小说，不管发表的，还是未发表的，我差不多都看了。你先别急，听我把话说完。不说稿子的水平和质量，单说数量，我看就不少了。你别笑，我讲的是实话。水闻，我看你行了，就到此为止吧……"

水闻还是不说话，却兀自端起杯子，一口将酒饮尽了。

陈启民的这排子话，仿佛点穴一般，戳到了水闻的痛处。

水闻在平郡市文联工作，专职写小说，偶尔也作些诗歌什么的。这些年来，虽无大作，也没有多少名气，但因时不时有作品发表，又顶着个省作协会员的头衔，算是三流作家，也说得过去。

文坛这些年挺火爆，繁荣得令人炫目：小说界有新写实、新状态、青春派和美女作家们的下半身写作；诗歌方面继"民间""知识分子"后，又出现了莫测高深的"第三条道路"；散文呢，除女王、庄园、弥撒这般另类字眼外，还在用苦咖啡、红玫瑰调情；更有异军突起、方兴未艾的网络文学，铺天盖地，无孔不入，以包揽天下一切为己任……有评论家为其把脉后，痛心疾首、失魂落魄地大声疾呼：在世俗大道上狂奔的文坛，目露"贼光"，口吐"香艳"，姿态慵懒，神经衰弱，已经到了十分危机的时刻。

以水闻的资历和实力，这些阵营之说、公婆之理，跟他远远沾不上边，他只能观望与感叹。中国历史源远流长，博大精深，文人墨客浩如烟海，灿若星辰。况且，处在这个商业大战、克隆牛羊的信息爆炸时代，作为小人物的他，但觉眼花缭乱，云山雾罩，颇具戏剧性。既登不了大雅之堂，又入不了隐秘地下，自然谈不上什么矫情与作派，水闻便关起门来，泡杯茶读点书刊，点支烟做些文章。

就一般人而言，文学这东西，绝不可轻易地、无限地接近，只能保持一种形态，不离你的左右；一旦失去了距离，踏入这片神奇的土地，便会人在江湖，身不由己。

水闻便是在不知不觉之中，误为文学青年一类的。那时，怀揣着一团烈焰的他，思想野草般生长，情感潮水一样流淌，总渴望有朝一日，一鸣惊人，轰动文坛。

这是一道亮丽无比的风景线，更是一个烂漫至极的精神王国，也许只能欣赏和领略，根本无法企及和跨越。的确，在现实生活中，没有多少人能够置身其中，悠然漫步抑或纵横驰骋。

水闻也有自知之明，也深知这一点，但他丝毫不觉得自己幼稚可笑，大狗叫，小狗也要叫；因而直到今天，仍然为自己的选择，而深深地自豪和感动着。

高楼大厦总是人盖的；十层八层，垒不起砌不来，三层两层总是有希望的。况且，即使不从事创作，不舞文弄墨，写这些不名一文的东西，自己又能够做些什么呢？经商挣钱吗，从政当官吗？热是热火是火，可依自己的性格和情趣，也不会有什么出息和作为。因水闻常常这样拷问自己，所以在物欲横流、泥沙俱下的今天，倒始终保持着一种良好的心态。正如陈启民所说的，近二十年过去了，无所建树的他，仍然像着了迷、入了魔一样，心无旁骛，乐此不疲。

此时，听着陈启民"编排"他的"文学梦"，水闻不仅不生气，还觉得挺痛快。真的，他此刻心里的感觉，就像当初写出下面这三首诗时一样：

其一　吊屈原

君问楚天不肯休，只身赤胆写春秋。

汨罗痛饮一江水，不为鬼雄为自由。

其二　读李白

挥手辞别黄鹤楼，挂帆佩剑又仙游。

逢朋斗酒一杯水，醉舞狂歌笑孔丘。

其三　自嘲

身在高原望海楼，心驰野马性难收。

家中但有一餐米，下笔春风万里舟。

"……我琢磨着，咱们先小打小闹，把这生活给改善了，等真正赚到钱之后，再请了名人大家，给你开作品座谈会、研讨会、新闻发布会，在电视报刊网络等各种媒体上，对准花色下猛料，炒它个天翻地覆。等着看吧，到那时候，好运挡都挡不住，你就是不想成名，怕都不由你呢。"陈启民继续道，打断了水闻的思索。"你看咱市的那个袁大头，就是最好的例子：一个大字不识的文盲，靠投机取巧起家，只给'希望工程'捐了万把块钱，就成了平郡的名流，还当上了市政协委员。说实话，别说他做的那些事，让人瞅不上眼，以为是假仁假义、坑蒙拐骗，就单看他的生相，那满头满脸的粉刺疙瘩，都让人觉得倒胃口。"

水闻不作声了。陈启民讲的袁大头，叫袁世武，本是个捡垃圾的破烂王，可不知咋的，一夜之间，成了平郡最大的开发商。但凡见过他的人，都知道他的头并不大，人们之所以给他起了这么个绰号，多半是因为他在平郡和袁世凯一样，是家喻户晓的人物。然而，令人奇怪的是，两年前，他却突然放弃了如热中天的房地产业，到开发区改办羊绒衫厂去了。

"好歹要先通过上面，弄个刊号才好。"水闻顿了半晌，说。

"这个自然。哎，你不是省里出版社，认得个叫蓝什么的人吗？"

"蓝田。"

"对，蓝田，你就找找他。咱们的要求不高，先弄个省级内部刊号就行。"

"话虽这么说，可他一介书生，能办得了吗？"水闻道，对蓝田办此事的能力，心里有些怀疑。

蓝田是省人民出版社一编室主任，且是作家，在省内有些知名度。

说起来，水闻结识蓝田，还是在十多年前。那时，蓝田在省文联主办的《沃野》杂志社，做着小说编辑。有回无意间，他看到水闻的一个短篇，觉得有些意思，将他叫到编辑部修改，从此他们便相识了。

许是俩人投缘，许是性情使然，蓝田对水闻，虽操有生杀大权，却从不摆谱，不端架子，更不轻看和蔑视，总是一副平易近人、和蔼可亲的样子。水闻呢，看蓝田谈吐不俗，举止大方，又为稿子的事不断地找他，便始终与其保持着联系。两年前，蓝田出了本名为《黄鹂的叫声》的小说集，要水闻视情形帮着推销一二，水闻二话没说，一下子就接了五十本，并按原价立马付了现金。蓝田并不知道，以后水闻为此事，虽然托了关系，找了门子，怎奈书市萧条，门可罗雀，集子不好出手，只得降价处理；一来一往，水闻无形中贴进去百十元钱。要知道，那时水闻的月工资也不过七八十元。

想来这码事，直到今天，蓝田也不一定晓得了。不过，蓝田有次对水闻讲，帮他推书的朋友不算少，大多也够意思，书卖出去，款便付了。但十个指头不一般齐，其中有些人，货早已出手了，却至今未见一文。总之像水闻这样的，一接到书便付款的，是几乎没有的。

当初，水闻听蓝田这样夸赞自己，还觉得有些言过其实，可现在看来，人家的话倒是十分中肯了。比如当下吧，自己眼看也要出书了，可那两千册图书出来后，又该往哪里推销，具体一本一本卖给谁呢……

"嘿，先问问嘛，不问你咋知道？"陈启民说。"有需要花钱打理的地方，只管跟我开口好了。"

"那就试试？"水闻歪着脑袋想了想，道，"我也正想给他打个电话，谈谈出版小说集的事……"

"噢，你也要出小说集啦？好事，好事！"陈启民兴奋地说。

"嘿，也就是搜罗搜罗那些旧作，整理一下而已；说到底是在出书热风靡一时的今天，不甘于寂寞，耐不住性子，跟着凑红火罢了。"水闻苦笑了一下。

"咱们遇事也不能一味地消极，该高调就得高调嘛。"陈启民拍拍水闻的肩膀，从皮夹里取出一张储蓄卡，"出集子是你多年的夙愿，也算是替我圆梦。只是，恐怕你是自费吧？喏，这是两万元钱，算我赞助你的。"

"不用不用。"

"你这就见外了，咱俩谁跟谁呀。"陈启民说，"实话跟你讲，老同学，咱现在就像人们常说的，是什么都缺，就是不缺钱了。哎，你不是也写诗吗，干脆连诗集一块儿出了得了。"

"算了算了，这还是打肿脸充胖子呢。要出，还是你先出吧。诗这东西，我怕写，也作得少，比你可差远了。"水闻道，一边把储蓄卡接过来，塞回陈启民的皮夹里。

"我？"陈启民惊讶道，用手指指自己的鼻子，开怀大笑起来。"那时岁数小，不知天高地厚，完全是赶时髦，与现在的追星族一样，跟着疯子扬黄土。你可能已经知道，我那些东西，都是闲着没事，东一句西一句，从报刊上抄来的。不过我发现，现在有不少所谓的诗人，与我那阵子的做法大同小异；可令人奇怪的是，人家他妈倒没白折腾，都成了这个家那个家了。太阳底下无新事；尤其是如今这年头，啥事儿都会发生，再稀奇古怪都不觉着新鲜。唉，不说这些了，咱们办报的事，我看就这样定了，你觉得呢？"

水闻点点头，不再说什么了。他虽是个书呆子，也知道这年头只要有钱，没有啥事办不了的。单说陈启民讲的，市面上那几张报纸吧，看着花里胡哨、有板有眼，不缺胳膊不少腿，读来却是错字连篇，语无伦次，让人硌牙淌口水。可就是这些污染眼睛的垃圾，因为上下左右有人庇护着，都有自己特定的市场。

陈启民说得对，他们能办，我们也能办，说不准办得还不错，日子过得比他们还好。为此，水闻决定不论成败，先试一把再说。

陈启民高兴了，抹着嘴上的啤酒沫子，说："那好老同学，这张报纸，名由我来挂，钱由我来出，风险也由我担着。你呢，就配合我，负责报纸的具体操作，啥策划选题了，编写稿件了，安排印刷了，等等。来，来来，为早日见到咱们自己办的报纸，干一杯。"

"干！"水闻道，端起杯子，还挺了挺胸。

以后，水闻见陈启民眼睛翻着，嘴里叽里咕噜，连话都说不清了，便叫了辆出租车，送他回家。

坐到车上，水闻一边琢磨着陈启民嘱咐的事，一边又想到了自己的小说集。

然而，这事想来简单，做起来却不易，不说编排、印刷等方面的费用，仅买书号就需两万多元。这笔开支虽然不是很大，但对囊中羞涩的水闻来讲，也是一个可观的数字。

水闻和他的妻子李雨，都是工薪阶层，虽说如今手头多少有些积蓄，也是他们平日里，省吃俭用积攒下来，以备不时之用的。

"既是喜欢这东西，又花费了那么多心血，不如咬咬牙，出了便是。"妻子李雨鼓励他。

水闻看着李雨，心里一热，本想说点什么，却欲言又止。

李雨是个秀外慧中、通情达理的人。她平日言语不多，遇事却颇有主见。十五年前，经人介绍，他俩相识后，并没有爱得死去活来，却闪电般地结了婚。如果说，找对象需要缘分，心有灵犀，彼此默契，便是他们的姻缘了。

十五年，社会改变了许多，各色人等也都有了不同的境遇。比如水闻，已由厂里的一名工人，调到市文联搞创作，大小成了个作家。而李雨呢，一如既往，仍在平郡市第一小学当教员。不过，两年前，她倒是做了市政协委员，然而，这个徒有虚名的职务，只叫她的额头上，平添了些许皱纹而已。

有一次，十一岁的女儿水雪，见妈妈下班回来，又拿出一个市里颁发的"优秀共产党员"的证书，便问母亲可有奖金。李雨说没有。水雪便说，我爸写稿子还有稿费呢，妈的奖状摞起来，比爸的稿子可是厚多了。妻子拍拍女儿的脸，浅浅一笑，什么都没有说。水闻在一旁听了，心里不由得有些苦涩。因他知道，按市里的规定，连续三年被评为"优秀工作者"，可自然晋升一级工资。而妻子呢，几乎年年都是"先进"，学校的、教育局的、市里的，却至今未见上调一级……

"若是早些年不改行，一直待在交通系统，境况可能会好一些。"水闻望着李雨，有些歉意地说。

"你这话我不爱听。咱们现在有吃有喝、有穿有戴，哪样不好啦？再说，凭你自由自在的性子，待在哪个单位都一样。"李雨说，"我看你呢，该写作就写作，该出书就出书，总比把时间和精力花在喝酒打牌上强。"

听了李雨这番话，看看可爱的女儿，水闻愈加坚定了出书的决心。

其实，水闻知道妻子会理解他，且自己的主意，也是早拿定了的。只是一想到出这本书，得自己掏腰包，还是不小的一笔，就免不了有些心疼。

俗话说得好，无巧不成书。翌日，水闻收到一封信。信是蓝田寄来的。蓝田讲，为解决当前作者出书难的问题，他们社拟在三个月内，为省内优秀的青年作家出版一套名为"野狼"的文学丛书。他希望水闻不要错过机会，抓紧时间整理稿子；整理好了，写一份出版委托书，连同稿子一并寄来。

世上没有免费的午餐，出版社也不是给大家白出书，做赔本的买卖。据蓝田讲，给水闻他们出的书，每本印刷两千册，也是要收费的，只不过单收一万五千元的成本费罢了。

蓝田的信，水闻一字不落地读了两遍，以后，便觉得自己的头脑确是简单：你想嘛，寻思出书的事这么久了，竟然没有想到走系列，一打人统用一个书号。单行本是书，系列文丛同样是书，而且费用一下子省下近一半。

面对这样的好事，水闻担心延误，忙给蓝田回了电话，说真是巧得很，自己刚想着出书，欲找蓝老师，蓝老师倒先来了电话。眼下，他正在忙着整理稿子，等摆弄得差不多了，就把稿子和款子，一并如数奉上。末了，还言辞恳切地对蓝田讲，感谢先生多年来的指导、关照，希望今后能够一如既往，多多地给予关心和帮助……

一本书，书名首先要起得好，能吸引读者的眼球。当然，装帧设计也很重要，须鲜活大气，富有人文精神和时代特征。眼下书店里的货色，不管内容怎么样，包装大都十分精美。想来动点心思，自己的集子搁上去，也不会差到哪里去。但是，到底书出来后，会是个什么样子，水闻却始终勾画不出来。为此，直到送陈启民回了家，返回自家的光景，水闻还一个劲儿地笑自己，缺乏灵感和想象。

水闻今天酒喝得虽然不多，但因心里愉悦，更感到少有的踏实，所以一推开家门，人便翻在了床上。

"爸爸，吃饭了。"女儿水雪，连推带搡地唤他。

水闻睁开眼睛，才发现自己这一觉，睡得不轻，已是傍晚时分了。

"爸爸，你喝酒了吧？真是，臭死人了。"水雪说，夸张地蹙着鼻子。

"怎么，爸就不能喝酒吗？谁规定的啊，是你吗？"水闻道，在女儿的脸上，亲昵地刮一指头，"小东西，你不知道，刚才你喊爸那会儿，爸正做着美梦哩。唉，都让你给搅和了，真可惜。"

"啧啧，为一个梦还可惜，没听说过。不过，我现在倒想听听，是个怎样的梦，又美到了什么程度。"

"那你稍等，让老爸再回味一下。"水闻走进洗漱间，用毛巾抹着脸，思索了一刻，吟出一阕《清平乐·飞天》：

> 春风欲醉，酒又催人睡。梦是翩翩年少里，结伴飞天比美。　　天宫火树银花，瑶台玉盏金杯。将要开怀畅饮，女儿呼喊如雷。

"什么呀，酸臭酸臭的。"水雪道，一边手捂着鼻子，摇着头，"再说，把我叫你的声音，比喻得跟雷声似的，未免太夸张了吧？"

"我看你是多半没听懂吧。唉，算了，你还太小，不跟你说了。"水闻说，挥挥手，"老爸是像你说的，一个酸臭酸臭的半拉子文人，可你也要知道，老爸更是个男人啊。"

"真想不到，世上竟有你这样的人。"水雪摇着头，咯咯笑起来。

"傻丫头，这有啥好笑的。真是莫名其妙。"水闻坐到客厅沙发上，继续和女儿逗乐子。

"我笑老爸活这么大，却直到现在，才知道自己是个男人哩。"水雪说，仍一个劲儿地笑，"就这，还一天到晚说我傻，我看你才傻呢。"

"好呀，小屁精，你敢说老爸傻，看我不揍你。"水闻说，装着生气的样子，朝水雪挥了挥拳头。

"妈妈，你看爸爸，要打我哩。"水雪一迭声叫着，跑进了厨房。

"好了好了，别闹了，乖乖地坐下吃饭。"李雨说，端着菜出来，看了一眼水闻，"你看看你们两个，整天这样没大没小、争来吵去的，哪有点父女的样子呀。"

"我们是父女，也是朋友。"水闻道，朝水雪挤了挤眼。

"首先是朋友，其次是父女。"水雪拧着头，不买账。

"你这样说不对，对我欠公平。你想想，老爸若不生你，咱们哪里会成为朋友呢？"

"我是你生的吗？我是我妈生的。"

"你还有完没完，吃饭都堵不住你的嘴。"李雨说，给水雪夹了一筷子菜。

"看看，看看，事实证明了吧。"水雪得意地说。

水闻摇摇头，脸上做了个惨不忍睹的怪状。

李雨看看水雪，又看看水闻，也不由得笑起来。

客厅里传来了电话铃声。

水雪过去接了，返回来说是二婶，找妈妈的。

"喂，喂，吴楠呀……"李雨过去，足足和妯娌聊了七八分钟，才搁下了听筒。

"吴楠讲，后天是妈的生日，要咱们届时过去。"李雨说，一边低着头吃饭。

"妈的生日？这妈是咋想的，怎么突然想起来，要过生日了？"水闻讲，有些疑惑地望着李雨。

"我怎么知道。"李雨说，没抬头，"听吴楠讲，一切都由他们老二家安排；饭局已经定好了，在人民公社大食堂。"

"噢，奶奶要过生日了，后天有蛋糕吃喽。"水雪欢喜地拍着巴掌。

水闻看女儿一眼，不吱声了。

在水闻的记忆里，爸爸妈妈活了大半辈子，还从未过过生日。本来，爸和妈逢了五十岁时，水闻打算分别给做回大寿的，无奈二老不同意，都说不过不过，他只得作罢。

有一次，父子俩聊天，爸爸水乡对他讲：像咱们这种普通人，一个生日，没啥过头，更没多少意义，只会给别人添乱，给自己找麻烦。真的就是过，也要等到七十岁，不到七十岁，是绝然不会过的。

因水闻深知，爸爸是一个看开事的人，便也从此不再关心此事。谁知冷不丁的，妈倒又要过生日。

"过就过呗，反正是水军张罗。"水闻说，见李雨低着头，不搭腔，又道，"想来这都是老二的主意，爸妈不一定同意的。可老人毕竟上年纪了，遇事不能全由着自己的性子，也要听听儿女的意见，你说是不是？"

"话是这样讲，只是有点突然，叫人没个思想准备。"李雨终于开口了。

水闻高兴了，说："我看明天你到商店，随便给妈买点礼物。你也知道，水军是个爱面子的人，到时啥吃呀喝的，保管哪样儿，都不用咱们操心。"

"看你的样子，倒像捡了啥便宜似的。"李雨不屑地说，"你可记着，你是长子，是老大。"

"我也知道自己是老大，若不然的话，我就只带三张嘴过去，瞧着吧，不吃它个一塌糊涂、稀里哗啦才怪。"

"我说大哥，看看你的样子，口水都要流下来了。真是的，好像这辈子，就没吃过一顿饱饭。"水雪说，朝爸爸撇撇嘴。

李雨听着水雪的话，先是一愣，旋即板着脸问："水雪，谁是你大哥？你叫谁大哥呢？"

"这有什么，我女儿讲的，不过是眼下的流行用语嘛。"水闻笑道，一味地护着女儿。

"水闻，我总跟你说，孩子是不识惯的，你就是不听，还这样宠她。你就等着看，看你的宝贝女儿，这样发展下去，会变成个什么样子。"李雨说，叹了口气。

"李老师讲得对，本人表示完全赞同。"水闻望着女儿道，脸上的表情，装作严肃起来。

水雪溜一眼爸爸，伸了伸舌头，乖乖地吃起饭来。

翌日早上八点多，水闻两口子，刚从被窝里爬起来，又接到了吴楠的电话。

吴楠催他们早些过去，说今天是个好日子，双休日，又逢上母亲的生日，而大家也有几日不聚了。

水闻和李雨觉得也是，便一前一后，紧着进了洗漱间。水雪呢，更是十二分响应二婶的话，她窜来窜去，把自己摆弄妥了，便不断地催促父母，叫他们不要做什么事，都拖拖拉拉、磨磨蹭蹭的。

水闻和往常一样，与女儿调侃着，李雨则在一旁，归摞着要带的东西。

礼物其实挺简单，一套浅蓝色的丝绸唐装，一把电吹风，和一双牛皮亮面皮鞋。唐装和电吹风，是买给母亲的，皮鞋是送给父亲的。

"行了行了，别尽瞅着它们了，按照咱们的生活水平，礼物也不算轻了。"水闻说，末了，又补充道，"你别看老二，别管他们，所谓能者多劳嘛。"

"我管他们做什么？再者说了，这也不是我能管得了的。"李雨说，"我只是觉得，老人毕竟是头回过生日……"

"什么头回二回的，一切从实际出发嘛。"水闻说，伸出双手，把礼物拎起来，"水雪，走，咱们出发。"

"出发喽，出发喽，"水雪蹦蹦跳跳地过来，为爸妈开门。

他们一家三口，行至一家邮局门口，水闻说要进去办点事，让她们娘俩先走了。

水闻进了邮局，把小说稿与一万五千元现金，分别寄往了省人民出版社。临了，又接通蓝田家里的电话，了解了报纸刊号的事，并问蓝老师是否有关系，可否帮忙给办一个。蓝田爽快地说，他有个大学同学，叫胡染的，在省新闻出版局当处长。只是，虽说如今办报办刊成风，却不允许私有的，必得找个行政事业单位，挂靠上去，方才名正言顺。水闻忙回说，那是一定的，'名不正，则言不顺；言不顺，则事不成'嘛，并说这是一桩大事，蓝老师有啥要求只管说；况且自己也知道，要疏通方方面面的关节，一些应酬也是必需的。蓝田说不必客气，那你找好单位，写个申请，抑或可行性报告之类的东西，报上来吧。水闻说好的，到时再联系，便把电话挂了。

水闻见事情有些眉目，就又接通了陈启民，把蓝田的一席话，原原本本地转达给了他，之后便舒了口气，出了邮局。

水闻来到父母处，见大家已摆开麻将桌，一万二饼三筒吆喝着了。

妻子李雨一反常态，也坐在桌子旁，像模像样地抓牌出牌。水闻和父亲水乡，站在一边观战。可没有一支烟工夫，水闻看不下去了，要将李雨换下来。

平素礼拜天，大家聚在一起，总是母亲、水闻、水军、吴楠四人上阵，父亲和李雨负责端茶倒水、烧火做饭的。

"闻闻你一边待着去，我今天要破例，要跟你媳妇玩会儿。"母亲说。

"妈你又不是不知道，李雨她不会打牌。"水闻说，还拽李雨。

"你滚，给我滚到一边去。"母亲说，在他的胳膊上拍一掌，"不会赢还不会输吗？李雨你只管玩，赢了你拿着，输了算妈的。"

"妈，那要是我输了呢？"吴楠问。

"都是儿媳妇，手心手背都是肉。"母亲说，"不过，今天李雨是手心，你是手背。"

"看你老人家，偏心也就是了，还说这种让人伤心的话；倒不如直截了当一些，将我比作脚后跟哩。"吴楠佯装生气道。

"脚后跟怎么啦？脚后跟也是肉呀。"母亲说。

大家笑开来。

水闻看母亲高兴，便到北屋寻水雪，想和女儿说话。水雪却和水兵在电脑上玩游戏，顾不得瞅他一眼。不得已，水闻从屋里搬出小板凳，坐到院子里晒起了太阳。

今天的天气很好：太阳悬在天上，像一只金碗，天空没有一朵云，似一盆水。

父母亲住的屋子，是间坐东朝西的偏房；正屋有八十多平方米，由水军他们小两口住着。北屋靠窗子的地方，一株梨树，仍是冬天的光景，枝枝丫丫坚硬地挺着。然而，若是留心一些，便不难看出，它的身子，颜色已是大变了，由原先的青黑、紫灰，泛为土黄色了，多少还透出一点棕褐来。

水闻被它吸引着，不由得往前坐了坐。这时，他才猛然发现，这株果树，已抽出了白白嫩嫩的芽子。那芽子虽然还很小、很浅，似襁褓里的婴儿，却也十分耀人眼了。看着吧，但等三五天之后，它便一朵一朵怒放着了。梨花是纯白的，没有一点杂色，像水洗过了似的。水闻想，届时若到户外踏青，深入它的园林，又该是怎样一番情境……

水闻坐在那里，尽情地想象着，深深地吸了一口气。

蔚蓝的天际，有鸽群掠过，滑过一排悦耳的鸽哨。鸽哨盘旋着，悠扬着，时弱时强，时远时近。

阳光下面的水闻，一张温暖的脸上，如同罩上了一层羽毛。他静静地闭上眼睛，努力使这种感觉，变得更深切一些。

"闻闻。"

水闻依稀听到，有人唤他，仿佛是在梦里。

"闻闻，闻闻。"

"爸呀，"水闻睁开眼睛，见是父亲，忙站起身来。

"你干啥了，是累着了吧？"父亲关切地问。

"啥呀，只是晒太阳，觉得暖和，竟一时要睡着了。"水闻道，拉出屁股底下的凳子，让父亲坐。

"你坐着，爸再寻一个去。"父亲说，翻身进屋，又取了一个出来。

父子俩面对面坐着，挨得很近，只是，父亲的脸，往一边扭着，看着那棵梨树。

"爸，这树有六七年了吧？"水闻问父亲。

"八年了，生兵兵那年栽的；你和军军挖坑，我和雪雪浇水。怎么，你忘了？"

"记着记着，只是这日子快。"水闻忙说。

父亲点点头，说："闻闻，你妈这个生日，其实，连我们老两口都不记得了。前天吧，军军说，要给你妈张罗着过一次，还说饭也定好了。我和你妈考虑了一回，也就顺着他们了。"

"过是对的，本来是桩高兴的事。"

"你弟两口子，讲我们在这地境，也没啥亲戚，要请了两边的亲家，我和你妈都反对。"

"爸做得对，一家人聚一块儿，乐呵乐呵，吃顿饭就挺好。"

"你是老大，爸还是要跟你说，只此一回，下不为例。"

"只是过个生日，爸你这样，是不是太严肃了点？"水闻笑道。

水乡摇摇头，道："爸早与你讲过的，我和你妈不到七十岁，绝不过啥生日。所以，今天这个事，临了你得和李雨讲一下。"

"该怎样就怎样，有啥好讲的。"

"对李雨，还是解释一下的好。"

"既然爸坚持，那我就言语一声。其实你也知道，她怎么都行，只要二老高兴。"水闻说，"爸，我记得妈的生日，好像不是今天呀，是不是咱把日子弄错了？"

"你记得对，是农历二月初八，不是十二。"水乡说，"是水军和吴楠，他们怕耽误你们上班，才改在今天的。唉，对咱普通百姓来讲，一个生日，哪天过都一样。"

水闻点点头，心里却有些不解，他寻思着，如果上周过，总是离妈的生日更近些。

水闻这么想着，一边静静地看着父亲。

父亲原在罐头厂做工。先时，罐头厂因效益不好，产品销不出去，就转产做起了番茄。谁知这番茄，也不是救命的稻草，只生产了几天，厂里又下文说：目前厂子生产效率不高，其原因之一是机构臃肿，人浮于事；为此，经董事会研究决定，凡是五十岁以上的职工，厂子发百分之七十的工资，一律提前退休。这样，五十多岁的水乡便与其他"超龄"的工友，被厂子"一刀切"了。

岁月不饶人，父亲明显见老了，额上的皱纹深了，头上的白发多了，就连胡子也掺杂了几根青灰色的。

水闻觉得，父亲不该是这个样子的。

第一章　文学这东西

父亲是个心态平和、生活俭朴、从不与人争长论短的人。他虽没念过几天书，没多少文化，遇事却蛮想得开、看得开。平常的日子，谈不上多么快乐，也没有多少烦恼，因两个儿子，都已成家立业，娶妻生子，生活上又都过得去。可是，以父亲这样的性体，刚六十出头，怎么说老就老了呢？

"闻闻，爸想跟你说件事。"水乡说，像有啥心思似的。

"爸你说吧，我听着。"水闻说，"我近来事多，也没顾着过来。"

水乡的眼睛，却转向一边，又开始看那棵梨树。

前天早上，水乡像往常一样，从公园锻炼身体回来，准备坐下来吃早饭。

老伴儿秋云，酷爱打麻将，这不，眼瞅大清早的，就又被人唤去玩了。早饭倒是做好了的，在桌子上摆着：一碗玉米糁子粥，黄澄澄的，一个白面馒头，因在炉子上烤过了，也白里透着黄；最是那碟子咸菜，芹菜、芥菜、黄瓜、蒜瓣、胡萝卜应有尽有，看着五颜六色，吊足人的胃口。

水乡洗了洗手，刚拿起筷子，二儿子水军过来了。

"爸呀，我的放像机被稽查队扣了。"水军说，立在那里，眼睛瞅着那碟子咸菜。

水乡看了儿子一眼，没吱声。

"这回那些人更横，将电视、电脑、功放，还有营业执照，一股脑儿都收去了。"水军伸出手，从碟子里，捏了一块腌萝卜。

"门也给封了。这帮稽查队员，真是操蛋。"水军说，嘴里咯咯嘣嘣的，咬的好像不是胡萝卜，而是稽查队队员。

"谁让你总放那些不入眼的东西，如今到了这步田地，你要我怎么办？"水乡说话了，分明带着气，声音却不大。

"爸，我的意思，你再去找找老大。"水军说，咧嘴笑了笑。

"我知道你的意思。你自己不长着腿，还是不长着嘴？"水乡白了他一眼。

"你的面子大，说话有分量呀。"

"面子？自家亲兄弟，啥面子不面子的。再者说了，哪有这么三番五次、没连没扯的。噢，你以为你哥水闻，是平郡的市长书记啊！"

"我没说他是市长书记；可他总比我强，到底做着国家公务员嘛。我呢，失了这间铺子，可就没有了饭碗。"水军说，有些死乞白赖的样子，"当然，你老不去也行，反正咱一个院里住着，我们一家三口，怕还饿死不成？"

水乡沉默了，他的心里，倒一点不怨老二顶他。细究起来，他的大儿子水闻，虽是靠自己的本领，做上公务员的，可是，早年安排他到一家国营厂子时，也是水乡走后门、托关系，费了番心思和力气的。二儿子水军就不一样了，高中毕业后，没考上大学，便成了闲人一个，整日在家里晃来晃去，看着都让人心烦。还好，这小子眼瞅自己没啥出路，便七拼八凑地弄了张台球案，在街头巷尾摆着。不想，他靠着勤俭和辛苦，倒积蓄了几个小钱。这些钱，除他自己结婚用去一部分外，余着的租了间铺面，与妻子吴楠一道，开了家录像厅。铺子起初生意还好，可慢慢地，做这行的人多起来，便一日不如一日了。说来这小子也是，眼见得生意清淡，就捣鼓了些男欢女爱的毛片，招徕那些低级趣味的看客。虽说他夫妻两个，只是隔三岔五地放一回，但世上哪有不透风的墙。何况这铺子，又在平郡的紧要处，因而近段时间，先后被文化局稽查队捕获过两次。所幸的是，大儿子水闻在文联工作，与文化局在一栋楼上办公，只费了些口舌，摆了两桌饭，便平了这档子事。

俗话说一母生十样，而水乡只生了两个，便深知十个指头不一般齐了。水闻和水军，手足之情倒不缺的，如穿衣吃饭的光景，总是你紧我让，推来挡去，从不争争抢抢。可是，由于性格差异，或许生就已不同，两个打小便相互扭着劲，很少言语，出来进去，还常常各自单飞，摆出一副你走你的阳关道、我过我的独木桥的样子。就说眼前的水军吧，犯了这不大不小的事，倒宁可被罚款甚至关门，也不去找他哥水闻。

对水乡来讲，虽然水闻和水军一样，都是自己的亲生骨肉，没有啥事不好讲的，只是，水军犯的事，却是性质不同，有点超乎原则。你想，这种勾当，毕竟属于臭鞋烂袜子一类，他一个做父亲的，为此事跑前跑后，能多少不感到难为情吗？可是，当水乡想到，这事关系到水军和吴楠的工作，关系到他一家三口的生活时，又觉得无论如何，也不能再推却了。

为此，水乡决定抽个空儿，跟水闻讲一讲这事。不过，水乡不想给水闻打电话，他觉得电话上说不清楚。当然，他也没有到儿子家去。水乡在家等着，等着周末水闻回来。

一般地讲，水闻若没啥要紧的事，每逢周六，必与儿媳李雨、孙女水雪过来的。

果然，水乡只等了大儿子两日，水闻便和往常一样，携着妻女过来了。只是水乡刚刚才知道，若不是二儿媳妇吴楠，给李雨打电话，说婆婆今天过生日，这次回家来的，便只有李雨和水雪了。

这个周日，水闻原想在家写稿子。

"闻闻，是这样……"父亲说，讲了几日前，水军放黄色录像，被稽查队封了铺子的事。水乡的声音很轻，语调不紧不慢，徐徐的。

水闻听过了，也不讲话，只看着父亲。

"你看，能不能再出面，给你弟办一下。"

"……"

"我知道，这事不好办。"水乡道，"但你还得想想办法，再求人家一次。"

水闻不再看父亲，也开始注视那棵梨树。依目前平郡"扫黄打非"的形势，以及自己的能力，对于能否办妥这码子事，水闻心里也没有底。

"需要什么只管说，这回让军军开销，不能总让你破费。你的日子也不宽裕。"父亲说。

"兄弟之间，我能帮自然帮了。"水闻道，有点无可奈何，"爸，这回我也没把握，只能试试看了。"

水乡高兴了，怜爱地看着儿子。

"爸，哥，准备到饭店啦，"吴楠出来，对他们讲，又进得正屋，把水雪和水兵唤出来了。

一家人，男男女女、说说笑笑的，簇拥着老两口出了门。

人民公社大食堂离家不远，加之水军唤了两辆出租车，很快便到了。

这家饭店，为水乡他们一家子，安排得十分细致、周到：包间的天花板上，结了五颜六色的彩带；四周墙角处，点了近手腕粗细的、通红的蜡烛；正面墙壁上，挂了张彩图：拄杖的老寿星，面对着满堂儿孙、满盘鲜桃，乐哈哈地享受着天伦之乐。酒菜也是上好的，一道一道，不是当地的名优产品，便是本店的特色佳肴。

场子由吴楠主持。她完全按一般的祝寿仪式，逐项依次进行，倒没有半点违例：由水雪和水兵，挑头高唱"生日歌"；母亲默默许愿后，开心地吹灭了蜡烛；大家你一块我一块，分食制作精美的蛋糕；儿孙们按长幼次序，分别向两位老人敬酒、祝福。之后，到了自由活动时间，众人更是连说带唱，又敲盘子又击碗，闹成了一锅粥。

由于受环境影响，尤其为吴楠所逼，不善饮酒的水闻，今天倒白酒、啤酒、葡萄酒交替着，一杯杯喝掉不少。但奇怪的是，他除却脸颊有些发热，并没有觉得怎样上头。可不知怎么的，水闻的心里，老惦着父亲，还一眼一眼，不住地朝老人那边望。

父亲不喝酒，也很少吃菜，他的一双眼睛，几乎一刻都没离开水雪和水兵，他的这两个孙子孙女，且饱经风霜的脸上，充满了慈爱和温馨。

水闻坐不住了，他要了一碗面条，三下两下扒拉进肚子，然后跟李雨打了声招呼，出了馆子。

第二章　沙尘暴来了

春天一来，大风便要起了。

风是黄风，飞沙走石，遮天蔽日，无孔不入。几场沙尘暴过后，人们的头发上、脸颊上、睫毛上，甚至是鼻孔中和耳朵眼里，便都是尘埃了。忙人或者闲人吧，每日所要做的第一件事，必是抹一把脸的，而此时相互见了，倒似未洗漱一般。并且，大家的嘴里也是如此，吃饭喝水的工夫，牙一碰就发碜，嗓子一紧就硌噎着了。

人是这样的，动物是这样的，河流、山川、原野也是这样的，仿佛世间的一切，都是这样的。在这天网一般的尘埃中，冰封的河流，开始喧嚣碰撞，消融解冻，他年的瓦楞，斑驳疏离，抑或悄然粉碎了，去冬的草木，褪去陈衣，发出不易察觉的新芽。

春来了，风来了，雨也来了，所有的事物，都明亮起来，都奔跑起来。

日月更替，水流花开，北方是最懂的。这要感谢冬天。因为严寒的经历，使北方的人们，饱尝尽了清冷、寂寞和无奈。然而，也正是在这漫长的、默默的等待中，生长的信念，放飞的希冀，一点一滴地沉积下去，凝聚起来。当播种的季节再次来临，等鸟儿张开翅膀跃然而起，人们的身体更加强壮了，目光更加深邃了，心胸更加高远了。

春天是个歌者，舞者，而迎着它的一切，也是唱着歌跳着舞的。

此时此刻，地处西北内陆的平郡市，便是一派莺歌燕舞、祥和安乐的景象。它的田野，拖拉机突突行进着，锋利的犁铧，插进厚实的土地，空气里弥漫着沁人心脾的气味；纵使睡梦中的人们，也能够听到，水里浸泡过的种子，噼里啪啦的爆裂声。它的城市，画卷从十字街头打开，大路迎着朝阳铺展，杨柳伟岸挺拔，高楼鳞次栉比，还有锦山秀水的公园，人来人往的市场，五颜六色的广告牌……整个的街市，看上去既繁华热闹，又井然有序。

乡村的光景，不消说的，十天半月，便要迎风满眼绿了。而城市呢，更是日新月异、蒸蒸日上、风流倜傥的。

改革开放前，平郡远不是这样的，远没有今天这般好看。那时，虽然城的近旁，有铁路经过，有国道横穿西东，但市区里，只有一条丁字街，也就是两条路。两条路都很窄，还是双行道。且这路的名称，均是老掉了牙的：从南到北的，叫作红星路，由东向西的，唤做东风街。其中，因东风街属国道的一段，铺了柏油，而红星路尚是土路。

我们说红星路是土路，也不尽然，因为它的上面，铺了厚厚一层灰磕。灰磕坚硬且富有弹性，行人和车辆走在上面，可以听到噌噌的叫声。这样，马车、汽车、拖拉机等跑起来，便很是张扬，其声隆隆，灰尘飞扬，使人的口目不能张。若是遇着刮风下雨，就更糟了，雨和土搅在一处，泥水飞溅，让往来的每一个人，近乎要变成另外一个人。天长日久这般下去，路两旁的树木，颜色都变了样子：树叶是土黄的，树干是灰黑的，倒没有了一点的绿。

平郡的大街上，令人倒胃口的东西，远不止灰尘，还有牲畜的粪便，如马粪、驴粪、猪粪、羊粪、狗粪、鸡粪等。骡马们是因为拉车，不得已才在路上方便的（平郡至今依然如故。为扶农助农，政府规定夏秋之时，村社的马车驴车，都可以载着农副产品，任意出没于大街小巷），而其他动物，则纯属兴致所来，到此一游，才留下此等纪念物的。

但凡有生命的东西，人也好动物也罢，随处大小便，都会令人生厌。可平郡的道路两边，几乎家家户户，都饲养着一堆牲畜，猪呀鸡呀猫呀狗呀的，数都数不过来。若说，居民在家里养牲畜，是祖辈遗留下来的传统，是习惯养成自然了；只是养便养吧，又不能像对待小孩子一般，好好地侍弄和管束，这便使得这帮畜生，成天到晚，大摇大摆地到处乱逛，以至于有碍市容、令人难堪了。

第二章　沙尘暴来了

大街上脏乱差的程度，尚且如此，小巷小路的环境，便可想而知了。然而，最让人担心的，还是天气的变化，若是风云突变，降雨了，落雪了，居民们就更惨了。

那会儿，平郡还没有给排水设施，一旦马路上积了水，大家为了出行方便，便不断地往上垫土。日子长了，每况愈下的路，跟地里的庄稼一样，无形中长着个儿了。而房子依然是老房子，且还跟老头儿似的，一天天地矬下去。于是，一到下雨的日子，尤其是遇了大雨，情形便更坏了。你看吧，满地的水，一个劲儿地向上涨，往院子里灌，朝屋子里跑。家家户户的男子，不得不披了雨衣，拿了锹，在大门处垒坝子，往路上掬水，或者开槽引流。

终于，天气放晴了，太阳出来了。然而，到了这个时辰，情形却越发不像样子了。日头一毒，水就开始蒸发，各种混合着的、难闻的气味，迅速地弥漫开来。此时的平郡，便如老舍先生笔下，北京天桥处的那条龙须沟了。而市民们呢，一时都恨不得，把五脏六腑掬出来，扔到大街上去喂狗。

一般地讲，冬天会好一点，落雪会好一点；一下雪，大地好看了，空气也清新了。大雪或者小雪吧，都是一种纯白，都会将所暴露的物体，掩饰或者掩埋。诚然，这些物体之中，也有干净的、整洁的，我们看着闻着，不那么刺眼和呛鼻的；然而更多的，则是肮脏的、混乱的，看着闻着，都叫人觉得烦心的、恶心的。因而一般人们的愿望，还是一股脑儿地，将它们彻底埋葬掉的好。虽然这种眼不见的净，是暂时的，待雪霁之后，一切的真面目仍将显现出来。

这般看来，老天爷若是有眼，还是少刮些风，多下点雨，或是少下些雨，多下点雪吧。在城里是这样，对农家来讲，尤其如此。雨多了，下过了头，粮食便会歉收、减产，以致颗粒无收；而在冬季，北方的田地，大多都撂着荒，何况一场瑞雪，更预示着来年的好收成。因而，不知牛年马月，诞生的一首民谣，时至今日，仍然在平郡流传着：

　　　　老天爷，别下雨，

　　　　熟了麦子给你吃。

　　　　你吃仁，我吃皮，

剩下秸子喂毛驴。

……

你瞧，普通的百姓，恳请老天爷恩赐的，就这么简单，就这么一点点。他们只祈求上苍，管好天上的事，管好刮风下雨的事，以便让辛勤耕耘的人们，可以一年到头，吃到五谷的糟粕，而不至于喝西北风。

其实，不管年景如何，吃好喝歹，平郡的人们，一年四季都在数落老天爷的不是；他们说老天爷最大最严重的问题，就是做事不分青红皂白，还常常睁只眼闭只眼，装糊涂，充傻愣。虽然大家也知道，这世间不断滋生着的事儿，其中十之八九，细究起来，不能怨老天爷。比如，每时每日发生着的，那些数都数不过来的不幸与苦难、痛楚和悲伤、疾病和死亡，似乎只能怪我们自己。不是吗？大家有事没事，总爱往一处走，朝一块儿挤，以至最终形成大大小小的部落。而无论怎样的一个地方，只要人凑成了堆，便没多少好事了。首先是环境坏了，天不蓝了，水不绿了，连刮风也变成了沙尘暴；其次，是人自身会出问题，想法多了，行为方式变了，从而稀奇古怪、光怪陆离的事，如雨后春笋，层出不穷。总之，人们一旦凑成堆，扎成团，虽然看着红火热闹，日子却是再也安生不下来了。

比如平郡，很久以前是个啥样子，没有人说的上来。而三十多年前，却是窄窄的一块儿地方，码着五六万人，且不管春夏秋冬，风霜雨雪，大家每日早出晚归，东奔西走，不知在忙些什么。如果硬要搜肠刮肚，找出些值得回味与怀念的，那便是早晨或者黄昏，大街小巷，母亲呼唤儿子的声音，以及炊烟缭绕的空中，悠然飞舞的鸽群了。

这便是平郡，平淡的日子，新闻掌故，尤其是风流韵事，人们总是津津乐道，百说不厌。若是发生了啥新鲜事，诸如张家被偷了，王家着火了，李家男人上吊了，赵家姑娘生了个大胖小子，大家就更是东跑西颠，兴奋不已。若无哩，便想着盼着它，早些发生，倘或十天半月，终于不见，便捕风捉影，添油加醋，制造些花样出来。依现时的话讲，反正闲着也是闲着。也正因如此，各种奇闻轶事或顺口溜作品，传诵起来，速度会像风一样快。

事实上，此类问题，不仅在平郡，还有许多地方，好像也同样存在着，只是程度不同罢了。由此可见，这种没事找事的现象，几乎和豆腐、京剧一样，是我们的一道别样的风景了。

却说水闻回到家，坐在沙发上，喝了杯茶，之后便站起身，给文化局稽查队队长周治良，拨了个电话。

水闻和周治良，在一幢楼上办公，算是半个同事，更重要的，周治良当年也是文学沙龙的成员，是《麦芒》的发起人之一。水闻曾因水军的事，三番五次地找过他，现在他不好意思再张口，说啥水军这了那了，只谎称一个要好的朋友，也出了上回那等子事，要周队长视情形，帮忙处理一下。

和水闻预料的一样，周治良这回的反应，与上次明显不同了；他不再与水闻称兄道弟，要烟抽要酒喝了，而是没等对方讲完，便把话打断了。

周治良奉劝水闻，犯事的若只是个朋友，就别揽"闲事"了，因此番不比寻常。周治良还说，关于"扫黄打非"工作，现在上面抓得很紧，红头文件一个接着一个，这且不论，平郡的五大班子，甚至连书记侯再道都亲自出马了。最近成立的稽查队，便是由文化、公安、工商等有关部门，抽调人员联合组成的；队长由公安局巡警大队队长担任，他只任副队长。并且，有几次突击行动，巡警大队在事前，连个招呼都没跟他们打。比如，这几日大检查中，所封的几家录像厅，便是如此。

临了，周治良似不经意地说："关于稽查队的事，其实我现在基本上不管，也很难插得上手了，因为不几日，我就要到旅游局上班了……水闻呀，你以后若是想到哪里，度个假观个景什么的，兴许我还能帮上点忙；至于眼下这件事，却是无能为力，一点办法都没有了。"

不用说，水闻也知道，人家是升职了，问是局长还是副局长，周治良说，哪能一步登天呢，是副局长。并且，从原则上讲，因目前还没有正式下文，此事尚属机密，只有市委常委和组织部的领导知道。

"恭喜恭喜，恭喜你啦！"水闻忙说，衷心地表示了祝贺，以后便搁下了话筒。

探过周治良的口气，水闻才知道，此事比自己原想的还要复杂，看来水军这次真的惹了麻烦。不过，水闻有些不死心、不服气，觉得就要调走的周治良，自己办不了事，还有些言过其实、夸大其词。这样一想，他便下了楼，到银行取了三千元钱。

水闻借着酒劲，决定去趟申有余家。

申有余是市委宣传部副部长，分管新闻和文化。

申有余原在文联任副主席，再早一些，是木器厂的工人。因他爱好文学，在厂里做工时，便常往文联跑，与大家混得熟了，文联主席徐言瞅了个机会，将他调过来了。

申有余爱写诗词，但作得一般，只在地区报刊上发表过数首。可他为人机敏，行事干练，口才也好，因而时隔不久，便当上了副主席。三年前，申有余不知通过啥关系，又调到了宣传部，先做着新闻报道组组长，两年前被提升为了副部长。

水闻与申有余可谓是君子之交，他们之间的关系，看起来，有着许多可为人借鉴的地方。也许是他们人生目标不同，也许是申有余善于交际、周旋，俩人在工作中，不仅从未闹过矛盾，甚至连口角都没有发生过。并且一直以来，走文路的水闻与走官道的申有余，无论怎样，逢人对事，双方都只说对方的好，没有半句不是。他们的这种往来，看似平淡无奇，可有可无，但是，若按现时一般单位，同事间交往的准则，即不论与任何人，皆保持不深不浅、不疏不密的关系，也算是十分难得的了。

申有余自认识水闻后，对水闻一直很在意。他曾对人讲，水闻是一个心无旁骛，只知埋头做事的人。以后，申有余虽然从文联调走了，高升了，却有事没事，叫水闻过去，到他的办公室坐坐，谈些诗词歌赋、琴棋书画之类。这且不论，但凡上边有什么文艺活动，申有余就鼓动水闻参与，待水闻返回后，还给报销全程的差旅费。而市里的大小活动，如文艺会演、各种大赛、邀请名家举办活动等等，则是更别提了，他几乎每回都要水闻打先锋。当然，事后申有余或多或少都会给他点报酬。因之，徐言只要逮着机会，就说申有余没良心，喝水忘了挖井人。而文化系统的某些人，甚至连宣传部的某些笔杆子，也时不时地人前人后挖苦、嘲讽水闻，言他会走上层路线，善于攀龙附凤，阿谀奉承。其实，大家哪里知道，对于申有余各方面的照顾，水闻好似并不十分领情，甚至有的时候，还让申有余下不来台。

年前，平郡为迎接建市十周年，进一步加大招商引资的力度，决定出版一本全面、系统反映改革开放以来，各行各业取得巨大成就的大型画册。画册暂定名为《今日平郡》。对平郡来说，这无疑是一桩大事。为此，市里专门成立了由工农林牧商学等，各行各业有关人员组成的编委会。编委会主任，由市委书记侯再道亲自挂帅。而成员有十多个，申有余也是其中之一。

作为主管宣传文化的副部长，又是具体负责操作画册的申有余，在宣传系统内挑选编辑时，特地把水闻结合了进来。申有余还在会上会下讲，水闻是平郡的秀才、笔杆子，是省内小有名气的作家，要编辑出版这样一本画册，此等人才很重要，不可或缺。

本来，水闻已经感到，此事义不容辞、责无旁贷了，现在，见申有余又如此器重自己，便在工作中使出十二分的气力。为掌握第一手资料，他与同事们一道，在很短的时间里，跑遍了平郡的城镇乡村、山山水水。这样，两个月后，初稿便摆上了申有余的案头。

申有余阅后，也不多说什么，只召集了画册的顾问、编委们，召开了第一次编前会。

这次会议，由于大家想平郡所想，急平郡所急，群策群力，思路洞开，以至开到晚九时许，还没有一点要散的迹象。管工业的人说，反映工业领域的文章见少；搞农业的人讲，表现农业方面的图片不足；负责水利的同志则提出，体现水利事业不够充分；还有人防办、计生局、科教文卫等部门和单位的领导，均程度不同但却异口同声地表示，有关报道和彰显他们部门的东西，不生动、不形象、不全面、不系统、不科学，缺乏史料性、立体感、时代感，值得仔细推敲，反复斟酌，认真审定……

七八个小时下来，水闻和其他几个编辑，听得脑袋都大了，耳朵都要炸了；起初，他们还低着头，认真地做着记录，后来就只管睁大眼睛，一个劲儿地你看我我看你了。再后来呢，大家有的交头接耳，开起了小会，有的索性伏在桌子上，打起了瞌睡。的确，他们连做梦都没有想到，与会者所提出的，一条条的宝贵建议和意见，竟是这样层出不穷、错综复杂，甚至可以说五花八门、千奇百怪。

"在建设有中国特色社会主义的今天，我们要一手抓精神文明建设，一手抓物质文明建设，并且两手都要硬，绝不能一手硬一手软，有所偏废。但毕竟大家所处战线不同，分工不同。所以，刚才农林牧水、工矿商贸等各行各业的领导，在阐明自己的观点时，我虽然一直都没有表态，但是，认为大家所讲的都极有见地和水平。作为旅游部门的一名干部，我觉得这本画册，不仅对平郡的各项事业关系重大，而且，对我们旅游事业的兴旺与否，同样有着举足轻重的作用、意义。下面，我想就旅游业方面，谈点粗浅的看法。"

旅游局何局长，叫何云青的，清了清嗓子，有板有眼地说。

"即将出版的这本大型画册，是一次很好地宣传平郡、展示平郡、提高平郡知名度的大事，因而，着力介绍平郡的山光水色、风土人情，便显得尤为突出和重要。毋庸置疑，对我们发展旅游业来说，更是一次难得的机遇。招商引资，放水养鱼，这一切都要以人为本。可是呢，我刚才粗略地翻了翻，发现画册的初稿，涉及有关旅游方面的内容，并不是很多；而且介绍的也不是很具体、到位，总之缺乏广度、深度和力度。"

何云青讲到这里，喝了口水，继续道："诚然，由于地理环境、历史沿革等原因，平郡的名胜古迹见少；而全国各地，来我市观光旅游的人，目前也不是很多。可是，历史遗物、名优景点少，并不等于说纯粹没有。如望云亭的烽火台，金川乡的废都，也均属秦砖汉瓦、宋城明郭的。对了，还有鹰山山口边，那块咸丰年间的石碑，就留有某位清军将领的手迹。总之，若要仔细地考证和筛选，它们都是亮点，都很抢人眼的。但令人遗憾的是，我们对这些十分珍贵的文物，只是浮光掠影地进行了描述，并没有深入细致地挖掘和整理，更没有全面、系统、真实、生动地予以再现……"

听着何云青的长篇大论，在场的人都显得有些不耐烦，连申有余也不自觉地皱了皱眉头。电视台的一名女记者，叫维象的，更是坐不住了，她撇了撇嘴，打断了何云青的话："何局长，你所说的那些景点，不知你自己去看过没有？相信大家都知道，所谓的烽火台，只是几块烂石头；所谓的城池，只是一个黄土堆子；而那块石碑呢，我们原原本本地录了像、拍了照，并且已经收在册子里了。"

"你这个同志，有话好好说，干吗这样激动啊。噢，破石头、烂土堆就不是文物了吗？我告诉你，正因为它们又破又烂，那才叫文物呢。再者说了，你这拍的什么碑呀，字迹粗糙、模糊，一点儿不清晰、不直观，搁给谁都认不出上边写了些什么。"

"你嫌我拍得不好，那你自己去照好了。"维象顶他道。

"你这是什么话？就凭你这个态度，工作也一准干不好。"何云青生气了。

看维象委屈得快要哭了，水闻站起身来，严肃地道："在座的各位领导，我们几个编辑、记者，也同样认为，何局长刚才讲的那些都是古迹和文物。可是，由于它们的史学价值不高，又长期缺乏管理，缺少保护，目前，已经失去了应有的作用，更唤不起人们的兴趣，吸引不了人们的视线。而我们之所以要编撰这方面的内容，其主要的目的，是要在读者中产生反响，引起共鸣，以促进旅游业的进一步发展。就说那块石碑吧，由于年代久了，面目已不是很清楚，不得已，我们拍照时，还特地在上面洒了水。并且，为便于读者阅览，待下一步编排时，我们还会将它的具体内容用楷体文字附在下面。"

"写的什么都看不清，字你怎么附？"有人问道。

水闻不慌不忙地说："因文字由我把关，所以有关它的内容，我还略知一二。相信看过碑文的人都知道，那是一首五言体，是咸丰六年一位冯氏将军所作。诗云：

> 总统五千兵，纵横万里路。
>
> 荡平金积堡，调防柴经驻。
>
> 忽逢重九日，登高于此处。
>
> 只见蒙古包，不见村与树。

何局长，同志们，想来用不着我们再做过多的解释了吧？"

何云青埋下头，不吭声了。而此时大家的眼光，一下子都集中到了水闻身上。

"好了，时间也不早了，我看咱们就先议到这里。"申有余道，简单做了个小结，便宣布散会了。

第二天，水闻在办公室，接到申有余的电话，要他现在有空的话，到宣传部来一下。

水闻过去后，两人先聊了会儿当下的词曲创作，之后，申有余的话才上了正题：

"水闻，有的时候，你因人对事，是不是过于尖刻了一些？我希望你今后，不论说话呀做事呀，都能够态度平和、客观冷静一些。"

"可以呀。怎么啦？"

"你看昨天，不管云青同志话讲得怎么样，他的出发点总是好的，所以你嘛，总该给他留点面子。"

"我没觉得我没给他面子呀。"

"我说句不客气的话，那大概是因为，你自己有面子了，就不把别人的面子放在心上了吧。"

"我给他面子，谁给维象面子呢？"

"咱们先别说维象，先谈自己。工作认真是好事，但如果让人尴尬，以至于下不来台，好事就有可能变成坏事。俗话说，狗急了还跳墙哩。平郡看着地方不大，人际关系可是复杂哩。"

"这个我自然知道。就说咱们文联吧，统共才十来个人，不是还有人说，'庙小妖风大，水浅王八多'吗？"

"水闻，我想你大概也知道，何云青与赵长新的关系？"申有余沉吟了一下，低声道，见水闻摇头，又道："他们是亲戚，往具体了讲，是姐夫小舅子的关系。"

"他们啥关系，与我没关系。"

申有余苦笑了一下，说："算了，看咱们同事朋友、多年交情的份上，我今天才跟你说这话。你哪，若是把我的话当话，就回去想想；不当呢，就这个耳朵进，那个耳朵出好了。"

"我哪敢把部长的话不当话呢，"水闻笑道，"申部长，你批评、教导得对，我现在就向你保证，会把部长刚才所讲的，铭记在脑海中，融化在血液里。"

"你呀……"申有余摇摇头，笑了。

第二章 沙尘暴来了

一个星期后，水闻接到宣传部通知，要他再次去参加画册讨论会。这次会议，大家发言不多，所提的意见也比上次明显少了。可是，就在会议即将结束时，侯再道书记、赵长新市长赶了来，并且侯书记口气严厉地谈了对画册的几点意见，说供与会同志们"参考"。

侯书记的讲话，概括起来，主要内容有以下几点：目前，有关画册的工作，总体上讲成绩很大，但存在的问题也不少。具体讲，一是宣传部有些领导，不善于用历史的、现实的眼光看问题，缺乏责任感和紧迫感，从而使得整项工作效率不高，进展缓慢；二是从初稿中可以看出，某些编辑人员政策水平不高，业务能力不强，加之调查研究不深不透，导致画册内容不全面，反映事物不集中、不突出、不细致；三是进一步强调了这本大型画册，对在建设有中国特色社会主义道路上阔步前进的平郡，所具有的承前启后、继往开来的历史和现实意义。

侯书记在讲话中，还以自然环境、人文景观，即旅游业这部分内容为例，着重指出了画册有关人员，在前段工作中的不足和教训。并且特别强调，在今后的工作中，编委会要多征询各方面的建议和意见，以减少盲目性，克服片面性，防止危害性，以增强画册的权威性、影响力和感召力。

随后，宣传部部长杨之声做了会议总结讲话。他在讲话中表示，侯书记在百忙之中亲临会场，并做了十分重要的讲话。侯书记的讲话高屋建瓴，统揽全局，博得了与会人员热烈的掌声。希望散会以后，大家回到各自的工作岗位上，要认真贯彻落实侯书记的指示精神。尤其是画册的编撰人员，在今后的实际工作中，要严格遵照侯书记的重要指示，不断总结经验，克服困难，以便以最快的速度，在最短的时间内，圆满完成《今日平郡》的采写、编辑和出版工作，为平郡建市十周年献厚礼。

当时，水闻感到有些奇怪，觉得有关旅游业方面，画册编好编歹的那一排子话，本该是市长赵长新说的，却不知为什么，倒是书记侯再道讲了。

现在看来，这平郡确如申有余所讲的，人与人之间关系复杂，单凭远离政治、见多识少的自己，一时很难理清头绪。水闻低着头坐在那里，暗自寻思着，但他不愿再多想什么了，散会以后，便找到申有余，说近来文联工作较忙，且自己正执笔创作一部小说，不如现在就辞去画册编辑的职务。

申有余起初愣了一下，紧接着便表示反对，说一个人工作嘛，哪有十全十美的，作为一个领导嘛，哪有不批评人的；你这样做，会给画册和你本人，带来一定的负面影响。申有余讲了半晌，见水闻仍然坚持，态度还很坚决，便无奈地点了头。

水闻站在那里，看申有余的样子，却不仅仅是无奈，还有一丝遗憾和惋惜，几分哀怨和气恼。

水闻的感觉是对的，因他出门时，申有余也没有起身送一下。而往日的申有余，是一个彬彬有礼、极富热情的人……

水闻骑着自行车，刚出小区，便见远远的天空上，翻卷着一团子黄尘。他夸张地叫声起风了，随后便俯下身，眯缝着眼睛，使劲蹬起了车子。然而，眨眼工夫，大风便呼呼地刮过来了。

水闻顶着沙尘暴，左摇右摆地行在东风街上，脑子里却在计算着，自己辞去画册编辑至今，已隔了多少日子了。由于近段时间，水闻夜里总是失眠，不得不服用舒乐安定，搞得记忆力越来越差了。

或许，《今日平郡》没有了他这头犟牛，进展会更快，会更顺利。这个世界，缺了谁地球都照样转。水闻这么想着，忽觉得刚才出门时，应该给申有余拨个电话，提前打声招呼。自己和申有余怎么说也是上下级关系，这样冒昧地登门拜访，显得多少有些造次。不过还好，总是上门给他送礼，不是下毒药，想来他见着自己，就是不痛快，也不会让自己下不了台；俗话说得好，伸手不打笑脸人嘛。

事实也是如此，刚刚睡醒午觉的申有余，看上去有点慵懒，但还热情，他自己给水闻上茶不说，还唤了老婆郑婕出来，让她从冰箱里取水果。

大凡国人见了面，开场白大都一样的，不是今天天气如何，便是孩子几岁了，学习怎样。水闻、申有余和郑婕，也是走过了这个程序，互道了阴晴冷暖之后，方才话上了正题的。

"水闻，咱们有几日不见了，今天你怎么倒过来了？"申有余问。

"无事不登三宝殿啊。"水闻道。

第二章　沙尘暴来了

"李雨呢，怎么不和你一块儿过来？"郑婕问，手里削着水果。郑婕和李雨是同事，供职于平郡一小，做着教导主任。

"噢，本来说好一起过来的，可临出门时，她娘家来电话说有事，要她回去一趟。"水闻道，因喝了酒，脸上泛着颜色，如今撒了个谎，倒半点看不出来。

"有些日子没见许老师了，她老人家身体挺好吧？"郑婕问。许老师是李雨的母亲，曾当过郑婕的班主任。

"挺好。以前总喊这疼那痒的，可自打跳上广场舞，整个人都变了，看上去精气神十足。"

"咱们中国大妈呀，可了不得，如今的时代，是她们的时代。"申有余笑道，从烟筒里，取出一支"中华"，递给水闻，又说，"喝了酒，不睡觉，到处乱跑，却是为着什么？"

水闻便讲了水军的事，一边从上衣兜里，掏出那三千元钱，要他关照、帮忙。

申有余说水闻的事，便是自己的事，只要有困难，一定尽力而为，钱却怎么都不接。郑婕还说，想不到水闻一个作家，竟做这等事，算是俗到家了。

"这点小钱，并非是给有余的。有余也知道我的意思，是吧有余？"水闻道，硬将钞票搁在茶几上。

"那听你的意思，倒是我说这话，显得俗了？"郑婕说。

水闻对了郑婕，自嘲地笑道："哪里，我的意思，不过是要有余，代我请人吃顿便饭，谈不上俗不俗的。况且，连心有佛性的宝玉，还自称是槛内人呢。"

"那听你的意思，我和李雨这般做教师的，没有一文额外的进项，便只能算是槛内人的仆人了？"郑婕说，用手指点着自己的鼻子。

"看看，看看你们两个，才读了几遍《红楼梦》，便这样大言不惭、张口闭口槛内人槛外人的。记得毛泽东曾说，《红楼梦》至少要读五遍以上，才有发言权哩。"申有余说，"据我所知，郑婕一遍是勉强读下来了；水闻你呢，读了几遍？最大的感想又是什么？不妨讲来听听。"

"明人面前，不说暗话。"水闻说，呷一口茶，"说来惭愧，按他老人家的标准，我是没有达到的，我只读了四遍。说到感受嘛，是这样的，首先是'满纸荒唐言'，其次是'一把辛酸泪'，再次是'都云作者痴'，最后是'谁解其中味'。"

"嗯，你的这个读后感，倒是有些意思。"申有余点点头，又道，"水闻，我近来利用业余时间，又写了点东西，且内容多少也涉及《红楼梦》的。你要不要看看？"

"我说部长大人，你就别卖关子啦；倒是快些拿出来，让我先睹为快呀。"

"为这篇东西，老申熬炼了半个晚上。水闻，你快过来，给他评判评判。"郑婕说，一边从书橱里取出一幅字，在字台上展开来。

"欣赏一下，学习学习是真的，评判却是不敢当。"水闻说，和申有余一起，围拢了过来。

水闻低头看时，见是一首词，且宣纸上的字，龙飞凤舞的，也是申有余自己的手笔。

青玉案·初春怀古

国人争读老祖宗，学四书，习五经。墨香飘遥上九重。
却是千里，知音难觅，唯见月一轮。　　自古风流论文章，
谁知潇洒在朱门。不见李杜两大家，一个篱下，一个草上，
梦里也销魂。

"喔，不错不错，立意新颖，落笔有力，怀旧之感与伤今之情融为一体。"水闻赞许道。

"有这么好吗？水闻，你不是拍我的马屁吧？"申有余道，却是眉梢眼角，掩饰不住的兴奋。

水闻笑道："凡喜欢拍马屁者，一般都为着实际利益；可你看我如今的样子，是想当官做老爷呢，还是想买房子置地？再说，我就是拍，也轮不到你，你这个官太小，我还看不上眼。"

"水闻，你别认真，老申跟你开玩笑哩。"郑婕忙说，不满地瞅一眼丈夫。

"其实，连水闻自己也知道，我的话是不用解释的。对我来讲，他要真想

当个一官半职，倒是好了。"申有余说，自嘲地笑了笑，又对水闻道，"那你就再客观些，具体讲点缺点，或者不足好了。"

水闻寻思了一下，说："那恕我冒昧啊。若论不足之处，也还是有的：一是平仄不很讲究，二是上下阕之间，过渡有些欠自然。当然，前者并不十分重要，本身也不算什么问题，因宋时的一些大家，这方面也常常不大在意。"

"不会吧？"申有余有些怀疑地问，"唐诗宋词，我也多少读过一些，但具体到创作时的一些要领，尤其是词，倒并未特别留意过。"

"你若有疑虑，不妨再找些名篇来，仔细读读看。"

郑婕道："那你呢，也这样写吗？"

"我既然这样看，当然也这样写了。只不过，在作律诗时，稍微严格些罢了。可能是我认识肤浅吧，总觉得林黛玉所讲的，不以词害意是对的。具体讲，即'若是意趣真了，果有了奇句，连词句都不修饰，连平仄虚实不对都使得的'。"说到这里，水闻喝口水，对郑婕道，"我这样班门弄斧，让二位见笑了，咱们还是恭恭敬敬，领教一下'仆人'的高论吧。"

"水作家，你就别赶着鸭子上架了。"郑婕连连摆手，道，"就如咱们前才讲的，啥宝玉妙玉的，本人是人民教师，他们其中哪一个都坚决不做的。即便要做，也要做另外一个……"

"哪一个呢？"申有余认真地问。

郑婕歪着头想了想，飞快地说："王熙凤。"

"哎，我说有余，你看郑婕的身上，还真有那么股子劲，倒不是王熙凤的泼辣劲，而是领导干部的果敢劲。"水闻对申有余道。

"是呀，毕竟大小扛着个头衔，一小的教导主任嘛。"申有余揶揄道，"不过，她若真成了王熙凤，我就是男扮女装，甚至于脱胎换骨，也要做贾母的。"

"怎么，我说我是王熙凤，你还怕了不成？"郑婕道，"告诉你，我还不当王熙凤呢；我若做了王熙凤，你申有余这个贾琏，不定乐得屁颠成啥样呢。"

申有余和水闻两个，下意识地对视一眼，情不自禁地大笑起来。

第三章　从吃饭开始

自从筹办报纸以来，陈启民将两句话时常挂在嘴边，一句叫作挂羊头卖狗肉，另一句是提了猪头，没有找不到的庙门。他的同学水闻，朋友申有余、何云青，都说这话不雅，让人听着不舒服，劝他以后不要这么讲了。陈启民却说，我以前做的工人，粗话讲惯了，故而出来进去，依然我行我素。直到有天中午，他在舅舅侯再道家里吃饭，不经意又说起这话，被舅舅狠剋了一顿，方才改掉了这不算毛病的毛病。

"启民，你怎么能这样讲话？虽然你文化程度不是很高，可好歹也算个报人。既然是新闻工作者，那么请你告诉我，报纸是什么？"侯再道问，口气十分严厉。

陈启民垂着头，不吱声。

"要你说，你不说，那就我来说。报纸是党和国家的宣传工具，是我们党和政府，联系群众的桥梁和纽带，一句话，是舆论、是喉舌、是导向。现在虽然搞改革开放了，社会处在了转型期，但这个根本的大方向、大前提，始终没有变，实质也不能变。"侯再道说，从烟盒里取出一支烟，在茶几上轻轻蹾着，"讲到这里，还有一些话，我早想跟你谈谈。过去，你与我之间的关系，有人知道没人知道，咱们暂且不去管它。当然，自从去年吧，我做了平郡市委书记后，据我所知，你的一言一行、一举一动，总的讲还是不错的；没有走到哪里，都乱打我的旗号，狐假虎威。但是，你要记住，以后如果你真的自己办报纸，咱们舅舅外甥，就更要相互避嫌。尤其是你，想问题，做事情，要更全面、更周到一些；讲话要特别注意分寸，注意影响，不能给人留下笑谈和把柄。"

"舅舅批评得对，外甥记下了。"陈启民诚恳地说，看舅舅把玩着那棵烟，从兜里摸出打火机，恭恭敬敬地给点上了。

侯再道点点头，顿了一刻，才把自己已经联系了宣传部，让他们出面承办报纸的事，一五一十地与陈启民讲了。侯再道的意思，是要启民找个时间，让有关人员先聚一聚，相互加深一下印象，以后再草拟个报告，叫部长们批一下。末了，他特别嘱咐陈启民，这事大可不必再啰唆什么，他们自然会照着程序去做；另外，如果可能的话，逢了各种场合，尽量让水闻多参与、多出面。侯再道的理由是，水闻毕竟是作家，在宣传文化部门和新闻界，或大或小总有些影响。

"一个篱笆三个桩，一个好汉三个帮。你挑选水闻办报，无疑是对的。水闻熟悉业务，写作能力强，又有点知名度。况且文联是个群团组织，不像一般的行政事业单位，有那么多具体的事务，他闲着也是闲着。"侯再道说，摆了摆手。

陈启民嘴里应着"是是"，寻思着再和舅舅谈谈平郡酒厂的那笔广告业务，又想到张口求人，没有同时二事的道理，便抓起包，起身告辞了。

陈启民一出大门，便气咻咻地"屁"了一声。

陈启民不是"屁"侯再道，侯再道是他舅舅，他不能屁，不敢屁，也没有理由屁，况且舅舅对他的恩情，比爹娘老子都大。陈启民是由舅舅的批评，联想到了这些年，尤其是到报社的这两年，所经见的人与事。

陈启民在报社，负责广告经营业务，与他打交道的，多是一些生产厂家和商业单位。这些广告客户，每逢给他一笔业务，不管大小，都要收取一定的回扣。若是给得稍微慢一些、迟一点，人家便要明着张嘴伸手要了。这还不算，就连报社大大小小的领导、上上下下的编记，也同样如此，只要他陈启民这只鸭子，飞过他们的领地，走进他们的辖区，便没有不拔毛不揩油的。

若说起来，这些客户中，许多人都知道，陈启民是侯再道的外甥，也知道他整日早出晚归、风中雨里，挣这份钱不容易。可是，他们为了自己的利益，根本管不了那么许多；而且，好似无论下啥狠手，都是应该的，合情合理的，甚至是天经地义的。陈启民恨透了这些人，他连做梦梦到他们，牙齿都咬得嘣嘣响。可见这事在他心里，已经系了一道扣，挽了一个结，并且恐怕这一辈子，也很难解得开了。虽然有的时候，他一觉醒来，又常常感谢那些"兔崽子"们，觉得若是没有他们，自己这会儿，可能还是一个穷光蛋，不会像现在这样，成为一只胖乎乎、肥嘟嘟的鸭子。为此，自从筹办报纸以来，他不由自主地把自己办报，尚须找挂靠单位的事，叫作挂羊头卖狗肉，把那些跑进跑出的主管部门、联系单位和广告客户，统统称之为猪头与庙门了。

这些日子，陈启民一边四处奔走，一边这样大呼小叫，还感到很爽、很酷、很痛快。所以任凭水闻等人，怎样看他说他，全不在乎，全不搁在心上。今天到了舅舅家，挨了一顿臭训，本来天资聪颖、极善谋事的他，方才知道，自己大意失荆州，弄了回小儿科，差点落下笑柄。认识到这一点，陈启民便深切地感到，自己的幼稚、肤浅和不成熟。识时务者为俊杰；时代造英雄；物竞天择，适者生存；量小非君子，无度不丈夫……陈启民专心一意，背了一通这些人所皆知的格言警句，下决心这一"屁"之后，从此告别那些羊头、猪头和狗肉，以一个市委书记外甥的标准，严格要求自己，把一个报社总编的姿态和形象，全新地展现在大家面前。

陈启民就是陈启民，敢于犯错误，也勇于承认错误、改正错误；此后他出来进去，再没有讲过啥粗话、浑话、屁话、难听话、带把子话。从而也让我们有机会，从他的身上，再一次感受到那句老话——"失败是成功之母"的正确性与感召力。

且说陈启民回到家，按照舅舅侯再道的吩咐，为即将成立的报社，划拉出一份理事、编委和顾问名单。末了，他担心漏掉哪个，打电话给水闻，以及市妇联的一个女干部叫朱晓宜的，让他们帮着再想想、再提提、再补充完善一下。他还一再声称，目前就是想让大家一块儿聚聚，吃顿饭，联络联络感情，所以重要的或不重要的，均无所谓，只要不缺胳膊不少腿，能到场就好。

"这种事你轻车熟路，哪里用得着我们掺和。"水闻道，觉得多此一举。其实也是，水闻过后看那份名单，但见这些编委和理事，不是行政事业单位的主要领导，就是工商界的大款土豪；而那十来个顾问，虽然大多已经离休或退休，看着老态龙钟、弯腰驼背的，却属德高望重的一族。

水闻还知道，自己这个老同学，以前是爱好写诗，现在是喜欢琢磨事情。每天晚上，他都是独居一室，手捧一杯浓茶，先读中外伟人的传记，或计策谋略之类的书籍，之后，便坐在桌前思考问题，并且不琢磨出个道道来，绝不休息，绝不睡觉。

陈启民想什么呢？想今天一天，从早到晚都做了些什么，哪桩事情做对了，哪桩事情做错了，为什么对，又为什么错；想明天该做什么，哪桩事情重要，哪桩事情不重要，自己应该分几步走，怎么走，先从哪里着手，才能取得最佳、最理想的效果。

以上这番话，是半个月前，陈启民对水闻讲的。当时水闻听了，先是表示惊讶、不解，接着便赞叹不已，钦佩不已。虽然由于自身条件所限，陈启民这个"智者"，或有"一失"的时候，比如"羊头""猪头"之类，但这丝毫不影响，他在水闻心目中的整体形象。

水闻暗想，怪不得陈启民才几年工夫，就在发家致富的道路上，迈出了可喜的步伐，成了平郡小有名气的人物，原来人家不仅仅是有后台、靠运气、能够把握时机，更重要的，是善于总结经验教训、研磨成败得失的缘故。平素我们总说，一个人，欲做一件事，哪怕只有百分之一的希望，都要做百分之百的努力，其实在现实生活中，没有几个人，能够真正做到这一点。而陈启民却不同，他不仅嘴上这么说，并且身体力行地做到了。真是天道酬勤，苦尽甘来，世上无难事，只怕有心人哪。

不过，那阵子水闻又想，像陈启民这种人，当然让人觉得可敬可畏，但同时也让人觉得，这样活着太苦太累了。反正不管怎么样，他可不想做这样的人，哪怕自己这辈子，在事业上毫无建树、一无所成也罢。

也因有感于此，水闻一日心血来潮，写了这样一首近体诗词：

答友人

欲海茫茫竞泛舟，君今已仁在潮头。

华章款款出笔斋，美玉纤纤入袖兜。

水浒传中传落草，石头记里记空楼。

红肥绿瘦今朝看，仍是平常胜作侯。

然而有位女士，叫作朱晓宜的，却与水闻的想法迥然不同。朱晓宜觉得，只有陈启民这样的人，才能办成事，办成大事，才是好男人，甚至是真正的极品男人。

朱晓宜是陈启民的女朋友，所以，比起水闻来，可能更了解和懂得陈启民。

朱晓宜与陈启民认识，是在陈启民刚进报社不久，报社与妇联两个单位，共同举办的联欢会上。

那天，是"三八"国际妇女节，大家聚在报社的礼堂里，嗑着瓜子，吃着水果，有一搭没一搭地座谈。而后，实在无话可说了，便男女成双成对，在乐队的伴奏下跳起舞来。由于到场的人，女多男少，阴阳失衡，男士们都成了香饽饽。不过朱晓宜她们，仍然显得很活跃，丝毫没有坐冷板凳的意思。她们有的，干脆和自己的女伴跳，有的则打破常规，主动邀请男士上场。而所有的先生，因左一曲右一曲，一曲紧接着一曲，此刻都已累得气喘吁吁，大汗淋漓；然而，许是觉得机会难得，倒没有一个紧着休息，抑或回避或者逃跑的。

如此，朱晓宜与陈启民，从音乐声起，直到舞会结束，没有罢过一曲。

陈启民与朱晓宜两个，在跳第三曲时，挽着各自的舞伴，在舞池里尽情旋转时，不小心，身子偶然碰撞了一下，出于礼貌，相互点点头，算是互致歉意。谁知只这一眼，俩人便怦然心动，深深地被对方所吸引了。

眼睛是心灵的窗户，情人眼里出西施，都是被人们说烂了的老话，却也是一语中的、一针见血的。陈启民和朱晓宜便是这样，自打他们有了那一眼，手便牵了一次又一次，舞便跳了一曲又一曲，直至散场时，才不得不分开。更没有谁知道，他俩从礼堂里出来后，又悄悄地进了一家舞厅，直玩到午夜时分。并且此后的日子里，俩人一日不见，如隔三秋，几天不见，似乎就要出人命了。

据陈启民后来讲，如果不是自己有责任心、意志力和决断力，他和朱晓宜，恐怕与各自的老婆和老公，早已各奔东西、劳燕分飞了。陈启民还说，不说朱晓宜，单讲他自己吧，组成近十年的家庭，一旦土崩瓦解，灰飞烟灭，想必是一桩既幸福又痛苦、既辉煌又悲壮的事。

"婚外情这个东西，会叫人产生错觉，有一种再生的感觉。有段时间，我常常觉得自己，以前根本就没有谈过恋爱，没有结过婚，抑或就没有过做男人的体验，更不知道女人的滋味。真是奇怪。"陈启民对水闻讲，"水闻，我这话，只能说给你听。说实在的，别看我在社会上交往庞杂，三教九流无所不有，但若论真心实意、推心置腹的，只有你一个人。现在这个社会，像你这样不重物质、诚实正直的人，实在是太少了。"

陈启民说过了，还拿出一首写给朱晓宜的诗，《孤岛上空的月光》，要水闻赏析：

面对诗歌

我再一次寻找

最简洁最生动的母语

全都为了你　我们的爱

从头至尾　充满酸甜苦辣

要冷静地写下来　却很不容易

幸好我还有一点点

迎风落泪的勇气

我相信　你和我的故事

决不会像这张薄薄的

可以任意折叠的纸

随风而来　随风而去

今夜　我誓不点灯

哪怕整间房子　都盛满泪水

……

而此刻的我　仿佛置身于

一座荒凉的孤岛上

无尽地思念月光　想念你

我的小夜莺啊

快快飞到我的窗前　唱支歌吧

我会静静地　点燃一支烟

为你照亮舞台

……

本来，无论陈启民怎样评价朱晓宜，水闻觉得均无所谓，只是待他看过了这首《孤岛上空的月光》，这首陈启民写给朱晓宜的情诗，便有点不敢相信自己的眼睛了。

"人常说愤怒出诗人，爱情同样也出诗人啊。"面对兴奋不已的陈启民，水闻感叹道。

的确，这么多年来，水闻曾前前后后，读过陈启民的不少诗作，但却没有一首使他中意，值得他恭维的。但这首《孤岛上空的月光》却不同，它柔肠宛转而又直率明朗，缠绵悱恻而又神清气朗，生动地表现了男女相爱后，所产生的那种奇妙、美丽和力量，那种透彻心扉的诱惑力和感染力。相比其他许多爱情诗而言，它虽非情天恨海、勾魂摄魄的精品，却也算得上是情真意切、清丽凄婉的佳作了。

正是基于这一点，有几日，水闻很想见见朱晓宜，看看这个把陈启民，变成"一支烟"的"小夜莺"，到底生得何等模样，是个花的还是狸的，是个天使还是"魔鬼"。当有一天，他无意间碰到朱晓宜后，又不由得觉得，陈启民这个人，在爱情的问题上，有些莫名其妙，甚至匪夷所思。

说实话，依水闻的看法，无论是相貌、性格，还是学识见解，朱晓宜都很平常、都很普通。如果硬要水闻讲，这女子哪里突出的话，水闻也许会说，朱晓宜一是皮肤白皙，二是身材苗条。不管陈启民怎样夸奖她，水闻仍然觉得，自己给朱晓宜下的评语，是公平、公正和准确的。因打那之后，水闻也征询过圈里圈外，一些同学或朋友的意见，他们与水闻的看法，可以说大同小异；即朱晓宜眼睛小，颧骨高，说话声音又细又软，走起路来连风都能刮倒；总之，没有多少过人的地方，远不如陈启民的老婆石英。关于这一点，水闻没跟陈启民讲，水闻倒不是怕陈启民不高兴，只是觉得没这个必要。

第三章　从吃饭开始

"人们，我爱你们，你们要警惕。"捷克斯洛伐克作家、文学戏剧评论家尤利乌斯·伏契克说。

是呀，现在有许多的事，人们都不论对错，不讲高低了；恰如某些诗人写诗一样，什么东西都往一块相加，朝一处搅混，根本不管啥色泽与味道。好像诗人们的责任，就是把诗写出来，再让报刊登出来就好，至于别人读着印象如何，感觉怎样，他们是不管的，也懒得过问。你看，有许多的诗人，日夜不停地忙着写着，其目的就是要追赶浪头、超越时代；最好搞出的东西，有一些弯弯绕，有一些花花腔，总之能够远离生活，与众不同，让人如坠雾里云中。仿佛不如此，便不能"先锋"，不够"精英"。谈恋爱找情人呢，好像也是这样，倘若不另类一点，莫测高深一些，便觉得不浪漫，不时尚，是嚼别人嚼过的馍。

这话似乎扯远了，原本说着张三的，又扯到了李四；何况，陈启民和朱晓宜要好，是清油调苦菜，各自取心爱的事，任凭旁人说什么，都是闲操心，都是瞎扯淡。

话说陈启民跟水闻，谈了回理事、编委、顾问的事，又把电话要到了朱晓宜处。朱晓宜与水闻一样，说问她这类事，其实显得多余。不过，朱晓宜就办报过程中，其他一些诸如办公场地、经费等事宜，为陈启民出谋划策了一番。

"既然你决心办报，事情又有了些眉目，就该抓紧时间，先租套房子。我想，有了办公场所，大家商量事情方便，工作效率也高。"朱晓宜说。

"嘿，我怎么就没想到这层呢？晓宜，还是你考虑得周到；真是话说对了，声音也好听。"陈启民赞道。

"我看你是爱屋及乌吧？"朱晓宜笑道，"只不过，我们搞妇女工作的，做事习惯从细节入手罢了。"

"晓宜，你没听人讲，细节决定成败？请你具体讲讲，咱们这个办公地点，选在哪里合适？"

"单位刚起步，找的地方不能太抢眼、太突出、太招人注意。这只是我个人的想法。你是老总，最终决策还是要由你来做。"

"你别尽老总老总的，如果所有的事，都由我亲自操办，我怕累都要累死了。晓宜，到时报纸办起来，我想让你来当总编办主任，你看怎么样？"

"你想得倒美。我可是国家公务人员。"

"国家公务人员，人家水闻不是吗？妇联跟文联的工作，还不都是一样，三天打鱼两天晒网的。"

"看你，把妇女干部都说成啥了，好像我们都在混饭吃似的。"朱晓宜不高兴了。

陈启民忙道："晓宜，你别误会，我只是觉得，妇联事情相对要少一些，并没有其他的意思。"

"我也是和你开玩笑。工作清闲便是清闲，有什么不可以说的。"朱晓宜说，又忽然问，"我做总编办主任，那水闻干啥呢？"

"他当副总编啊。咱们是八仙过海，各显其能。"

朱晓宜不说话了，似在思忖着什么。

"喂，你说话呀？晓宜，有些话用手机讲不方便，也说不清楚，我们是不是见个面，详细谈谈？"

"我们昨天刚见了面，今天再……"

"我和你，注定是前世今生的冤家……反正你老公出差去了，咱们正好借此机会，多找点夫妻的感觉。"

"听听，听听，你这个人呀，脸皮真厚。"

"比城墙拐弯还厚！"陈启民道，喜得来了个飞吻，"那我这就过去了啊。"

陈启民压了电话，换好衣服，又从酒柜里取出两瓶红酒，然后哼着《懂你》的曲子，匆匆地下了楼。

翌日上午，陈启民开着奥迪，带着水闻，照着自己拉出的那串名单，这个单位出那个单位进，把要出席宴会的人，都亲自上门一一请到了；华灯初上时分，又把他们一个不落地，安排到了平郡最高档的馆子——五星级的黄河饭店。

所请的客人中，有市委副书记庞代宇、市委秘书长黄继业、宣传部部长杨之声、副部长申有余、平郡日报社社长蒋要、副总编秦无虚、广电局局长梁音，以及文化界一些知名人士。此外，几个业外人士，如旅游局长何云青等，也应邀参加了晚宴。

水闻看着，人是不算少了，但小车快到饭店门口时，陈启民似又想起了什么，摸出手机，从他们广告部叫来两个女子。这样，用餐时分，里边套间里，又换了张更大的桌子，方才安顿下来。

本来，创办一张报纸是一桩大事，不着意铺排一番，几乎是不可能的。今晚的光景，正如侯再道讲的，单只是为了让大家相互加深印象，增进感情。而要说隆重，日后的首发式，那才算进入了高潮。的确，在揭牌仪式上，平郡各个环节的领导，十来个聘请的知名顾问，还有几百位嘉宾，洋洋洒洒都出席了。可以说，那种壮观的场面，让陈启民和水闻，以及报社的所有工作人员，终生都难以忘怀。此是后话，暂且按下不表。

话说以目前平郡的惯例，一般上点档次的饭局，便是有些头脸的人物，都是要做东的动用车辆，专程上门去请去搬的。而陈启民他们摆的这一桌，却没有这样做。这倒不是客人们不上档次，不够层次，职务怎样，级别如何；主要是由于宾客们觉得，自己年龄尚不是很大，腿脚都利落，加之均在职在任，又都有车的缘故。你想想，大家不是局长便是部长的，若单单为着一餐饭，摆这个谱，端这个架子，让机关里的同事，或其他单位和部门的人看到了，像个什么样子。何况在座的人，恐怕没有谁不知道，陈启民是侯再道的外甥。

这桌大餐，东道主是陈启民，主持人却是水闻，陈启民只在一旁招呼上菜、添酒。不过，陈启民也不仅仅只是打打边鼓，助助酒兴，每逢关键环节，他都要对水闻耳语几句，以便水闻如法炮制，照葫芦画瓢。

陈启民并非不信任、不放心水闻，如果真是那样，陈启民就不让水闻来挑头了；他只是觉得，水闻酒喝得少，对酒桌上的套路又不是很熟，担心贻误"战机"，不利于活跃场上的气氛。

的确，无论做什么事，气氛很重要，尤其是喝酒吃饭，大家聚在一起，图的就是个红火热闹。而由于个性的关系，一般逢了这种场合，水闻该吃便吃，该喝便喝，没有多余的话。

平郡这个地方，目下最盛行的风气，除却跳舞和打牌，便是喝酒了。这后两样货色，如果不往细处看，都简单得很，一个只管抓起来，再放下去；另一个更痛快，端起来，往嘴里倒便是了。其实，两下要玩得好、玩得妙，没有一定的套路和章法，实是不行的。谁都知道，打麻将有真赌的，也有假赌的，喝酒有真喝的，也有假喝的，这主要得看环境、分场合，因地制宜、因人而异。这种事不用往明了挑，大家但凡围坐在一处，各自心里都清楚，都明白，都有自己的小九九。比如，遇着婚丧娶嫁的事，对于赶来帮忙的人，前后统共三场酒，却只有一场是真喝，而其余那两场，则是假喝的。因头一场是在事前，为安排整个事的做法，虽摆上酒菜，却只是应个景，目的是方便说话。第二场，是在娶回新人，或者"打摞"了故人之后，这个时分，来宾可以四平八稳，尽情地大吃大喝，唯独帮忙的人却不可以，因还有许多善后的事，须他们去劳作。只有第三场，满桌子的酒菜，才完全是主家真心实意，让忙前忙后、出力流汗的人一醉方休的。故而，也只有到了这时辰，你才能够敞开肚皮，痛痛快快地真吃真喝；尤其是喝酒，你喝得越多，主家心里越高兴，越觉得你够朋友，够意思。在这场酒中，你若能喝得酩酊大醉、一塌糊涂，主人才会深感欣慰与满足。

所谓逝者已安息，生者长依依，也许，只有活着的人，好好地活着，那些死去的人，才能够在九泉之下安息。

"今天这场酒，该怎样便怎样，无须手下留情。"这会儿，酒菜还未上来，陈启民便对水闻悄声道。

"你也知道，劝酒我不在行。这场酒，要让大家喝好，就靠你那两个部下了。"水闻说。

"这年头，本事只有两样：一是把别人兜里的钱，揣进自己的腰包；二是把自己杯中的酒，装到别人的肚里。"陈启民信心十足地说，一边朝那两个唤来的女子，挤了挤眼，努了努嘴，"老兄，你就瞧好的吧。"

这两个女子，一个叫贾麦，一个叫苗乐，正当妙龄，也颇有些姿色。而且，俩人生性都特玲珑、富有激情和趣味。她们统穿着牛仔服，露出齐腰的部位，胸部也是不屈不挠，努力地向前挺着，更有一双眼睛，热乎乎火辣辣的，充满着野性与烂漫。

水闻见了，不由得心生疑窦：这两位小姐，喝得喝不得酒先不说，拉得拉不来广告呢?

陈启民和水闻说话的工夫,菜和酒便上来了。

菜是预先订好的,风味为广式。冷菜先点了八道:皮蛋豆腐、桂花莲藕、蜜汁小枣、红油百叶、卤水猪肚、客家咸鸡、泡椒凤爪、农家切鸡。因就餐人数有所增加,又临时添了四道:蛋黄鸭卷、香酱牛展、凉拌鱼皮、美景烧鹅。热菜也由原先的十二道,改成了十六道:烧酿茄合、潮式藕饼、琼山豆腐、返沙香芋、凤梨虾球、郊菜牛肉、明炉石斑、锅仔羊排、清蒸肉蟹、红烧鲍翅、香芋扣肉、豉汁海螺、姜葱白贝、椒盐龙虾、滋补甲鱼、松子桂鱼。此外,尚有腰饭水饺、面点等。酒呢,原是要喝国酒的,皆因黄继业秘书长说,所谓的国酒,只是用来听名儿的,中看不中用,遂又改成了五粮液。

水闻看万事俱备,只欠东风了,便站起身来,做了个开场白。因除了两个女子,大家相互熟稔,没有介绍的必要,水闻便简单地讲了几句,请大家前来赴宴的理由、目的和意义。水闻的话,从始至终,都在明确地表示,感谢各位领导,以及在座诸位,多年来对陈启民与他本人工作、学习和生活上的关心、支持和帮助,今日特备一桌薄酒,聊表谢意。这话让人听起来,他们设宴的出发点在于感情,落脚点也在于感情,一切皆是围绕着感情进行的;并非为着什么事,更没有半点儿,叫人勉为其难的地方,也就是不得已而为之的。

水闻话一落地,大家便笑容可掬地端起了酒杯。是呀,既然他二位请来大家,仅只是谈感情、论感情、搞感情投资,那大家吃这顿价格不菲的饭,也就吃的有名有分,心安理得了。

想来这人活在世间,谁能没个感情呢?

话虽这样讲,但大家都知道,现时一般的请客吃饭,却不是这样的;那饭大多是掏腰包的人,逢了遇了啥难事,需要别人支持或帮忙,才特意安排的。所以,客人们一上桌子,便不得不琢磨,不知这事能办不能办,自己办得了办不了。等到主人将问题摆到桌上,来客若是感觉棘手,甚至觉得明显是违章违法的事,便会产生疑问和顾虑,这样,好端端的一餐饭,也会叫人觉得没滋没味,难以下咽。也是,食客们未下筷子,其思想上和精神上,便有了某种负担和压力,酒菜即使再丰盛,又哪里吃得下去呢?今天这顿饭却不同,主家花钱请客的目的，只有一个，那就是联络感情、增进感情。因而像今天这样的饭局，不论是美食家，还是对食物没有多少讲究，以至于吃好吃歹都不在乎、都无所谓的人，一般都爱凑热闹的。

酒过三巡，菜过五味，场上的气氛活跃起来。大伙儿先是各自提议，轮着敬酒，以后是抓扑克，逢了三六九便喝；末了，又是讲故事，每人一个，若是讲好了，在座者皆"赞助"，讲砸了，便要被连罚三杯。

"我来打个头阵，笑不笑由你们啊。"庞副书记拱拱手，道："说一个领导到一个基层单位，考查或者考评工作政绩。开会时分，他问在座的员工：'你们每个人都讲讲，自己能够做的了什么。'在场的人，这个说会做这个，那个说会干那个，唯有一人坐在那里，闷着头一言不发。这位领导便问了：'别人都表了态，怎么只有你连一句话都不说。'那人不得已，便开口道：'我是什么都不会干，凡事都做不了，因而才不说话的。'这位领导听了，不仅没生气，反而高兴地说：'什么都不会干？很好，很好，我们正缺这样的人哩，你就做他们的领导好了。'"

大家听了，都低下头，不出声地笑。

"庞书记纯属是自嘲、调侃，是抛砖引玉，呵呵。"宣传部部长杨之声忙道，"而且，这才叫真正的笑话呢，大家说对不对？"

"对，对对，庞书记真幽默。"

"那大家就为庞书记的闪亮登场，共同走一个？"

"来，来来，走一个。"

申有余、蒋要、秦无虚、梁音等高声附和着，将杯中酒干了。

"领导带了头，群众有劲头。"黄秘书长望着庞代宇，清清嗓子，说："诸位领导，我来讲一个名片的故事。某位首长，在省、地、县领导的陪同下，视察某家水泥厂。厂长见首长大驾光临，很是兴奋，便大声道：'啊呀老天爷，您的长相，跟电视上一模一样。'言罢，从兜里掏出一张名片，毕恭毕敬地双手呈上。首长接过来，溜了一眼，不由得哈哈大笑。在场的人不解，首长便念那名片：'中共中央国务院汉北省委平郡市金川县东风乡麦子店村民营水泥厂书记经理兼厂长王二人产品质量过得硬。'"

众人大笑一通，各自端杯饮尽了。

申有余挨黄继业坐着。他喝罢酒，朝黄继业亮亮空杯，继而用餐巾纸揩揩嘴，清了清嗓子，也道：

"清河镇沙海村有个姑娘，叫巧兰，一张嘴特厉害，像刀子一样。有个邻居老汉不服气，对村里人说：'不过一个黄毛牙头，能有多大能耐，我只用半张嘴，便能让她哑口无言。'言毕，真的用纸粘了半张嘴，到了巧兰家。老汉见到巧兰，支着嘴问：'你爸干啥去了？'巧兰看看他用纸糊着的嘴，冷笑道：'到锅台上犁地去了。'老汉说：'锅台上犁地？你爸就不怕牛屙到锅里呀。'巧兰说：'不怕，牛屁眼用纸糊住了。'"

大家没有不乐的，酒便越发下得快了。

"话说有一天，有位儿媳给孙子喂奶，孙子不知怎么了，不好好吃。一旁的爷爷见了，便逗孙子说：'你再不吃，爷爷可要吃啦？'这时，儿子正好回来了，听到这话，不高兴地说：'爸，你这么大年纪了，咋好意思说吃儿媳妇的奶。'他爸一听，生气地说：'想想你从前，吃了我老婆多少奶？现在，你老婆的奶，难道我吃一口都不行吗？'"

在场的人听了，笑得前仰后合，有的甚至把嘴里的酒，喷到了地上。

有秦无虚引路，接下来的小品文，便几乎都是这般模样了。只是，此时大家的目光，不住地往那两位女子处瞅。起初，两位姑娘还视而不见，可等到三五个荤段子过后，倒也情不自禁、如法炮制起来。

女子们的笑料，因是在陈启民的怂恿、鼓励下进行的，有的素段子的荤劲儿，倒比男士们更甚一筹。故而，众人皆兴奋得手舞足蹈，不能自已；直到那位叫贾麦的，唱了几首酸掉牙的歌，而苗乐又出了几条谜语，如"坐飞机做爱"之类，叫众人猜了，一番兴致才告一段落。

水闻看酒喝得差不多了，便唤来服务生，收了那一溜的空瓶子，上了香蕉、苹果、橘子等水果。此后，见有个别人，仍意犹未尽的样子，便打开电视、电脑和功放，一首首地播放曲子。

音乐一起，便有三三两两的人，邀了两位女士，在外间跳舞。直至十一时左右，大家方才摇摇晃晃地，四下里散了。

秦无虚、何云青走在最后，他们压低声音，对陈启民说，今天这餐饭，感觉很好，只是时间尚早，何不再找个地方，这个那个地玩一玩，乐一乐。

"这好说，我请客，"陈启民大手一摆，道，"走，咱们到新生代去。"

新生代夜总会，是去年落成的平郡规模最大、档次最高的娱乐场所。水闻虽未进去过，却早听人讲，那里面的服务是当下最流行、最时尚的，可谓吃喝玩乐一条龙，包括餐饮、住宿、歌舞、健身、荷兰桑拿、港式泰式按摩等等。

水闻把陈启民叫到一边，耳语了几句，又对秦无虚、何云青道："实在抱歉，兄弟我今天有点儿过量，头痛得厉害，就不陪二位了。"

秦无虚、何云青却嘴里咕哝着，缠着不让他走。

"你俩就随他去吧；就他那个量，咱们就是喝到半醉，都能放倒了他。"陈启民打着哈哈道，拉开他们，嘱咐小车司机，一定要把水闻安全送到家。

陈启民的车，平时都是自己开，因今天成心要喝酒，便事先找了代驾。

水闻抱着拳，摆了摆，钻进了小车。

司机打开后备厢，把水闻的自行车塞进去，又返身上来，启动了马达。

秦无虚、何云青，还有陈启民，看着车子走远了，才相互簇拥着，东倒西歪地穿过马路，朝不远处的新生代走去。

新生代的大楼上，霓虹灯五光十色，流金淌银。

平郡地理位置僻远，人们的思想观念，却并不落后；这个时分，它和其他中小城市一样，丰富多彩的夜生活才刚刚开始。

第四章　帮男人一把

这几日，陈启民和水闻，实是风光够了的：他们白天西装革履，开着奥迪，东奔西走，找有关主管部门、协办单位、顾问理事，晚上出没于灯红酒绿之间，举杯把盏，男欢女笑。可谓功夫不负有心人，一番软硬兼施下来，那些既定的目标，一一都有了出处。

为适应形势的发展，经平郡市委宣传部研究决定，设立了一个二级单位，名曰促进经济发展办公室，简称"促经办"。这个办公室，因以宣传与经济齐抓共建、双向发展为宗旨，确立了与当地经营实体挂钩、联姻，努力服务一线的思想，从而改变了宣传部多年来，在管理方面一手硬一手软的现象，形成了为地方经济鸣锣开道、保驾护航的新局面。

陈启民他们的《平郡周末报》，就直接归促经办领导。

陈启民看办报的事逐渐走上轨道，便叫水闻写个方案，或者叫可行性报告，好正式呈报促经办。因这一切，均是早已筹划好了的，水闻不到一小时，便把方案草拟就了。陈启民看过了，拿起笔来，在那串顾问名单上，又添了几个声名显赫的作家。

水闻委婉地说，当下，这些作家固然十分走红，可惜久闻其名，未见其人。陈启民咧咧嘴道，大树底下好乘凉。再者说了，咱这也是坟堆上添土哩。水闻便不再作声，只管按陈启民的意思，逐一修正过了，之后两人一起，把报告送到了促经办。

促经办主任，由副部长申有余兼着。申有余接过方案，连看都没看，便道："这事需杨部长先过下目，然后，由促经办向宣传部正式申请，再由宣传部承头，给省新闻出版局，打申请刊号的报告。"

"这样烦琐啊？那啥时批复下来，要等多久呢？"陈启民问，一副急不可耐的样子。

"你后天上午来取吧。"申有余说，"这已是最快了。倒是省里，我担心会费些时日。"

"省里我们自己去跑，就不劳领导们的大驾了。"陈启民说。

"这样再好不过。"申有余笑了笑，"时下，这也才是所谓的正道。"

"那就这样，后天我来取方案。"陈启民说，与水闻起身告辞。

"水闻，你留一下。"申有余说，送走陈启民，把门关紧了些。

"你嘱托的事，也有几日了，现时已有了些眉目。"申有余说，"老弟水军的事，我已经四处周旋过了，可结果却并不理想：铺子是可以开的，只是罚款，至少三千，差一文不行。你看……"

"有劳大驾。"水闻道，"凭你的面子，人家能开这么个口子，也算是仁至义尽了。"

"水闻，这次'扫黄打非'，来势迅猛，不仅咱们宣传系统，就连公检法司、书记市长，也全动着了。"

"这个我知道。"水闻点点头。

"你告诉水军，切不可再顶风逆行，如若不然，只怕不单是罚款这么简单了。"申有余说，拉开抽屉，取出一个信封，递给水闻。

水闻看一眼，明白了，不接。

"我叫你拿走，你就拿走。"申有余说，走过来，把信封硬摁到水闻手里，还在他的肩头，重重地拍了两下。

水闻便不再说什么，只紧紧地握了握他的手。

从宣传部出来，水闻想，再过两日，自己要和陈启民一道，到省城去跑刊号，不如趁现在有空，去看看父母亲。于是，他蹬着自行车，不紧不慢地到了二老处。

第四章　帮男人一把

老妈出去打麻将了，老爸、水军和吴楠都在。

水乡和吴楠，听水闻谈了所交涉的事，虽不十分满意，倒也笑着说已是不错了。而平日不苟言笑的水军，此时仍然闷着头，一声不响，临了，干脆到北屋躺着去了。大家知他心里烦，不痛快，也不当回事。

"闻闻，你就在这里吃饭吧，"水乡说，见水闻点点头，便进了厨房。

水乡做的猪肉炖粉条，眼看就要出锅了，文联主席徐言给水闻打来电话，说谷川县文联的柳主席过来了，中午要宴请咱们单位的人。水闻说，人家虽是县级文联的，可也是客人，哪里有客人登门，请主人吃饭的道理呢。徐言不耐烦地说，人家就是要请嘛，你管得着吗？徐言话说过了，可能觉得自己态度生硬了些，又道，这个一时半会儿，也解说不清楚，你来了便晓得了。水闻没法，挂了电话，提起包，对老爸摊了摊手。

吴楠将水闻送出大门，翻身进了北屋，叫躺在床上的水军，到南房吃饭。

"军军，既然铺子的事，大哥跟人家讲妥了，你就抓紧时间过去，把手续办一下。"水乡道，"这铺子若是还要开，便趁早揭了那封条的好。"

"爸说得对。"吴楠说，给男人夹了块猪骨头，"只是，不知是去文化局呢，还是到公安局？"

"看这光景，怕是公安局了。"水乡说，"若不，再给你哥打个电话，问问清楚？"

"还有啥问的，出去一打听，不就知道了？谁的鼻子底下，不长着一张嘴。"吴楠说，不知为什么，气咻咻的。

"你给谁耍横？"水军不高兴了，"既然你长着嘴，怎么不自己去说，还要老大出面？"

吴楠抿抿嘴，像给粉条噎了一下。她望望水军，又瞟了眼公公，不吱声了。

大家都沉默着。

"爸，我琢磨着，那些破机子咱不要了，铺子咱也不开了。"水军忽然说。

水乡和吴楠两个，都惊讶地看着水军。

"那些电视、电脑、功放什么的，都用了这么些年了，算来也值不了几个钱；并且再过两三个月，铺子的租期也到了。总之，单为这事，再跑来跑去地四处求人，不值得。"水军说，不抬头，只狠劲儿啃那块猪骨头。

"那你怎么不早说呢？"水乡说，埋怨地望着二儿子。

"谁知道是这么个结果哩……真他妈的。"水军嘟嘟囔囔道，把那块骨头丢在了一边，用纸巾揩着手。

"不开铺子，咱们做啥哩？这事你可想好了。"吴楠道，放下筷子，眼瞅着男人。

"这事不用你管。一个女人家，哪来这么多话？热饭都堵不住你的冷嗓子。"水军横声恶气地说。

"军军，我最不爱听你说这话。"水乡道，"动不动就女人长女人短的，女人咋了？"

水军翻了翻眼珠子，对水乡说："爸，我知道你心里，一直都在埋怨我，嫌我放那几盘黄带。实话跟你讲吧，咱要不放那东西，铺子早关门了，哪还能开到今天。你看看咱们平郡，只十来万人的小城，倒开了多少家录像厅啦？"

"是呀，没有哪家不放的，只不过逮着逮不着罢了。"吴楠补充道。

水乡听他二人这般理论，联想到如今社会上，那些千奇百怪、乱七八糟的事，也不想再多说什么了。只是，他不知道这两口子，一旦关掉了铺子，还能干什么，还能否找到啥别的营生。

"爸你别着急。至于往后我俩干啥，闲着的这段时间，我已再三考虑过了。"水军道，"开发区北边那个小湖，闲了也有两三年了，我寻思着找个人，给说合说合，咱承包了过来。这事如果不行，我就出去，到沿海地区打工去。"

"水军，我可告诉你，在家干啥都行，外面却是不能去。"吴楠忙道，急得饭都不吃了，"不说你背井离乡，遭那份洋罪了，单就我们娘俩，啥时候才能熬出头？实在要去也行，我得跟着。"

"水军，你讲的那地方，哪里是个湖，只能算个大点的池塘。那地境，荒滩野地的，你包它做啥呢？"水乡问，从话里听得出来，他也不赞成儿子到外面去。

"就算池塘吧，可依我看，那是块风水宝地，如果开发出来，也是一处好风景，一个好去处。"水军说，"这几日没事，我过去大致丈量了一下，这池塘看着不大，却足有六七顷地哩。"

"可前些年，旅游局在那中央的岛上，人车大马地折腾了一番，不是也没搞出啥名堂来嘛。"水乡说。

"我也正是看着，那些闲置的房子、亭子，才想租过来发展的。"

"哎呀，讲了半天，你到底租它干啥吗？"吴楠听得不耐烦了。

"开一家旅馆，像新生代夜总会似的，吃喝拉撒一条龙。"水军说，咬着嘴唇。

"反正闲着也是闲着，你就青天白日的，瞪着眼珠子做梦吧。"吴楠咯咯地笑道。

水军白了她一眼，道："说你是妇道人家，还不爱听。你想想，如今有些人，放着砖瓦房不住，偏要钻土窝草棚，是为着个啥？搁着肥酒大肉不吃，要挑清油拌苦菜，又是图的个啥？你看吧，要真能租下来，一定二三十年不变，不消多久，咱这出戏就唱红了。"

"你说的也是。"吴楠说，不笑了，"现时的社会，只要说是时尚，人们就一窝蜂地跟着流行，纵使嘴里唱着反调，步子也不敢慢半拍的。你们看看街头巷尾，那一个个理发店，挂的牌子不是东方美人、现代佳丽，就是超级秀屋、都市剪刀，倒连'理发'二字都不见；可就这么着，价位立马攀升了几倍。那些进去剪头铰头、卷发烫发的，包括我自己在内，明知其中的弯弯绕，却宁愿多花些钱，进去秀它一把，以显摆自己的阔，更以此假借自己，跟上了时代，赶上了潮流。水军，你别咧嘴，我虽是个妇道人家，有些事却比你这个大男人，还看得分明仔细些。"

"吴楠，我方才不是笑你，是笑这社会。正如你讲的，倒不仅仅是理发店、饭店、旅馆、影院等，各种场所，各色人等，几乎统就这么个样子，这么个德行。细想这人啊，就是发贱，放着馒头不吃吃花卷，只为拧那几个疙皱儿。"

"众人的事咱不管，也管不了，咱只说只做自己的；单就说眼下吧，只看咋样赁了那池塘，又需花多少钱。"水乡说，有些上心了。

"这个我也打听过了，那园子还归旅游局管着。至于租赁费，我看不会太多，有五六十万，最多七八十万元打住了。再者，只怕他们这会儿，也正急着往外转呢。"水军说。"倒是那些房子、水池子、花草树木什么的，均要重新修整、侍弄和栽种。不过，咱先搞简单些，启动起来再说。这样的话，我估摸开支也不是很大，有六七十万元足够了。"

"六七十万呀，这还不多？"吴楠呼道，"这么多钱，一时半会儿，可到哪里去弄呢？"

"把这些年咱们的积蓄，统统都拿出来，再把房子也抵押了，向银行贷款；仍然不够的话，只有向亲朋好友开口了。"水军说，"我现在觉得，这钱虽是当紧，却并非头等的事，倒是向旅游局赁地方，怕要费些周折。"

水军话音落了，水乡和吴楠都不吱声了，都在心里盘算着，怎样才能与旅游局接上茬、对上口，把这片地方，倒腾到自己名下。

听了水军的一番话，吴楠慢慢地觉得有了几分道理，看来这池塘，是该千方百计、想方设法弄到手的。

吴楠比谁都了解自己的男人。水军看着膀宽腰圆，五大三粗，待人接物大大咧咧，满不在乎，但他的内心，却极其的精细，就像他掌上的纹路，自己头上的发丝。不仅如此，水军做事心气足，胆子也大。就说吴楠跟他谈恋爱那会儿吧，他还整日立在街头，摆着两张台球案。摆案子这事，若往简单了看，不过跑跑腿动动嘴，挣份小钱而已。但吴楠不这样看。自从认识水军后，她便深深地懂得，这世上的事，不分大小，无论高低，但凡要向好处做，便要使出十二分的气力，更需有一定的智慧、耐力和技巧。

那时节，在平郡的街头巷尾，摆台球案的人随处可见，可以说是老鼻子了。可到如今，其中为数不少，已维持不下去，不得不收掇了摊子，另谋他路去了。水军却不同，他是挣够了那份小钱，又主动放弃，把生意转到其他行当的。在此之前，他每日早出晚归、风餐露宿不说，并且天长日久，潜心研磨，练出一手好球艺。以至案子摆到后来，连过往的行人，会不会打球，爱不爱打球，想不想打球，他都能看得出来。

说起来，吴楠之所以能和水军，从相识相知，以至恋爱结婚，也全在于水军有心机，有商业头脑的缘故。

第四章　帮男人一把

水军摆球案那会儿，吴楠刚从市技校毕业，在家里闲待着。

吴楠学的是装潢专业，因一时找不到工作，心里烦躁得很，一天到晚，除了吃饭睡觉看电视，就是和父母亲顶牛拌嘴。和所有的独生子女一样，父母亲对吴楠也是娇生惯养、宠爱有加，视为掌上明珠的。吴楠父母的年纪，比水军的双亲小些。只是，他们的家境比水军家稍好；父母虽然都是工人，且母亲早些年就下岗了，但因只有吴楠一个女儿，生活自然好过一点。然而，吴楠和许多孩子一样，对这般的幸福人生，不仅丝毫感觉不到，相反地，倒常常与一些同学攀比，而且越比越觉得自己命不好，活得可悲、可怜。

一个人，父母不能选择，但有许多事情，自己是可以改变的，比如贫富贵贱，比如婚姻家庭。吴楠也明白这一点，只是，到底该怎样去改变，怎样去换个活法，她又感到茫茫然了。其时，吴楠对这世界，对这人生，认识还很肤浅，加之生活中又遇到些实际困难，因而一时间迷惘、困惑和苦闷起来。也就是在这个时候，她在不经意间，认识了水军。

一个秋日的午后，吴楠睡足了觉，打开电视，看了一会儿连续剧，便懒洋洋地出了门。她到街道的商店里，买了一包泡泡糖，然后站在路旁的树荫下，鼓着腮帮子一个个地吹。

电视剧《还珠格格》，吴楠已经看了七八遍，她担心自己再看下去，会像剧中人小燕子抑或某些粉丝一样，傻了蔫了疯了，或者干脆上吊了跳河了喝药了。

"你小子真行，连这个角度的球，都赶得进去。"

"无他，惟手熟耳。"

"才念过几天书，就臭词滥用。你别高兴得太早，看哥们儿这一局，怎么收割你。"

"你小子别嘴硬，有能耐，先把前三盘输的钱，一张一张点过来，咱们再开局。"

"不就三五十五块钱么，短不了你的。你开，开呀。"

"好喽，开喽。帅呆了，酷毙了，简直无法比喻啦……"

距吴楠不远处，有两个小子，一边打台球，一边嘴里吵吵不休。

这俩小子，一高一矮，一胖一瘦，二十郎当岁，像是个体户。他们打了一局，又打了一局后，不吵了，倒一人拿着副杆子，红着脸对顶着，眼瞅着要动武。

"好好的小兄弟，就为这点芝麻粒儿的事，动手动脚伤和气，不值得。"摆案的小伙子说，一边拉开他们，"何况，看你们的言谈举止，还是读过几天书的人。大个子，大哥觉得这样，就让你这个朋友，一边休息一下，咱们两个玩一把。"

"玩就玩，莫非本人还怕你不成？"高个子道，大步走过来，不再向矮个子要钱了。

"只是，这周围人多眼杂，你若信得过大哥，咱们临了过款。怎么样？"摆球案的说。

"咋都行，小弟奉陪到底。"大个子说。

"那好，就由你开盘吧。"摆案的说，让小个子到一边，帮他照看另外那张案子。

"啪"，大个子也不推让，弯腰瞄准了，一竿子过去，池子里开了花。

"球技不错。"自称大哥的摆案人，点头赞道。

"没有金刚钻，就不敢揽这瓷器活。"大个子满脸骄气、霸气，"你就时刻准备着，往过点票子吧。"

"好啊，若是你赢了，统统拿走；假如我没输，下午请客。"

"大哥豪爽，小弟也非孬种；客你请得，我也请得。"

"一言为定。"

此时，一旁的吴楠见了，觉得有趣，便口里吹着泡泡糖，往他们跟前凑了凑。

摆台球的和大个子，见有人观战，且是一个靓丽的大姑娘，便都不再吱声，只管一来一往，闷下头，摽劲儿。

不到十分钟，第一局有了结果，大个子赢了，摆案的人输了。

哗啦啦，球重新摆好，两个复又投入了战斗。

第二局、第三局，却都是摆案的老板赢。

吴楠想看个究竟，便索性拉过一把椅子，坐下了。

接下来，第四局、第五局、第六局……大个子局局皆输。等到太阳要落山时，大个子摆手示意，表示自己服了。

"那咱就拾掇了摊子，吃饭去？"摆案的说。

"一共十局，噢，你点点。"大个子说，从兜里摸索出一沓钞票。

"不急，你先拿着。来，咱把案子抬到小车上去。"摆案的说。

吴楠见有了结果，吐了泡泡糖，站直了身子。

"这位姑娘，你等等，"摆案的说，过来了，"你这个裁判，这一下午，当得也够辛苦了；若不嫌弃的话，请与我们一道吃顿便饭。"

"我又不认识你们，与你们吃的什么饭？"吴楠说。

"整整好几个小时，都在一块儿，还不算认识嘛？"大个子不高兴了。

摆案的朝他摆摆手，对吴楠说："怎么样，四个人，刚好一桌。况且我有话对你讲。"

"有什么话，你现在就说，饭我是不吃的。"吴楠说，头向外一偏。

"这位漂亮妹子，既然大哥请你，你就随和点，赏个脸么。"大个子说。

"就是，就是，麻雀虽小还有脸了，可今天呢，有人连麻雀都不如了。姐，看咱们都一条街住着，你就赏他张狗脸猫脸吧。"小个子帮腔道。

吴楠觉得这话有趣，便不由得捂住嘴，乐了。

大家也跟着笑了。

那天，吴楠和三个小伙子，在附近一家馆子，点了几道菜，要了两瓶酒，谈得十分投机、融洽。席间，相互通报了姓名后，吴楠便知道，摆台球案的叫水军；水军也知道了，站在一旁观战的，叫吴楠。而那两个抬杠顶牛的，一个叫大牛，一个唤小然。

"敢问吴小姐，现在哪里高就？"水军问吴楠。

"待业。"吴楠直言不讳地答。

水军沉默了一刻，道："那你明天便过来，与我一道摆案如何？"

吴楠怔了怔，感到些突然，便说："让我回去考虑考虑。"其实，她在家里早待腻了，只是觉得这活儿，一天到晚在街头挺着杵着，若遇了同学朋友抹不开面子。

水军看出了她的心思，也不勉强，只不住地往她碗里夹菜。

当晚，水军把吴楠送到家，自己去了，吴楠却躺在床上翻来覆去，怎么都睡不着。

二天，吴楠起了个大早，匆匆赶到水军的摊子上。

"闲着也是闲着，就算给你帮个忙吧，"吴楠对水军说。

"好，好好，我不会亏待你的。"水军说，欣喜、兴奋地搓着手。末了，便叫她守着摊点，而自己则跑到商店，又买回两张案子。

"有你这么靓的小妞，站在这崭新的案子前，来打球的小伙子，敢不碰破了头。"有回，水军伸出食指，在吴楠的脸上点点，咧着嘴这样讲。

吴楠听他这样说，心里很不舒服，但还是勉强笑了一下。因那会儿，时光已过去了大半年，他们彼此不仅十分熟悉，而且要好着了。

此时的吴楠，对生活已经很实际了，可是脑子里的东西，却是越来越少，什么彷徨苦闷、忧愁烦恼，都没有了，甚至于连奇思妙想、异想天开都没有了；有的只是怎样摆案、怎样赚钱、怎样平静地打发日子。所以，和大多数女孩子一样，她和水军一要好就接吻了，一接吻就上床了，倒没有丝毫的拖拉和扭捏。

吴楠大方、爽快的姿态，搞得水军都有些迷糊。

"我们这茬男人啊，真可怜，真可悲。"有次，天快亮的时分，俩人又做过一次爱后，水军自言自语地说，还对着天花板叹一口气。

"怎么啦？"吴楠抚摸着他宽阔的胸膛，问。

"走遍大江南北，长城内外，连个处女都碰不着、遇不到。"水军摇着头，感慨道。

吴楠有些吃惊，便扭回头来，认真地看着他的脸。

"看什么？你没听人家说，现在的女人，都在忙着'绿化大地'吗？"

"绿化你妈个屁。"吴楠猛地坐起身，大声道，"老娘不是处女吗？"

"那是过去，可现在呢？"水军说，冷冷地看着她。

"水军，我操你姥姥，操你八辈子祖宗！"吴楠怔一刻，把枕头扔到他脸上。

"没想到连你的嘴，都这么不卫生。"水军道，翻了个身，"你该走了，眼看老头子就要起来，到公园锻炼身体了。"

吴楠伏在床上，眼泪哗哗地流了下来。

吴楠平日里过来，睡到这个时分，水军都会说怕父母看到，要她走的。吴楠一直觉得，水军纯属多此一举，两人大男大女的，都到了谈婚论嫁的年龄，老人知道便知道了，有啥好怕的。像自己吧，自从和水军处对象后，就有好几次整宿不着家，父母心里能不明白，自己的女儿咋回事，与水军发展到了啥程度？可毕竟时代不同了，大家也都见怪不怪、习以为常。然而，水军却不同，有时候说话做事，一点不像这个时代的人。就说做那事的光景，勇猛得像山林里的老虎，而一旦做过了，又胆小得似门道里的耗子。每逢天将破晓，他都要她离开这间小南房，也不管天气怎样，冷不冷，热不热，刮不刮风，下不下雨，她又能到哪里去。以前，吴楠看与他讲不通，拉开门就走，虽然此时半迟不早的，无处可去，她只能在街头巷尾溜达，却也没有多少怨言。只不过，她觉得水军这个人，性子有点怪，还犟得像头牛。而今天听了他这排子话，吴楠着实伤心了；为此，她回到家里，大哭一场不说，以后还好几天，连门都不出，摊子则更是不管了。直到水军有天找上门来，作揖打拱地认错，好话讲了千千万，她才算作罢。

唉，怎么说呢，自己就是人们常说的，蹚过男人河的女人吧。一天天成熟起来的吴楠，渐渐地，把平凡的生活，把男女之间，尤其是夫妇之间那点事，统统都看开了。也正因如此，她才和水军结了婚，生了儿子，并且一直过到了今天。

水军和所有的男人一样，有优点也有缺点，有时像女人的父亲，有时又似老婆的孩子。但是水军脚踏实地，与吴楠一起奔日子的劲头，却不是当今社会，每个男人都能做到的。几天来，因水军遇了事，夜里睡不着觉，一个劲儿地长吁短叹。一旁的吴楠，不知怎么的，心却更静更细，即使地上落根针，她都能听得到了。

白日里，吴楠听水军说，欲租了开发区北面的池塘，由他们夫妇二人经营，觉得不论成功与否，他能有这么个念头，便是不气不馁、积极上进的表现。况且，依他们的经济基础，家庭条件，不思不愤，不搏不拼，又能怎样呢？为此，吴楠几经思考后，决定这一次也要像以前似的，好好地帮男人一把。可是这件事，远不像摆案子那样简单，她一时真不知道自己该怎样做才好。

此时，看着一旁闭着眼睛、眉头紧锁的男人，吴楠寻思，这个家，欲办成个啥事，父母眼瞅着是不顶的，而大哥水闻虽与社会上的人交往多些，到底只是个行事传统、谨慎的半拉子书生。可就是这样，这么些年来，家里逢了大凡小事，还得依他靠他的。眼下呢，大哥为铺子的事，刚求过人，自己不好再去找他了。那么，要租了这块园子，第一步又当从何处入手呢？

吴楠躺在床上，翻来覆去、苦思冥想着。忽然，她眼前一亮，想到了一个办法，那就是明日一早，自己亲自去趟旅游局，去会会那位局长。也许这件事情，并没有想象得那么复杂，也许就如水军讲的，那片园子，对人家来讲，可能还是个累赘、包袱，这阵子巴不得想甩掉呢。

"眼看着天暖和了，学校也要开学了，我得上趟街，给兵兵买双运动鞋。"早上起来，吴楠对水军道。

"要走你便走，快些走，没人拦你。"水军烦躁地挥着手，在地上踱了几圈，又和衣躺下了。

吴楠不再搭理他，到了外屋，坐在梳妆台前，对着镜子，化了几笔淡妆，方才迈着碎步，推起自行车出了门。

吴楠到了平郡市旅游局。

旅游局在政府大院内，紧挨东风街的一幢楼上。这幢六层大楼，因盖起的日子久了，看上去有些老旧。然而，平郡的人都知道，它的里面，几乎囊括了政府所有的要害部门：计委、经委、人事局、财政局、档案局、统计局、政策研究室等。

吴楠在大门处，被保卫拦住了；纠缠了五六分钟后，还是对方给旅游局办公室，一个叫崔一鸣的主任打过电话，方才放她进来。

旅游局在五楼。吴楠顺着楼梯上来，看一间一间的办公室，门头上都编着号码，挂了标明身份的牌子。她径直找到"局长办公室"，轻轻敲了敲门，听没有人，遂又"副局长""财会"连着叩了几间，见仍无反应，想是人家开会，便手揣在衣兜里，在地上踱来踱去。

大约过了半小时，"会议室"的门开了，人们相互簇拥着出来，塞了满满一走廊。

"请问找谁？"一个身材高大、面盘白净、三十五六岁的男人，走到她身边时，停下问。

吴楠因自己也不知道，要找的人姓甚名谁，便似不经意地说："局长。"

"那你跟我来吧，"那男人认真地看她一眼，往走廊的一端走。

吴楠愣了愣，然后，便紧跟了上去。

那男人走到长廊顶端，在"局长室"前停下，从裤兜里摸出钥匙，左右拧了一回，门开了。

"找我有事吗？"那男人说，行至办公桌前，一边示意她坐。

"你就是局长啊？"吴楠说，有些怀疑地打量着他。

"怎么，不像吗？"那男人笑笑，坐在宽大的桌前，"我姓何，叫何云青，人可何，云朵的云，青草的青。请问女士芳名？"

吴楠望着何云青，口里报着自己的姓名，心里却在说，这人好面善，似在哪里见过，前思后想一回，却终于记不起来。

"我们好像，好像在哪里见过吧？"何云青道，凝神地望着她，"你是二中毕业的吧？"

吴楠脸一热，忙低下头，道："不，是一中。"

"噢，是我记错了。"何云青说，继而问吴楠，找他有何贵干。

吴楠挺起腰板，不卑不亢地，把欲租赁池塘的事讲了。

何云青静静地听过了，沉思一下，道："本来这园子，我们计划要建招待所的，因忙于其他的事，一时给耽搁了。至于要不要向外租赁，目前还未作考虑。"

"那么何局长，如今你能不能，在百忙之中，抽出点时间，认真考虑一下呢？"吴楠忙道。

"是呀，这园子半死不活的，搁了也有几年了，如今是该着手解决它了。"何云青说，"吴女士，回头我们班子成员，再议一下，然后答复你。你看这样好不好？"

吴楠心里有些着急，本打算再说几句什么，但觉得对方已把话说得很明了了，自己再讲什么，反而显得多余，便点点头，站起身来。

"吴女士，如果方便的话，请留个通讯地址，等有了结果，我好通知你。"何云青道。

吴楠把家里的座机报了。

"最好是手机，那样会方便、快捷些。"

"不好意思，"吴楠歉意地，朝他笑了笑，"请问有名片吗？"

何云青"噢"了一声，从上衣兜里，摸一张名片，双手递了过去。

"谢谢，"吴楠认认真真地看了，嫣然一笑，朝他伸出了手。

何云青握住了，轻轻地摇了摇，送她出了门。

下楼的光景，吴楠的心情和模样，与来时有了很大不同。

许是由于兴奋吧，吴楠出得门来，一时倒不知该往哪里去了。她站在马路旁，抬头望了望天上的太阳，掉转身，朝一边的邮电大楼走去。

吴楠来旅游局时，在一个牛皮纸信封里，放了两千元钱，准备瞅个适当的机会，送给局长的。然而，等她见到何局长后，不仅认为没这个必要，并且，还为自己的小家子气感到幼稚和可笑。

现今人们都说，办任何事情都得花钱，都要舍得花钱，可吴楠觉得，可能有的时候，也不全是那么回事。虽然，她并没有办过多少事，更没有办过啥大事。就说眼前这个何云青吧，是不是个清官，她不知道，收不收别人的钞票，更是不清楚；但依吴楠的感觉，这个姓何的，给她办不办事，钱并不起着决定性的作用。这究竟是为什么，连吴楠自己一时也说不清楚。但既然这笔钱没动，也算省了，不如拿出来，买一部手机好了。

这些年，吴楠因无正式工作，过日子是节俭惯了的。并且，她一直以为，手机这东西可有可无，并没有多少实际的用途。所以，她见别人都拿着那物件，连家庭妇女也如是，一天到晚，嘴里呜里哇啦的，觉得完全是有钱没处花，是显摆，是装阔。然而，现在不同了，吴楠觉得，手机挺有用，很重要的，尤其是在欲办成一桩事的时候。比如说今天吧，与何局长谈的这个池塘，连何局长都认为不是小事，自己却连个手机都不带，无论怎样讲，都说不过去。你想，假若日后有了消息，人家要与自己联系，而自己一时呢，恰巧又不在家，那岂不误了大事？

吴楠这般想着，走进邮局，来到卖手机的地方，挑了一部价钱适中、款式亦可的机子。并且，她出得门来，便拨通了何云青的电话，一字一句地告诉了对方，自己的手机号码。

"关于园子的事，请不要着急，一有消息，我会马上通知你。"何云青说。末了，顿了顿，又道："吴女士，以后若有什么事，你直接打我手机好了。"

吴楠听了，耳根子的地方，便有些发热。

回到家之后，吴楠就静下心来，一心一意，专候着何云青的消息了。

不知为什么，吴楠相信，何云青给她的消息，会是一个好消息，并且还不需要自己等待多长的时间。

第五章　贵客与歌厅

　　水闻与陈启民，还有陈启民的部下贾麦，驱车赶往省城。

　　陈启民打着方向盘，一边嘴里吹着口哨；贾麦侧着身子，望着窗外的景色；水闻则凝视着前方的路，想着自己的心思。

　　徐言那日找水闻赴宴，水闻开始有些不解，觉得饭吃得有些蹊跷，可是，当他赶到饭店之后，便明白了其中的原委。

　　谷川县文联主席柳相学，三天前接到县委的指示，要他在两个月内，策划并撰写出一台文艺晚会。晚会的主要内容，是反映谷川各条战线，进入新时期以来所发生的巨大变化，所取得的优异成就，以便为即将召开的商贸交易会呐喊助威，增光添彩。

　　时下，为加快经济建设步伐，积极面向市场，主动参与竞争，全国各地诸如此类的活动，此起彼伏，不胜枚举。仅以节庆为例，除了元旦、春节、元宵、三八、清明、五一、五四、端午、六一、七一、八一、中秋、重阳、九十（教师节）、国庆、腊八等传统节日，和国家规定的电影节、电视节、艺术节、书画节等活动，以及一些"舶来"的节日，如情人节、愚人节、母亲节、父亲节、万圣节、圣诞节等外，又增添了许多新项目，如服装节、风筝节、家具节、啤酒节、牡丹节、西瓜节、葡萄节、柿子节，等等。据统计，这些与时俱进、与日俱增的节庆，全国已有三千多个，可谓包罗万象，蔚为壮观。

　　与此同时，各式各样的商贸会、洽谈会、交流会层出不穷，方兴未艾。主办方不惜人力、物力和财力，举办这般名目繁多、花样迭出的节庆活动，其主观愿望和出发点均是好的，目的好像也只有一个，那就是借节日的东风，"经贸搭台，文化唱戏"，在改革开放、促进招商引资等方面，大做文章，做足文章，以进一步推动各项事业的发展。

谷川县深居内陆，自然环境恶劣，经济基础薄弱，生产力水平低，一年的财政收入仅八千万元。但穷则思变，县委县政府一班人马，也学着别家的模样，照葫芦画瓢，欲栽下梧桐树，引来金凤凰。可是，既然是开大会、唱大戏，便要邀请全国各地工商业者，和那些摇头晃脑的专家学者，以及风靡全国的影视演艺明星；这就意味着，不仅要劳神费力，还要往外掏钞票。掏就掏吧，兜里没钱不打紧，一是向上面打报告要，二是跟邻近县市借，三是发动全县人民踊跃捐款。反正只要能造大声势，形成气候，能在一张白纸上，描绘出最新最美的图画，谷川就是再穷，也要勒紧裤带，咬着牙关，来做这样一场事的。所以，在有关领导拿稳了方向，定准了调子，下定了决心之后，全县各行各业、各条战线，便按照其指示精神，积极贯彻落实起来。

县里分派给文联的任务，是要他们为本届商贸会的晚会，写作品，出节目，如歌曲、小品、相声、快板等。不过，需要说明的是，文联搞出的这些东西，不是要请来的明星大腕，在舞台上表演的。大家都知道，一般明星们走到哪里，都带着自己的作品；虽说其中有些节目，至今已演出了上百场，上千场，可人们还是一看就激动，就掉泪，就疯狂，甚至于晕死过去的。演艺明星们，可不需要这些土里土气、下里巴人的东西。再说，谷川算什么呀，它只是一个县，这样的县，中国有几千个，人们掰着指头，数都数不过来。

"那要你们文联，搞这些东西，为的是什么呢？"水闻听罢柳相学的话，不解地问。

"听我慢慢道来，大家便明白了。"柳相学道，"我们弄的这些节目，是专供本县歌舞团演出的。整台晚会统共三个多小时，大腕却是屈指可数，只有五六个，哪里能贯得下来。退一步讲，即使能够贯下来，人家也不会给你贯下来。这样，中间便须穿插一些，自己捣鼓的货色。领导们倒都觉得，这也是宣传谷川、提高谷川知名度的好机会。"柳相学说过了，毕恭毕敬地站起来，从徐言开始，挨个儿给在座的人敬了一杯酒。之后，才讲了此番来平郡，备下这桌酒菜，特意请大家赏光的目的。

"我们谷川县文联，原有四个编制，四名工作人员。其中有两位，先后与单位签了合同，自谋职业去了。因这两人是谷川的写手，在省内小有名气，想来在座诸位大多也认识。只是那写小说的，在街头设了铺子，专卖基建用的门窗；编剧本的，去了南方，供职于某家影视公司，一集一集地写电视剧。这样，文联从上到下，便只有我这个主席和一位会计了。我原在乡镇当副乡长，红头文件倒是常看，至于文艺作品，连读都很少读，更别说创作了。而那个会计呢，一个女同志，在文联待了十来年，只会拨拉算盘珠子。眼下，县里的任务我接是接了，不接也不行，但单凭我俩，是无论如何完不成的。我思来想去，唯一的办法，就是请诸位帮忙了。"

听罢柳相学的叙述，众人皆低头不语，水闻却又问："你们青安市，不是也有文联吗？你为啥不去找他们呢？"

"嘿嘿，嘿嘿，"柳相学不答，只望着徐言，干笑不已。

"哦，是这样，去年秋上，谷川举办了一次书法大赛，我因前往做了回评委，便有幸认识了柳主席。"徐言道，"刚才柳主席说，他自己不读作品，不写东西，那纯属自谦之词；就在那次大赛上，他的一幅作品，还获得了三等奖。"

"过奖，过奖，都是徐主席和其他几位评委，关怀、照顾的结果。"柳相学说，摆着手。

"柳主席不必谦虚，当仁不让嘛。"徐言道。

"不敢当，不敢当。徐主席身为平郡的大诗人，因人对事，却是彬彬有礼、和蔼可亲，令人佩服。而今承蒙不弃，与小弟结为好友，鄙人深感三生有幸。"

"柳主席，你这般言语，倒叫徐某不自在了。"徐言道，打断他的话，"咱们还是言归正传吧。你不是带了节目单吗？趁酒未酣，拿出来给大家过过目。"

柳相学连忙点头应是，一边从真皮包里，取出两张皱皱巴巴的公用笺。

徐言接过来，简单地溜一眼，再把它们通读一遍，然后，逐条逐项地落实到了手下人头上。

此时，大家酒也喝得热了，又眼见得柳主席一副殷勤、恳切，以至可怜巴巴的样子，便一个接一个，响亮地拍着胸脯，异口同声地应了。

　　这些天来，一直如坐针毡、抓耳挠腮的柳相学，眼瞅着这激动人心的场面，一张嘴咧着，样子不知是笑，还是在哭。他忽地抹把脸，抓过酒瓶子，往杯里倒满了，一连饮了三杯。

　　水闻接到的任务，是一首歌词，为男女生二重唱，内容是表现谷川旧貌换新颜的，与《逛新城》类似。若是单看形式，并不耗时费力，但因他一直写小说，又偶尔作点诗，歌词更是从未接触过，所以心里边多少感到有些没底，于是便向柳相学提出来，大家可否到谷川去，走一走，看一看。

　　柳相学满口应承，说水作家若是到谷川，届时保证车接车送，好吃好喝好招待。然而，文联的同事们，写戏的时光，作曲的钟离，编舞的白烟，包括摆弄诗歌的主席徐言，几乎一致表示反对。他们均说大可不必，认为这是浪费时间，是自己给自己找麻烦。

　　水闻听大家的理由，似乎都很充分，他们讲：青安与平郡，不过一河之隔，都是盛产小麦、玉米和向日葵的农区；更何况，现在这个年头，没听说过哪个作者，为写一首歌词，还要实地采访、考察，深入生活的。正如许多文艺家们讲的，作家深入生活这一命题，其实与在创作上搞"三突出"一样，从本质上讲是错误的，是违反客观实际的。你想，但凡一个人，只要活在这个世界上，就每天每日、每时每刻，都在接触现实社会，都在体验和品味人生。一个优秀的作家，应该解放思想，与时俱进，处在时代的最前沿，只有这样，才能够写出为人们所喜闻乐见的好作品。假如不是这样，而是别的哪样的话，则都是幼稚可笑、不可理解的，也是自相矛盾。总之，大家言外之意，是说水闻的观念落伍了，跟不上时代了，应及早改换脑筋、轻装上阵才是。

　　"是是是，好好好，"酒喝得并不是很多的水闻，听了众人这番高谈阔论，仿佛一连饮了几大杯，目都眩了，头都晕了。因而直到散场，只听任他人谈笑风生，自己倒像个哑巴，或一个吃白食者似的，口中再未吐出半个字来。

　　"水大哥，你一个人，只管无声地笑，却是为着什么？"贾麦扭过头来，问他。"难道是在笑我吗？"

　　"哪里，我只是，只是忽然想起，几天前的一桩事。"水闻忙道，"真的，直到现在，水闻想起那日的情景，心下还觉得好笑。"

"水闻，估计下午三点多些，咱们便可抵达朔阳。"陈启民道，一边熟练地打着方向盘，"我想，你是不是，再与蓝田联系一下，请他务必与我们，一道用晚餐。"

"这个不必。昨晚我与他通话时，都已经讲好了。等咱们进了城，找家旅馆住下，我再要他手机。那时他也要下班了。"水闻说。

陈启民点点头，又道："如若今天晚上，他能具体指导一下，办理刊号的步骤、程序，那以后操作起来，我们的步子就快了。"

"你说得对。"水闻说，"记得我与你讲过，蓝田虽是个作家，却有些活动能量，并且，做事总是钉是钉铆是铆的。如今文坛上，此等讲信誉、靠得住的人，似不多见。"

"这话我信。不过现在这个年头，遇事还是多动点脑子、多留个心眼儿好。"陈启民说，"与蓝田也一样，我们该出手时便出手；总之人前人后，桌上桌下，不能一个调子。"

"就是，市场经济面前，人与人的关系，说穿了，就只剩得个钱字了。"前排坐着的贾麦，忽然冷笑道，"但愿那个蓝田，别像水作家一样，也是个道貌岸然、装模作样的伪君子。"

水闻听了，感到有些突然，便有几分惊讶地望着贾麦。

"哈哈，水闻，你听听，听听我们贾小姐，对你的评价。"陈启民仰头大笑，有点幸灾乐祸、落井下石的样子。

"贾小姐，通过启民，咱们只在一起，吃过几顿饭，我也知道你有张利嘴，可水某不记得，啥时候得罪过你呀？"水闻装作很委屈似的，笑着问。

"正因你没招我，没惹我，本小姐才这么奚落你；如你与那般人模狗样的人，完全一个德行，这话便没有意义了。"

"真是好人难做啊。"水闻感慨道。

"好与不好，不在自说自话，而在别人怎么看。"贾麦继续道，"说实话，我并不很了解你，所以前才讲的只是玩笑罢了。不过，从你的言谈举止上，我看得出来，你活得很累。"

"是吗？那你便说说看，我累在了哪里？"

"人活着，就该像一棵树，或者一池水，风来了便摇，雨来了便摆。倘若不是这样，那草就不是草，水也不是水啦。"

水闻没有想到，贾麦这样一个小女子，竟会说出这般富有哲理的话，倒叫他一时语塞了。

"深刻，精辟！"陈启民说，深有感触地点头。

三人一路说说笑笑，不觉已到中午时分。他们在一个小镇子上，停下车来，而后，进了一家紧靠马路、颇具当地风味的馆子。待大家吃过水饺，品过酽茶，在上车的工夫，贾麦忽说，车的后座处，空间更大些，舒服一点，便挨着水闻坐了。水闻不知怎么的，有些不自然起来，并且一双眼睛，自觉不自觉地，总往贾麦的腿上溜。

早春的时光，树刚绿，花才开，贾麦却已过起了夏。

贾麦着一身单薄的套装，看上去十分性感：上衣是白色的，胸部箍得紧紧的，分外得突出；下面的裙子，又是黑色的，且超级得短；一双高筒袜子，里面虽似套着层什么，但因是肉色的，从而使她的双腿，显得愈加修长、秀美。在水闻的眼里，正当妙龄的贾麦，娇艳得仿佛春天里的杨柳，充溢着柔艳与俏丽。

> 嘿——我最怕最怕烟雨蒙蒙，
>
> 看不清看不清你的身影。
>
> 我曾经曾经对天呼唤，
>
> 天在哭地在哭你在何处。
>
> ……

贾麦唱起了歌，《情深深雨蒙蒙》里的主题曲，赵薇的《烟雨蒙蒙》。

陈启民随着贾麦的歌声，不住地摇头晃脑。

贾麦唱毕了，又开始响亮地说笑，并且背靠着车窗，面对着水闻，不时地用手梳理着，一头披肩的长发。

水闻不禁有些局促，浑身像长了毛毛刺。他不由得将身子，往前靠了靠，从反光镜里，窥视着陈启民。

陈启民神情悠然地开着车，仿佛在吹口哨，却没有发出一点声音。

水闻耳听着贾麦说笑、唱歌，眼睛却望着前方，直至进了朔阳城。

因是出来办事的，并且还不是小事，他们便住了较为高档的宾馆。

宾馆叫作方圆新城，为四星级，内外一新，通体透亮，环境幽静，且距省人民出版社，只有几分钟的路程。

"蓝田讲，不用我们去接，他自己过来，"水闻把手机揣进兜里，对陈启民说。

"那怎么行，以我看，还是接一下的好。"陈启民说。

水闻道："不过两站路，不如随他好了。"

陈启民想这省城里，有些县处级干部，上下班都骑自行车，现在用小车去接蓝田，恐给对方造成不便，便点头应了。只是，他要大家下楼，到院子里恭候蓝田。

三个人，一字排开，在大门处候着。

过了约十分钟，蓝田过来了。不过，蓝田不是骑自行车，而是乘一辆本田来的。大家一齐迎上去，热情地握手、致意。末了，陈启民看蓝田摆着手，打发司机去了，便忙着招呼上楼。待大家一一坐定后，蓝田从包里摸出一叠名片，不紧不慢地分发了一圈。

当然，水闻也领到了一张。往前伸手的光景，他隐约地感到，蓝田的人，似乎已发生了某种变化。

果不其然，蓝田已做了出版社的副社长。

大家很是欣慰，对所要办的事，心里越发有了底。故而，当相跟着下得楼来，在餐厅里举杯把盏的光景，桌上又添了几多的喜悦。几个人一一恭贺蓝田，尤其是水闻，孩子似的兴奋不已，就像是他自己，升任了厅局级似的。

蓝田倒还是那样，文质彬彬、温和谦让、不骄不躁的。只是，有一样水闻没有料到，就是蓝田不仅官做大了，酒量也增加了许多。蓝田一杯接一杯地喝着，却还谦逊地说，自己对酒不行的，不行的，只是今天遇了老友，更通过水闻老弟，相识了耿直豪爽的陈启民，美丽大方的贾小姐，方才酒逢知己千杯少的。

"趁酒未酣，我向诸位汇报一下，水闻老弟交代的事，即你们申请办报的事。"蓝田喝口茶，往上推推眼镜，郑重其事地说，"关于这件事，与水闻通过电话后，我便紧着跟省出版局的胡染讲了。胡染虽只是办公室主任，在局子里说话，却是有一定分量的。只是，由于目前全国的报纸办得过多过滥，上面提出要整顿，所以各地出版局，在发放刊号时十分谨慎，极为严格。不过，只要申请渠道正常，目标明确，可操作性强，争取到刊号，也不是完全没有可能。胡染前时与我讲，他和单位的主要领导，已通过气，打过招呼。局长副局长们都表示，此事可以考虑。刚才我在楼上，看了你们打的报告，心里更添了几分把握。因你们欲办的报纸，由平郡市委宣传部牵头，这样，就从根本上，保证了办报的方向，确保了报纸的质量和水平。但是，创办一张报纸，毕竟是一件大事。因而我和胡主任都觉得，诸位来到朔阳后，首要的一条，便是大家先见个面，彼此交流、沟通一下。我呢，也联系了一些相关部门的领导；不管大家先前认识不认识吧，咱们明晚找个地方，互相增加些了解，加深一下印象。不知诸位意下如何？喏，这是有关人员名单，请各位过目。"

水闻接过来，粗粗浏览一下，便递给了陈启民。陈启民看后，连声叫好，还不由得在心里，将蓝田又高看了几分。

但见用圆珠笔书写的名单，分行排列着，省里及朔阳的一个个人物，他们是：

方若北，汉北省委办公厅副秘书长；

姚文斌，汉北省委宣传部新闻处处长；

吕其贵，汉北省出版局副局长；

桑丛月，汉北省政府政策研究室人事处处长；

含　砂，汉北省作协副主席，著名作家；

朱　晖，《汉北日报》副总编辑；

胡　染，汉北省出版局办公室主任；

陈丹露，朔阳市宣传部副部长；

周里仁，《朔阳晚报》主编。

"有蓝社长亲自出马，方才请来这般重要的领导，八方的贵宾。启民心里十分感激，且激动不已。千言万语一句话，都盛在这酒杯里了。"陈启民站起身来，举杯一饮而尽，之后，又毕恭毕敬，双手奉与蓝田一杯。

"承蒙陈老弟不弃，蓝某在此领受了。"蓝田说，也要站起来，被陈启民摁住了。

"言重了，言重了，"蓝田谦让一番，还是把酒喝了。

"蓝老师，小女子也敬您一杯。"贾麦瞅个空子，斟满杯子，也站起身来。

"不敢当，不敢当，"蓝田细看她一眼，笑着饮了。

贾麦见了，脸上乐开了花，嘴里更是一声一声，不断地呼着蓝老师，还一杯接一杯地，不住地敬酒。蓝田喝了便是，倘若稍有迟缓，她便娇嗔地佯装生气，小嘴噘得老高。

水闻在一旁看着，有些发呆、发怔。

从平郡出发前，因陈启民事前并未讲，此番同行前往朔阳的，还有他人，水闻便以为，只有他们两个了。然而，待上车的工夫，见贾麦也坐在里面，心里便有些不解。他想，这趟朔阳之行，要带也该带了朱晓宜，怎么倒带了贾麦。这样一个女子，看着温馨可人，却无非一路上添些情趣、凑些热闹罢了。现在，水闻知道自己错了，从而也深刻体会到了，陈启民的一番良苦用心。

自己的脑子并不笨，大小还是个作家，怎么这么简单的事，就是看不开想不透呢？水闻自然知道，自己平时因人对事、待人接物，总比别人慢半拍，但此刻还是在心里，骂自己是个糊涂蛋、可怜虫！骂过了，禁不住端起杯子，大大地喝了一口。

"哟，本小姐在酒桌上，还从未见过，不要别人劝别人让，自己就抢着喝的主儿；即使蓝老师与你熟稔，也该多少有点礼貌，有点品位啊。"贾麦笑道，还随手推他一把，"水哥，没见你喝几杯呀，怎么这就多了？二位请看，水闻竟将这眼前的酒杯，视作粗瓷茶碗一般了。"

陈启民听了这话，只是垂着头，静静地笑。

"水闻与我，原是自家兄弟，用不着客气的。唉，说来我们认识至今，已近二十年了，感觉哩，却只是一眨眼工夫。"蓝田摇摇头，感慨地道，"水闻，想来这段时间，你要出的集子，书名已拟好了吧？"

水闻摸摸脑袋，道："蓝老师，你看还叫《利器》，行是不行？再好一些的，我一时竟想不出。"

蓝田说："我一直与你说，《利器》就不错；我觉得这个书名，有感觉，有力度，有广告效应。"

"蓝老师过奖了。"水闻摆摆手，道，"蓝老师，小说集的事不急的，等啥时候有空，咱们再聊不迟。"

"也好。"蓝田点点头，说，"你们来一趟不容易，就多待几天。"

"蓝老师，不知您家住哪里，距此可近可远？"贾麦问。

"不远的，就在省政府大院东边。几时方便，大家过去坐坐。"蓝田说，虽听贾麦的言外之意，是说时间不早了，他该起身告辞了，但一双眼睛，仍不离她左右，且越来越显得迷离和幽远。

"改日吧，等蓝社长方便的时候，一定前往拜访。"陈启民说，见大家酒已喝掉不少，遂对蓝田道，"只是，今日来时，给蓝社长带了一点，我们当地的土特产品，想着送您回家时，一并带过去。"

"启民，你们如此多礼，这般客气，倒叫蓝某不好意思了。"蓝田说，一边站起身来。

"仅只一只羊、一箱酒、一袋西瓜，聊表心意而已。因出门时，匆忙了些，让蓝社长见笑了；等日后批文下来，陈某定当重谢。"陈启民双手抱拳道。然后，他让贾麦先上楼，回客房歇息，自己则与水闻，开车送蓝田回家。

小车一转弯，驶出了宾馆大门。

"时间尚早，不如找个地方，我好与水闻谈谈小说集的事。"蓝田看看腕上的表，说。

"蓝老师，看你酒喝得热了，就先回去休息，稿子咱们改日再谈。"水闻诚恳地说，"况且，小说集与报纸刊号比起来，只是件小事。"

陈启民接住话茬，不满地说："我说水闻，你这话就不对了。何为小事，哪为大事？要我看，你出集子的事，与咱们办报一样，同样是大事。真是的，在家急得跟猴似的，如今好不容易与蓝社长见了面，现在人家蓝社长，又主动约你谈谈，你倒好意思讲这种话。"

水闻便忙道："真是对不住了，蓝老师。"

"没关系，"蓝田嘴里这样讲，脖子却僵硬地，朝一边扭着，直到不住嘟囔水闻不是的陈启民，把车打在一家歌厅门口，脸上的颜色，方才好看了些。

三人进了歌厅的门，便见一位三十多岁的女士，满脸堆笑地迎过来。那女士问声好，刚要说什么，陈启民朝她摆摆手。

"社长，我去去就来。"陈启民对蓝田说，一边与那女士，行至吧台前。

陈启民和那女士，小声嘀咕了几句，之后便一起返转来。

"各位先生，请随我来。"那女士说，脸上微微含着笑。

"先生您请，"陈启民伸出手，对蓝田说。以后，大家便随那女士，进了一个包间。

那女士问陈启民，对这里的环境、条件是否满意？见陈启民点头，说句"请大家稍候片刻"，复又出去了。

陈启民对蓝田说："社长，平素大家各忙各的，也过于紧张了些。我看咱们今天，就放松一下，好好玩玩。"

"我们只是谈小说，来这种地方，恐怕不大合适吧？"蓝田道。

"社长，我现在倒是觉得，水闻刚才说的，也有几分道理；这酒，真是喝得有些多了，小说不如改日再谈。今晚呢，就随意玩玩。请蓝先生赏小弟个面子，随便一点，尽兴一点。"陈启民道，把欲站起身来，还想再说什么的蓝田，轻轻摁回到沙发上，末了，看着水闻，朝门外摆了摆头。

俩人退出来，便见刚才那女士，带着两位小姐，笑吟吟地过来了。女士吩咐了小姐一回，要她们进了蓝田的包间，遂又对水闻道："这位先生，您请随我来。"

水闻不动，原地站着，只看着陈启民。

"你走你的，尽瞅我做什么？咱们各自为阵，我有我的地方。"陈启民说，推他一把。

水闻咧咧嘴，以后便随那女士，进了另一包间。

女士像对蓝田一样，征询过他的意见，又出去了。

水闻当地站着，四周瞅开来。但见十多平方米的屋子，摆了一圈的转角沙发，还有一只不大的茶几。挨窗户的地方，搁着电脑、功放、电视机之类的东西。地毯是暗红色的，窗帘也是暗红色的，而且看起来很厚，左右拉得紧紧的，没有一丝的缝隙。房间里，唯一有点色彩的，便是门边的墙上，挂着的一幅油画。画作档次不高，质量近乎粗劣，感觉与品味，却颇为现代、时尚：一个长发如钢丝，手脚似植物，胸部像花朵的女人，在幽静的月光下，赤裸着身子，呼唤着，大步奔跑着。

"先生，这是您要的酒水、小吃，"一会儿，一个男服务生进来，对他说，一边将托盘里的东西，一件件搁在茶几上。

水闻看时，见是两听蓝带啤酒，一碟杏仁，一碟糖果，一碟瓜子，还有一包中华牌香烟，便不置可否地点点头。

"我这就把机子，给您打开了，"服务生说，随即跪在地上，放开了录像，调试好音响，然后选了一首《花心》，告辞去了。

水闻这才坐下来，点上一支烟，静静地盯那视屏。

画面上，一个不美也不丑的女子，做作地在海滩上散步。

不伦不类，四大不挨，风马牛不相及……水闻正这么想着，门开了，进来一位小姐。乍看上去，小姐的形象，与屏幕上的，似差不了许多，也是长发飘飘、袒胸露背的。只不过，本来生硬的瓜子脸上，勉强地挤出一丝笑。

"你好。我姓王，叫王芳。"小姐自我介绍道，站在那里。以后，大概看水闻的样子，没有什么异议，就轻手轻脚地过来了。

水闻却只看看她，没有说话。

"看先生的样子，是第一次来这里玩吧？"自称王芳的女子，往他身边凑了凑。

"你需要什么，请自便。"水闻说，指指桌上的食品。

"谢谢。"王芳说，起身行至屏幕前，选歌曲，"咱俩唱支歌吧，不知先生喜欢那首？"

水闻摆摆手："本人五音不全，不过倒很乐意，欣赏一下小姐的歌喉。"

王芳过来，两手搀住水闻的胳膊，媚笑道："我也不是歌唱家，咱们只是玩嘛。"

"我真的是左嗓子，平日最怕唱歌的。"水闻道，推辞开了。

王芳有些扫兴，努着嘴说："那好，你不唱我也不唱了。"末了，赌气地坐下了。

"没想你人不大，脾气倒不小。"水闻不由得笑笑，道。

"哪里敢嘛，"王芳道，故作娇嗔地摇摇他的胳膊。继而打开一听啤酒，递给水闻，又开一听自己拿了。

"王小姐哪里人，来此地多久了？"水闻问，没喝啤酒，只在手里把玩着。

"广济，来朔阳半年多了。"

"口音却是不像。"

"为了生活，不得不入乡随俗。"王芳说，忽儿叹一口气，抿一口啤酒。"想来先生还要问我，为什么要干这行吧？也不用你问了，还是我自己说吧。我家住在万岭山中，世代为农。那地境不似你们这里，穷山恶水的，没有多少田种。我高中毕业后，没考上大学，在家闲待了几年，以后就嫁给了同村的一个男子。不承想，男人比我命更苦，与我结婚不到两年，有天到城里买农具，竟被迎面而来的车活活地撞死了。幸而我们还没有一男半女，了无牵挂，我便跑到外面来了。先时在远海市打工的，只因自己涉世未深，遭人暗算，受人欺凌，一时气郁过度，便破罐子破摔、沦落风尘了。"

"怎么，你在这里，也出台吗？"水闻问。

"出台与坐台，都是一码事。"王芳答。

"好像不是吧？"水闻道，他虽是第一次来这种地方，可早听人讲过，坐台与出台，不是一码事：前者只是陪人喝喝酒，聊聊天，唱唱歌，后者却是真枪实弹，要献出姿色、出卖皮肉了。

"如你所说，起初二者确有不同，可后来却情形有变，实是豆腐两碗、两碗豆腐了。单说这里的小姐，不管出台的，还是坐台的，总归均是生意而已。如若不这样，顾客少有往来，小姐们挣不到钱，这厅子也要关门了。"王芳道，"你可不要只听人说，啥出台坐台，啥这样那样，那都是既要当婊子，又想立贞节牌坊的话。"

"果真吗？"

王芳对了他，苦笑一下，道："这个自然，我又哄你做啥。再者说了，哪有自己是淑女，倒自称婊子的。"

原来如此，水闻听了女子的话，便在她的肩膀上，轻轻拍了两下。

王芳浅浅一笑，道："其实也无所谓，原本这大千世界，芸芸众生，皆为名利而来。更何况，如今的世道，许多的人们，也是趋炎附势、见利忘义、笑贫不笑娼的。不过，像大哥这样，懂得体贴、怜悯我们的，倒不多见。一般有钱有势的主儿，但凡跨进这道门槛，便不分青红皂白，一股脑儿地将我们视为泄欲的工具。而多数的姐妹，也如同任人宰割的羔羊，不敢有一丝一毫的言语，更别说违逆与反抗。但是，说来大哥也许不信，就是这种藏污纳垢之地，也有正气清流，并非混浊一片。"

水闻也不搭腔，只默默地听着。

王芳喝一口啤酒，静一静气，又说："男欢女爱，本是天性使然，人之常情，再寻常不过，但凡你情我愿，做便做着，做便做了。但若是有些个人，一旦飞扬跋扈起来，使出过分的手段，不管旁人的死活，那便分明是将自己，当然还有他人，视作了猪狗不如的禽兽。想来这帮子男盗女娼，定然会折损阴德、断子绝孙的。而像我这样儿的呢，虽到了此种田地，做了玩物，成了烂货，却也从心窝子里，瞧他们不起了。"

水闻听过了，不禁动了恻隐之心，便攥住了王芳的手。

王芳的一双手，却是凉得瘆人。

是呀，绿珠、苏小小、李师师、柳如是、董小宛、李香君、小凤仙，皆出自青楼，却个个深明大义、侠骨柔肠，从古至今无人不敬，无人不为之喟然长叹，感慨万分。倒是那些沾了她们颜色、得了她们便宜的王侯将相，文人雅士，那些所谓的正人君子，千百年来，让后人每忆起来，便禁不住要齿寒要作呕了。

此时，王芳因被温暖着，也有些激动着了，她肩膀抽动了一下，随即小鸟一般地，依偎在水闻怀里。

"我还有事，需要走了。"水闻道，突然推开她，站起身来。

王芳的两只眼睛，木木的，尚有几分委屈、几许哀怨。

"多谢相陪，今晚，"水闻道，从兜里掏出一张钞票，递到她面前。

"老板娘说，账有人会结，但不是你。"王芳不接，偏着头，咬着唇。

"你不要嫌少，我不是大款。"水闻说，不再看她，将钱搁在茶几上，出了门。

"大哥，不留一下，我的手机号吗？"王芳追出来，小声道。

"不必，已是有缘了。"水闻道，疾步向前，并未回头。

水闻行至吧台时，低声与前时那位女士，交代了几句什么，而后，大步走出门来。

水闻回到酒店，已是一点多了。他冲个澡，爬上床，想赶紧歇了，不想贾麦打来了电话：

"这么晚了，到哪里逛去了？"

水闻嘴里支吾着，也不说个子丑寅卯。

"陈哥呢？"

"在啊……"

"在哪儿？你要他说话。"

"……"

"哼，你就编吧；分明只你一人回来，却在睁着眼睛说瞎话……"

"嘿嘿，启民嘛，他与蓝田还有些事，一刻便回来。"水闻不得不如实作答。

"一个晚上，尽顾着说话了，难道还没说够？"贾麦冷笑。

水闻不吱声了。

"这么晚了，况天要下雨的样子，他一个人在外面，你倒放心。"贾麦说，"要不我到你那边，咱们一起等他？"

"启民没事的。"水闻说，有些结巴，"我，我有点头痛，又困了。"

"一喝酒便说头痛，没本事，就不要喝嘛。"贾麦道，把电话啪地挂了。

水闻搁下话筒，若有所思地愣了会儿神，刚想熄灯睡觉，但听得一声闷雷，自天边滚滚而来，旋即窗外狂风大作，暴雨如注。

水闻拉开窗帘，朝外面观望了一回，然后，坐到桌前，打开笔记本电脑，在键盘上敲起来：

第五章　贵客与歌厅

夜半听雨

昨夜将息天欲明，楼前楼后四边声。

高风横扫一轮月，大雨直击万盏灯。

胡燕惊飞春树里，旅人疾走朔阳城。

原知此命如蒿草，起舞踏歌风雨中。

水闻写罢了，摇着头兀自品咂一回，便开始脱衣服，准备洗澡。等走到洗漱间门口，忽记起自己刚才已洗过了，便牙疼似的咧咧嘴，在额头上拍一巴掌，迅速地折回头，钻进了被子。

二日，水闻起来，已是十点多了。他想陈启民一准还睡着，便敲了贾麦的门，喊她一起下去，好歹吃些东西。不想，陈启民却在里面，正与贾麦说话。

"水哥，昨天夜里，急风暴雨的，你倒这样好睡性，莫不是误吃了'白加黑'吧？"贾麦揶揄道。

"什么白加黑？"水闻懵懂着问。

"连白加黑都不知道？就是电视广告里常播的，用来治感冒的药啊。"贾麦说。

"噢，想起来了。只是，好像不是啥治感冒的，而是一种添加剂，用来催猪长膘的。"水闻抓着脑袋道。

"本来脑子不好使，还偏爱猜忌人，瞎琢磨。大哥呀，让我说你什么好呢？"贾麦笑开来，捂着嘴，弯着腰。

陈启民却不动神色，只用奇怪的目光，看了一眼水闻。

"我想你两个，昨晚辛苦，定然早起不了，所以刚才下去，带了几个包子上来。"贾麦说，走到桌子前，打开一个塑料袋，"紧着吃吧，已是凉了。"

陈启民使手抓起一个，大口地吃着，一边与水闻和贾麦，研究起晚间，宴请客人的事来。

陈启民的意思，是说这桌饭，请的几乎均是党政要员，十分重要。因而，饭局要设在比方圆酒店更高档一些的地方。此外，他要水闻过会儿，给蓝田打个电话，进一步落实一下，免得到时候，搞得宾客产生误会，主要是时间和地址有所差池。

关于订饭的事，贾麦满口应了。而水闻却对陈启民讲，对蓝田，没必要再打电话，咱们只定好地方，通知他一声便是。他还说，既然蓝田说与众人讲妥了，那便一定是妥了，绝不会有误的。陈启民却说，还是再联系一下的好，小心没大错，礼多人不怪。水闻听了，便不再坚持，还呵呵笑着说，就按"老总"的意思办。

到了晚间，宴席上的情形，证明水闻是对的。大家该来的都来了，一个不少。

陈启民左右环视着，看看这个，又望望那个，情绪昂扬到了极点。

一般来说，水闻是不大喜欢与官员们，一道吃什么饭用什么餐的。因他常常看到，官员们无论大小，每逢这种场合，不是东拉西扯、离题万里，就是逢场作戏、插科打诨……试想，一个人一年四季，从早到晚，所做的一切，都是为了给别人看，不敢流露和表达一丝一毫，对生活的切身体验，对人生的真知灼见，纵使有怎样的身份、地位与财富，又有多少快乐幸福可言呢？如此这般地活着，是不是就如贾麦说的，太苦太累太没意思了？！

然而，或许是在座的诸位领导，受了陈启民的感染，或许是省里的衙门，毕竟高大了许多，总之，今天这一餐饭，气氛很是融洽，可谓谈笑风生，高潮迭起，其乐融融，妙趣横生。若说，大家所谈的论的，大多老的掉牙，且一律不着黄色，不过是古往今来，文人墨客在诗词歌赋、琴棋书画方面的奇闻逸事；如刘伶醉酒、唐伯虎点秋香、张宗昌写打油诗之类，然而听起来，却是有声有色、有滋有味。

水闻坐在一边，静静地望着大家，不由地想：无论何种产品，包装很重要，只要包装过了，并且发挥得恰到好处，就会有看点和卖点，都会有市场和销路。

第六章　到底苦了谁

早上，李雨一上讲台，还未点名，便发现两名学生没有来。问同学们原因，却是七嘴八舌，没一个说得清楚。

这两个学生，一男一女，男生叫马良，女生唤杜津，都是班上的尖子生。今天，他们既没有请假条，也不打招呼，便不来上课，使李雨有些不安，更有些气恼。李雨下午刚好没课，便下了教学楼，骑着车子，到了马良家。

马良出去了，家里只有他的母亲。

马良的母亲，正跛着一条腿，在院子里喂猪。她见到李老师，忙放下手里的盆子，将她让到了屋里。

李雨问："马良怎么没去上学？他现在哪里？"

马良母亲的脸上，掠过一丝慌乱："马良和他弟弟，到郊外打猪草去了。"

"那我去看看，"李雨站起身来，欲去寻找，给马良的母亲叫住了。

"那地界距这里，足有六七里地。他兄弟两个，一大早就出去了，这个时分也该回来了。"

李雨犹豫了一下，坐回到炕沿上。

"李老师，是我不好，我供不起良子上学了。"马良的母亲嗫嚅道。

"怎么会呢，这学期的学费，不是刚交过吗？"李雨不解道，一边环视着屋子。

房子是土坯砌的，不很平整的墙壁，刷了一层白粉。由于盖起的年代久

091

了，墙的拐角处，裂开一道小指宽的缝；门窗没有涂漆，显出本色的、已经变形的柳木；框上贴着塑料布，因有风吹过来，啪嗒啪嗒响个不停。一盘土炕上，半边铺着一条粗线毯子，半边铺着两条毡。地上，摆着一个油漆剥落的柜子，一个水缸，两只水桶。这些物件，都是二十世纪八九十年代，北方农民使用的。

"学费是交了，可你们，可学校，不是又要收书报费吗？"马良的母亲说，一边低着头缝补衣物。

李雨不作声了。

每年新学期，学校都要为学生订书报，买复习资料。报纸一般只订一份，复习资料则有数种，需视情形而定。今年，复习资料还是那些，报纸却是不同了，订了三份，分别是《中小学生报》、《英语周报》和《作文天地》。前两张报纸，为省教育厅主办，订了也有几年了，后一张则是初创，由平郡市教委主办。既然是买东西，便要花钱，为此，收费也由过去的二十五元，增加至了四十三元。而复习资料呢，更是名目繁多，各式各样，数都数不过来。

作为语文教师又是班主任的李雨，对订报纸和买复习资料，一直心存芥蒂，甚至很反感。她始终认为，眼下学生们的学习负担已是很重，不能再增加了。李雨认为，有不少学生，连课堂上的基本知识都学不会、弄不通，还要挤出时间，生嚼硬咽，那些课外读物，无疑是浪费时间，荒废学业。不仅如此，那些报纸与复习资料，从编排到印刷，大多把关不严，质量低劣，错误百出。所以，每逢校领导就这些问题，征求老师们的意见，尤其是班主任的意见时，李雨都明确表示反对。然而她的话，每次都像丢进河里的石子，只溅起一朵小小的水花，以后便无声无息了。

其实，不仅李雨这样说，大多数老师，私下里也都这么以为。只不过负责该项工作的校领导，总在装聋作哑、充耳不闻罢了。现在与过去相比，更是不同了，学校只打好通知单，要老师们一张张地发下去，以后将钱收回来便是，全不管大家，赞成不赞成，反对不反对。

目前，平郡的各项事业迅猛发展，人民生活水平显著提高。可是，在城市在乡村，仍然有一部分人，生活在贫困线以下，有的甚至连温饱都没有解决。

就说市一小的贫困生吧，有的就因交不起学杂费，不得不中途辍学。

简单看起来，一个人连小学都没读完，便走上了社会，不过让我们生活的周围，又多个文盲半文盲而已；然而，若把目光放远一点，通盘考虑，事物的性质便发生了变化。

近年来，青少年犯罪现象日趋严重，已引起有关部门的高度重视，以及全社会人们的广泛关注。有不少青少年，轻则偷鸡摸狗，打架斗殴，重则抢劫强奸，吸毒贩毒，以身试法。不难看出，孩子们的这般行为，与教育是分不开的。然而，现今的社会，金钱被罩上万能的光环，几乎成了唯一的货色，被人们日夜追逐、顶礼膜拜，其他倘或什么，都为人们所看得轻了，看得淡了。常言道，榜样的力量是无穷的。老师和家长的言传身教，无疑会将一些正处在成长期，尚不能识别事物的孩子，引入误区与歧途。而我们呢，即使从孩子们的身上，发现了某些"坏"的苗头，也没有时间和精力，没有什么好办法，去引导和教育他们。纵使有，不到万不得已的时候，比如孩子被劳教、被收监的工夫，也是断然不会尽心竭力的。一般拯救的方式，大多为口诛与巴掌。这两样货色，是千百年来，我们的老祖宗，一辈又一辈传下来的，可是时至今日，依然十分流行和好使。

相比而言，这订报纸与买资料，已属师者的先见之明，终是为了孩子们的将来。故而，纵使花多少钱，实是一点都不冤枉的。可是，有些教书育人的先生，却看不到这一点，还闭着眼睛说瞎话，道人家是胡乱收费，是误人子弟。这种不负责任的态度，这种无根无据的说法，哪个愿意领受？既然此类话，让人听了不顺耳，那么唯一的解决办法，便是视而不见、充耳不闻了。

然而倔强的李雨们，就此事仍然揪住不放，聒噪不已，尤其是最近，他们在一次教研会上，说到如今社会上的乱摊派，以及种种不合理的收费，竟然还涉及本校；并且，还牵扯出一桩，发生于五年前的，陈芝麻烂谷子的事：

二年级有位老师，春回大地、万物复苏之际，买来一群小鸡。然后，他站在讲台上，对全班学生说："为了使同学们，从小养成热爱劳动、热爱生活的良好习惯，树立共产主义思想，加强集体主义观念，老师今天特地上街，买了几筐小鸡，并决定现在就把它们，一只一只分给同学们。老师这样做，其目的是什么呢？就是要大家，把小鸡抱回家去，等到秋天的时候，再一只不少地抱回来。大家都要记住，到时老师要检查，要评比，要看同学们，谁的鸡养得大、养得肥、养得好。"于是，学生们放学之后，每人领到三只活泼可爱的小鸡……

告别马良的母亲时，李雨说："大姐，市里好像有规定，不允许城镇居民，在社区或自家院里养牲畜的。"

马良的母亲说："大姐自然知道，只是，实在没办法……"

李雨无言以对，因她早已知道，马良的母亲是一个残疾人，他父亲原在铁路上，做着临时工，三年前因病去世了。

"大姐，我还有事，就不等马良了。待马良回来，请转告他，就说李老师来过了，要他明日去上学。"李雨说，转身出来，又到了杜津家。

杜津倒在。这孩子见了李老师，只是不停地哭。

杜津的家境，与马良差不了多少。他的父母，一个两年前便下岗了，另一个患着黄疸肝炎，整日看大夫，药不离口。

马良、杜津，连着两个学生的家访，使李雨的心，几近跌入谷底。这天，直到深夜，李雨躺在床上，仍是辗转反侧，难以入眠。

平郡市第一小学，是平郡创办的第一所公立学校。这所完全小学，几十年来，为国家培养了大批人才，到如今，可谓桃李满天下了。眼下的一小，无论教学设施、设备，还是师资力量，在市内均属一流：五层的教学大楼，不仅设计精巧，姿态优美，而且，设有电教室、实验室、文娱室等现代化设施；院中的花间甬道，曲径通幽，新美如画；操场上，吊环、双杠、球架等各种体育器材，应有尽有，惹人喜爱……

上溯到十年前，一小还远不是这样的。那时，它的校园虽然很大，占地近百亩，却十分简陋和空旷：校舍是土坯的，只墙根处与屋顶上砌着蓝砖，人们管它叫"穿鞋戴帽"；桌凳是黑漆的，又短又窄，且都裂着缝；校园里，所有铁的器械，均生着厚厚的锈，所有木的玩具，都东倒西歪，不堪一击。

不过，即使是现在，要讲一小的不是，也还是有的。近年来，随着学校和周边单位，各项事业的发展，各种建筑物见缝插针，相互挤压，使得校园一天天萎缩，学生与教师的活动空间，越来越小了。如操场上的跑道，过去，转一圈整整四百米，现时只有二百米了；而且，中间还设有排球场和篮球场。如此，让人觉着狭窄、憋屈不说，若是召开运动会，又遇着刮风天，孩子们奔跑起来，尘土飞扬，塞人口鼻，而此时路上路下的行人，远远地望过来，还以为这里是赛马场呢。

一小现时的样子，也是时代的产物，绝非某些人、某些集体的本意。由于学校要发展，又缺少经费，才不得不卖掉一些地皮，用来筹集资金。当然，其中有些地方，是学校自己开辟出来，做了地基，为教职员工建了住宅。不管怎么说，一小与整个平郡一样，风风雨雨几十年过来，景况是大变了的，只要不蔫不傻，掰起指头，数都数得过来。

对于一小的巨大变化，李雨是亲眼目睹了的，因而每每与人谈起这点，她都感慨良多。李雨不仅现在，在这里做着语文教师，当着五年级（2）班的班主任，而且她的五年小学生活，也是在这所校园里度过的。直到今天，李雨还清楚地记得，她上学的第一天，母亲带她来校报到的情景。

九月的第一天，下着蒙蒙细雨。李雨的母亲，用自行车带着她，进了一小的大门。

那天是学生报到的日子，校园里人山人海，似水如潮。母亲牵着李雨的手，随着缓缓的人流，沿着长长的走廊，好不容易才挤到了报名处。可是，由于报名的孩子太多，为了尽快领到表格，母亲和许多家长一样，狠命地往老师身边挤。而李雨则站在墙角处，睁大眼睛，好奇地张望着这一切。

办公室里，大人和孩子们，不断地出出进进，不住地吵吵嚷嚷。老师和家长们，所说的话，李雨几乎一句都听不懂，听不明白，但她分明看见，在场的人，不管大人还是孩子，脸上都洋溢着兴奋和激情。

快下班的时候，李雨的母亲，终于办妥了入学手续；当母亲把李雨，领到一位女老师面前时，她竟因为紧张、一时激动得有些透不过气来了。

那年李雨七岁。就是从那一天，她开始了崭新的生活……

岁月如梭，往事如烟。一转眼，二十多年过去了。十多年前，当李雨从省立师范大学毕业，面对留校还是返乡的抉择时，她毅然决然、毫不犹豫地选择了后者，并如愿以偿地回到母校，做了一名人民教员。这么多年来，在人生的道路上，虽然历经了一些坎坷，但她却从来没有，为自己的选择后悔过。李雨早已下定决心，做一辈子教师，永远从事这一"传道授业解惑"、备受人们尊敬的职业。

李雨是一个外表柔弱、内里刚强的女性，工作中的困难和挫折，会使她苦闷、烦恼，乃至于伤心、痛苦，但却永远不会让她意志消沉，一蹶不振。这一点，她的丈夫水闻，最是知道和懂得。

然而这天夜里，李雨前思后想一回，直到三四点钟，方才进入了梦乡。

早上起来，李雨简单地梳洗了一下，吃过早餐，便带着水雪下了楼。

娘俩骑车到了学校，水雪朝母亲挥挥手，跑进了楼上的教室；李雨却没有上楼，没有到自己的办公室，而是径直进了校长室。

校长的办公室，在楼下左边的一排平房里。

校长姓付，叫付士君，是个爽朗又精细的男人，逢人对事，不笑不说话，而一双眼珠子，也同样转得溜溜欢。也许正因如此吧，平日一小的老师们，都管他叫校长，从来不在前面，加那个"付"字。

这会儿，付士君吸着烟卷，认真听罢李雨所反映的，学校收取报纸、资料费，以及马良、杜津等同学的情况，思索了一下，神情严肃地，谈了如下几点意见：

一是李雨不辞劳苦，深入家访，搞调查研究，值得肯定与表扬；二是在学校里，类似马良、杜津这样的学生，虽属少数，但是还有。对这些困难户，学校要在摸清底数的情况下，开会进一步研究，以便提出具体的解决办法；三是关于订阅报纸，学校、老师包括学生，都要继续征订，不订不行。因这是上级领导的指示，并且已经作为目标责任制，列入全面衡量学校优劣的考评范围。还有，就是那些复习资料，仍然要继续购买，一刻也不能停，一份都不能少，因这是时代发展的要求，是做好各项教学工作的前提……

"付校长，我仍然认为，学校的做法是错误的，尤其是针对学生收费方面。"李雨说，由于过于严肃了些，没留神，在校长前边加了个"付"字，"我们做任何事，都要实事求是，都要从实际情况出发。如果学校坚持要每个学生，订这么多的报纸，买这么多的资料，而不考虑家长的负担，学生的承受能力，可能会造成严重的后果……"

"别激动，有话慢慢讲，慢慢讲。"付士君笑道，朝她压压手，"李老师，在咱们平郡教育系统，你的漂亮和温柔，可是大家公认的；更重要的，我觉得一直以来，你都能够保持一名教师的形象和气质。然而，你看看你现在，说话声音这么大，而且脸都涨红了。这可不像你的一贯作风哟……"

付士君这样一讲，李雨的脸更红了。她垂下头，沉默了半晌，又道："校长，你不仅是学校的领导，而且也教了这么多年书，你不可能不知道，有不少学生，生活上虽然贫困，可学习成绩却很突出，思想品德也十分优秀。现在，他们之中的一些，只因负担不起学杂费，便要辍学回家，对此，你就不感到痛心和惋惜吗？"

"当然痛心，当然惋惜。但是，李老师，你只看到了问题的一方面，而另一方面呢？从某种意义上讲，一个人生活清贫点、艰苦点，也有益处，尤其是在人生成长阶段；俗话说得好，贫门出贵子，梅花香自苦寒来嘛。像我吧，父母都是农民，自己呢，又生在困难时期，长在艰难年代，自然知道那份寒苦了。"付士君道，摆摆手，叹口气，继而又对李雨说，"只是，你，还有许多教职员工，哪里知道我的苦衷。作为一校之长，我所面对的和要负责的，不是一两个学生，而是整个学校。"

"那校长你说，像马良、杜津这样的学生，和他们生活、学业方面的困难，该如何解决呢？"李雨道，白皙、秀气的脸庞上，布满了阴郁和沉闷，"眼下，咱们平郡，有个别家庭，尚可在院子里喂猪养鸡，如若几时上级有关部门，严格按照政府文件办事，将它们一刀切了，像马良这样的孩子，又拿什么来交学杂费呢？"

"噢，这个你就要去问市长了；将我的军是没有用的，我只管我分内的事。"付校长说，表情也严肃起来。

"可向学生们收学杂费，总是你分内的事吧？"李雨一字一句地问，旋即身子往前俯了俯，现出几分央求的样子，"校长，考虑到咱校的具体情况，今年能不能少收些，至少不增加呢？"

"这事需校长办公会研究、讨论。你知道,校长书记有五六位,我一个人说了也不算。"

"可是校长,你终究是主要负责人啊!"李雨说,"上面一再号召,学校要减少收费,取缔乱收费,可我们学校倒好,所收的这费那费,一年胜似一年,一日多于一日。不管出于什么原因,这总是反其道而行之吧?再者说了,如若总这样涨下去,何时才是个头呢?"

付士君垂下头,不吱声了。

李雨静静地望了他片刻,站起身来,道:"校长,我请你回过头去,再认真看看墙上挂的条幅。"说罢,头也不回地走了。

付士君的办公室,正中墙上,悬着这样一幅字:

误了啥也不能误了教育

苦了谁也不能苦了孩子

李雨回到办公室,拿过一沓作文本,却怎么也阅不下去。

"李老师,李老师,"有人轻声唤她。

李雨忙揉揉眼睛,转过身来,见是教导主任郑婕。

郑婕与李雨是校友,也是省立师大毕业的。只是,她比李雨岁数小,也晚两年进一小。

"李雨,你哪里不舒服啦?"郑婕关切地问,有些诧异地望着她。

"噢,没有没有。"李雨答,一边给她倒了杯水。

"那就好。"郑婕舒口气,继而小声道:"李雨,今年的职称指标下来了,人劳局给了咱校九个,其中特级还是少了点,只三个。唉,僧多粥少,看来大家又要像往年一样,争个碗高盘低、你死我活了。"

李雨不作声,她眼睛望着窗外,像没有听到似的。

郑婕急了:"李雨,我在跟你说话哩。前两天,开校长办公会,我列席的。当议到这个问题时,我在会上把你的情况,又全面细致地讲了一通。本来嘛,以你的资历和条件,早该评上的。若说,无论从哪方面衡量,这次你都不会有问题。不过这种事情,不到铁板上钉钉的份儿,总让人放不下心来。所以呢,我看你还是抓紧时间,再找找领导,找找校长。"

"谢谢郑主任，"李雨诚挚地说，"只是，我这个事情，不是说了三五回，已说了三五年，只怕众人的耳朵，都要起茧子了；你叫我如今，可再说什么好呢？"

"这有啥不好讲的，进一步汇报思想、交流心得、增进感情嘛。"郑婕道，有点恨铁不成钢的样子。"我刚才已经跟你讲了，现在的事情变数大，许多时候，是谈不上啥合理不合理的。像评职称这种事，更是如此，因为它关系到，每个人的切身利益。咱们这些年，一直姐妹一样处着，你外表柔软、内里却犟的性子，我是最知的。要说这也没啥不好，做人嘛，总须要有自己的原则。只是事到如今，你也该仔细想想，以你的教学水平、能力，还有人品、素质，为什么直到今天，还评不上个中级职称？李雨，你许多的亏，单就吃在遇事认真上。唉，龙生龙凤生凤，你跟许老师啊，真是一个模子脱出来的。"

李雨歉意地对郑婕笑笑，道："要不人说江山易改、本性难移呢？你说得对，我是一点都不像我父亲，完全跟了母亲了。"

"李姐，不管怎么说，这回你要千方百计、想方设法，将这个指标弄到手。要我看，请客送礼、磕头作揖也值得，只要不卖身就行。"郑婕咬牙切齿地，见李雨恼她，自己也笑了。

"这自是气话，单一个送礼，却是真的。姐若没钱，妹子先垫着。"郑婕怜惜地看了她一回，继而又嘱咐道，"校长刚才通知我，这几天便要开会，具体落实这件事，拿出名额分配方案。你哪，一会儿就去找找他。咱们校长，不仅是学校的主要领导，还是平郡教委的中评委委员。"

"这个我知道。"李雨道。

"总之，遇到屋檐便低头，逢了高山就挺胸，一二三三二一，瞧着吧，没有啥事办不了办不成的。"郑婕慷慨激昂地，进一步为她打气，见李雨终于点点头，便走过来，亲密地拍拍她的肩膀。

李雨送郑婕到门口，直到看着她的背影，消失在走廊的尽头。

难道，刚为学生的事找过校长，现在，再为自己的私事去找他吗？李雨翻回身来，坐在办公桌前，兀自摇了摇头。

十点多的时候，搞收发的进来送报，顺便递给她一份公函。

李雨缓缓地拆开，见是平郡市政治协商委员会的通知，要她在下周一，如期出席政协召开的六届四次会议。

李雨当选为市政协委员，已经快满一届了。说起来，名不见经传的她，之所以挂了这么个头衔，正如人们所讲的，也是皮裤套棉裤，有些缘故的。

李雨担当这个职务，是在四年前。

那年"七一"前夕，教育系统像往常一样，要发展新党员，吸收一批新鲜血液。其他单位此时也便如此，一是为迎接党的生日，二是新党员在这天宣誓，比平日显得更加庄严，更有意义。只是发展新党员，像评职称似的，也是有指标的。此次教育局党委，给了一小两个指标。一小党支部接到通知后，很快召开了一次支部大会，讨论了这两个指标具体的后备人选。会议前脚刚散，后脚便有位支部成员，神秘兮兮地对李雨说，这次支部大会，虽然大家对拟报人选议论纷纷，莫衷一是，但最终确定了目标和对象：一个是即将退休，但申请了大半辈子的一名男教员，另一个便是李雨。

李雨当时听了，表面上不以为然，无动于衷，内里却是心潮起伏，浮想联翩。

李雨清楚地记得，自己刚进一小时，便写了入党申请书。并且一年后，她便由培养对象，转成了发展对象。李雨常听组织上说，党的大门，是随时向每个人敞开的，只要你坚持靠近组织，积极争取便能步入其中。可是，她这个发展对象，却好像发展得很慢，从写申请到现在，已经这么多年过去了，仍然还是个"发展对象"。其中有两次，眼看就要跨进门槛了，谁知事到临头，不知什么原因，又稀里糊涂地给刷了下来。事后，李雨曾一个一个地，分别去找过支部成员，人家也一个一个地，十分严肃认真地说，这个结果，是经支部大会讨论的，你之所以没有被通过，可能是自己的身上，还存在着这样那样的不足，以至缺点和毛病。

"同志，不要气馁，更不要失去信心，要经受得起组织对你的考验。我们相信，通过你自己的努力，和组织上的培养，同志们的帮助，早晚会加入这支先锋队里来，成为一名光荣的共产党员。"话谈到最后，大家几乎异口同声地这么说。

第六章　到底苦了谁

不知为什么，这次虽然像上次一样，支部大会通过了，李雨还是预感到没戏，会再次出现，类似上回的问题。果不其然，等到支部大会，最终举手表决时，那位老同志上去了，李雨下来了。而顶替李雨的，则是被她视如亲姐妹一般的郑婕。

郑婕在宣誓的前一天，也就是六月三十日，忽然跑到了李雨家。

郑婕握着李雨的手，叙说着自己读初中期间，作为她的班主任，即李雨的母亲许老师，对她的关爱和培育；表达了这么多年来，她和李雨所结下的姐妹一般的情谊。末了，还痛痛快快地哭了一场，说这事真是意外，而这意外也太残酷了，如果，这党票能像戏票，或者股票似的，可以赠送和转让，她会立马双手捧着送给她的李姐。

那天，原本伤心不已的李雨，听了郑婕这一番话，感动得也哭了。哭过之后，她还特意拿出一瓶葡萄酒，真诚地为郑婕祝贺。不仅如此，在以后很长一段时间里，李雨还为自己能够，处交到郑婕这样的知己，感慨万分，激动不已。

人类最大的错误，就在于不断地犯错误，而且是不断地重复着，那些千百年来相同的、类似的错误。假若不是这样，想来这世界，不知要比今天进步、文明多少倍。如果细究起来，我们便不难发现，这些错误，有些是先辈和今人，因不慎一时失误造成的，有些却是明知故犯、蓄意而为的。不管怎么说吧，错误是历史发展进程中，必不可少、不可或缺的东西，如同水会遇到风，风会掀起浪，浪会拍击帆船一样。由此可见，对于人们所犯的错误，若是翻来覆去地思考，刨根问底地追问，不仅毫无意义，便是一旁的上帝，也会呵呵地笑着了。

我们的主人公李雨，只是个普通人，并非圣贤。因而，现时犯了错，虽然尚不知道，自己究竟错在何处，心里还是针刺一般地痛。好在她还想得开，只是有几日吃不香饭，睡不好觉罢了，倒并没有因此去上吊、投河、喝毒药。

李雨人既然活着，不仅入党，还有其他的一切，便都有了希望和可能。

话说市政协在召开第六次代表大会前夕，才发现某些委员，因调动、离退休等原因，已经没有资格和必要继续担任委员了。而作为平郡五大班子之一的

101

政协，其参政议政的重要性是毋庸置疑的；关键时候，怎么能缺胳膊少腿呢？于是，预备会议前，政协便根据所缺委员数，在全市范围内进行选拔和增补。

教育作为一个大口，代表自然不可或缺的。因系统内的一位委员，调到青安市去了，政协便要教委抓紧时间，选拔一位基层教师，报请常委会通过。至于对这名委员的要求，也不是很高，一是必须是女的；二是必须是非党员；三是必须是一线的教员；四是年龄要适中，不能太大，也不能太小；五是教学成绩突出，有良好的群众基础，能够代表社情民意……教委经过反复研究，并征询一小的意见后，将李雨报了上去。

李雨的情况，一小是完全清楚的，教委属于基本掌握，想来平郡不是很大，政协也多少知道一些。许多年来，年富力强、兢兢业业的李雨，年年被评为优秀教师、教学标兵、市里的"三八"红旗手。而且，她是普通教员，又是入党积极分子，多年前便由培养对象，被列为了发展对象，可谓群众里边的积极分子，教师队伍中的先进分子。综上所述，李雨几乎完全符合上面的要求，符合政协委员的任职资格和条件。结果也是如此，没过多久，批文便下来了。

其时，大家都说，李雨出任本届政协委员，对上对下、于情于理都说得过去，是实至名归、水到渠成的事。

李雨做了政协委员，也不似当了校长、书记，别人不在意，她自己也没有当作一回事。不过，四年多来，政协每次开会、活动，她每每接到通知，便准时去参加，从没落过一次。可是，李雨这个委员，只当了不满一届，心里便不愿再做着了。

严格地讲，做政协委员是一种责任，是一种使命，不论你觉得有没有意思，都不能想干便干、不想干便不干的。况且，这份地位和荣誉，也不是谁想要得到，谁便能得到的，恰恰相反，对许多人来说，是争都争不来，抢都抢不到的。

李雨不愿再担任这个职务，倒不是嫌没有实权，只挂个虚名，而是认为继续当下去，会把自己的正事给耽误了。李雨所谓的正事，便是坚定不移、一心一意，早日加入中国共产党。但是，自从做了这个委员，她的入党问题，支部就没有再研究和讨论过。

第六章　到底苦了谁

正当李雨想着，找个怎样的理由与借口，辞去政协委员的时候，接到了政协召开六届四次会议的通知。李雨想，自己辞职的机会来了，便跟校长打了声招呼，又如期地出席会议去了。

政协六届四次会议，在召开的第一天，李雨与其他代表们，上午听过主席的报告，下午便开始分组讨论。与李雨分在同一组的代表，在争先恐后的发言中，像往常一样，仍然是首先肯定过去的工作成绩，其次提出问题和不足。所不同的是，一位副主席，据说在本次会议上，很可能接替即将离任的主席职位的，说此次会议不能完全像上次，或者上上次那样，领导做个报告，大家议一议便休了；他要求每位委员，必须写一份有实际价值、可操作性强的提案。提案的主要内容，是向会议和领导，反映当前最突出、最迫切、亟待解决的问题。至于提案的范围，大到平郡的大事，小到本系统、本部门、本单位，甚至提案者本人的小事，均可列入。

散会以后，代表们三三两两聚在一起，就为什么写提案，怎么样写提案，写什么提案，品头论足，评说不已。而李雨呢，则静静地寻思了一刻，快步回到供委员们休息的宾馆，伏在字台上，写下了一行大字：关于平郡中小学校乱收费问题的情况反映。

李雨只一会儿，便把提案草拟就了。她反复斟酌了一回，觉得尚缺少点什么，便又将马良、杜津等学生的情况，写成了一份调查报告。

李雨对自己的这份材料，颇为满意，觉得内容翔实、言简意赅，富有针对性和说服力。于是她又认真地、逐字逐句地修改了一遍，再誊好了，附在提案的后面。

此时，已是晚上七点钟，早过了用餐时间。李雨却一点都不觉得饿，只拧着一双柳叶眉，站在窗前，一动不动地沉思着。

窗外的景色，眼看着，一点点地暗下去了。不过，透过院子里摇曳的树木，可见远处的天宇，残存着一抹昏黄的余晖。

三月的日子，不尽温暖，却是一天天、一分分昼长夜短着了。

第七章　单位是台戏

这几日，水闻虽与陈启民四处不间断地跑着，却也一直记得，那日为着什么，喝了谷川文联的酒了。所以，从朔阳回来后，他坐在字台前，憋了半个晚上，终于完成了徐言交代的任务，写出了一首男女声二重唱：

春到谷川

男　女（唱）二月里来刮春风，

春风吹进谷川城。

谷川城里喜事多，

千歌万曲唱不尽。

女（唱）天边边扑棱棱飞来一对鸟，

云头头上唱来树梢梢上落。

黄土地哗啦啦刮起西北风，

沿着那九曲黄河满世界绕。

男（唱）我中华美丽富饶百般般俏，

咱谷川绿水青山千样样袅。

唱歌子就爱唱个二人台调，

走南闯北那里有咱谷川好。

女（唱）农产量再翻番喜传丰收捷报，

开拖车交公粮硬铮铮夺金标。

小麦玉米甜菜还有那向日葵，

　　　　　　　春种秋收满把把都是金苗苗。

男（唱）工业生产不住气创新高，

　　　　　新厂房高压线遍布城郊。

　　　　　油厂砖厂糖厂还有化肥厂，

　　　　　销内地出国门打响头一炮。

女（唱）商业供销两个文明一起要，

　　　　　社会主义经营方向记得牢。

　　　　　大厦小店买卖公平讲信誉，

　　　　　营业员服务周到更有礼貌。

男（唱）市政建设更是那个呱呱叫，

　　　　　柏油路水电气成龙又配套。

　　　　　广场上花红柳绿喷泉往上冒，

　　　　　公园里有山有水喜坏男女老少。

女（唱）林牧渔水高粱秆秆节节高，

　　　　　五业兴旺牛马猪羊满地跑。

　　　　　顺水水修起一座座拦河闸，

　　　　　你看那红拐子鲤鱼浪尖上跳。

男　女（唱）党的政策顺民心山欢水笑，

　　　　　幸福的好光景咱双手手描。

　　　　　翻过这道沟来越过那洼洼水，

　　　　　谷川人甩开膀子奔上小康道。

　　这首男女声对唱，即使水闻自己看着，也觉得虚浮飘忽，不着边际，但好歹言语较顺，况且工农商贸、各条战线均是夸赞到了的。于是，星期三上午一到单位，水闻便将稿子呈送徐言过目。谁知，徐言未看几行，便连声道好，说歌词嘛，就是这么个样子，通俗易懂，朗朗上口，便于背诵。末了，又道，"等一会儿钟离、时光、白烟几个，稿子都交上来了，咱们内部开个小会，整体上再议一下，通一下。"

　　俩人正说着话，编剧时光进来了。

时光开门见山地说，自己下个月要结婚，这几天忙着装修房子，因而柳相学要的小品，怕是没时间完成了。

"这怎么行呢，不是早已讲好，今天统一交上来的吗？"徐言道，明显有些不悦。

"老板，我可都二十八九岁的人了，这辈子如果不出意外的话，也就结这一次婚！"时光说，坐在沙发上，问水闻要了一支烟，叼在嘴上。

"可是那天饭桌上，也不是我一人，你们都答应人家了嘛。你如今这样说，要我怎么办？"徐言问，望着他，"你也知道，咱们文联，只你与黎可鲁两个编剧，老黎人还病着。"

"这我就管不了了。"时光说，吸一口烟，不屑地甩甩肩上的长发，"谷川那个姓柳的，整个儿一个半文盲，还做着文联主席；真不知给谁当主席，当得哪样的主席。"

"人家主席不主席，跟咱没关系，咱也管不了。咱们还是说眼前的事吧，"徐言不耐烦地说，不看他了。

"扯淡，"时光道，用手指把烟头弹到墙角处，抬屁股走了。

"水闻你看看，这就是咱们文联的人，自由散漫，自以为是，真是越来越不像话了。"徐言涨红着脸道。

水闻笑笑，意思是既知这么个样子，就不必再生什么闲气。

"所谓应人事小，误人事大。水闻，要不你试一下，写写这个小品？"徐言道。

水闻说："徐主席，你知道，对于舞台艺术，我是半点不懂的。"

"我哪里会不知道，这不是事情紧急，迫不得已嘛。我看就由你来写吧，我是相信你的。再说小品这东西，故事情节、人物设计，跟小说差不了许多，也就几个人物，一出凑巧的事，能够搬上舞台就行了。"徐言说，仿佛突然找到了灵感，探出身子，从桌上那堆发黄的报刊中，翻出一本《现代戏剧》，递给水闻，"喏，你参照一下这个。如若实在有困难，就只写个故事梗概也行；其余的事，交给导演，让他二度创作，借题发挥去。"

"徐主席，这……"水闻说，因心里没有把握，便没接那本杂志。

"你们，哼哼，你们都这样推三阻四，看来只有我这个主席，硬着头皮划拉了。"徐言说，无奈地耸耸肩膀。

水闻抱歉地笑笑，道："徐主席，我还有点事，得出去一下，若单位没有其他的安排，我就先走了。"

"怎么刚来了就要走，方才不是跟你说，咱们还有事吗？再者说了，就是没有多少具体业务，这总是个单位吧？"徐言道，很是烦躁，"年初，我就在会上布置，要大家每个人，务必写一份个人半年工作计划，至今都快过去三个月了，我看大家也该写好了吧。现在咱们办公室，暂时也没个负责的，等一会儿人到齐了，你往上收一下。"

水闻口里应着，站起身来。

"噢，你顺便告诉大家，今天必得交上来；若是哪个完不成，以后就别来上班，在家里待着好了。"徐言大声道，朝他挥挥手。

水闻不置可否地笑笑，拉上门，转身进了自己的办公室。

时光俯在桌子上，不知在写什么。

水闻随手抓起半张报纸，抹了一把桌子，然后，拿起杯子去倒水。等提起壶来，才发现是空的，便拎着它，往楼下的水房走。

水闻通过长长的走廊时，忽觉得他们的徐主席，今天倒蛮有几分，那日柳相学的样子，便不由得苦笑了一下。

打心眼里讲，水闻虽然身在文联，却和徐言一样，对这个单位的人与事，颇有微词。

由于没有多少具体的事务，更没有铁定的创作任务，文联的十来个人，平时都不坐班，只留一两个值班的。不过单位规定，如无特殊情况，每周星期三上午，大家须彼此打个照面，互通一下信息。可是，就这么个简单的要求，大家有时都做不到，不是这个迟到，就是那个早退，要么干脆不来，还连个招呼都不打。

业内的人都知道，文联系统自上而下，几乎都不实行坐班制。上边的工作，具体怎样操作，水闻不甚了了；下边呢，一般的日常事务，除了单位的骨干们自发地进行文艺创作外，其他更多的人，便是调调工资、收收党费、开开大会小会、联络联络会员、填填统计报表啥的。当然，与其他部门一样，作为一个单位，也要参加市委、政府组织的一些活动。如每年的春天，要到河边地头栽栽树，冬季需到大街小巷扫扫雪等。

前几年还好，那时，单位办着份内部刊物，好歹需要人张罗。这本杂志，虽说不定期，有一下没一下，但编辑和作者们来来往往、出出进进的，尚有几分做事的氛围。可自从上边号召文化部门"以文养文"，不再拨给经费，刊物也就停办了。眼下，大家更是各寻门道、各显神通、各忙各的了。有的下海，经过一番折腾，组建起了公司，创办开了企业；有的在外面兼职，坐到另一张办公桌上，为某个单位或个体商户效力；有的个人承头，办起了这个学习班，那个培训班；还有的呢，只在家里闲待着，成天到晚喝酒、跳舞、打麻将……即使如此，大家每周三聚在一起，海阔天空地穷聊海侃时，还一个个满腹牢骚，怨气冲天。单说水闻吧，眼见得在另一个平台上，操刀弄枪，图谋进展，却还理直气壮、振振有词地说，自己和其他人不一样：旁人是为了挣钞票、捞油水，他则是为了体现个人价值。这不是五十步笑百步、自欺欺人吗？！唉，说到底，正所谓覆巢之下，焉有完卵。

可俗话说人往高处走，水往低处流，而随着社会的变革、动荡，好端端的一个国家单位，好端端的一群文化人，摸爬滚打了许多年，倒眼看着王二小过年，一年不如一年了。如此这般，纵然再侈谈什么商品社会、商业竞争，什么鱼目混珠、泥沙俱下，也不能使每个人都心悦诚服，保持过去那份坚贞和操守了。面对这种状况，广大文艺家还有社会各界的知识分子，都感慨万端，痛心不已。

每逢想到这些，说到这些，水闻和他的同事们，都感到心灰意冷，伤心失望，甚至连屁股底下的椅子，也成了一块冰，抑或一团火了。

满江红·醉西风

猎猎西风，过漠北，又吹塞上。放眼处，暖山凉水，烟飞云荡。昔日临河寻摆渡，而今出海摇双桨，竟谁知，景色在身边，还张望。　　日未落，星已上，花欲睡，灯犹亮。恨不能畅饮，银河青浪。醉起嫦娥奔月舞，狂飞大圣金箍棒。忆平生，风雨夜来听，人惆怅。

水闻这样写道。

水闻早看清楚，早想明白了，若是将这一团身子，完全搁在文联，怕是一辈子没得指靠，一切都无从谈起。这也是三年前，那本文联的内部刊物，那份综合性的文艺杂志，不得不停办时，他所得出的结论。

忆起那份停办的刊物，一时间，水闻又平生出许多感慨。

那会儿，徐言为把杂志办下去，倒是去市里争取过，谁承想，狐子没打着，反惹了一身臊。市长赵长新对他说，因平郡财政吃紧，行政事业单位，已三个月开不出工资了。

"主席同志，现在别说没钱，就是有钱，你看咱们是先吃饭呢，还是先办刊物呢？"赵市长讲了一大堆困难，摆了一大堆问题后，问徐言。

当时，徐言后来说，他木头桩子一样立在那里，半晌无言以对。而赵市长呢，却在地板上踱来踱去，像《列宁在十月》里的列宁一样，一只手插在衣服兜里，一只手有力地挥舞着。

这且不论，有一天水闻去图书馆查阅资料时，见到年轻漂亮、性格直爽的馆长冯露。闲聊之中，冯露不满地说，她们图书馆，由于缺少经费，只订阅了十来种报刊。冯露还讲，近日平郡电台欲为图书馆做一期访谈节目，内容是关于当下图书馆建设的；因水闻是这里的常客，较为了解情况，又是当地小有名气的作家，冯露欲邀请他作嘉宾。水闻欣然应允，还一副义不容辞、大义凛然的样子。后来，节目做是做了，水闻还对着话筒，几近落泪地大谈特谈了一顿，目下图书馆的窘境和出路。然而，访谈播出近两年了，水闻倒没有听到哪个人，谈起过这档节目。而图书馆的日子，也可以说是冯露的日子呢，却是更加艰难了，时至今日，只订着三四种报刊了，仅靠那些陈旧的读物维系着。

当然，为征订报刊的事，冯露也曾找过赵长新市长，可结果与徐言一样，碰了一鼻子灰。

当时，水闻一边听着冯露的话，一边环顾着阅览室，只见宽敞的大厅里，那一排排不锈钢的书报架子，犹如缺牙露齿的老太太；并且感觉那当口，还有风一样，飕飕地朝他们穿过来……

一本刊物，一家图书馆，瘫痪便瘫痪了，死掉便死掉了，这也不是哪个人，可以左右得了的。你想呀，就是你来当这个市长，又当如何应对呢？你会将自己的砝码，放上天平的那一端呢？目前，迅速发展的平郡，乘胜前进的平郡，方方面面都在建设，各行各业都需要资金。可人常说，家有千件事，先打紧处来，又说好钢要使在刀刃上，柴米油盐酱醋茶，总比精神食粮来得紧吧。世上万般物，人是顶重要的，有人便有了一切；而人是铁饭是钢，一顿不吃也是不行的。这道理，连小学生都懂，怎么我们这些工作了多年的公务员，反倒弄不明白了呢？

从古至今，关于吃饭与做事的问题，就一直是个大问题。而要使得人们，能够端正思想，从全局出发，正确处理好二者的关系，的确不是一件容易的事。还好，在先吃饭还是先做事的问题上，平郡没有搞混，没有犯错误，因为平郡的领导者，毅然决然地选择了前者。

水闻打回开水，同事们也陆续到了。他各个办公室绕了一圈，把徐言的指示，一字不落地做了传达。大部分人还好，都认真或不认真地点头，表示已经知道了，可是，当话传到他们办公室时，却引出一番议论。

水闻他们的办公室，因有近三十平方米，人便多了几个，他、时光、钟离、还有白烟，统在一处，彼此还隔了些距离。

"我看咱们徐主席，若是闲了闷了，倒不如去洗煤。这半迟不早的，做得那样的计划。再说，像我这样的，即使写出舞蹈脚本，这一没钱二没人，哪里就能排得出来。"白烟说，一边用半块毛巾，拍打着桌子上的尘土。因那白毛巾使久了，沾红带黑，已辨不出本来的面目。而她也没有去蘸一滴水，只用白皙、细腻的小手攥着它，上下拍打，里外翻飞。

"徐主席毕竟是主席，要从大局出发，要对文联的全盘工作负责。"钟离道，推了推眼镜，拿起案头的一份文件，"唉，你们快过来看看，这是市委宣传部，今年的工作设想。针对咱们文联的这段，是这样讲的：要坚定不移地走民族化、大众化的路子，创作出雅俗共赏、通俗易懂、为广大群众所喜闻乐见的文艺作品；要深刻反映主旋律，弘扬民族精神，贴近时代、贴近生活，创作出叫得响的'拳头'产品；要力争获得一项国家级'五个一工程'

奖，为平郡人民争光，为平郡的文艺事业跨上新台阶，做出自己应有的贡献……看来，上边对咱们文联的工作，好像并不是很满意，似乎还有些头痛哩。"

听着钟离的话，水闻嘴上没说啥，心里却颇有同感。

上边说的也是啊，我们文联这班人马，每日坐在高大宽敞、窗明几净的办公室里，倒确实没有为平郡的文艺事业，做出什么令人瞩目的成就。就说去年吧，说是丰收年，各协会也只出了那么几件作品，也只得了那么几个省级奖，至于国家级的'五个一工程'奖，设置至今都这么多年了，却总是与我们无缘。

当然，若按文联一年一度的总结报告，情形却不是这样的。我们在每一次文代会和创作会上，都情绪激昂、慷慨陈词地宣称，自己所编所创的、各种各类的文艺作品，统是形式多样、内容丰富、深受广大群众的喜爱和欢迎的。

的确，近年来，全市的专业和业余文艺工作者，出版了一批书籍，搞出了几台戏曲，并且每逢节庆，或平郡有啥大事喜事，都能够写出反映平郡改革，歌颂平郡政绩，赞美平郡人民天天都是好日子、天天都高兴的作品。不仅如此，大家所创作的小说、散文、诗歌、戏剧，还是音乐、舞蹈、绘画、书法、摄影，等等，都从上到下，获得过一些奖项。虽然，其中有些难分伯仲与级别，不便列出一二三等，因均为什么优秀奖、佳作奖、入围奖、组织奖、纪念奖、参赛奖之类，但也是金狮银马、铜牌木匾，不住气地往回抱，且挂满了各间办公室的。然而，令人恼羞成怒的是，广大读者与观众，还有不少圈内人士，面对此情此景，竟不屑一顾、毫无顾忌地说，这些作品，除极少数较为成功，较有影响之外，大多缺乏艺术性、感染力和生命力。而对于那些奖项，大家更是东拉西扯，议论颇多，说什么目前全国上下，不仅仅是文学艺术，就是各行各业、各条战线，也是各种大奖小奖，已到了层出不穷、泛滥成灾的地步。还说只要你肯掏腰包，舍得花钱，没有啥奖是不可以得的，并且搞得好了，主办单位还会邀请你，到人民大会堂去容光焕发地领奖，去神采奕奕地讲话。

可是时至今日，和平郡的市政建设一样，有许多读者与观众，也不管文艺家们，怎样地去看待他们，去笑话他们，仍然固执己见地认为，平郡的一些文化人，所写出画出导出拍出的东西，自己是越来越不爱看了，越来越不敢恭维了。至于原因，是说不少的作品，形象怪异，朦胧晦涩，仿佛有意与读者过不去，有意不让老百姓阅读和观赏。如水闻，本来是个乡土作家，有一阵子也装起酷来，搞什么小资式的"阳春白雪"，结果作品里充满香艳，"贼光"四溢。像徐言，本是二十年前，就已成名的骨正神清、文笔清丽的诗人，而眼下呢，他那豆腐干样的东西，却是打死也没有几个人，能够真正读懂，真正看明白了。再说舞台艺术，纯粹的正剧、悲喜剧微乎其微，少得可怜，大多为闹剧，或名为"超现实""荒诞派"的现代剧。以时光为例，便先锋得要死，其创作的戏剧，好像已经超过了尤奈斯库的《秃头歌女》，正在追赶萨缪尔·贝克特的《等待戈多》。比如，他的一出叫作《生命的阶梯》的舞台剧，从头到尾十余分钟，从始至终只一个演员，还身着奇装异服，口中念念有词，并且，躺在地板上一动不动，单听着录音机里，播放的街市上的嘈杂声。所幸的是，他创作的本子，到了剧团都被当作了实验剧，与观众见面的只一两场。

由此完全可以看出，不是平郡的人们这样说，只要稍有文艺常识的人，哪个都晓得，现在有些作家艺术家，所搞得这些表达虚无、玩世不恭的货色，都是西方发明并贩卖过了的。早在二十世纪初，欧美的艺术家们，就在地上泼几桶油漆，让赤身裸体的人，上去躺一躺、滚一滚，便称为一幅画。更有的，到野地里撒一泡尿，拉一泡屎，便算完成了一件作品；如果其时作者，能再放两个响屁，那就更妙了，以为有了旋律与伴奏。

早在二十世纪三十年代，我们的鲁迅先生，便提出了著名的"拿来主义"；不过，这位文化先驱、文学大师，他笔下所塑造的人物，却是中国的闰土、阿Q、孔乙己和祥林嫂们。现今则是完全不同了，不仅五光十色的舞台上，有许多活生生的安在旭、滨崎步、迈克尔·杰克逊，即使城里的小资们，养一条狗，玩一只猫，也要取名为海瑞、汉姆、杰琳娜的……

"他们说得好听，为平郡人民争光，我看是想让我们文联，往他们脸上贴金子。"白烟接住钟离的话茬说，一边又用那半块毛巾，狠命地去抽椅子。"整天说要这要那，有本事，他们自己去拿吗，干吗这样编排我们？"

"毕竟分工不同，人家管宣传，我们才是搞创作的嘛。"钟离道。

"钟老师，你遇事咋总这么暧昧？"白烟道，"你看看时光，不论到了何时何地，都是一副敢作敢当、敢想敢干的样儿。人家这才叫男人，这也才是一个男子汉，应有的气魄和风度。"

"美女，我都晕了，你就饶了我吧，"时光笑道。

"吐了才好哩。"白烟也笑，一边踮起脚尖，迈着轻快的步子，走到时光面前，"嘿，我说先锋剧作家，看你苦思冥想，眉头蹙得老高，又在写啥大作呀？"

"我说姐儿们，你就别'烫'哥们儿了。若真是闲着无聊，就帮咱们徐主席，去洗洗煤吧。"时光说过了，又埋头划拉自己的东西。

"时光，你这横七竖八、左条右框的，到底画的啥呀？"白烟嘴里说着，手便伸出去，一把将那张纸夺了过去。

"房子。"时光说，"我新买的房子，要装修的大致样子。"

"噢，恭喜你小子了。"白烟有些夸张地，"在哪里发了大财，又买房子又娶媳妇的。"

"你能嫁老公，我就不能娶老婆啦？"时光笑嘻嘻地，"你这样的靓姐姐看不上咱，还有萌妹子喜欢哥哥哩；这世界大了，盲人骑瞎马走瞎路的，有的是。"

"可惜我不是盲人，你也不是瞎马。"白烟说，"时光，说真的，谁都知道，这年月老婆好找，弄套房子却难。想不到，咱们这种小地方，房价的涨幅，都快赶上北京上海了。"

"船再小，也要随大浪摇嘛。"水闻说，忽然想到了，贾麦对他说过的话。

于是，大家的话题，又集中在了房子上，还你一言我一语，不住地问时光：你买的房子，是楼房还是平房，有多大平方米，每平方米多少钱，位置在哪里？等等。一时间，办公室里的气氛，变得活跃、热闹起来。

近年来，人们为使自己的生活好一些，再好一些，都利用各种渠道和手段，努力奋斗着，力争尽快地弄到票子，以便购房子，供孩子，买车子。所以，无论南方还是北方，不论坐飞机还是乘火车，人们只要一谈起房子，皆会成为知己、知音。

"我买的房子，是幢新盖的板楼。"

"位置在哪里呀？"白烟问。

"在渔民村，其实我去年就买好了。三门五层，八十平方米，两室一厅，坐北朝南；价格么，每平米四千五百元；有车库，统一供暖，还赠送了一台煤气灶……"时光不厌其烦地一一作答。

"四八三十二，五八四十，统共三十六万；再加上装修，得四十多万吧？"白烟问，一边嘴里啧啧称奇，"想不到，几天不见，你这个先锋剧作家，在生活上竟也做了先锋，将我们统统地甩在后面了。"

"啥这先锋那先锋，纯粹是瞎扯淡。实话跟你讲，我为了买这套房子，从银行贷了一半的款，要十年才能还清呢。"

"寅吃卯粮也不错，总归住上了好房子，"钟离羡慕地说，"哎，这渔民村，不就在光华路旁，罗马家园的左边？"

"什么庄园花园的，都是开发商们穷摆活，我主要是冲着那儿的环境。"时光道，"不管怎么说，那里是平郡有潜力的地段，想来即使有一天，房子掉价了，地产崩盘了，咱也不至于赔得太惨。"

水闻点点头，内心也是很赞同时光的话。

近些年来，一些开发商抓住房地产热的大好时机，在拼命建房子、盖房子、造房子的同时，在建筑内容与形式上，也不断地变换着花样，大做文章，以最大限度地吸引消费者的视线，满足人们不同层次的需求。本来，房子就是房子，住宅就是住宅，没啥值得更多说道的。然而，他们却不这样看，每当盖起几幢商品楼，都要绞尽脑汁，费尽心机，为那些大大小小的住宅，高高低低的房子，设计出一个个别出心裁的名将。先前的时候，如若看房子的附近，有一块空地，或者一片野草，不管高低大小，青黄死活，便称作"阳光地带""四季广场"；若有一条河或一湾水，不论大小长短，香臭好坏，便唤作"金色海岸""清凉世界"；有水有树，又有学校、医院与公园呢，就成了"贵族庄园""金领一族"。以后，眼看着花园遍地、庄园处处了，就改作"新世纪""新生态""新概念""结构主义""现实主张""形而上学"了。当下，似乎是分得更细、更花哨了，这一幢叫作"纽约屋""伦敦阁"，那一排称"巴塞罗那间""佛罗伦萨厅"。走上街头，步入区间，人们所看到的，均是发达国家大都市的牌子。如此这般，好像人们不出国门，便可以领略得到，西方现代化的生活方式，以及千姿百态的自然景观。加之，每日电视、广播、报纸、网络等各种媒体，铺天盖地地打广告，声嘶力竭地树品牌，从而使得那些渴望享受现代生活，竭力追赶时尚，显示与众不同、另类别样，终日梦想着进入上流社会的人们，不由得眼花缭乱、目不暇接了。

水闻、白烟等几个，先是议论着房子的，可话题渐渐地拓宽了，又引出了文联的一堆事不说，还转到了社会的各个领域、各个角落。而随着谈话内容的不断扩展，其他几间办公室的同事，在往水闻处交"工作计划"时，也先后参与了进来。这样，眼看要下班了，大家却还凑在一处，争先恐后，乐此不疲。

水闻也是，可惜谈兴正浓，兜里的手机响了。水闻朝大家摆摆手，表示自己暂停，然后到走廊里接了。

电话是贾麦打来的，要他正午十二时整，到一家叫作"迷你酒屋"的馆子吃饭。水闻看看时间，仅差十来分钟了，也不问青红皂白，连着点头应了。只是在与同事们道别时，颇有些流连不舍、意犹未尽的样子。

"我们文联，真是个好单位。"水闻出得门来，跨上自行车，自言自语道。

第八章　情人进行时

吴楠这些日子，一直在等何云青的电话。可是，近两周过去了，一点音讯都没有。那个旅游局的局长，看起来成熟稳健、风度翩翩的何云青，好似早已把她以及她的事，一并丢到爪哇国去了。

若在平时，以吴楠的性子，遇了这等人与事，必是不耐烦不愤气，且早已骂了娘的。然而这一次，她不仅不愠不恼，而且出来进去，脸上有红是白，衣着鲜亮得体，嘴里还哼着时下流行的曲子。左邻右舍见了，女人嘛，都说吴楠这几年来，开铺子是赚了钱的，如今是越活越年轻，越活越滋润了；男人呢，年富力强、感情丰富，且又善于赏析些女人的，逢了一二知己，除了对其称道不已外，还在内心深处，感叹着这个漂亮的女人，好似水家院子里，那株逢春的梨树，灿然地开着自己的花了。

然而，吴楠的男人水军，却不这样认为。有段日子了，他不为什么事，便对了自己的妻子横声恶气，恶语相加。这在邻里们看来，简直有些不可理喻，他们统说吴楠这朵鲜花，插在他这堆牛粪上，他倒还身在福中不知福。的确，现在水军这小子，成天到晚，要么四仰八叉地躺在床上，望着天花板长吁短叹，要么焦躁地在地上踱来踱去，对自己的老婆横挑鼻子竖挑眼。

吴楠眼见得自己的男人，犹如一头困兽，也没有像往日似的，安慰和开导半句，更没有把自己去旅游局的事，说与他听。只一个人沉住气，静静地等待着，等待着何云青的消息。

终于，何云青的电话来了。

第八章　情人进行时

那是一个周末的下午，四点多钟的光景。何云青在电话里讲，关于园子的事，局里已经研究过了，终于有了些眉目。现在，他想尽快与她谈谈。只是局子里事务繁杂，人多嘴杂，需找个清静些的地方说话。

"你看，我们往哪里去好呢？"何云青轻声慢语地说。

吴楠顿一刻，反问："依何局长的意思呢？"

何云青也顿一刻，才似不经意地说："凤尾竹茶楼怎样？"

吴楠爽快地："好啊，就依何局长说的。"

"那就这样，咱们下午六点整，在凤尾竹茶楼见。"

"茶楼见。"

吴楠搁下话筒的光景，才发觉自己的手心里，已出了些许的汗。她行至梳妆台前，遂又见自己白净、细嫩的脸颊上，微微现出两方红晕。

平郡这座小城，饭馆有许多，数都数不过来，茶楼却稀罕，仅有三家，且彼此有些距离。何云青说的凤尾竹，是一个南方老板开的，它在城的东头，两条马路的交叉处。

吴楠因无喝茶的嗜好，况且也没有哪个人，专意请她到过那种地方，故不知品茗的趣味，也不知平郡的茶庄，是怎样的一个情景了。因而出门的光景，她寻思与人谈事，不便骑自行车，便招一招手，要了辆"面的"。

吴楠来到凤尾竹时，距约定的时间，尚差几分钟。她下意识地四下望一眼，以后便缓步向前，把这凤尾竹从内到外，从上到下，仔细看了个透。

这间茶馆，在小小的平郡城，也算作高档的一处了。它的内外装饰，均仿照南国的竹楼而制，却又不等同于它们：外边的墙上，没有窗户，没有玻璃，只贴了一层泛青的竹管，画着一幅写意的茶具；顺着轻巧的楼梯，进得里面，首先映入眼帘的，是一片人工制造的、郁郁葱葱的竹林；竹林的右侧，有座青灰色的假山，山涧清冽的水，淙淙流淌着；周边四处的明档，本来便没有几间，又被花草树木，一格格地分割开来，看上去，掩饰得既精巧又严密。再向里去，大厅深处的红地毯上，搁一架褐色的钢琴，一套黑白分明的音响。

吴楠只顾左右张望，却不曾想到，那何局长何云青，已在某个包间里候着了。

吴楠与何云青两个，同时伸出手，老朋友似的握了握，以后便一端一个，坐在宽敞、舒适的沙发上。

"吴女士，你喜欢用那样的茶，红茶还是绿茶，龙井还是毛尖？"何云青问。

"何局长请便。茶我不会喝的，尚不如酒。"吴楠说，往前伸伸手，一边又从头到脚，尽情地环视着这间屋子。

包间的陈设很简单，但却明亮而雅致，简捷而大方。地上，摆一套双人沙发，一张玻璃茶几；正中的墙上，贴着一幅半生不熟的、"爱生活爱爱情"的字。

"噢，看来吴女士，倒有些雅量了？是红酒、白酒，还是啤酒呢？"何云青笑道，"来日方长，哪天你方便的话，何某定当领教。"

吴楠见自己说漏了嘴，便红了脸道："何局长休要笑话，我对这两样东西，其实都不能品味。"

"抱歉，玩笑而已。"何云青忙说，习惯性地握住两手，向上举了举。尔后，吩咐一旁的服务生，泡一壶碧螺春，端几样点心上来。

"请问吴女士，家住城南城北，距此可近可远？"何云青问。

"不过三五站地，就在向阳路旁。"吴楠答。

以后，俩人叙了番，诸如孩子几岁了，男孩女孩，上几年级了之类的闲话，服务生也把茶点端上来了。

服务生白净面皮，十八九的岁数，动作却极为娴熟、老到。他轻巧但却有力地，为他们筛好茶，以后便悄没声地退下去了。

"吴女士，请随便用。"何云青道，伸出一只手。

"谢谢，"吴楠道，一边小心翼翼地，端起那酒盅大小的杯子，小小地抿了一口。临了，坐定身子，问："何局长，关于那片园子，不知现下你作何考虑？"

"我刚要与你谈的，"何云青道，脱了上身的西服，挂在衣物架上。"吴女士，我们前才开了局务会，我也特别将这件事，摆在桌面上，要大家议了。"

"听你的意思，便是通过了？"吴楠道，不由心头一喜。其实，何云青打电话时，她便知道是这么个结果，但此时亲耳听到，还是有些兴奋。

"原则上讲是这样，"何云青说，挺一挺腰，瞟她一眼，"不过，一是局里个别领导，思想不通，须做些工作；二是欲租赁这园子的，也不就你一家，因而需仔细掂量、权衡。"

"怎么，倒还有人，也在思谋这事？"吴楠问，因事前未想到这一层，不禁有些慌慌然、茫茫然起来。

何云青笑笑，燃着一支烟，慢悠悠地说："平郡说大不大、说小不小，大家又都生着一张嘴、两只眼睛，所以自然有的。"

"可是，前日我见你时，并未听你讲到这个呀？"吴楠道，分明有些着急，连"何局长"都不叫了。"况且，凡事总须有个先来后到，欲租赁你们的园子，可是我第一个提出来的。"

"不管怎样说，一件东西，大家都来争，都来抢，就会出问题。比如，有的人实力雄厚，资金充足，一开口，胸脯便拍得山响；有的人社会关系复杂，上下左右都帮着说话，腰杆子梆硬。"何云青嘴里讲着，心中却想，这女人分明有些霸道：你又不是我，管理着这园子，怎知你便为第一个，别人都是第二个、第三个呢？

"这般说来，倒只有我吴楠，是一穷二白、无依无靠的啦？"吴楠道，因她一个女人家、个体户，没有做过这等大事，更没有半点在国家单位从业的经历，故而对何云青所讲的，那些个深浅呀利害呀，不明不白、不知不晓不说，且听得也有些不耐烦了。

"话不能这样说，我们旅游局做事，也是对事不对人。只要贵方为这园子，诚心实意，所付的租金也合理，都可以坐下来谈的。"何云青说，两手一摊，"你我今天，能够坐在这里，也正说明了这一点嘛。"

"既然可以谈，那咱们不如现在，就竹筒倒豆子，直来直去。"吴楠说，觉得眼前这个人，有些婆婆妈妈的，因而在心里，几乎要笑着他了，"何局长，请你现在便报个价。"

"那还要看，要看你赁多少年了。"何云青说，心里也在笑她，不过，却是笑她的单纯、可爱，"吴女士，你看我们先用些点心，再谈此事好不好？"

吴楠看看茶几上，丝毫未动的食品，不好意思地朝他笑了笑。

"小吴，请尝尝，尝尝这茶楼的味道。"何云青拿起筷子，殷勤地往她的碟里，夹了块点心。

吴楠也动了筷子，道："这点心，看着倒精制，只是刚才那个服务生，逐一介绍时，唱歌似的，因而也没听出来，到底怎样的名堂。"

"这一只叫作'黄金大饼'；你碟中的唤'蜜汁饶酥'；其他这些呢，三丝春卷、乡村南瓜、岭南蛋挞……"何云青指着那些点心，逐一介绍道，顺便又给她夹了两块，"喔，这个是'于飞彩球'，这个是'鸳鸯馒头'。"

吴楠听了，心跳了几跳。之后，佯作不经意地，看一眼何云青，但见他一双眸子，正盯着自己，不由得羞涩了脸面，埋下头来。

"噢，我前时来过几遭，觉得这点心名，大多文不对题，有些张冠李戴、牵强附会，但感觉却有些意思，便记下了。"何云青说，仿佛身子热了似的，摸摸额头，拉拉领带，又呷了一口茶。

"何局长，那片园子，你们打算出租多少年，每年又要收多少的租金？"

"不妨由你先讲个数，我听听好了。"何云青说，品尝着点心。

吴楠不解地道："怎么由我先讲呢，园子毕竟是你们的……"

何云青抬起头来，笑着望了她一眼，道："我让你讲，你就讲嘛。"

"那我说三十年，五十万，怎么样？"吴楠连想都没想，脱口而出。

"你也真敢狮子大开口哪！"何云青愣了愣，撇着嘴，摇着头，"那块园子，不说平整土地、栽花插柳了，你知道光是盖那些房子，建那些亭子，我们耗费了多少时日，花费了多少款项？"

"你说的这些，我不知道，也不想知道；我只知道，那园子在你们手里，眼见得是要荒了。"吴楠虽然嘴里这样讲，心里却有些发紧。

本来，关于这园子，要租多少年，要出多少租金，吴楠心里也没底。只因在家时，她听老公和老爷子，商议这事的光景，好像水军曾说，"一包几十年，多则七八十万元，少则五六十万元"的话，便也没作啥计算，只拣年头长、钱数少的报了。

"那我便告诉你，不说买地方了，单就前些年，在园子里的投资，就一百多万哪，吴女士！"何云青感叹道，伸出两个巴掌，并且，把"小吴"又改成了"吴女士"。"由于诸多原因，那些基础设施，闲置了几年，但几乎完好无损。再者说了，我虽是局长，也要对全局的职员负责。"

"那依你的意见，要怎样呢？"吴楠小心地问。

何云青不说话，也不看她。

"咱们不是正在谈嘛。"吴楠说，因担心事情有变，又着急起来，"何局长，请你报个数，我们再商议。"

"若按你现在的想法，我们是不好谈，不好成交的。"何云青道，苦笑了一下。

"那便是说，咱们没法子谈了？"吴楠说，想是谈崩了，事砸了，一边便寻自己的包，欲走的样子。

"容我回去考虑考虑，再给你答复好不好？"何云青说，不知为什么，也有点烦躁。

俩人便不再说话，只你一口我一口地喝茶，偶尔相互瞟一眼。而茶几上的点心，谁都没再动过一筷子。这样干坐了会儿，何云青见吴楠，再次拿起了包，便捻灭烟头，摁了墙上的响器，唤服务生进来。

吴楠站起身，欲买单，给何云青拦下了。

"保持联系，"出了茶楼，何云青说，挥手叫来一辆"面的"，为她拉开车门。

"谢谢，谢谢你的茶。再见。"吴楠说，见何云青没有像上次那样，与她握手的意思，便仔细地看他一眼，坐上去。

吴楠回到家，眼泪便有些忍不住，但终于没有落下来。

"妈你去哪儿了？"兵兵问她。

吴楠没回答儿子的话，却问："你爸呢？"

"我爸吃过饭便出去了，想是又去打台球了。"兵兵答。

"写完作业，看会儿电视，便睡吧。"吴楠道，走进卧室，扯了条毛毯，猫一样地蜷在床上。

吴楠身子闲了，一颗心却静不下来。

这几日，水军不再在床上躺着，或者在地上踱来踱去了，而是开始出去打

121

台球，白天打，晚上也打，每日过了午夜才回来。

吴楠自高中毕业后，便知道没有啥事，一个人整天在家闲待着，会难受和郁闷。唉，他爱玩就去玩好了，只要别一日胜似一日，这样忧愁烦闷，把身体搞坏整垮了就行。况且，如若天长日久，丈夫总找碴子发脾气，自己在心理上和精神上，怕也承受不了了。

水军打台球，难道仅仅是为了消磨时光？莫不是，又有了摆案子的心吧？吴楠忽然这么想，不禁又联想到，前才与那个何云青，在茶馆的一幕。

面对这园子，水军一筹莫展，不知如何下手才好，便只好天天打台球；而自己呢，没本事倒不省事，偷鸡不成，反蚀了把米。这个何云青，这个旅游局的局长，到底是个啥样的人呢？目下的自己，一个家庭妇女，是不是太自信、太天真、太幼稚了些？这桩事发展到此等地步，是不是已没有了回旋的余地？吴楠一迭声地问自己。吴楠自然知道，凡人不开口，神仙难下手的，但她实在不甘心，连日来等待着的希望，满怀着的期盼，就这样肥皂泡一般破灭了。

明日，我这个妇道人家，就抹了脸面，主动约他一回。不管这件事情，会是怎样的一个结局，总要明明白白地了结才好。再说，人常说来而不往非礼也，多认识一个人，也不是什么坏事，何况这个何云青，还是一局之长呢。

　　三十岁以后才明白，

　　　该来的迟早都会来……

从小喜欢唱歌的吴楠，心里默哼着这首歌，安然地进入了梦乡。

第二天早上起来，吴楠对着镜子梳妆时，却又改变了主意，她决定，不主动约见何云青了。因为突然间，吴楠看着自己，想到了徐娘半老、风韵犹存这句老话；并且，她好像还预感到，那个姓何的局长，不定在什么时候，还会主动与她联系。

"就是今天，不在中午，便在下午，很可能就是中午；因为今天是礼拜六，因为……"

此刻，吴楠的自信心，比以往任何时候都高涨、昂扬。

果不其然，不到十一点，何云青便打来了电话。

这次，他们是在平郡的城乡接合部，一家叫红马篷的饭店里见面的。

第八章　情人进行时

这家红马篷，其规模与档次，较比新生代夜总会，略微逊色一点。但它所处的环境，拥有的景观，却胜出新生代一筹。它坐落于平郡的城西，之所以唤作红马篷，大概是因了这馆子，墙面统一贴着红瓷砖，且房间挨成一排，转成一圈，首尾相接，贯通一气，远远地看过去，像红玛瑙串做的项链一般。它的中间地带，是一个人工掘出的湖，而周边则是绿油油的林地；饭店的门前，有柏油路横向穿过，连接起无边的城镇与乡村。

因逢了双休日，馆子比往日人少，也清静许多。然而，何云青与吴楠，确切地说，是何云青，仍要了套较为隐蔽的包间。

"昨天喝茶时分，你不是想着酒吗？咱们今天，就来个煮酒论英雄，不，是论友情，如何？"何云青说，其言谈举止，远比在茶馆时饱满、热烈许多。这样，在吴楠的眼里，他便显得愈加温文尔雅、落落大方起来。

人见人的第一面，人看人的第一眼，人给人的第一印象，说啥凭直觉也好，靠感觉也罢，反正是顶要命的东西。无论两个相爱的人，还是相恨的人，走到那不能自拔的地步，多半是它的缘故。

"该死！"此刻，面对着神采奕奕、侃侃而谈的何云青，禁不住走神的吴楠，在心里诅咒着自己。

"小吴，趁菜还未上全，咱们先来个纯洁的友谊，"何云青说，拧开"酒鬼"的盖子，先给吴楠斟了一杯，又为自己添满了，端起来。

"啥叫纯洁的友谊？"

"就是不吃菜，干喝，并且把酒喝到心里。"

"看来你是别样的人，食物不盛在胃里的。"吴楠笑着说。

"你这话说对了，我就是不同于一般人，具体讲，我这个人，是你去单位找我的那天，才从火星上来的。"何云青道，心里很高兴，为着今天这关键的时刻，自己的表现和发挥。

吴楠看拗不过，便喝了，却是嘴里，不住咝咝地吸溜着。

"喝一口茶，"何云青关切地说，往前探探身子，"待会儿嗓子喝热了，便好了。"

"我说过，自己不会喝酒的，何局长，请不要，不要抓着我的话把儿，好歹不松手嘛。"吴楠娇嗔地埋怨道。

"酒这东西，没有会不会喝，只有有没有量，敢不敢喝。因你平时喝得少，所以有量没有量，自己也不清楚。今天我就量量你的肚子，看看高家庄的地道里，到底能盛多少水。"何云青笑道，看几个冷盘上来了，便又把两只杯子斟满了，"放心，我绝不会让你喝多，更不会在里面，下啥蒙汗药、麻醉剂。"

"量你也不敢！"吴楠说，想来今天这酒，不喝是不行了，便硬着头皮，又下去了一杯。

"这才好嘛。我前才说过，酒是什么，不过水而已。"何云青鼓励道。

吴楠斜他一眼，又紧着喝口水，嘴里却仍然感到辣得很，便伸出舌尖，左右晃动着。

何云青站起来，往吴楠的杯里续水，顺便把自己的椅子，朝她跟前拉了拉。

"何局长，咱们该喝的酒要喝，该说的话也要说的。"吴楠小声道。

"小吴，你怎么还局长局长的，叫我老何，或者何哥好不好？"何云青装作不高兴地说，继而正色道："话自然要说的，但需饮过三杯。"

"那好，看你大不了我几岁，我就叫你何哥了。"吴楠说，一边主动地端起杯来，与他碰了一下，"何哥，为咱俩的相识相逢，干一杯。"

"好，干杯！"何云青说，把酒喝干了，"吴女士，前才你报的那个数，是不是太少了点？"

"从我这方面考虑，当然是越少越好了，可要成事，不是不在我，而主要在你嘛。"吴楠不屑一顾地说。

"要真像你说的，事情就简单了，"何云青没笑，反而低下了头。

"何哥，你一个大老爷们儿，能不能爽快点？即使生意不成，咱们日后，日后还能做朋友嘛。"吴楠说，碰了下他的胳膊。

何云青抬头看看她，又沉默了一刻，然后站起身，过去打开了音响。

轻柔、舒缓的舞曲《梁祝》，在屋子里弥漫开来。

"小吴，我想请你跳支舞，不知可不可以？"何云青道，站在那里，神情有些忧郁。

吴楠偏着头，想了想，过去了。

两人手挽在一处，在地上摇着，看起来都漫不经心，感觉却十分默契。

"你怎么不说话？"吴楠轻声问，直视着他的眼睛。

何云青仍不说话，还避开了她的目光，只是把她的手，握得更紧了些。

吴楠的一颗心，嘣嘣地跳起来，且在不断地加速。

"吴楠！"何云青低低叫一声，一下抱紧了她。

吴楠的身子，不由得哆嗦了一下。她本能地想抵抗，甚至于反抗，却是一点力气都没有。很快，她便完全顺从了他，并闭上眼睛，开始期待着了。

何云青并没有吻她，只脸贴着她的脸，紧紧地抱了许久。

"小吴，你不知道，我虽是一局之长，却也有自己的难处，也有自己的苦衷。实话与你说吧，那片园子，虽不像我上次讲的，有那样多的人要租，却也真有人争抢的。其中，有个叫黄继林的，是一家农贸公司的经理，他不仅经济实力雄厚，而且有些来头。他父亲叫黄飞江，原是平郡的政协副主席。虽然这个黄主席，已离休多年了，但人常讲，老虎下山，还有一张皮的。"何云青说，仍攥着她的手，"黄继林的哥哥黄继业，是市委秘书长。前日他为这园子，专门找到我，一开口，便报出一百万元的价来；这且不论，为此他还特地找了市委侯书记，要其给我施加压力。"

吴楠听了，感到很惊讶，但她也知道，何云青讲的是真话。只不过，吴楠做梦都没有想到，有人为这园子，竟然出如此高的价码，而且，还找了平郡的一把手——妇孺皆知的侯再道。

"云青，这件事，你可要前思后想，认真、仔细掂量好了，以免产生不好的影响。"吴楠真诚地说，为他捏了把汗，"若是把它租给我，将来万一……"

"什么万一一万，为了你，我是什么都不管了！"何云青一挥手，打断她的话，继而一根一根地捋她的秀发，"明日一上班，我们便找个地方，把合同签了，以防夜长梦多。"

"对于生意，什么租金啦合同啦，其实我一点不懂的，"吴楠道，眼睛看着别处。

"这个我自然知道；其实，那天你走进我的办公室，没说几句话，我便看出，你是夸着胆子来找我的。我说得对不对？"何云青道，由衷地笑着，"至于签约，就让你老公来吧。我倒要见识见识，是怎样的一个男人，把我漂亮的女人夺走了。"

"厚颜无耻，我啥时候，成了你的女人啦？你讨厌不讨厌啊？"吴楠一迭声地叫着，两只小拳头，捶打着何云青的膀子。

何云青心头一热，顺势将吴楠揽进杯里，急风暴雨般狂吻起来……

下午五点多一些，吴楠提着两个萝卜，一捆韭菜，嘴里哼着曲子，悠然自得地回了家。

像往常一样，这个时候，水军和婆婆出去了，兵兵上学还没有回来，只有公公水乡，一个人在桌子上翻扑克。

吴楠洗过脸，走到镜子前，认真看了回自己，才进了南房，帮着公公做饭。

饭要熟时，兵兵和水军一前一后，准时进了门。大家也不等兵兵奶奶，拉开桌子，一并围着坐了。

"水军，我跟你讲，旅游局的何局长，应了咱们的事。"吴楠犹豫了一回，对水军说。

"咱们的事，什么事？"水军问，因他的心思，仍在台球桌上，一时没反应过来。

"就是那个园子的事呀，怎么，你不想赁了？"吴楠不耐烦地说。

"吴楠，是不是一个姓黄的，打来了电话？"水乡抢过话头，急切地问，"没想到，我这个口没白张，人家黄主席，还真把咱要租的园子，当作一回事了。"

吴楠一时心里有些发蒙，啥姓黄的呀啥电话呀，到底是咋回事呢？这个老公公，把自己回家之前，为怎样开口讲这个话，所想好的套路，所编好的程序，整个儿给搅乱了。不过，吴楠很快便想到了，何云青所讲的，那个黄飞江的儿子，叫什么黄继林的，还有他的哥哥黄继业，为这园子上蹿下跳的事。

吴楠理了理思绪，问公公："爸，你讲的姓黄的，到底是哪一个呀？"

"还有哪一个，就是老黄，黄飞江呀，当过平郡政协副主席的。对了水军，这个黄飞江，就是爸早些年，跟你讲过的那个老领导。"水乡说，兴奋地搓着两手，连饭都顾不得吃了。

"噢，我想起来了，是黄营长吧，爸年轻时，就是他把爸安排在罐头厂的。"水军说。

"是呀，恩人哪！'文革'时，老黄在平郡武装部工作，兼着民兵营的营长。那会儿，爸在罐头厂做临时工，因为年轻力壮，又好舞刀弄棒，被上边抽调到了县上基干民兵营。那时节，爸和几个民兵，守护小沙河上的大桥，有天夜里，忽然下起了瓢泼大雨，大家都躲到屋里去了。老黄半夜来查岗，但见只爸一人荷枪实弹，在桥头上站着，第二天便跑到罐头厂，把爸转成了正式工……"

此时，吴楠已经大致明白，是怎样的一回事了。她冷静了一下，问公公："爸，为园子的事，你找过人家？爸你几时去的？"

"废话，我不找人家，人家能知道咱们租园子，能给咱们办成这事吗？"水乡说，不满地瞅了吴楠一眼，"五六天前，我早上到林子里锻炼身体，遇到老黄，就顺嘴求了人家。哎，到底是老首长老领导，就是有能力有魄力，这才几天工夫呢，就把事情给办妥了。"

"那你跟人家说，要租多少年，出多少租金？"吴楠笑道。

"我说一包三十年不动，租金最好五六十万。哎，吴楠，黄营长跟你通话时，讲租金多少了吗？"

"正如爸讲的，五十万。"吴楠答道，一边心里暗想，真是巧了，本是一家人，竟遇了这等事。看来这个黄飞江，必是公公找了他，方才瞅准了园子，欲一手揽了去，给自己儿子做的。若不然，断不会报出一百万元的价码，更不会单为着公公，去找市委书记侯再道了。也是好了，阴差阳错，歪打正着，自己脱了干系不说，同时也证明了那个何云青，对我的一片痴情。

"爸，你和吴楠两个，现在是说，咱们通过黄营长，只用了五十万块钱，就把旅游局那个池塘，整个儿给租下来了？"水军激动地问，直到此时，他才明白了事情的原委。

"当然了，并且呀，是一包三十年不动。小子，你就好好地感谢老子吧。"水乡自豪地说，兴奋地在地上踱着步。

"老将出马，一个顶俩，还是咱爸的面子大。"水军说，拿筷子的手都抖着了。

"你没听人说，船烂还有三千钉呢，"水乡颇为自豪地说。

吴楠看他父子俩的热乎劲儿，不知为什么，倒想说你们两个，别高兴得太早了，不是合同还没签吗，可她话说出来，却变成了这样：

"刚才在电话里，黄营长要咱们明早一上班，就去签合同。水军，我现在得出去一下，把钱准备好了。"

"都六点了，银行早下班了。"水军着急地说，"这可咋办呢？"

吴楠先是愣了一下，旋即看看墙上的石英钟，道："水军，你先别急，我到北屋，跟黄营长再通个电话，问一下签合同的具体时间。"

"你赶紧去吧，问问清楚，"水军道。

吴楠看看他们，孩子一般高兴的父子俩，转身离开了。

吴楠走进北屋，匆忙拿起话筒，接通了何云青的手机：

"喂，云青吗？你在哪儿？哎，云青，我告诉你啊……关于那个园子，事情有些变化；是这样的……"

第九章　打工妹自述

文联真是个好单位！水闻骑着自行车，一边往迷你酒屋走，一边自言自语道。

水闻再三感叹过了，才发现自己，已行至光华路上。他觉得那迷你酒屋，应是到了，左右察看时，果然正在它的门面处。

迷你酒屋的招牌不大，内里也小，外面厅堂处，搁五六张桌子，雅间也只三五个。水闻虽没有来过，有贾麦告知了雅间号，便一二三数过来，径直走了进去。

贾麦见了他，忙起身相迎，还桌子底下，拉出把椅子，要他靠里边坐了。

"其他的人呢，还没到吗？"水闻问，喝了口茶。

"你来了，便是全都有了，"贾麦答，一边唤了服务生，叫拿酒上菜。

"只咱们两个？不会吧？"水闻又问，有些诧异，

"怎么，咱俩就不能吃饭了？"贾麦奇怪地看看他，道，"点包香烟，你要哪种牌子的？"

"别要了，我带着。"水闻摆摆手说，从兜里摸出烟，点了，猛吸了两口。而后，不死心地问，"启民呢？还有你们部里，那个叫苗乐的同事。"

"你这人怎么搞的，查户口呀？咱俩交往这么久了，难道方便的时候，就不能一起坐坐？"贾麦不高兴了，口中机关枪似的，喷出一串子话，"如果你不愿意，请随意好了。"

"哪里，你别多心，我只是随便问问，"水闻赶紧道，歉意地笑笑，"这年

129

头，有人请吃请喝，是再好不过的事；如果贾小姐高兴，天天邀我好了，我巴不得哩。"

贾麦笑了，说："你想得倒挺美，我就是有钱，也没那个闲工夫。今天之所以约你，是有事哩。"

"噢，哪样的事？"水闻道，又摇摇头，"只怕我一个半拉子文人，帮不了你什么。看来这顿饭，是要白吃了。"

"先喝酒，事不急的，待会儿再谈。"贾麦说，拿过一只玻璃杯，给水闻斟上啤酒，"看你的酒量，我只要了这个，可以吗？"

"只要是酒，我一沾就上头。"水闻说，夸张地耸耸肩。

"快喝吧，别酸文假醋的了，"贾麦撇撇嘴，端起杯与他碰了，"记着上回咱们去朔阳，你与那个什么蓝老师，不是喝得挺来劲嘛。"

"那是没有办法，"水闻说，把酒喝干了，"哎，对了小贾，我一直想问你，对那个蓝田，你印象如何？"

"一般。"

"说说看。"

"人看上去倒热情、大方，只是过于世故，且太色了点。"

"片面，片面。"水闻嘴里这么说，心里却觉得，贾麦的眼睛里，还是有些水的。

"片面？别臭词滥用了，我问你，那晚你们从宾馆出来，又去了哪里？"贾麦道，两道细眉立了立，"算了，你不用回答我，我也不想知道；我想问你的是，你们的报纸刊号，他办得咋样了？"

"你和你们陈主任，整日在一处，还不知道吗？奇怪，怎么倒来问我了。"水闻道，疑惑地望着她。

"谁和他整天在一起了？"贾麦急了，大声道，"想不到，你也长了张乌鸦嘴。"

"怎么，我讲错了，你不是启民的部下吗？"

"我早不在报社了，离开快一个月了。噢，你还不知道啊，陈主任没跟你说吗？"

"没有呀，"水闻道，越发不解起来，"小贾，你干得好好的，怎么说走就走了呢？"

"难道我离开报社，离开广告部，还须事先给你打个报告，请阁下批准呀？"

"没那个意思。我只是有些不明白，随便问问。"水闻忙说。"那如今的你，又在哪里高就？"

"啥高就不高就的，仍旧给人家打工罢了。"贾麦自嘲地笑笑，点着一支烟，慢慢地吸着，"现在，我在银花农贸公司做前台，喏，往好听点讲就是文秘。是陈主任推荐我过去的。"

水闻听了，想来这其中，必然有些缘由，便也不多问，掉转话题道："关于报纸刊号的事，因我心里也急，便不停地与蓝老师联系。就在前日，他倒主动来了电话，说原则上，没有多大的问题，只需局里再开个会，统一一下思想。我估摸着，这几日也该下来了。"

"那你的书呢，那本叫作啥《利器》的，什么时候出？"贾麦关切地问，往前探探身子。

"说是签了合同，三个月之后。"

"那合同呢，签了？"

"还没有。"

"这事过去也有些时日了，咋还没签哩？你可别让人家给忽悠了。"

"哪能呢。放心吧，绝不会出那样的事。这套丛书，需凑够十来个作者，方能着手操作。听蓝老师讲，现在只差两三个人了，他们目下正在继续筛选。"

"依我看，你还是小心点，多留个心眼儿，不要光听那姓蓝的才好。我虽然年龄比你小，也知道如今这世上，大家每日忙忙碌碌，一心只图着什么了。"贾麦说，冷笑一声。

"怎么又是这话？你一个小姑娘，走上社会才几天，因人对事，就有这般的道理，这般的笑？"水闻道，却不由得凝神望着她，仔细她的模样。

贾麦尖鼻，小口，细眉，高额，一张面庞是时下人们常讲的，那种典型的巴掌脸。此刻，她口里叼着香烟，眯着一双凤眼，目光里流露出，只有现代都市女性，才有的那种忧郁和性感。

"我还常常这样问自己呢，"贾麦说，又无声地笑一下，端起酒杯，"所以对我前才的话，你完全可以当耳旁风。只是哪天集子出来，庆贺的光景，别忘了我就好。"

"哪能呢，到时我签了名，送你一本斧正。不过，你可别读了没半载，便笑掉了大牙。"水闻说，又与她碰了下杯子。

贾麦一口气喝尽了，放下杯子，咧咧嘴说："就凭我肚里这点墨水，还有资格笑你，一个作家的作文吗？"

"你是在挖苦我吧？"水闻道，"想你已经知道，我与启民一样，只读过高中了。"

"那我又读过啥呢？这样吧，水哥，你若是有兴趣，便猜猜，猜猜我读的什么。"

"那我就猜一下，中专？"

贾麦摇头。

"大专？"

贾麦仍是摇头。

"本科？"

贾麦头摇得像拨浪鼓了。

"那是研究生啦？"

贾麦冷不丁一转身，把正喝着的茶，一口喷到地上了。

"拜托，你饶了我好不好，大哥？"贾麦一只手乱摆着，笑弯了身子。

"这有啥好笑的，你告诉我不就结了。"

"那我现在就告诉你，初中肄业，行了吧。"

"你在与我开玩笑吧？"水闻不相信。

"我干吗要跟你开玩笑呢？事实如此。"

"不像，真的，一点儿都不像。"水闻摇着头说。

"那是你的眼光有问题。"贾麦说，不笑了。

水闻认真地看看她，不作声了。沉默了一刻，又问："那你家住哪里，城里还是乡下？"

"若是你对我的事，真感兴趣的话，我便跟你说说。"

"当然了，你若不嫌烦，就讲来与我听听。"

贾麦沉思了一下，浅浅地吸了一口烟，徐徐地讲起来：

"我的家，原在谷川乡下。父母生在农村，长在农村，是普普通通的农民。先前，因那边土地盐碱化严重，我们家的生活，一直很困难。我上小学二年级时，父母东挪西借，凑了些钱，买了十几头羊，赶着它们进了后山。

"我爸妈走时，将我与那十来亩地，一并交予爷爷奶奶照料。人常说人老惜子，猫老吃子，这话半点不假的。单说这两位老人吧，因只有我一个孙女，我指东，他们便不敢往西；我说要月亮，他们若是能找来梯子，也会给我摘下来。由于两位老人家，对我这般娇生惯养，宠信溺爱，使本来有着严父慈母、人也乖巧、听话的我，渐渐变得任性、乖张起来。我读五年级的时候，学习上还过得去，等到上了初中，成绩便滑下来了。就说数学吧，我都读初二了，竟连一次方程都解不出来。一上数学课，我不是交头接耳，左顾右盼，就是胡写乱画，读小说，看卡通；逢了期中期末考试，都是抄同桌的。

"我的学习成绩，眼看着是一日比一日差了，而我的家境，却像歌曲里唱的，是一天比一天好，好上加好了。我的父母亲，经过一番辛勤劳作，终于如愿以偿，在山里的草地上定居下来，并且养起了一坡羊。我父亲外出放牧时，骑的是摩托车；我吃的喝的，使的用的，也都有了极大的改善。

"假如日子就这样，照常过下去，即使学习上有些吃力，我仍然觉得，自己的少年时代，还是快乐和幸福的。然而，有一天在学校里，发生了一桩谁都想不到的事。这桩事，不仅使我的心灵受到了极大的伤害，而且它彻底改变了我的人生。

"那天，是星期五上午。下了数学课，老师临出门时，要我到他办公室去一下。我知道，老师又要给我辅导功课了，便带着作业本过去了。

"数学老师姓尹，是个四十多岁的男人，他课讲得一般，但看起来，对同学们很是关怀，极是友爱。比如说我吧，因为功课不好，尤其是数学底子薄、基础差，每逢星期五，他都要开小灶，给我做些辅导。然而，谁知这姓尹的，却是枉披了一张人皮，禽兽不如的。若说往常的时分，他也或多或少，有过一些那方面的表现，不过是俯在我的身后，捉住我的手，写这画那罢了。所以，每逢这时，我虽然觉得浑身不自在，但想他终究是个老师，心里便忍了。想不到，那天这个姓尹的，却不能再伪装下去，终于露出了真面目。我敲门进去，刚坐到桌前，他便讲椅子太低了，时间久了，对我的眼睛和身体不好，还双手把我抱起来，放到他的腿上。这且罢了，以后不到两分钟，又伸出鸡爪子似的手，在我的胸部乱摸……虽经奋力挣扎，拼死抵抗，我逃出了魔掌，那情境却像噩梦一样，直到今天，仍然伴随着我。"

贾麦讲到这里，一双眼睛里，充满了愤怒与仇恨。她端起酒杯，沾了沾嘴唇，继续道：

"从那以后，我便离开了学校，告别了学生生活。我到了后山，从父亲手中，接过了放羊铲，也接过了那辆摩托车。由于草地上没有电视，没有书报杂志，更没有朋友，使我深感孤独和寂寞。为此几年后，我又骑着摩托车，从山里跑了出来。

"现在回想起来，我仍然十分怀念，那两年的牧羊生活。我的第二个故乡，是只有蓝天白云、草地山冈的地方，是自由辽阔和盛满歌声的地方。在天气晴朗的日子，当羊们走上山冈，云朵般点缀在绿树碧草间，你便可以驾驶摩托车，拧大油门，闭着眼睛，在草地上任意奔驰。这时，你的神经和脉搏，便会像鹰一样搏动和舒展，你的心绪和情感，便会如云一般流淌和升腾。而当太阳落山时，你只须习惯性地，打一声呼哨，或者放开喉咙，尽情地喊上几声，羊们便会一只一只，乖乖地走下山来，跟随在你身后，走在回家的路上。

"喜欢热闹，热爱时尚，而不能忍受孤独，承受挫折，是如今的人们，尤其是青年人的通病。我的经历，就恰恰说明了这一点。受都市生活的诱惑，从草地出来后，我便与村子里，两个相好的姐妹，一起到了铁狮。"

"你，竟然到过铁狮？"水闻问，怀疑地望着她。

"怎么，不相信？"贾麦苦涩地笑笑，顺着自己的思路，继续讲下去："时下有首歌，大家都在唱：'外面的生活很精彩，也很无奈。'过去，我嘴里也常哼的，但只是觉得这几句，更好玩些罢了；直到在那沿海的铁狮，待了三年后，我才真正明白和理解了，这首歌的确切含义。

"水哥，既然话说到这个份上，我也不怕你笑话了。你知道吗，在铁狮那段时间，我是除了没做鸡，什么都干过了。就是没有当小姐吧，也是因为小的时候，经历了那样一场事，让我从此遇到男人，就如同见了虎狼一般。而我的那两个姐妹，小曹和小尚呢，年龄比我大一些，也比我走得更远；我至今都不知道，她们的下落……

"前些年，咱们这块儿，没有到过铁狮的人，一提起那地方，以为遍地都是黄金。我们三个乡下妹子，也是一踏上那片热土，一看到那番景致，便觉得仿佛进了天堂。记得那天，我们一下火车，便不顾旅途劳顿，身体困乏，开始满大街地闲逛。街道、汽车、花园、楼房、市场、影剧院，广告招牌……五光十色、色彩缤纷的现代化大都市，把我们的眼睛都看花了。然而，等到肚子饿得咕咕叫了，瞌睡得连眼睛都睁不开了，才知道这灯红酒绿的地方，不是谁都能够待的：进了馆子，吃一碗面条，便要二十多块钱；到旅店睡了一个晚上，又花去八九十元。吃完面条时还好，等睡足了觉，我们的心里，便一下子没了底，没了着落，慌得像柳树梢梢上，听到枪声的麻雀。还好，经旅店老板的指点和帮助，我们第三天，就在郊区找到了工作。

"现在，如果你来问我，对铁狮有何等的感受，那么，我会直截了当地告诉你，那座沿海开放城市，那个经济特区，除却工作机会多一些，别的等等方面，不能说一无是处，也是没意思透了。当然，这只是我，一个没有文化的人的看法。因我在铁狮时，觉得只要每日能够工作，能够填饱肚子，能够有个睡觉的地方，就感到十分满足、万分幸福了。至于那座城市，怎样的发达，怎样的美丽，好像都与我无关。水哥，你若是不信，听我慢慢讲来便是了……

"我们姐妹三人，进的是一家服装厂。那家厂子，在一间地下室里，工人有十三四个，并且女的多，男的少，年龄都是十七八岁。老板是个坐地户，他人精瘦得像一只猴子，精明得又像一只狐狸。我们这帮子打工仔，每天要工作十二个小时，一月只有一天的休息日，工资却仅有八百块。吃的住的，老板倒是给统一安排，只是那饭菜，差不多每顿都是一碗粗米饭，外加一个炒菜花，还看不到几滴油水。住的地方呢，是八九个姐妹，挤在楼上的一间，不到二十平方米的小屋里。由于一天到晚，两头不见太阳，加之活儿又苦又累，我们三个人的脸，很快便与同伴们一样，白里泛着黄，黄里透着青了。这样干了不到两个月，我们实在支撑不住了，就跟老板提出辞职。老板满口答应，只是说：你们第一个月为试用，第二个月没足月，工资只能开百分之七十。听到这话，大家面面相觑一回，重又回到了车间。以后，好不容易挨到了日子，又去找老板，老板却又说，因你们这个月，做的活儿质量差，产品卖不出去，厂子现在没钱，这个月的工资，只能等下个月开了。当时，我们三个人，虽然觉得挣的是血汗钱，老板欺人太甚，但只与他争辩了几句，便毅然决然地出了门。

"我们在这家厂子，干了三个月，领了两个月的工资，但在生活上，基本还算有保障。相比之下，随后进的那家公司，就简直不是人待的地方了。这家生产假烟的私企，伙食更糟糕，简直像喂猪一样，而且职工连起码的人身自由都没有。公司那班子管理人员，倒像一伙子奸贼、流氓、强盗，他们对待工人，就像对待犯人一般。若是哪个工友不小心，触犯了哪条戒律，他们轻则喊骂、扣工资，重则罚跪、挥拳头。单说公司的院墙吧，便足有两米多高，还拉了电网，连明昼夜有人巡逻放哨。等我们进去之后，才知道若想离开此处，除非像鸟儿似的，生出一双翅膀。

"我们姐妹三人，就是在这样的企业，这样的地狱里，硬着头皮，忍受着折磨和摧残。说来还算幸运，半年之后的一天，公安、工商等部门的管理人员，大呼小叫地闯进来，带走了老板，查封了公司。末了，他们对大家讲：这里是个黑窝点，不仅生产假烟，还贩卖毒品。你们现在就哪儿来哪儿去，各自散了吧。

"在铁狮待久了，我们在求职时，多少有了些经验，从而也就再没进过那种'单位'。但是，在那座现代化城市，我和她的姐妹们，算是尝够了人生冷暖，受尽了千辛万苦。像小曹和小尚，我的那两个姐妹，后来置身于那灯红酒绿、男欢女爱的地方，也是由于风吹雨打，历经磨难，自认为看透了人生、看破了红尘的缘故。我呢，正如前才所讲的，皆因出了那码子事，见了男人便生畏，才勉强保住清白的身子。所以，我完全能够理解姐妹们，并且，丝毫也不为她们的行为，感到羞耻和不安。"

贾麦顿了一下，继续说：

"我这样说，并不是说人家铁狮，就是个万人坑。相反，在心平气和的时候，我真切地以为，铁狮是座美丽的城市，是个充满阳光、充满幻想的地方。只不过，以我们的学历、身份和地位，所看到的和所接触到的，往往是肮脏多于干净、卑鄙胜过高尚罢了。现在，我是又回到了平郡，可是，我还能够回到乡村，回到草原，回到生我养我的故乡吗？恐怕不能够，并且是永远不可能了。我不愿意，更无法每天每日，去面对那块偏僻的地方，去过那种孤单的生活。平郡虽然不是铁狮，但给人的感觉，却同样具有城市的气息，城市的节奏，城市的色彩和线条……"

水闻目不转睛地望着她，问："那你回到平郡后，怎样进的报社呢？"

贾麦沉默了良久，继续说下去。

"我回来之后，先进了山，回到了草地，每日家里屋外，帮父母做些事。

"距我家不远处，有一个地方，叫作望云亭。那里，有一座高高的烽火台，为秦汉时期的遗址。春夏秋冬，一年四季，总有些城里人，前来观光和玩耍。其中有些游人饿了渴了，或是遇到什么事，都会跑到我家来。因那里方圆十几里内，人烟稀少，只有三五户人家。

"一天，下午四五点钟，我骑着摩托车回到家，看见院子里，停着一辆奥迪。我推开家门，遂见一对青年男女，坐在桌子边喝茶。当母亲把我介绍给他们后，那男的说，他们是逢上节假日，专程到此地游玩的，可是，要回家的光景，小车却出了点毛病。'幸运的是，这事恰巧发生在你家门口，又亏着你的父亲，帮我们修好了。'因这种人与事，我见多了，所以只是点点头，并没有当回事。不想，那男人倒好奇地打量着我，还问我的母亲：噢，这是你的女儿吗？瞧他的样子，好像我的母亲，不该有我这样一个女儿似的。我嘲弄地笑笑，没搭理他们，回自己的屋子去了。

"没过多长时间，我便听到，院里的小车发动起来。又过了一会儿，母亲过来，不高兴地说，人家要走了，喊你出去送送，你倒好，一声不吭。我说我没有听到，再说认都不认识，有啥好送的。母亲说，从此不就认得了？还大城市里待了回，一点儿礼貌都没有。末了，母亲又对我说：'小麦（我的小名），你不是打从铁狮回来，成天到晚说烦，喊郁闷，吵着嚷着，要到平郡城去吗？喏，这是人家临走时留下的，叫你哪天有空，到平郡去找他们。'

"母亲说过了，横了我一眼，把一张便条递到我手上。我接过来看了，见上面写着那男的姓名、单位、电话号码。此后，过了有两三周吧，我便拿了那条子，让父亲开着车，将我送到了平郡。对了，忘了告诉你，那时节，我家已添了辆越野车。"

"水哥，我讲到这儿，你可能已经猜出，那个男人是谁了吧？"贾麦问，不等水闻回答，又道："那个男人就是陈启民，陈大哥。而那个姓朱的女人呢，想来是陈哥的爱人，只是我进城后，一直到今天，也没有再见过她。总之，从那以后，我便在陈哥的手下，做了一名业务员，在报社跑起了广告。"

"我觉得，根据你的经历，好像这份工作挺适合你的，可你为什么要离开呢？"水闻问。

"当初，陈哥也是这样看，也是这样讲的。他还说，从见到我的第一眼起，便认为我年纪虽小，却是个敢闯敢干、能做些事的女孩。然而，陈哥与你一样，也是只知其一，不知其二；只有我自己知道，我并不适合这份工作。事实也是这样，我在陈哥麾下，干了不到两个月，身上的毛病和缺点，便暴露出来了。

"拉广告跑业务，靠的是腿勤、嘴甜、善于交际。也就是说，能与社会各方面的人周旋，尤其是同企业家、实业家打交道。若说，我在南方的城市，闯荡过一番，应该在这方面，有些长处和能力。可问题是，如我刚才与水哥讲的，幼小的心灵上，便遭受了那样的创伤，怎么可能，在短时期内愈合呢？

"起初，我自认为，这世上的男人，没有一个好东西；等长大了些，虽不似那般片面和偏激了，但对成年男子的一举一动、一颦一笑，仍是过分的怀疑与敏感着。比如说吧，在业务往来中，双方若是有了意向，彼此约一杯茶，邀一餐饭，是再平常不过的事。可是我呢，每逢男男女女的，大家混在一处，气氛也热烈，尚能够神情自若，谈笑风生，甚至有的时候，还会插科打诨，随波逐流。可是，若与某个男人，单独相处的工夫，别说人家约我吃饭，我是万万不敢应承的，就是男人的眼睛里，流露出一丝额外的东西，我都会瞬间毛骨悚然，不寒而栗。其实，大家都知道，现在有许多年轻人，已把那点子男女之事，看得越来越淡了。而我却正好相反，乍猛一见，从头到脚，浑身上下，活脱脱一个现代女性，而骨子里呢，却连个八十岁的老太婆都不如。你想想，有了这个致命的弱点，参加一般的社会活动，已经很不容易，若要再深入下去，我哪里承受得了呢？！"

贾麦讲到这里，眼窝里已噙着泪了。

水闻紧咬着嘴唇，怜惜地望着她。

"如此这般，我拉来的广告、所得的提成，均少得可怜，与部里其他的同事，简直没法儿比。起初，陈哥看我完不成任务，还不断地鼓励我，给我加油打气，以后，见仍没有起色，便也不再多说什么，只让我专做管理工作了。我自然知道，陈哥的一片好心，然而，报社的广告业务，毕竟是面向市场的，搞业务的每个人，又都具有很强的竞争意识。为此，前些日子，我再也坐不住了，就找到陈哥，提出要辞职。陈哥先是不答应，再三挽留，后来见我态度坚决，像吃了秤砣，便找了个机会，把我介绍到了黄继林的公司……水哥，我的这些经历和体验，可是很少与人讲起过，有些事吧，就连陈哥都不知道。"

水闻问她："那你，为什么要告诉我呢？"

"我也不知道，"贾麦说，瞟他一眼，"自从认识你之后，便想说与你听听。也许是因为，你大小是个作家吧。"

"那你就不担心，哪天我兴致来了，将它写进小说？"

"随便，只要不用真名实姓就好；还有就是，不要添油加醋，生编硬造，或是纯粹将我描写成，一个浪迹天涯、没廉没耻的妓女就行了。"

"有这样好的人物，这么好的故事，已经足够；我为着什么，要把你写成风尘女子呢？"水闻问，不解地望着她。

"为了找亮点、抓卖点、挣稿费呀。现在的小说，我读的虽然不多，却知道有些作者，就是这么干的。"

"那么你以为，我也是那种人了？"

"谁知道呢？"贾麦狡黠地一笑。

"哎，小贾，你前才不是说，找我有事吗，是哪样的事？"

"噢，是这样，因我们公司的文秘辞职了，黄总要我写本月总结、下月计划。我长这么大，别说写它了，就是见都没见过。这不，今天趴在桌子上半晌午，好歹扭捏出几百字，可左看右看，还是不成样子。"贾麦不好意思地说，从包里掏出两页纸，递给水闻。

"这个好说，我回去看看，尽快还你。"水闻道，溜一眼，叠起来，揣衣兜里了，"看来，以后每逢月底，我都有好吃好喝的了。不错不错，呵呵。"

贾麦却没有笑，还略带忧郁地说："另外，我还有件事说与你听。"

"你讲。"水闻道，因不知为何事，一时也严肃起来。

贾麦点上一支烟，狠吸了两口，道："昨天陈哥发微信给我，说他最近忙里忙外、七进八出的，感觉辛苦了点，身心有些疲惫，想着这个周末，让我陪着，再到后山玩一趟……"

"是呀，启民的神经，近来也太过紧张了些，是该找个机会，好好放松一下。"水闻说，"这样的话，你也可以顺便回趟家，看看父母。"

贾麦点点头，沉吟一下，道："我想约了你，咱们一道去。水哥，不知你愿意不愿意。"

"这是好事啊，我当然乐意了。经你刚才的描述，我对你的第二故乡，尤其是望云亭上，那座秦汉时期的烽火台，已是十分向往了。小贾，不知你信不信，我现在就已经想象出，大家进山后，乘着车，迎着风，在草原上驰骋的情景。"水闻道，"只是，除了启民、你和我，不知一同前往的还有哪个？"

"这个陈哥没说，我也没多问。等咱们动身的时辰，自然就知道了。"贾麦若有所思地说，然后，端起杯子，举到他面前，"水哥，那么这件事，咱们就算讲定了。来，干一杯。"

"干杯。"水闻道，也端了杯子。

俩人碰杯的光景，因贾麦的手，用力过猛，酒洒了一桌子。

第十章　两个金银窝

《平郡周末报》的刊号，终于批下来了。

俗话说，好的开头是成功的一半。接下来的日子，几乎所有的事情，都出乎意料地顺利：工商局给办了营业执照、广告经营许可证，税务局颁发了税务登记证，银行开出了户头；宣传部的领导班子，把报纸列入了重要的议事日程，当作一件大事来抓。他们让副部长申有余兼任社长，还三天两头，唤了陈启民与水闻过去，研究报社的具体事宜。

当然，这一切与陈启民的不懈努力，实是分不开的。为了这张报纸，陈启民每日起早贪黑，废寝忘食，眼睛熬红了，嘴唇起了燎泡。就说刊号批下来的那天吧，陈启民早上八点接到通知，九点便召集全体人马，在平郡日报社广告部，开了一次碰头会。

会上，陈启民首先宣读了平郡市委宣传部，关于成立平郡周末报社，创办《平郡周末报》的决定，以后便简明扼要地安排和部署了如下几项工作：

一、由总编陈启民挂帅，组建《平郡周末报》理事会、编辑委员会和顾问委员会；二、由副总编水闻负责策划选题、设计版面、组织稿件，并招聘四到五名写作能力强、专业水平高的编辑、记者，以确保报纸按时出版；三、由总编办主任朱晓宜牵头，着手租赁一套办公场所，并积极筹备报纸的首发式；四、部里的广告和发行人员，要立即行动起来，加强与工商界及社会诸方面的联系，以便为两周后的创刊庆典，打下良好的经济基础。

会议结束后，陈启民把已经出门的水闻，叫到了自己办公室。

　　"我联系了两笔业务，现在基本上算搞定了；昨天与对方通了电话，约好今天上午见面。你准备一下，随我走一趟。"陈启民说。

　　"业务上的事，我去能做什么？"水闻道。

　　"说不准，人家要咱写篇文章，上上报纸、电视啥的。"

　　"是两家怎样的单位呢？"俩人上了车，水闻问。

　　"一家是开发商，叫作金地建筑公司；另一家搞农贸，称为银花有限公司。"陈启民说，打着方向盘，"这两位老总，一个姓孔，一个姓黄，年纪虽然不大，却都是做大事的人。等会儿咱们过去了，你一看那阵势就明白了。"

　　水闻听了，顿一刻，说："启民，我想与你说件事。"

　　"啥事呢？讲嘛，咱俩又不是外人。"陈启民说。

　　"关于报纸的事。"水闻道，"虽说咱们是初创，还是八开四版的周报，但若按你刚才在会上讲的，只招四五个采编，是不是嫌少了点？"

　　"是不多，至少该有七八个，或者十来个人。"陈启民肯定地点点头，但很快又说，"但你知道，咱们刚起步，并且头几个月，注定是要往里贴钱的：一是广告和发行，都是硬头活气，一时半会儿很难搞得上去；二是上下左右、方方面面，都需要钱哪。水闻，依咱们目前的实际情况，摊子不能铺得太大。等等吧，等我们的报纸知名度提高了，影响力扩大了，资金和实力雄厚了，你要多少人，我就给你多少人。"

　　"可是，大小先不说，咱们办的，毕竟是一张报纸，"水闻说，有些焦虑，"如果人太少了，恐怕……"

　　"我知道你有困难，可你看我的困难，不是比你更多更大吗？"陈启民打断水闻的话，说，"路要一步一步地走，饭要一口一口地吃，要开创一番事业，总得有个过程。水闻，你这么多年来，从未离开过文字，对当前的文化产业，相信经的见的比我多。你看看市场上，那些满天飞舞的报纸，遍地开花的刊物，虽说形式多样、有板有眼，可拿起来一翻，内容却都差不了许多。一条新闻，一则消息，一个故事，只要有卖点和看点，不管有没有价值，大家便你登我也登，你载我也载；只不过改头换面一番，换汤不换药罢了。咱们是老同学，就打开窗子说亮话吧。我如今最愁的，不是版面够不够，稿子缺不缺，而

第十章　两个金银窝

是怎样才能够拉来广告，怎样才能够跑成业务，怎样才能够赚到钞票。我说这话，你不要嫌俗，以为我只认的个孔方兄。真的老兄，若是没有了经济基础，我们前面所说的一切，就都成了纸上谈兵。因咱们都是工人出身，有时免不了讲些粗话、浑话，然而空话、假话，我却很少说的。之所以办这张报纸，我是想着，要将我们的事业，像媒体上讲的，把一块蛋糕吧，一天天做大做强。打个不太恰当的比喻，就是即使咱们这只船，抵达不了理想的彼岸，至少也能辟出一片水域，让大家有点捞头，有点趣味。这样也才能对得起，投到咱们麾下的兄弟姊妹。若不，大家到头来，岂不是白跟了咱们一场？"

听了这一番话，水闻打心眼里感到，陈启民这个人，无论怎么说，考虑问题还是比较周到、全面，并且很现实的。可是，等到了金地公司，他又觉得，讲哥们儿义气的陈启民，有时看事物的角度，未免有失偏颇。

金地建筑公司，坐落在东风街旁，一处很大的院子里。十年前，这里是平郡的政府大院；平郡改为地级市后，政府盖起了新的办公大楼，便把这套院子，向外租出去了。

陈启民和水闻进了院子，但见那一排排小平房，由于建起的年头久了，加之都是黄砖砌的，看上去十分陈旧、破落。而里边呢，仿佛一间偌大的仓库，堆满了沙石、水泥、钢筋、木料，以及铁锹、小车和机械设备之类。

陈启民把车停稳了，与水闻拉开车门，走出来，便见有人迎着了。陈启民叫声"孔总"，紧握了那人的手，又把水闻与他介绍了。水闻和孔总两个，一个说"久仰大名，如雷贯耳"，一个道"大驾光临，蓬荜生辉"；相互客套过了，孔庆雷将他二人，让进了自己的办公室。

孔庆雷办公的地方，简单而又朴素，远不像做房地产的，摆的放的，使的用的，都是先前政府搬迁时，遗留下来或是扔掉了的东西：地面是水泥抹的，裂着宽宽窄窄、歪歪扭扭的缝子；桌子和沙发，与水闻办公室里的，相差不了许多；还有床和柜子，样式老套、笨重，都是二十世纪八九十年代的物品；墙面上，倒是糊了一层壁纸，却是档次不高，并且给屋顶漏下来的雨水，冲刷得花里胡哨，仿佛戏曲里的脸谱。

趁陈启民与孔庆雷两个，相互寒暄的工夫，水闻环视过整间屋子，又认真地打量起孔庆雷来。

说来你也许不信，这个孔庆雷，乍猛一看，像个农民工似的。他生得尖嘴猴腮，枯瘦如柴，上身穿一件灰色的夹克，下身着一条黄色的裤子，脚上的亮面皮鞋，因长时间不打油了，已磨得发白起毛。只是那双眼睛，虽然细小，还总眯缝着，却闪射着机敏、警觉的光芒。

现在这个年头，像孔庆雷这样的，全不在乎衣着和门面的开发商，倒真的不多见。水闻坐在沙发上，面对着孔庆雷，暗自寻思着。

"孔总，在这春暖花开、万物复苏的季节，贵公司的房地产事业，又要像鸟儿似的，展翅高飞了。去年你的渔民村，销得热火朝天，不可收拾；那今年的泥人院计划呢，想来规模更大、档次更高吧？"陈启民兴致勃勃地道，"孔总，这个泥人院计划，你打算几时剪彩啊？"

"陈总过奖了，过奖了。那渔民村，本是鄙人的习作，若能不赔不赚，打个平手，也就心满意足了。"孔庆雷道，谦逊地摆着手，"因公司近来事务繁杂，泥人院计划的奠基仪式，需再等几日。不过，我希望届时，陈主任能够亲临指导。"

"这个请孔总放心，到时候陈某人，一定前来捧场。"陈启民道。继而又关切地说："孔总啊，我还是那句话，要成就一番，像老兄这样的大事业，必得说一半做一半，一半都不能少的。可是现在，就宣传、广告方面来讲，咱们与其他公司相比，可是明显慢了半拍啊。"

孔庆雷望着陈启民，无声地笑笑，说："我完全接受陈总的批评。只是陈兄有所不知，这工程抽人调马、破土动工的光景，哪方面都需要资金啊。"

"我何尝不知，这么大的工程，资金周转是最难的？但是，瞌睡总得从眼前过，该办的事，毕竟还得办。孔总，你建的可是商品住宅，如若现在，还不加紧加大宣传力度，到了房子销售时分，恐怕就要吃大亏了。你看看其他那几家公司，爱心、联友，还有君朋，刚刚起步，广告却已经做得铺天盖地，无孔不入，与沙尘暴一般了。这样，我提个建议，孔总看是否可行：你的这个泥人院计划，我给你一个整版，等剪彩的头一天，在《平郡日报》上发出来。至于价格嘛，我按最优惠的算。另外，咱们自己办的报纸，名曰《平郡周末报》的，上面已经批下来，马上就要正式发行了；贵公司既是理事单位，我这个总编，就要和咱们先前讲好的一样，在创刊号上，义务给孔总做半个版。我倒不信了，人家商场上，连摆针头线脑的主儿，都能够挥泪抛售，飙血甩卖，难道我陈某为了孔兄，就不能跳一回楼吗？！"陈启民挥着手，慷慨激昂道。

孔庆雷听着，一言不发，只一张小脸盘上，泛着微微的笑意。

"还有，我刚才给你引荐的这位，我的老同学水闻，别看他不事修饰、沉默寡言的，可是知名作家。孔总若是有兴致，想更高层次地表达些什么，抒发些什么，突出些什么，就让他搞篇人物通讯，或者报告文学，保准让你一炮走红……"

孔庆雷还是不说话，只是转过头，认真地看了看水闻。

此时，水闻给陈启民摆弄得，已是浑身不自在，但见孔庆雷注意自己，一时不知该摇头还是点头。

陈启民仍是挥舞着手臂，孜孜不倦、滔滔不绝地讲着宣传和广告，对于开发商的巨大作用，以及他拟给予孔庆雷的种种的利益、优惠和好处。

"既然陈总这样讲义气、够朋友，又讲了这么多，那么我就表个态吧。"终于，孔庆雷开口了，"广告我做，就是你们办的报纸，我也是要赞助的，只要陈总不嫌少就好。至于啥文章，我看暂时就不写了。自然，水作家的鼎鼎大名，我早有耳闻，水作家的生花妙笔，我更是坚信不疑的。只是，我们这样一家小公司，我这样一个小人物，实在没啥值得说道的。这是一。二呢，就是前些日子，我托陈兄的那件事，希望陈总编，在百忙之中费些心思，抓紧时间给办一下。二位，不知如此安排，你们以为如何？"

"自然再好没有了！"陈启民大喜，道，"那我明天便派人过来，为泥人院计划设计广告。至于前些日子，孔总嘱咐我的那件事，就包在兄弟身上。请孔兄放心，在咱们签订合同前，我一准给你办妥了。"

"一言为定！"孔庆雷道，一字一句地。

"一言为定！"陈启民站起身来，行至孔庆雷身边，握住他的手。"孔总，看你事务繁忙，我们就不打扰了。"

"抽空常来，"孔庆雷说，将陈启民与水闻送出门来，送到车上。

"他妈的，"当奥迪稳稳地驶出大门时，陈启民的嘴里，这么嘟哝了一句，"水闻，你看这个孔庆雷，不简单吧？"

水闻不置可否地哦了一声。

"此人正在实施的泥人院计划，是要建一个住宅小区，面积比渔民村还大，有近三万平方米。不仅如此，这处旧政府的院落，现在看着破烂不堪，垃圾遍地，却是平郡的黄金地段，一旦开发出来，价值不可估量。"陈启民嘴里啧啧一回，悻悻道，"不知这个孔庆雷，使用了何等手段，竟把它从袁大头的手里，硬是给搞过来了。"

"你说的袁大头，就是那个袁世武吧？"水闻问。

"不是他，还能有谁？"陈启民说，不知为什么，有些愤愤地说，"我上回划拉出的，咱们报社的那堆子顾问里，就有他的大名。"

"人倒没见过，只是常听大家讲，有关他的，不少的奇闻逸事。"水闻道。

"那都是道听途说，小道消息。哪天你亲眼见了，便知道那个袁大头不仅油头粉面，颇会装孙子，而且狡诈、阴险得很，比这个孔庆雷，有过之而无不及。水闻，我跟你讲，这种貌似低调的商人，着实了不得，也最可怕。"陈启民顿了顿，继续说，"相比起来，还是银花农贸公司的黄继林，好打交道一些。要说这黄继林，也是有些来头、有些背景的，他父亲黄飞江，曾任市政协副主席，他哥哥黄继业，做着市委的秘书长。噢，上回在一起吃饭，你见过的。可人家呢，见人三分笑，不笑不说话，哥们义气得很。就因为这个缘故，几个月前，我通过他哥认识他后，不仅在业务上，双方合作得很愉快，而且，现在成了最要好的朋友。对了水闻，你还不知道吧，前些日子，我把那个贾麦，安排到了他那里……"讲到黄继林，陈启民好像有说不完的话，直到上了银花公司二楼，看到前台的贾麦，才停下口来。

贾麦正在那里埋头看书，见到他们俩，自是十分高兴。陈启民与水闻也一样。但大家只握着手，相互寒暄了几句，便一起去见黄继林。

黄继林同贾麦一样，也是深埋着头，在读着什么。不过好似不是书，而是一份文件。当看到陈启民和水闻时，他顺手将它塞进抽屉，然后大步迎了上来。

第十章 两个金银窝

"欢迎，欢迎。"黄继林说。

"你好，你好。"陈启民道。

几个人坐下来，喝着贾麦泡的茶，一来一往叙闲话，便有爽朗的笑声，满屋子飞开来。

黄继林的银花公司，其办公环境和条件，与孔庆雷的金地公司相比，可谓有着云泥之差、天壤之别。

一进大门，首先映入眼帘的，是一幢四层小楼。墙面涂了崭新的颜料，下红上白，层次分明；门窗框子，统为一色的仿金材料，满面的大玻璃，通体透亮，耀人眼目。院子虽然没有金地的大，却也很宽敞，且使彩色方砖，一块块地硬化了；一道行人的小径，铺了黑白相间的鹅卵石；路的两边，有一个花圃，一方水池，栏杆均用汉白玉制成。因时近暮春，整个的院落，在温暖的阳光下，悄然泛起一层绿，荡着一汪水。而办公楼里的设置，则是更别说了，所有的摆设与用品，展声露韵，流光异彩，都是时下最流行的，颇具特色的现代化设施和设备。

黄继林的人，与孔庆雷也是一个天上，一个地下，没有半点相似之处：高大魁梧的身材，配一套浅灰色的西装，满面红光的脸庞，洋溢着热情和自信，爽朗豁达的谈吐，极具亲和力、吸引力和感染力。

"人人都说这媒体，如人的喉舌，实是切中了要害。"黄继林道，与陈启民、水闻两个，一同坐在沙发上，"就拿一桩事，或者一个人来讲，只要在媒体上一露脸，不管白的黑的，花的狸的，在大众的眼里，便都定了位，有了自己的形象；纵使善于七十二变的孙悟空，也首先是在纸上，现出一双火眼金睛，一副腾云驾雾的样子，大家方才津津乐道、耳熟能详的。当下，陈兄要办报，又要我做理事，我虽知自己才疏学浅，难以胜任，但是，既然陈兄这么看得起小弟，小弟也就恭敬不如从命了。"

"过谦，过谦。"陈启民道，"平郡谁人不知，继林貌若潘安，才似子建，与人为事，更是慷慨大方，重情厚意。说实话，启民能与黄总相识相知，实乃三生有幸。"

黄继林优雅地一笑，挥挥手："打住，打住。如此夸赞下去，怕要折煞小弟了。陈兄，说来我这个理事，也不能只挂个空名，不做多少实际工作。公司的广告，你还那样安排，先四分之一版继续做着；至于报纸的赞助费，就如我们两个，在电话里讲好的，我万儿八千给你预备着，只不要嫌少就好。除此而外，想你创业之初，百般艰难，倘有当紧处，而本公司又可相助的，只管提出来；只要小弟能够办到的，定当义不容辞，全力以赴。"

"多谢多谢，"陈启民道，笑容满面地欠欠身子，"今日我与水闻到此，也不专为此事，只是觉得咱们弟兄，有几日不见了，特意过来看一看，叙一叙。"

"这说明你们的心里，时刻装着继林嘛。尤其是这位水闻，水作家，是平郡文艺界的名人，平日请都请不来啊。"黄继林笑道。

"哪里，名人不敢当，只是爬格子而已。倘若黄总不弃，日后短不了叨扰。"水闻道，欠欠身子，心里却暗想，这个黄继林，讲话字正腔圆、有板有眼，做事干净利落、有张有弛，倒如启民讲的，是个成事的人。

"鄙人举双手欢迎，"黄继林道，拱拱手。

"继林，我俩还有点事，需出去料理一下，"陈启民说，站起身来，欲要告辞。

"坐下，坐下嘛，"黄继林道，压压手，"既来之，则安之。陈兄，我的意思，不如唤有余、云青几个过来，大家玩几圈。"

"继林若真有空，我就陪着，玩几圈好了。"陈启民附和道。

"玩几圈，玩几圈。"黄继林说，随即走到桌前，给何云青拨电话。不料，何云青先是不接，后来索性关了机。

"这个何云青，搞什么名堂？"陈启民不满地说。

"他是一局之长，今天又是周一，大约有事忙着，"黄继林说，十分理解的样子。末了，又拨了申有余。这回很快通了，并且申有余讲，一刻便过来。

"继林，我为你推荐的小贾，贾麦，感觉怎么样？"陈启民问。

"不错，不错，不仅聪明漂亮，而且说话做事有分寸、讲效率。"黄继林夸赞道。

"那我就放心了。"陈启民说，轻轻呼一口气，"不过，她毕竟年龄小了点儿，还需你经常敲打着些。我要她过来，其实真正的用意，也是要她跟你长见识、学本领的。"

三个人说了会儿闲话，就听院子里，传来小车的喇叭声。

"有余来了，"黄继林道，"走，咱们先下去，一起随便吃些东西，再上来鏖战。"

大家便站起来，行至楼下，一一与申有余见了。然后相互簇拥着，到公司门外一家餐馆，用过了水饺，复又回到楼上。

"抓紧时间，进入战壕，"申有余道，推开办公室的里间门。他今日情绪特别饱满，精神抖擞、神采奕奕的，似逢了喜事一般。

办公室里间，面积不是很大，但布置得却考究、雅致。墙壁包着暗红色的丝绒，悬了花鸟鱼虫、山水人物等国画与一幅"有容乃大"、一幅"难得糊涂"的字；地上搁一张大型单人床，一对真皮沙发，一张方方正正的桌子。桌子是专门用来打麻将的，只是比一般的麻将机，更加高档和漂亮，面上贴了绿色的有机玻璃，四边起了烫金的棱角，下边设有四个精致的抽屉；桌面上，摆一副雪白的牌，搁两颗核桃大小的骰子。

四个人坐定后，都不再言语，只平心静气，全神贯注，哗哗地把牌码起来，临了，一张一张地抓，一张一张地打。

贾麦轻手轻脚地进来，为大家换了茶，续了水。

申有余的精神状态好，牌也顺，一上手便连和了三和，还都是门清。接下来是水闻，一个七对自摸，一个一条龙带卡，搞得陈启民与黄继林，摇头感慨不已。

大约过了半个小时，门开了，何云青风风火火地闯了进来。

"你们几个臭牌篓子，倒自顾一顶一干上了。"何云青大呼小叫道。

"那你以为什么，死了张屠户，便要吃混毛猪吗？"申有余道，没抬头。

"刚才电话过来，我正开着会，不好意思啊黄总。"何云青对了黄继林，歉意地一笑，"不过还好，我当时觉得，便是黄总又要大家来聚，又要尽地主之谊了，因之晚几分钟也不至于误事。"

"大伙儿快瞧何局长啊，那股子酸文假醋的劲儿，又上来了。"

申有余揶揄道。

"是了云青，大家都是弟兄，不必过多解释的。"黄继林含笑道。

"正是正是。"何云青笑应着，一边尴尬地搓着两手。

"来来，云青，坐我这里，"水闻说，站起身来。

"你打你打；君子不夺人所爱，"何云青摆手道。

"谁玩都是玩嘛；再说大家也知道，你的麻瘾比我大，水平也比我高。"水闻说，站起身，摁他坐下了。

"水闻这话，倒是真的。"何云青说，"算起来，我玩这东西，都是赢多输少，并且三日不碰，就手痒痒得难受。"

"人啊，无论到啥时候，还是谦虚点好，准确地说，就是夹着尾巴些好。"申有余道，指指何云青面前的钞票，"就你那臭手，用不了多久，必卖了这大好江山。"

何云青道："江山嘛，本就轮流坐的；至于今日谁来坐，那可就要看本事和运气喽。"

"风水自然轮流转了，可今天在继林这儿，就不到你老何家，你能怎么样？"申有余说，大笑不已。

自打何云青进来，几个人便一边玩，一边不住地打嘴仗。

水闻一旁看了回，见终是那申有余，嘴硬手也硬，不住地往回收钞票，便悄悄地退出来，寻了贾麦。

"我们说说话，不影响你工作吧？"水闻问。

"没事。这个活路，只不离开这张桌子，这部电话就好，"贾麦说，拉把椅子过来，要他坐了。

"贾麦，那个黄总，可是对着我和启民，不住地夸你哩，"水闻道。

贾麦撇撇嘴，岔开话题："我也不懂你们单位，叫什么文联的，具体做着什么，单看你，倒蛮消闲自在的。"

"我么，只要启民不找，就是给人绑架了，三天两天也没有人过问。"水闻道。

"看你把自己说的，像有多可怜似的。"贾麦笑道，"我看你呀，是在埋汰嫂子哩。"

"埋汰她？"水闻不解地问，还欲再讲什么，手机响了。

贾麦笑了，且把一个指头，抵在唇上吹拂着。

水闻接了电话，听是父亲打来的。

父亲在电话里说，有事与水闻商议，要他现在回家一趟。水闻说，我正上着班，爸你有啥事，就在电话里讲好了，父亲说怕不行的，电话里讲不清。水闻犹豫了一下，点头应了。

贾麦起身送他。

二人下了楼，水闻朝她挥挥手，往外走。

水闻出大门的光景，无意间回头瞥一眼，但见那贾麦，仍台阶上站着，凝神地望着他，心里便忽地多了点什么。

水闻到了父亲处，水乡大致对大儿子讲了，水军承包旅游局池塘的事。水闻听了，不知该说些什么，便只沉默着。

"这桩事，按说多少总会有风险，但既然他两口子不畏惧，愿意担着，我做父亲的，也不好再磨叨个啥，更不能硬阻着拦着。"水乡说，手托着下巴，满脸的忧虑，"只是，听说这样的事，一般都要签正式合同，而他们两下呢，只签了一纸协议。闻闻，爸想问问你，这协议和合同，是不是一码事。"

"爸，你见到那份协议了？"水闻问。

水乡缓缓地摇摇头，继而殷切地望着水闻，道："你知道，他们两口子，统没有多少文化；若不一会儿，等他们过来，你要来那张纸，给仔细看看？"

"我看你们爷俩儿，是看三国流眼泪，替古人担忧呢，"水闻的母亲说，一边把一条羊腿，一块块剁碎了，往锅里丢，"要说军军的心，比你俩人擩一块儿都细。这些年哩，还大小做着买卖，况且，如今面对着的，又是这样一桩大事。我看他断不会把一堆票子，像这羊骨头一样，打了水漂儿。"

"妈说得对，"水闻点头道，"爸你知道，我也只是写过几篇文章，对生意方面的事，其实一窍不通的。"

"那可不一样，你总是公家的人；一个部队，一个国家单位，那才叫锻炼人哩，"水乡不认可，还坚决地道，"总自己小打小闹，看问题想事情，横竖都不会宽展。"

"爸，他们也都是三十来岁的人了，我看你就别操心了。"水闻说。

"你爸啊，自打年轻的工夫，从乡下到了城里，这都过去几十年了，脑子里还是一根筋，说啥都离不开部队和国家。"水闻的母亲说，剜了老伴儿一眼，"老东西，你就别讨人嫌，一边悄悄地坐着，等着啃你的羊棒骨吧。"

水闻笑了，说："妈这话，倒挺形象生动。"

母亲听了，笑个不已，说："好你个龟儿子，怕是一时半会儿，手头没个啥写的，便专意编排老妈了。"

"妈，看你老这么高兴，又炖肉又说笑的，准是打麻将赢了钱吧？"吴楠推门进来说，后面跟着水军和水兵。

水军的两只手里，一手拎着一瓶酒。

"当然啦，妈今天是一举两得，打牌赢了钱，你哥又提来了羊腿。"母亲说。

"那我们就不客气，跟着沾光啦，"吴楠瞟大哥一眼，笑道。

水闻想说，羊肉不是他买的，是妈买的，却欲言又止。

大家说笑间，李雨带着水雪，也跨进门来。

"水雪，学校离家这么远，你竟也嗅到了羊肉味？"水闻道，拍着女儿的头。

"全世界也就是你，从来不关心我们娘俩；如今，这不眼见得，又要一个人吃肉喝酒了。多亏有爷爷奶奶疼我们呢。"水雪说，拨开爸爸的手，扑到爷爷的怀里。

"谁个疼你？分明是你自己，长着个狗鼻子嘛，"水闻的母亲，继续逗着乐子。

"奶奶坏，我从此再不理你，单亲爷爷了，"水雪说，佯装不高兴了。

"对，就亲爷爷，就亲爷爷，"水乡搂着水雪道，本来忧愁的脸上，露出了几分笑容。

第十一章　牌子玩大了

水闻的案头，摆着各式各样的报纸，大大小小、花花绿绿的。

水闻正在编辑《平郡周末报》。由于没有办公场所，他暂时只能在家里办公。此时，另外两名招聘的编辑，男的罗棋，女的邓眠，也与他一样，分别在各自的居所，埋头编着报纸。

《平郡周末报》为周报，八开八版，每周二出版。水闻除了负责报纸的选题策划和版面设计，还编辑着一版和二版，末了，再将稿子送到印刷厂，负责正常出版。

起初，因严重缺稿子、短资讯，水闻感到有点棘手，有点头疼，可连着编了几天，便感觉轻松了些。因他们的报纸，属社会生活类，并不十分注重新闻性和时效性，一切皆可泛泛而谈。这样，水闻一方面依靠自身的优势，广开门路，四处搜罗稿件；另一方面，跑到图书馆和书报摊上，抱回一大摞资料，挑选出一些适合本报的，原文照搬照抄。而连他自己都没想到的是，往后的日子，则更是简单了，只用剪刀将它们裁下来，再使糨糊贴到所需的栏目上，便算完事大吉；依水闻自己的说法，是"一把剪刀办报纸，一瓶糨糊出新闻"。话虽这么说，但水闻的内心深处，还是感到几分内疚和滑稽，几许苍凉与悲壮。

"你们这样办报，不是重复劳动吗？"有次，妻子李雨问他。

"正确的说法，应该叫简单劳动，"水闻纠正她，"重复劳动效益低，甚至没有效益，而我们不仅有效益，而且可能还很高。"

"我看不出有啥效益，"李雨讥讽道。

"那是你的眼神有问题。"水闻半是调侃，半是认真地说，"将来报社的员工，都要靠它来生存、发展。"

"那你以为，读者都是傻瓜啦？"

"当然不是傻瓜。但你作为教师，应该知道，打起幡子就有鬼的道理。"水闻说，仍然埋头剪他的东西，"中原某地有个村子，人们每天不干别的，都坐着做文章。准确地说，就是把各地各种报刊上，各式各样的稿子，照葫芦画瓢，重抄重誊一遍，然后像撒胡椒面一样，投往全国各地。如今这个村子，人们的生活水平，已经达到小康了。"

"我还听说，南方有个镇子，大家都不劳动，每日只打电话、发短信骗人。怎么，你们也去试试，发发那个财。"

"我们做的这个，跟他们做的那个，性质不一样；他们那是欺诈，是干违法的事，我们这是劳动，是为读者服务。你想，读者看报纸，多是为了消遣、解闷，只要报纸办得好看，适合他们的胃口，他们的钱便不白掏了。所以，从根本上说，人们只要能够，读到想要读的东西，买哪张报纸都一样。"

"可你们这样办来办去，眼见得市场上的报纸，一天比一天多起来，这不是在无形中，增加了读者的负担吗？"

"你这话又不对了，我们只管办报，至于买报不买报，买哪张报，完全由读者自己决定。"水闻说，停下手里的剪刀，望着妻子，"现在是市场经济，消费者要想获得某种商品，就得掏腰包；天上不会掉馅饼。"

"我自然知道，这世上没有免费的午餐，现在，更是人人都这样讲，都这样做了。"李雨说，一副忧郁的样子。本来，她想与水闻谈谈，她们学校订报的事，马良和杜津的事，以及她在政协会上的提案，但不知为什么，倒说开了丈夫办报的事。

"那你们这样搞，又有多少实际意义呢？"李雨不死心，还问，"你大小是个知识分子，但凡做一桩事，还是想周到一些，多考虑考虑社会影响好。"

"意义？你要什么意义？这人活在世上，要想有饭吃、有衣穿，就得劳动和工作；具体不管做哪样吧，能换来钞票就好。"水闻说，见妻子把他办报的事，看得这么严重，觉得有必要和她好好谈谈了。

"李雨，扪心自问，我承认自己没有恒心，没有毅力，更没有多少才气；但是，这么多年来，我认为自己，还是一直严肃写过来，认真活过来的。然而，你看看时下，所谓的文坛，所谓的文学艺术，是个怎样的境况？假冒伪劣横行，媚俗浅薄成风，变态炒作泛滥，与市场上的商品全无二样。当然，偶尔也有正儿八经成名的、发财的，但全国的专业和业余作者，有几百万，乃至上千万，你掰着指头算算，当红的有几个？难道你就没有发现，新华书店的地板上，摆的放的，都是打五折的图书，而且大多是中外名著、古今经典吗？难道你与我生活在一起，这么多年了，却不知道自己的丈夫，又是怎样的一个人吗？"

李雨默默地看着他，一时不知该说什么好了。

水闻顿了一刻，依着自己的思路，继续说下去：

"我算是看开了，想开了，假如像我这样，继续搞下去，光会使蛮力，整日点灯熬油，白纸黑字，倒不如用一些巧力，借船出海，乘风扬帆。李雨，我翻来覆去地想过了，已料定自己，终不能够有啥出息，成啥气候，所以，咱不能再这样下去了。如今呢，国家每月给开着工资，好歹还有碗饭吃，倘若哪一日，上边实施新政，精简人员，文联这劳什子，真的树倒猢狲散了，咱怕连西北风都没得喝了。

"如今文坛上有些人，每日吵嚷着，说要饿死诗人，我觉得，这话可不是说着玩的。就说上个月吧，我在一家省级刊物上，发了篇五千多字的小说，才得了五十元的稿酬。你知道，二十世纪八九十年代便是这样，谁想这么多年过去了，物价翻了许多倍，稿费却依然一文未涨。五十元能干什么？不够半个月的手机费，不能出去喝一杯茶。我这样讲，倒不是嫌人家杂志社，给咱发的稿费少了；不少呢，咱那黑豆样儿的文字，就算白送到人们眼皮子底下，怕也没人读呢；就算看了，又有啥用处呢？何况，那家刊物，不管多少还给稿费，有的呢，还千字千元地标明价码，伸手跟你要版面费。这且罢了，你再看看那些商业网站，说是搞活动、搞大赛，可一旦你把稿子贴上去，大多悄无声息不说，还给这家那家，复制得满世界都是。等你终于明白，网站就是靠这种办法，来赚大家的钱的，却像上了贼船，贴了狗皮膏药，想撤都撤不下来了。

"有人讲，当下的社会，是个需要某些人，做出牺牲的社会；而绝大多数作者，便是'牺牲'的一群。你看，除了你老公这样的傻蛋，不管白明黑夜，挖空心思地爬格子，但凡有三分奈何，谁还做这行营生。我二十来岁时，那几十个文朋诗友，不是早已另谋他途，各奔前程了吗？老婆啊，既然咱们是谈心，我今天就索性与你，说些掏心窝子的话。我也是上一辈子，积着什么德了，才娶到你这样的女人：相夫教子、打里照外不说，还数十年如一日，支持我，鼓励我，生产这等一文不值的东西。真的，你别笑，我也不是着意奉承你、抬举你；远的不说了，单说咱们小区吧，与你一般年龄的女人，若是有哪个，早年头晕目眩、眼花缭乱了，一时不慎，嫁给我水闻，恐怕现在一天到晚，不是吵便是闹，甚至早已过不下去，两厢反目、劳燕分飞啦。"

李雨望着自己的丈夫，很是心疼。她没有想到，自己的一番话，竟使得水闻如此的伤筋动骨、撕心裂肺。虽然李雨觉得，丈夫所讲的这一排子话，好似并不完全出于本意，更不全面与准确，但是，自己也一时有些懵懂，不知东南西北，从何谈起了。是呀，眼下丈夫的迷茫、困惑，不正是自己一个阶段以来，所面临的人生课题吗？

目下，李雨反对订报纸的事，已经在校园里，传得沸沸扬扬。而政协会议期间，她递交上去的那份提案，过去都这么多天了，仍然没有一点儿音讯。

当一个人遇到一摊烂泥，一湾水草，只要横一横心，打起赤脚，很快就可以过去；而如果是一片广阔无垠、不知深浅的沼泽地，甭说怎样走到对岸了，即使选择通过还是返回，前进还是后退，便是一件艰难而痛苦的事。

看来那个提案，是泥牛入海，一去不复返了。李雨这样想着，忽儿觉得自己，就是一头泥牛。

"那，你便剪吧糊吧，只要你自己觉得好。"李雨对水闻说，末了，走进另一间屋子，忙自己的事去了。

自己觉得好？究竟好不好呢？水闻望着妻子的背影，放下剪刀，点了支烟，问自己。

起初水闻也觉得，如此办报无聊无趣，更没有什么意义。首先，是让人感到脸烧耳热，觉得对不起作者，为此，他还时常暗暗地骂自己，与小偷没有二样。可时间长了，剪多了贴久了，便与陈启民一样，很是不以为然起来。不是吗，如今大江南北的报纸，长城内外的刊物，看着花里胡哨，像模像样，可只须粗粗浏览，你便会发现，其中有许多，都是你抄我我抄你，千篇一律或者照猫画虎的。就是水闻自己的作品，不是也给某些报刊和网站"拿去"，而且不哼不哈、不给半文报酬吗？

窃钩者诛，窃国者侯。大千世界，无奇不有。反正大家都要吃饭，而且，在吃饱喝足的基础上，都眼巴巴地瞅机会，欲使自己混得好一点，更好一点。

话虽这样说，每逢静下来时，水闻仍免不了有些担心，唯恐哪个作者，有朝一日犯了牛脾气，找上门来与他理论，与他打官司。这种事例，本地区固然不多，但是水闻从有关媒体上，还是看到过不少。然而，事实证明，水闻的担心纯属多余，纯属胡思乱想。因从前到后，自始至终，他们的报社，从未发生过一起类似的案例。这也恰恰证明了两条道理：一个是法不责众；一个是撑死胆大的、饿死胆小的。

人们常说，真理和谬误，有时只差一步，可对于平郡来说，好像差了一步半，或者两步。平郡，是一座偏远的小城，并且，在这个奇人奇事，层出不穷的时代，人们的生活五彩缤纷，万紫千红，没有谁会在意，有这么一伙人，有这么一个"集体"，这样操办着一张小报。

毋庸置疑，山高皇帝远，有些时候，会使人感到憋闷和压抑，而更多的日子，却让我们人觉得酣畅淋漓；因为，你可以想怎么活，就怎么活，想活多大，就活多大。

水闻摇摇头，叹一口气，复又拿起剪刀，准备继续"下稿子"，电话铃响了。

水闻站起身，抓起话筒，听是朱晓宜打来的。

朱晓宜说："我跑了几天，找好几间办公室，准备租下来。你现在就过来，帮着参谋参谋。"

水闻说："只要你觉得可以，启民觉得可以，便 OK 了。"

朱晓宜不同意，说："现在报社成立了，并且你也是领导，怎么连这么大的事，都不闻不问、不管不顾呢？再说启民这会儿，正忙着四处跑业务，掉不开身子。"

水闻听她这样说，便点头应了。

朱晓宜选的社址，在光华路旁，师范学院的后院里。这排平房，原是师院的办公室，自从去年秋上，学校盖起了新楼，它们便空闲着了。

水闻过去看了，见办公室已粉刷一新，单等着往里摆桌子，往桌子上坐人了。并且，几间房子也清静、宽敞，唯一不足的，是进了大门，需再拐几道弯，才能到院子里来。

是不是偏深了点呢？水闻这样想，便问朱晓宜，陈启民看过没有。

"他看与不看，实是无所谓，我们定了便是。"朱晓宜不屑一顾地说，手插在风衣兜里。

望着朱晓宜，水闻不免有些诧异。因这个女人，平日里说话，总是轻声慢语、委婉含蓄的，但今天不知怎么了，像吃了枪药似的。

"这几间房子，水电暖齐全，租金也便宜。而且几天前，他们学校的校长，亲自嘱咐部下，给我们粉刷过了。"

水闻不再说话。

"怎么，你觉得不合适？"朱晓宜问，没容他回答，又说，"咱们只是办公嘛，我看这里安安静静、窗明几净的，满好。"

"正如你说的，这是件大事，马虎不得。我觉得，还是让启民，抽空过来看一下。"水闻想一下，抬头望着天花板，道，"若不，给他打个电话，简单介绍一下……"

"你也不是不知道，启民是个死要面子、大手大脚惯了的人。"朱晓宜打断他的话，大声道，"我们不能全依着他，什么楼房、有暖气、有上下水，还迎街面的。可租金呢，不是要比这里高出许多吗？况且时间不等人，眼看就要举行首发式了，总不能因为几间办公室，耽搁了正事吧。"

水闻说："那，就照你说的办吧。我还得回去编稿子，就先走了。"

"你等等，"朱晓宜说，从屋子里追出来，"咱们得一起上街，把平日办公必需的，一些使的用的买回来。"

第十一章　牌子玩大了

"这也要我去吗？"水闻有些不明白。

"当然了，一般的办公用品，像桌子、电话、水壶之类，我可以一个人去买；可电脑啦，打印机啦，工具书啦，我不懂，怕摸不准。"朱晓宜说。

"其实，有些东西，我也是一知半解。"

"你成天使它们用它们，总比我强吧？"

"那好吧，"水闻道，无奈地耸耸肩。

"看你无精打采的样子，倒像是去坐牢一般，"朱晓宜笑着说，"走吧，等把东西买回来，我请你吃饭。"

"不敢不敢，"水闻连忙摆手道。

"怎么，莫非我是老虎，吃了你不成？"朱晓宜说，在他的胳膊上拽一把。

俩人说笑着，出了大门，打的上街了。

下午五点多钟，朱晓宜和水闻，把凡是想到的，又紧着要用的物件，都买回来了。这些办公设施和生活用品，大到桌椅板凳，小到笔墨纸砚，足足装了两卡车。

朱晓宜和水闻，一边看工人们，大呼小叫地从车上，往下卸东西，一边小声地议着，怎样一件件地划拨、分发开来，安放好它们。

"也不知启民，坐哪间办公室好？"朱晓宜说，皱着眉头。

"我看靠东头的那间，他坐就挺好；那屋子是个套间，大一点。"水闻说，见朱晓宜不说话，又强调道，"想来那间办公室，也是师范的领导，原先坐着的了。"

"报社刚起步，人是少了点，办公室现在也宽裕；可将来呢，水闻，将来事业发展了，肯定还要增加员工吧？所以，我看他一个人，占那样大的空间，多少是个浪费；不如分给广告部和发行部，他们人多……你说呢？"朱晓宜问。

"启民大小是个领导，有个会客的地方，说话方便，"水闻坚持道，"对了，他的办公室，还应该搁张床，如果累了困了，可以休息一下。"

"不愧是老同学，倒替他想得周到。"朱晓宜翻他一眼，犹豫着。

水闻望着朱晓宜，心里有些不解，怎么这么简单的道理，一贯聪明伶俐的她，倒反应不过来呢？正想着，听得一声汽车喇叭声，就见陈启民的小车，悠悠地驶进了院子。

陈启民熄了火，下了车，只朝他俩点点头，便进了其中一间办公室。

朱晓宜和水闻，两个人相互看一眼，也跟着进去了。

"正好，你回来了，快进来看看，我们租的办公室咋样？"朱晓宜热切地说。

陈启民没正面回答她，只问："我不是让你租楼房，还要迎马路的吗？"

"朝马路的楼房，我也看过几间，"朱晓宜说，把前才对水闻讲的，楼房租金太高的话，复述了一遍。

"我也知道，楼房租金高，可咱们是什么单位？咱们是报社，是宣传部门，讲得再清楚一些，是玩牌子的单位。你可倒好，不管三七二十一，搞了这样一处地方；钱是省了，可品牌效应又在哪里呢？"陈启民说到这里，加重了语气，"这个地方不行，太偏，得换。"

"噢，我们一堆人，辛辛苦苦地忙碌了半天，如今你这个大老板，就这么一句话，说换便换了？"朱晓宜说，不高兴了，"真是站着说话不腰疼。"

"但凡做一件事，主要得看实际效果；如果不是这样，即使花再多的力气，也是白搭。要我看，你是好心帮倒忙，还不如不干。"陈启民道，表情很严肃。

"那，这房子要是换不成呢？"朱晓宜问。

"怎么换不成？我们只要花钱，到哪里不是一样租房子。"陈启民道。

朱晓宜掉转头，想了想，道："我已向校方，预交了一年的房租，还与他们签了合同。"

"你交了多少钱？又签了怎样的合同？"陈启民急了。

"交了八千元，签了两年的合同。"朱晓宜嗫嚅道。

陈启民与水闻，听了朱晓宜的话，同时愣了一下。

"朱晓宜呀朱晓宜，真没想到，你竟然做出这等事。"陈启民大声道，夹着包，在地上踱来踱去。

"钱交便交了，可你又为着什么，要签两年的合同呢？再说，这么大的事，你总该，总该提前跟我打声招呼吧？"

"我原想租金便宜，又担心你不愿意，所以……"

第十一章　牌子玩大了

"你别说了。真是个女人，头发长见识短，见便宜就逮。你，你走吧！"陈启民一挥手道，腋下夹的皮包，掉到地上了。

朱晓宜一怔，望了他半晌，旋即头一偏，含着泪走了。

"小朱，小朱，"水闻喊她，追出门来。

"别管他，由她去，"陈启民烦躁地道。

"小朱做的这件事，虽然有些不大合适，但也是为了你，为了单位嘛。再说，这里虽然偏僻了一些，我倒觉得比较清静，比较适合我们工作。"水闻道，有些埋怨陈启民，"启民，你知道吗，她从早上到现在，一直忙来忙去，到如今还没吃饭呢。"

陈启民沉默了一刻，摸出了手机。

水闻以为，他要给朱晓宜拨电话，遂把心放宽了些，不承想，陈启民咕噜一阵，叫来了广告部的几个员工。

陈启民对那几个员工，讲了一番如何安排办公室、怎样摆放桌椅的事，临了对水闻说："水闻，你也没吃饭吧？走，咱们这就出去，随意填填肚子。我有几句话，顺便要跟你聊聊。"

"好吧，"水闻道。

俩人相跟着，来到大门外的一家馆子，吃着羊肉臊子面，一来一往说话。

"这几天，我只顾着跑业务了，关于首发式的一些情况，早该与你讲一讲的，"陈启民说，喝了口茶。"目前，我们发放的请帖有二百多张，与咱们有关联的部门与单位，几乎全请到了。这次活动的地点，我选在了华明大饭店。原因是饭店的王经理，与我有些交情。这次人家更是够意思，把场地租赁费和酒水费，统统给咱们免了。即使这样，各种各类的支出，如会场布置、报纸印刷、宣传广告、礼炮、礼花、礼物、宴会等等，仍需近三万元。这笔费用，也要羊毛出在羊身上。如今那十多个理事，每人答应的赞助费，至少有三千元。水闻你别不相信，对于这一点，我还是有把握的。另外，我估计，眼下也只能估计，整个庆典期间，我们将会有近十万元的进项。当然，其中有一部分，可能是礼品什么的。总之，如果首发式搞好了，所收的款项，也够我们办几期报纸了。说到报纸，我想知道，现在你们几个编辑，创刊号搞得怎么样了？"

"差不多了，一两天内，力争赶出来；总之我这方面，问题与困难自然有，但不会误事的。"水闻答道。

"那就好，"陈启民点点头，"印刷厂我也联系好了，后天早上，你就把稿子、版样拿过去。只是，原来安排好的一版，你还要加加班，改一改：因有关领导的题词，又多出两幅，这样除了你写的发刊词，还有编委、顾问和理事会成员名单，其他的都没地方搁了。"

"我看那些同贺单位，与银花的四分之一版广告，可以放到别的版面。"水闻道，因肚子饿了，便低了头，大口地吸溜着面条。

"话是这么说，可你也知道，人家黄继林与其他单位相比，对咱们报社的支持力度，可以说是最大的。"陈启民道，遗憾地摇摇头。

"这不是没有办法吗？那些领导的题词，不搁头版，还能放到哪里去？"水闻道，抬起头来，"启民，你也别心里过不去，咱们现在，与过去可不同了，创办了自己的报纸；有了这块阵地，若想为继林和他的公司，多做些宣传，多做些贡献，以后有的是机会。况且，就是这一次，想他那样大度的人，也是完全能够理解的。"

"本来讲好的事，临了又变卦，他能理解吗？"陈启民有点担心。

"要不然，你再给他打个电话，通报一下，咱们面临的具体情况。"水闻道，"要是你觉得，有什么不便的话，那我来打好了。"

"也只能这样了……还是我打吧。"陈启民道，叹一口气，又讲到了朱晓宜，"这个朱晓宜，她租的办公室，和她购置的办公用品，其中有不少，我们完全不用现金去买，可以先赊回来，以后用广告费冲。可她倒好，崽卖爷田心不疼，几天工夫，就把那么多的钱，都打水漂了……"

"朱晓宜花的，基本上都是该花的钱，这怎么能叫打水漂呢？"水闻心下不解地想，但见启民仍然没完没了，便只一边静静地听着。

水闻听着听着，忽觉得陈启民对朱晓宜，是有几分看法的了。并且这看法，也可以说是不满，恐怕还不仅仅在于，她误租抑或错租了一套房子。

人所共知，但凡两个相爱的人，对于对方的优点，自然觉得可爱；而就是缺点，也往往视为另一种风景。并且，不管这缺点，哪怕是缺陷吧，有多大有多深，爱的雨情的风，都能够把它们填满、荡平。然而，眼下的陈启民，唠叨朱晓宜的神情和语气，却让人感到，那雨已下得稀稀落落，那风也变得柔弱无力了。

一件美丽的东西，比如一只花瓶，只要你从心里喜欢，便不会让它，每日独自待在一边，更不会任其落满灰尘。即使沾了些尘埃，也断然不会用了放大镜，一味地去观察、深究。

水闻的这种想法，这种猜测和想象，很快便得到了验证。

自从发生了"租房事件"，直到首发式上，陈启民再也没有让朱晓宜，负责过一件重要的事。而且看起来，陈启民时时处处，似在有意躲着她。朱晓宜呢，却像因自己一时不慎，丢了一件可爱的东西，不巧又给陈启民拾到了，走走步步，时时刻刻，总思忖着把它要回来。或许朱晓宜这样做，可以引起陈启民的注意，唤起陈启民的某些记忆，殊不知，朱晓宜的这种态度和做法，同样能够让人产生某种逆反心理，使原本有希望找回的物件，变得飘忽和遥远起来。

水闻至今记得，首发式上，朱晓宜由于闲得无聊，显露出的那种从未有过的匆忙与慌乱，失落与失意。

本来，朱晓宜和水闻一样，会议期间，是不便抛头露面的。他们两个都是国家公务员，不好在惊天动地的地方，荷枪实弹地为其他单位工作，为什么报社效力和服务。但是即使在背后，也还有许多事可以做的。比如登记来宾、分发礼品、管理账簿等等，总之，会议上所有的人、所有的东西，都必得有人来看来管。这样，便是水闻，也躲在华明饭店的一个房间里，勾画着议程，设计着饭局，并为陈启民撰写祝酒词。可朱晓宜呢，因陈总编啥活都没给她安排，只得一个人无聊、困窘地坐在那里，看别人出出进进，忙忙乱乱。

朱晓宜何尝愿意这样，起初，她老想着做些什么，干点什么。然而，只要她一上手，就有人过来，罗棋或者邓眠吧，说，朱主任，你歇会儿，这事我们来干。朱晓宜原就心里忐忑，生怕自己把哪件事儿搞混了，做错了，这样一来，便只能傻乎乎地干坐着了。还好，水闻看她尴尬的样子，便时不时地，没话找话地与她搭讪几句。而陈启民呢，好像已经把她忘了，只顾跑前忙后地做自己的事。

　　的确，《平郡周末报》的首发式，由于极具规模，很有声势，开得隆重而又热烈；而报社的一班人马，都是流了大汗、出了大力的。尽管他们在事先，做了许多准备，可事到临头，还是给搞得焦头烂额、不亦乐乎。尤其是陈启民，虽然出来进去，一副踌躇满志、意气风发的样子，但因人多事杂，一双腿脚和两只眼睛，仿佛都在半空中悬着。不说别的，单就接待那些大大小小的领导，方方面面的顾问，行行业业的理事，便足以让他忙得头晕眼花、不可开交了。

　　这话绝非危言耸听，首发式上，光是平郡的五大班子，便均有领导出席。其中，市委和政府的领导，都是陈启民想方设法才请到的。还有那些财大气粗、趾高气扬的，各行各业、各条战线的使者，也都是报社专门下了请帖，一个个盛情相邀的。这且罢了，叫陈启民们迎来送往中，不敢怠慢半分的，还有那十来个顾问。

　　这些顾问，虽说大多已经离休或退休，但在这个遥远的平郡，仍然颇有身份和地位。一般地讲，市里的大凡小事，如企业开业、单位挂牌、会议颁奖等，他们都是不可或缺的。这么说吧，如果没有他们的参与，任何仪式和活动，好像都失去了色彩和分量。虽然，大家与陈启民一样，私下里讲，请他们来，完全是为了壮声势、造气氛，是拉大旗做虎皮。但大家事前事后、会上会下，却仍是毕恭毕敬、言听计从，生怕有半点闪失和差池。

　　此次庆典，也同样如此，一切依照惯例进行。当现任的领导们逐一讲过话、剪过彩、题过词后，那些曾经的头头脑脑，如前任市委副书记、政府副市长、人大常委会副主任、政协副主席、纪检委书记，以至于原工会主席、原科委主任等，便分别登台亮相，发表了热情洋溢的讲话。

　　首先，他们对《平郡周末报》的创刊，表示祝贺，加以肯定，说后生可畏，来日方长，说这大千世界，总归是长江后浪推前浪，一代更比一代强；末了，耳听得掌声一起，礼炮一响，便跟着礼仪小姐，按职务高低，大排小个，在餐桌上坐定了；等酒足饭饱了，剔着牙齿的工夫，主办方也将红包和礼品，逐一送到了大家手上。而当元老们意犹未尽，仍在煞有介事地，小声谈论着什么的时候，便有司机走过来，说各位老领导，现在车子已候在了外面。

一切都和陈启民预想的一样，平郡周末报社的揭牌仪式，十分圆满和成功。这场规模盛大、人气熏天的庆典，不仅标志着《平郡周末报》的诞生，掀开了平郡传媒业新的一页，也给各位来宾和过往群众，留下了极其深刻的印象。那惊天动地、充满喜庆的礼炮和响鞭，那五彩缤纷、猎猎飘扬的旗帜和彩带，那高亢嘹亮、催人奋进的鼓乐和歌声，无不使人感到心潮澎湃，激情勃发。

可惜的是，更多的平郡人，却未能步入宴会大厅，未能领略到，那一桌桌的山珍海味，那一张张灿若桃花的笑脸。倘若他们有幸亲眼目睹，二百多人一起猜拳喝令，推杯换盏，觥筹交错，而其中更有不少人，喝得昏天黑地、一塌糊涂的情景，定然会为几个月来，安然无事的平郡，又增添几多有趣的话题。

陈启民醉了，水闻醉了，朱晓宜也醉了。

人喝醉了，每个的反应和情形，实是不一样的。你看，陈启民是笑，水闻是唱，而朱晓宜呢，则是一个劲儿地哭。为此，报社的一班人马，左乖右哄，肩背人扛，费尽九牛二虎之力，才把陈启民与朱晓宜，分别用车子送回了家。而当他们返回头来，欲再送水闻时，原本在杯盘狼藉中，声嘶力竭大唱流行歌曲的他，却怎么也找不到了踪影。

大家谁都不会想到，此刻他们的副总编水闻，正与银花公司的贾麦，坐在郊外的一道渠坝上。

"他们都说我喝醉了，其实我一点没醉；你看，我与你一起，骑了这么远的车子，还来在了小沙河边。"水闻说，歪着头，一双迷蒙的眼睛，死死地盯着贾麦，"不过，可能正因喝了酒吧，我就想找你说说话。"

贾麦不看他，也不说话，她手里玩着一根狗尾巴草，望着平静的河水。西斜的太阳，照着她白皙的脸，暖着她纤细的身子。

"你怎么不说话？"水闻道，拉拉她的袖子，"我觉得自己，仿佛有满肚子的话，要对你讲。"

"那你就讲嘛，我听着哩，"贾麦道，身子却躲一躲，像是不由自主地与他保持了一些距离。

水闻的头脑，虽有些不大清醒，但还是想到了，那天她对他讲的，那件不该发生的、年少的事。

"也许，我不该在这个时候，把你叫到这种地方。"水闻抱歉地说，"你说是不是？"

贾麦垂着头，微笑着，不回答。

"其实，我也知道，这样做不好，可不知为什么，一时竟由不得自己了。"

"多大的事，值得这样，翻来覆去地说道。"贾麦终于开口了，只是仍然不看他，"水哥，我很愿意……很愿意听你说话。现在，如果你有什么话，就只管说好了。"

"真的，是这样吗？"水闻问，兴奋地望着她，使劲地搓着两手。

贾麦肯定地点点头。

"贾麦，现在面对着你，我却又好像吧，找不出一句话来了。奇怪。"水闻道，兀自摇摇头。

贾麦仍是笑。

"你别笑，真是这样的。"

贾麦笑得更厉害了，咯咯咯的，两只柔弱的肩膀，也随着抖动起来。

水闻也笑，那举止与神态，在贾麦看来，像电影《阿Q正传》里的阿Q。

俩人笑过了，水闻说："上次咱们在迷你酒屋时，你对我讲了自己的事；这次在小沙河边，我也对你，说说我自己吧。"

贾麦专注地听着。

"听我妈说，我小的时候，特别顽皮，成天到晚，爬柳树溜房檐，像只野猫。为此，我的衣服便破得勤、烂得快。记得，我妈常常在夜里，在我睡下之后，给我缝补衣裳。唉，贾麦你猜猜，这时我的母亲，最常讲的一句话是什么？"

"是什么？"贾麦问。

"白天云游走四方，晚上撩油补裤裆。"水闻说，摇头晃脑，满含醉态。

贾麦又笑，不过，这次是那种腼腆的笑，没有一点儿声音。

"每逢这时候，听母亲这般说，蜷缩在被子里的我，便像现在这样，身上洒满了阳光，心头充溢着甜美……"水闻说，望着对岸的景色，静默了一刻，又继续讲下去，一直讲到了太阳落山。

这个时候，水闻的酒，好像才醒了，他不断地拍着脑袋，迷惑不解地问贾麦："咱们两个，怎么会在一处，竟还出了城，来在小沙河边？我刚才都说了些什么，是不是在你面前，失态了，失礼了，胡言乱语了？"

"听你的话，是后悔与我出来了？"贾麦道，不高兴了，站起身来，"你是不是，是不是只有喝醉了酒，才能够想到我呀？"

水闻急了，连忙辩解道："如果是那样，以后，你就不要叫我水闻，唤我……唤我水獭好了。我跟你说，许多认识我的人，在背后或者当面，都说我读书读蔫了，写字写傻了；现在你是不是也以为，我是个蔫子，抑或傻子？"

贾麦沉默一下，说："你究竟是个蔫子，还是个傻子，这要事实证明，仅凭嘴说不行，谁说也不行……我现在不想继续，与你谈这个无聊的问题了，我只想问你：若真像你自己刚才说的，有那样什么什么的一颗心，那往后的日子，还敢不敢跟我一起，再来这个地方？"

"来就来嘛，有你这样漂亮的女孩陪着，我做梦都想哩。"

贾麦高兴了，说："你别耍贫嘴了。水哥，你看这地方有多美，到处都是绿草和花朵。"

"还有，这一渠的水；贾麦你看啊，它不住地流，样子挺急，倒没一点儿声响。"水闻说，一边尽情地望着河水、望着她。

贾麦的一双眼睛，却平静地凝视着远方。这样过了一刻，她理理头发，轻声道："水哥，你看太阳要下山了，我们也该回去了。"

"这，这就回去吗？"水闻迟疑着，见贾麦不说话，便不情愿地点点头。

于是，俩人立起身来，下了河堤。

在夕阳的辉耀下，水闻与贾麦两个，推着车子，肩并肩地往城里走。

第十二章　大河真厉害

水闻与申有余，坐着宣传部的小车，行驶在黄河大堤上。

黄河发怒了，以野马似的姿态，横冲直撞，左奔右突。

这几日，整个的北方，都在下着暴雨。据气象台发布的天气预报，今后几天，由于冷暖气流活动频繁，还将有一场更大范围的降雨。并且，近年来，随着气候逐渐变暖，黄河的源头，那巴彦喀拉山的雪，仍在大量地消融着。

面对黄河，面对险情，平郡人紧张了，害怕了，他们在很短的时间内，以市委市政府的名义，成立了防汛指挥部，下发了关于抗洪抢险的紧急通知；紧接着，由全市广大干部职工、农民和解放军、武警官兵组成的抗洪大军，在市委书记侯再道、市长赵长新的率领下，迅速赶往了险工段。

两天前，水闻便安排罗棋，与市里其他媒体的记者一起，赶到了黄河边。然而，当他昨天与申有余通电话，了解到黄河水位仍在上涨，目前整个平郡市，所面临的日趋严峻的险情后，今天一大早，便与申有余一道，风尘仆仆地赶往河上。

此刻，坐在小车里，望着阴沉沉的天气，以及窗外拉着沙石、水泥、树木和钢筋的大小车辆，水闻的脑海里，不由得浮现出，去年春天来河上的情景。

也是这样一个早晨，水闻和文联的同事们，坐着敞篷汽车，到黄河岸边植树。

那天，这段路上，有许多的车辆，许多的人。所不同的是，其规模、声势和氛围，比现在看到的，似乎还要宏大、热烈许多。像往年一样，平郡市党政机关、事业单位的干部职工，几乎全部出动了。两千多人的队伍，举着红旗，唱着歌曲，一时间，辽阔的平原上，人欢马叫，车轮滚滚。

由平郡市政府组织的，一年一度的植树造林活动，在四月的黄河岸边，隆重地拉开了帷幕。

太阳正在升起，东方的天宇，红得好似燃烧的火。疾驰而过的村镇，一座连着一座，透着无限的静谧与恬美。而最耀眼的，要数纵横驰骋的黄河了，它宽宽的，弯弯的，干净而明亮，古朴而华美，宛如莽原上舒展的绸带。

千百年来，黄河就这样行走着、流动着、激荡着，东流到海，日夜不歇。

我们每个人，在见到黄河的时候，都会产生无穷的联想与想象，都会用自己的心灵，进行二度创作，描绘出这条美丽的大河，燃烧和奔放的模样。然而，假若我们，不用身体去亲近它，不使手掌去触摸它，只是在远处瞭望，抑或在镜头里欣赏，那你就永远也不能够，看到它真正的波浪，听到它真正的怒吼，感受到它那博大的气势和胸怀。可以说，北方的人们，尤其是生活在黄河两岸的人们，都在用自己的一生，寻找着某种方式，完成对它的表达和抒情。

水闻就是这样，无限地崇拜这条河流，又无比地敬畏这条河流。小时候，他喜欢去河边玩耍，却又十分害怕，有狂风袭来，它掀起的无边的水，滔天的浪。等他终于长大了，再看那浑黄的水，心头翻卷着的，仍是一阵阵的风雷，一波波的震撼。

水闻时常会想，如果没有这条大河，平郡该会怎样，自己又当如何？恐怕一切都变了样，一切都无从谈起，没有了平郡，更没有了自己。所以，每当听到人们，把黄河比作母亲时，水闻总是觉得，十分贴切和恰当。而自己的祖辈姓水，也使他很受启发。

相传大禹的氏族里，有很多人当了水工。有一年，大禹带领水工到会稽山治水后，要一名水工（禹的庶孙），继续留在会稽治水，从此，这个人便以水为姓了。这是一。二是水这种物质，虽然无色无味，无嗅无形，但却可聚可散，能合能分，姿态万千，变化无穷。也许，是潜意识或者暗示吧，水闻觉得自己的一生，是很难与水再分开了。

有天夜里，水闻睡不着，写了首题为《在黄河边奔跑》的小诗，其中有几句是这样的：

> 我奔跑在黄河两岸
> 阳光下追寻我的祖国
> 喷泉般的思想和情感
> 覆盖着辽阔的家园
>
> 鸟儿在高处
> 传递我的目光
> 花朵从远方
> 走进我的心房
> 曾经疲惫和彷徨的我
> 在腾飞的尘埃里
> 热泪盈眶
> 日夜不停呼喊我的爹娘
> 娘是一盏灯
> 点在昆仑山
> 爹是一碗酒
> 满在渤海湾
> ......
> 穿越丝绸之路
> 跨过黄土高原
> 行进在太行山上
> 祖国啊
> 我看见你的血脉和神经
> 鸟群般翻滚
> 花海般荡漾
> ......

这篇作品，在某家文学刊物上，登载出来后，时光看到了，特意找到水闻，正儿八经地说：

"水闻，真想不到，你竟然写这种东西。"

"这首诗粗浅直白，缺乏诗意，很一般。"水闻说，面对同事，很是难为情，像做了啥对不起人的事。

"我不是讲它的表现形式，而是说它所反映的内容。"

"内容？怎么，难道有什么问题吗？"水闻笑问，"时光，你不会给我，扣顶什么政治帽子吧？现在，可不是20世纪六七十年代，而是二十一世纪、改革开放的新时期了。"

"啧啧，赞美黄河，歌颂祖国？你老兄也不看看，都什么年代了，谁还管啥祖国呀黄河呀的。"时光不屑一顾，甚至有些鄙夷地说，"你呀，真是迂腐透顶，冥顽不化，都快让人吐了。"

水闻听了这话，一时瞠目结舌，惊诧不已。他就像上次，徐言听赵长新训话似的，跟木头桩子一样，在地上戳了半晌。

"水闻，在想什么呢？这么呆头呆脑的？"钟离问，因汽车颠簸得厉害，他的一只手，死死地抓着水闻的肩膀。

"还用问，在黄河边奔跑，当然是在想黄河，想这条母亲河啦。"时光嘲讽地说。

水闻看看时光，没有说话。

"你又不是水闻肚里的蛔虫，怎知人家在想什么？自以为是。"白烟说，对时光撇撇嘴，一只手却也紧抓着他的胳膊。

"时光说的也是，所谓仁者爱山，智者乐水嘛。"钟离摇头晃脑地说。

"听你的意思，你也是智者啦？"时光问。

"智者不智者，先搁着不说，反正我是很喜欢水的。"钟离得意地道。

"钟老师，你看看地里那些，一蹦一跳的癞蛤蟆，它们比你更喜欢水哩。"时光嬉笑着。

"还有乌鸦，每天都到河边喝水的。"白烟一本正经地说。

大家哄堂大笑起来。

车上的人，男男女女的，来自好几个单位。他们乘坐的，是环卫局的一辆大卡车。

　　文联是个一穷二白的单位，别说汽车，连摩托车都没有的。所以，一般上面组织啥活动，如果不是硬性任务，文联都不参与。不过，要在每人头上摸一把，即不出工出力，大家凑个份子，将它送交到分管单位，要人家雇工顶替。但是，到黄河边植树，却是不同，市政府在事前便下了文件，要求各部门各单位的领导，必须亲自带队，并且对所接到的任务，绝对不能敷衍了事，应付差事。这样，每年逢了植树节，徐言都要找其他单位的领导，诉说一番自己的苦衷，末了好搭人家的车。

　　三五十里的路，说话间便到了。待汽车一辆辆地停稳后，早有园林局的职工过来，引领着大伙儿，一拨拨地向河滩上开去。

　　水闻跳下车，呼一口气，前后左右张望开来。

　　太阳红艳艳的，山丹丹花一样，开在瓦蓝瓦蓝的天上；天间而来的黄河，一如既往，缓缓地、无声地向前流淌着；隐约可见的彼岸，一道道起伏的沙丘，在太阳的照耀下，折射出银色的光；脚下沉积的泥沙，潮湿而又温暖，平坦而又辽阔，势如一张巨床。极目远眺，高天厚土，黄水白云，使人顿觉赏心悦目，神清气爽。

　　望着抱着白杨树苗，行走在河滩上的、蚂蚁似的人们，忽然间，水闻感到有些无聊和滑稽、凄凉和悲壮。

　　屈指算来，大家到黄河边植树，已近十年了；这些年来，不论社会与时局，发生怎样的变化，造林活动从未间断过。目前，平郡的"保护母亲河"行动，已经由市区的正南方向，往东西两侧，各移动了几十里。然而时至今日，这里依旧没有一棵树、一株草、一点绿，甚至于见不到一只鸟。可让人奇怪的是，自上而下的人们，目睹着这一切，依然我行我素，乐此不疲，仿佛安徒生笔下，《皇帝的新装》里的皇帝。每逢开春时节，大家依然人车大马、斗志昂扬地到此植树，并且，还毫无根据地，把所植树木的地点和空间，一分分一寸寸，努力地向前延伸和拓展着。只是，与以往所不同的，是大家的栽种方法、劳动手段变了：早先是用锹挖了坑，把树苗置进去，再培上土，浇上水；后来是拿根铁棍，在地上戳个洞，把苗子扎进去；眼下呢，则是更简单、更便捷了，几乎所有的劳动者，都不用任何工具，仅将一株株树苗，直接插进土里了事……就在去年春天，水闻和他的同事们，从河上植树回来没几天，平郡市政府又下发了一纸，关于禁止在黄河岸边植树的通知。对这种大规模的绿化活动，忽然喊停，据说主要的原因，不是因为走过场、走形式和劳民伤财，而是由于有关专家学者们，又开始大讲特讲，在河畔堤岸植树造林，不仅不能起到任何巩固堤坝的作用，还会造成土壤松软，甚至水土流失，严重损害大堤的安全。当时，人们听了，觉得不可思议，不可理喻，于是异口同声地说，什么专家，什么学者，过去让种的是你，现在不让种的还是你，这不是典型的朝令夕改、出尔反尔吗？当然，专家学者们的理论和意见，还须经过实践的检验，方能证明它是否科学，是否符合实际，是否具有价值；更重要的是，需要我们的有关领导，在绿化环境、保护生态的问题上，从此不犯官僚主义、主观主义、形式主义的毛病。但不管怎么说，看来到黄河边，义务栽种树木这桩事，终究是要画上一个句号了。

却说水闻和申有余，赶到险工段，跳下车来，才惊讶地发现，别说他们当年所栽种的树木，一株都没有了，就是当初脚下踏着的、那片宽阔的土地，如今也不见了踪影。

为此，水闻上下左右，出神地巡视着黄河，仿佛在寻找着什么。

其实，此时的水闻，是在为那些树苗，那些幼小的生命，感到痛楚和惋惜。想来它们现在，即使是在水中，也还没有完全枯死；尤其那些未被冲走和卷去，只是沉入河底泥沙下的小苗，此刻，肯定都在抖瑟和挣扎着，妄图等大水退去之后，自己纤细弱小的身子，能够再度挺立起来，以为这个被污染的世界，营造更多的绿。然而不幸的是，一场大雨，紧接着又是一场大水，彻底粉碎了它们的梦。

前几日的大雨，或银河倒泻，或淅淅沥沥，一直下了五天。大雨过后，天气未晴，人们便大车小车，又浩浩荡荡地，开到了黄河岸边。

"仅仅几天工夫，黄河便向北岸，推进了七八里。我们现在所站的地方，原本是一个村子，可你看看，如今只剩得几户人家了。"申有余说，前后左右张望着，惋惜而又畏惧地，"河水流到这里，已经成了'悬河'，高出地表十几米。假如，我是说假如，我们拦不住它，让它漫过大堤，后果将不堪设想。"

"黄河是一把扫帚。"水闻说。

"是呀，这把扫帚也太大、太长、太厉害了，若是稍微把握不住，顷刻间，它便会扫平城镇和乡村，毁坏道路和通信，使平郡变成一片汪洋。"

"这可是灭顶之灾哪。我想眼下还不至于吧？"水闻自言自语地说。

"但愿吧。整个的情形，我已见了的，等你到了堤上，自然也明白了。"申有余摇着头说，"现在，我要到指挥部去一下；你要不要一起去？"

"部长请便，我想先到工地上看看。"水闻说。

"也好，一会儿见，"申有余朝他挥挥手，向不远处的一顶帐篷走去。

水闻沉思了一下，直接走上了河沿。

河岸上，前不见头、后不见尾的工地，就像小学生们，在作文里所写的：人来车往，机器轰鸣，一派紧张繁忙的景象；大伙儿有的搬石头，有的劈树枝，有的几十号人聚在一起，把一个个大小不一的梢棒，奋力向河里推。

水闻走过去，欲细看推梢棒的场面，身子却不由得一缩，连着往后退了几步。

初看上去，那满河的水，虽是流淌不息，翻滚不已，但却没有多么急剧和猛烈，并且，几乎没有一点儿声响。可是，当工人们一齐上阵，口中呼喊着号子，齐心协力，将那一米多粗、十几米长的梢棒，一个个抛到里边时，却像饺子落进了一口大锅，连个水花儿都看不到。

"这水有多深呢？"水闻身子往前探一探，问旁边一个民工。

"有十几米吧，"民工说，"别看它表面上，不声不响，鸦雀无声，底下则是闹腾得欢哩。昨天，我们干了一天活，夜里刚躺下，就听"嗡咚"的一声。大伙儿忙跑了去看，好家伙，只一眨眼工夫，几百米宽的一处地方，就塌陷下去了，就没有了。"

"有那么厉害吗？"水闻问。

"咋，你不相信啊？看来你是当干部的，整天到晚，只在办公室里坐着，抽烟喝茶看报纸了。这样，你往上走走，等见到那几个大垛子，再往上一站，就什么都明白了。"民工说，指指上游的地方。

第十二章　大河真厉害

水闻笑笑，沿着民工手指的地方，朝前走。当他蹬上一个垛子，极目远眺时，一颗心忽地抽紧了。

水闻看到，水天一色的黄河，像一堵墙，或者一座山似的，正朝他压过来。

黄河在流经这片土地时，因裹夹了大量的泥沙，已变得浑黄而混浊。然而，正是有了这种色泽和容颜，才显得愈加凝重和博大，恢弘与壮美。本来，它在平郡境内，就向北拐了个弯，加之这几日，又向北移动了近十里，因而现在看上去，完全成了南北流向的样子。不过，即使到了这种时候，河水的两端，水流还算平静，但主河道的情景，则是完全不同了，那里黑云压水，水流湍急，波连着波，浪打着浪，隆起了一道褐色的、巨蟒似的脊梁。

人常说火助风威，风借火势。其实水也一样，大江大河，一旦加速了行程，朝前突奔，给人的感觉，水便带了风，风便卷了浪，且呼呼作响不已。更因这场大水，来自暗云深处，正对着垛子，故而让高处的水闻，不由得毛骨悚然，不寒而栗。

作为炎黄子孙的母亲河，中华民族的摇篮，千百年来，黄河给予了大地和生灵无穷的恩赐与福祉。与此同时，生生不息的黄河儿女，也饱尝尽了，它所带来的灾祸和苦难。历史上，黄河曾无数次改道，无数次决口，吞噬了无数的村镇、无数的生命。可以说，黄河是生长和美丽，是幸福和欢乐，也是威胁与残暴，死亡与毁灭。然而从古至今，人们却无时无刻地，在热恋黄河，在礼赞黄河，以至于将黄河，比作我们的母亲。就像此时此刻，虽然，它又开始恣虐横行，但工地上的大喇叭里，仍然一支支地播放着赞美它的曲子：

天下的黄河几十几道湾，

几十几道湾上呀几十几只船，

几十几只船上有几十几根杆，

几十几个艄公呀把船扳。

……

黄河的源头在哪里？

在牧马汉子的酒壶里。

175

黄河的源头在哪里？

在擀毡姑娘的歌喉里。

一朵浪花是一段故事，

洒向那个神州古老的土地。

……

"水老师，看你的神情，莫不是在作诗吧？"不知什么时候，罗棋过来了。

"面对此情此景，你说，该怎样写，又该写些什么呢？"水闻问他。

"我常听一个笑话，说有一个诗人，在黄河边上，凝视了良久，作出这样一首诗来：'黄河啊黄河，/你真他妈的长，/真他妈的宽，/你就尽情地流吧，/没人管你呀，/黄河！'这虽是玩笑，却也道出了人们，对它的万千感慨。本来嘛，你看这黄河，是怎样的一条大河啊。"罗棋感叹道。

是啊，黄河，这条奔流的大河，大自然鬼斧神工的杰作，无论任何时候，它都不会，更不可能刻意去展示什么，表现什么。然而，我们却一辈又一辈，一代又一代，从生到死，在它的摇篮里生长和游弋，梦想和抒情。可是，读了王维的"大漠孤烟直，长河落日圆"，王之涣的"白日依山尽，黄河入海流"，李白的"君不见黄河之水乡上来，奔流到海不复还"，我们还能够，再表达再抒发些什么呢？

此时，面对着狂暴、骄横的黄河，水闻不仅感到语言的贫乏，诗歌的苍白，甚至于觉得，就是人类自身，也是那样的渺小、脆弱和无能。黄河，不管它是平静着的，还是怒吼着的，它的庄严而神圣，都是不容侵犯的。你看，它现在便来自天宇，去向遥远，与无限接在一处，连在一起。毫无疑问，如果可能的话，它会毫不犹豫地，摧毁阻挡它前进的一切。

"这黄河啊，像一把扫帚，又似一列脱轨的火车。"水闻对了罗棋，这样感慨道。

"刚才我在指挥部里，听见侯书记比喻，却是一只下山的猛虎。"罗棋说，末了，又小心翼翼地，"水老师，你不到防汛指挥部去看看吗？申社长也在那里呢。"

报社的人，都称申有余为申社长，而不叫申部长。

第十二章　大河真厉害

"你不是已经去过了吗？"水闻说。

罗棋道："可是，你是报社的领导，又是业内的高手……"

"什么高手？"水闻一挥手，打断他的话，"咱们仍然兵分两路，你做你的，我干我的：现在，我要到工地上了解情况；你呢，倘若找到啥由头，便抓紧时间写出来，别误了下期的报纸。"

"好的水老师，"罗棋应声去了。

"老乡，请问你贵姓，是哪个村的呀？"水闻返回身来，问一个年逾六旬、正在给梢棒编铁丝网的老汉。

"免贵，姓刘，清河镇的。"老乡停下手说，抬起头来，"看你的模样，像吃皇粮的，你是哪个单位的领导啊？"

"皇粮是吃着的，但不是领导，"水闻说，笑一笑，"我姓水，摆弄文字的。"

"那便是旧时管叫秀才，如今称为笔杆子的了？"刘老汉说，抹了把脸上的汗水。

水闻便问他，种了几亩地，家里几口人，怎么都这把年纪了，还到了防洪一线，同时打开包，掏出了纸和笔。

刘老汉忙说："别记别记，我没啥值得说道的；你要写，就写一写我们的柴支书，柴成河，他的事迹，那才叫感人呢；为了治河，他差点儿吧，就把给老娘打好的棺材，喂了这龙王爷了。"

水闻问："你讲的柴支书，他人现在堤上吗？"

"自然在了；这还用问？"刘老汉说，用手指着河边，"你看到推梢棒的人里边，那个喊号子的了吗？就是他。"

水闻朝那边望一望，人是看到了，却因离得远，辨不出模样。

"噢，我这就给你叫去。"刘老汉说，立起身来。

水问道："那就谢谢大爷了。只是，你别说我是写东西的，单讲有人找他便是。"

老汉点点头，佝偻着身子，上了河沿。他走到那堆人里，与那喊号子的柴支书，说了几句什么，柴支书就过来了。

水闻迎上前去，做着自我介绍，一边上下打量着他。

柴成河四十三四岁，中等个子，浓眉大眼。他头发剪得很短，穿一身浅灰色的中山装，领口敞开着，裤角向上挽起；脚下蹬着一双黄球鞋，像战士那种的，只是上面沾满了泥沙。柴成河走路不紧不慢，说话声音厚重，看人直视对方的眼睛；一眼看上去，便是那种成熟老道、精明练达、典型的农村干部形象。

柴支书热情地握了他的手，道："水同志，你是记者吧？不巧，我河上正忙着，等哪时得空了，咱们再聊。不好意思啊。"说过了，便要走。

"柴支书，我也知道你忙，但你听我把话说完，再走不迟。我说是采访你，不如说是想了解一下，眼下河上的险情，与工人们的情况。"

"那你不如到指挥部，那里的领导，情况掌握得更全面、更系统、更准确，"柴支书不买账。

"领导？领导了解到的，也是从你们这里得来的么。"水闻说，不依不饶，"柴支书，你要明白，我采访你，可不是单纯为了写你，宣传你；治理这么一条大河，也不是一两个人的事。我的目的，是要向平郡的人们，汇报大家的工作和思想，表现一线的同志们，奋不顾身、战天斗地的大无畏精神；使平郡社会各界的人们，更全面、更深入地了解当前河上，所面临的困难和问题；引发大家对黄河的进一步思考，从而坚定信心，团结一心，同舟共济，战胜水患。"

柴支书望了水闻一刻，道："那，你看从哪里讲起呢？"

"就从你个人，你们村子讲起好了。"

柴成河想了想，讲述起来：

"我们的村子，在平郡市的正西边，离城三十里，距清河镇政府十二里。由于地势南高北低，村子的北边，是一片冬天白茫茫、夏天水汪汪的憋僵滩，也就是寸草不生的盐碱地。许是乡亲们，为了寄托心中的希望吧，在很早以前，便管它叫芳草地了。

"七八天前，镇里给我们芳草地村，下达了紧急防汛的通知，要我们出一百名壮工，备二十车树木，并在两天内，赶到防洪现场。接到任务后，我从村子里，挑选出一百名青壮劳力，还把车辆、粮食、工具等，也统一安排妥当了。可是要砍树的光景，我却犯难了。

第十二章　大河真厉害

"村子南头的地，因开发得早，加之这些年来，精心改造和养护，土壤结构有了很大的改善，土地面貌发生了根本性的变化。眼下，已是渠沟路林田五配套，春天撒下种子，到了秋天，就能收到养人的五谷。尤其是渠坝上、田埂上和路两边，那一排排的白杨、柳树，不仅能够调节气候，防风挡沙，便是当成风景看，也是活脱脱地喜人。然而，现在黄河有了事，水要出堤了，我却必得伐了它们，来堵这河的嘴巴。

"若说，每家每户的房前屋后，倒栽着些杨树柳树，如果伐倒它们，这二十车的任务，大致也凑足了。不过，那一棵棵的树木，都是村民们自己栽种的，都是大伙儿的私有财产。可是，当我一想到，要砍掉村南地畔上的树时，手就发抖，心就滴血。为了加强认识，统一思想，调动大家的防洪积极性，情急之下，我组织召开了全体村民大会，进一步讲清了形势，说明了利害，并且，动员大家献爱心，就是捐了自家的树。然而，嗓子都喊干喊哑了，却没见到啥实际效果。本来，事前我便知道，要大伙儿砍自家的树，几乎是不可能的，但我还是想试一试。于是没等散会，我就唤了人，拿了镢头，把自己门前的那棵老榆树，一口气伐倒了。我的本意，是想带个头，要大家跟着做。谁承想，一村的大人娃娃，却仍然站在一旁，不动神色地凑红火、看热闹。这时，我也真是急了，一咬牙，便唤了人，把给我老娘打好的棺材，从她老人家炕头上，哼哧哼哧地抬了出来。末了，我还拿了镢头，风风火火地爬到屋顶上，挽起袖子，要刨房子。这下大家都慌了，都一齐叫我停手，并立即各自奔回屋去，拿了镢子和斧头，砍伐起了自家的树……"

柴成河顿了一下，继续道：

"现在，有不少电视剧和文艺晚会，是反映咱们农民生活的。可是，他们演的农民，不是思想落后，观念陈旧，生了一胎又一胎，守着烟囱抹眼泪，就是地老大进城，腰系草绳，手提洋瓶，形象丑陋，满嘴脏话。其实在广大农村，有许多地方，都逐渐富裕了起来，它们和城里一样，也是电灯电话，楼上楼下。固然，目下有些老少边地区，人们的衣食住行尚差一些，有的甚至连温饱都没有解决；但是，他们却是最勤劳、最善良、最可爱的；他们的人格和灵魂，比许多自以为高贵的人，更是不知高尚、干净多少倍。"

柴成河讲完了，水闻还静静地望着他，等着他再说些什么。说实话，面对着这场天灾人祸，我们的农民兄弟们，所表现出来的无私无畏的精神，让水闻甚是感动。

"短短几天来，抢险工地上，就发生了许多感人的事。其中，有一个来自谷川的人，姓尹，叫尹建双的，就是听说黄河吃紧，自己主动跑到工地上来的。就在昨天吧，为了抢救不慎落水的工友，他差点儿丢了性命。水记者，你若是有兴趣的话，我现在就带着你，去那边见见他。"柴成河说。

水闻忙道那好啊，柴成河便领着他，找到了尹建双。而这尹建双，已成了新闻人物，正给电视台的记者采访着。

记者有两位，一个是维象，另一个是个男的，水闻不认识。

水闻闲着没事，便站在一边，看他们给尹建双取镜头。

尹建双四十七八岁，个子不高，皮肤黝黑，剃着光头，却蓄着络腮胡子。此时，他正汗流浃背地，往铁丝网里抱石头。而电视台的两名记者，也扛着机子，前后左右地跟着，不住地来来往往。

"哟，是水闻呀，哪阵风把你给吹来了？"维象忙碌了一阵，把肩上的摄像机，递给身边那个男的，才看到了水闻。

"几天不见，你说话的腔调，怎么变成阿庆嫂啦？不是风吹来的，是水卷来的。"水闻与她开着玩笑，一边用手指了指，她身边那个男青年，"请问这位是？"

"抱歉，忘了给你们介绍，他叫蒋潮，刚从省传媒大学毕业，现在我们单位实习。"维象说，"蒋潮，这位是水闻，平郡鼎鼎有名的作家。"

"噢，水老师。"蒋潮说，谦恭地欠欠身子。

"什么呀，你别听维象的，她但凡与我见了面，定是连讽带刺，要我的好看。"水闻忙伸手与蒋潮握了，又对维象道，"哎，小维，你们电视台的人，不是一直在堤上吗，怎么到了今天，还在跟我们抢新闻？"

"我也是奉梁音局长的旨意，刚刚上来的，"维象说，将将披肩的长发，"梁局特意叮嘱，要给尹英雄几个镜头；并且，因我们台缺少交通工具，她特地从局里调了部车，供我们专用。至于别的什么，我就不知道了。"

第十二章　大河真厉害

"那你们如今，将这老尹，尹英雄，采访完了没有啊？"水闻问。

"我们已经好了。其实他这个人，给几个镜头还可以，若是做专访，也问不出个子丑寅卯来。"维象说，看看手机，"已经快中午了，不如我告诉了你，他怎样救人的事，临了我们一起去吃饭。"

"吃饭不急。我倒要看看，这老尹是个怎样的人。"水闻跃跃欲试地。

"那你就试试好了。我现在是肚子饿了，要和小蒋一起去吃饭了。"维象说，抿嘴笑一笑，与蒋潮走了。

水闻想一下，便走到尹建双身边，说："老尹呀，干了这么久，身子也累了，坐下来歇一歇。"

尹建双没说话，甚至连看都不看他一眼，只顾闷着头干活。

"老尹，过来吸支烟嘛，"水闻叫道，摸出烟来，坐在一块大石头上。

尹建双又往网里，连着仍了几块石头，以后就过来了。然而，他却没有坐，也不接水闻的烟，只说："我知道你想问什么，倒不如现在，就直接告诉你好了，省得耽误营生。事情是这样，昨天上午，一个工友干活时，不慎掉到了河里，我刚好在旁边看见了，就跳下去，把他托上来了。当时，因为我自己没留意，被下面的铁丝网挂住了，怎么挣都挣不脱。后来，在我快要被淹死的时候，大家拿来绳子，想个法子丢给我，然后'呼嗨'一声，把我拉上来了。就是这么回事。"尹建双说完，拍拍衣襟上的尘土，又去抱石头。

"那，你家是谷川的，属青安地区，怎么就想起一个人，跑到平郡来抢险了？"水闻追上去，大声问。

"我愿意嘛，关你啥事？"尹建双说，不高兴了，"我没时间跟你显摆，请你离我远一点。"

水闻看遇到了倔人，知道要继续攀谈，已是不可能了，于是便返回了河沿。

此时，已近晌午时分，民工们正三个一群，五个一伙，蹲在地上吃饭。

水闻近前，看看他们的伙食，不过馒头、白菜汤而已，可大伙儿稀里呼嘿，吃得十分香甜。

水闻稀罕一回，与他们聊了会子家常，才询问起尹建双救人的事。想不到

181

大家对此事，依然兴致很高，发言极是踊跃，只一支烟工夫，便你一言我一语，把个事情的来龙去脉，讲述清楚了。

水闻还欲问些什么，罗棋连着两遍，用手机发来短信，呼他去营地吃饭。

水闻看看时间，已是下午一点多了，便问清楚了大本营的位置，起身往过走。

堤上的大本营，在一座农家院落里，距大河四五百米的样子。自从抗洪抢险以来，这里便成了前线与后方，沟通信息、交流情报的场所。

水闻走进院子，便见平郡日报社、晚报社、平郡电台、电视台的五六个记者，站在窗子底下说话。因大家统是认识的，便相互打了通招呼。

罗棋见到水闻，忙进了灶间，要煮饭的大嫂，往锅里再下把挂面。

隔着窗户，水闻朝屋子里望一眼，但见炕上地下，黑乎乎地挤满了人，又因不少的烟杆子，正在吞云吐雾，搞得乌烟瘴气、昏黄灰暗的。

水闻一时看不清，看不清他们的本来面目，便询问同人们，屋子里都是些什么人。维象答，他们来自平郡的各个方面，有市委市政府的，有人大政协的，还有农林牧水工商学等系统的；基本上都是各部门、各单位的头头脑脑，尽管差不多都是二三把手。末了，大家还笑着，张三李四，王五赵六，报出一堆的姓名来。水闻听了，其中有认识的，也有不认识的，但他觉得这些人，的确像同行们讲的，在平郡算得上是，脊背上变裂子——有身份（缝）的人了。

说笑间，罗棋出来，言面条已是熟了，要水闻进去。

水闻笑着，让大家也进去，打伙儿吃一碗。众人却是不说话，只是一味地你看我我看你。还是维象说，别管他们，他们不吃素，你只管自己进去好了。水闻对维象说的"不吃素"，一时有些不解，但也没再问什么。

水闻到了灶间，像民工似的，端起一只海碗，找一个墙角蹲了，大口地吸溜起来。

"味道怎么样？"维象进来，问他。

"香着哩，羊肉臊子的，"水闻咂巴着嘴，说，连头都顾不上抬。

"我也尝尝。"维象说，也盛了一碗。

第十二章　大河真厉害

"看样子，他们好像也没吃饭么，"水闻说，用筷子指指外面，"奇怪，他们怎么不吃呢？"

"我不是说了吗，他们不吃素？再说你便吃你的，管人家做什么。"维象说，瞟一眼灶上的大嫂。

"他们呀，是在等着，等着吃炖羊肉哩。"大嫂忽然道。

"你这位大嫂，倒会说笑话，炖羊肉在哪里？真要有炖羊肉，我还想吃哩。"水闻笑道。

"你说话小点声，"维象把一根食指，伸到嘴前，嘘了一声。

"那你不如等着，等两个时辰之后，那时该走的人都走了，羊肉便有了。"大嫂说，背对着他俩，但听得出来，语气里流露着不满。

水闻愣一愣，看维象一眼，心里什么都明白了。

水闻吃着羊肉臊子面条，想到了堤上的工友们。

我们的这支队伍，已经连续数天，日夜奋战在抗洪抢险第一线了。大家在漫长的大堤上，面对着汹涌的洪水，顶风冒雨，风餐露宿，且时刻面临着生死的考验。可是，这会儿却正在堤上，吞咽着冰冷的馒头，以及不见几滴油花的白菜汤……想到未来的日子，随着暴雨的再次来临，还将有更多的工作，更加艰巨的任务，等待着他们去干去完成，水闻不由得停下了筷子。

水闻的鼻子，有点儿发酸，胸口也有些发堵。

"我得赶新闻，如果没别的什么事，等吃过面条，我便要回去了。你呢水闻，几时下堤？"维象问他。

水闻想了想，黯然道："我，也要回去了。"

"那便搭了我们的车，一道走好了，"维象道，不知为什么，竟有些兴奋。

"好啊，那就先谢你了，"水闻拱拱手，道。本来，他原想再到指挥部看看，然而，现在却一点兴致都没有了。

水闻与维象，都不再说话。

俩人默默地吃罢饭，正欲起身，罗棋气喘吁吁地跑过来，说申社长前才特意讲了，要水闻临了到防汛指挥部去一下。

水闻看看维象，犹豫了片刻，起身往指挥部赶。

"那我等你啊。"维象追出来，对着他的背影喊道。

防汛指挥部，在高高的大堤上，一间临时搭起的帐篷里。

水闻撩起门帘，走进去，但见侯再道书记，对着电话机，大声地讲着什么。

水闻不见申有余，便进也不是，退也不是。正在这时，侯书记看到了水闻，且朝他招招手，示意他进去。

水闻遂向前走了几步，站在地上，环视着四周。

帐篷很宽敞，有五六十平方米，里面的陈设却很简单，一张大桌子，几把木椅子，一张双人床。桌子上铺一张地图，搁着三部颜色不同的电话机；床上摆着两卷被褥，堆着一摞报纸；靠窗子的地方，生着一只挺大的炉子。炉子是用油桶改做的，因加了大块的白煤，烧得红彤彤的。

"好啊，我们平郡的作家，也到抗洪一线来了，"侯再道说，让水闻坐在椅子上，自己拿着搪瓷缸子，给他倒水，"水闻，目前，我们所面临的防洪形势，十分严峻，可谓是'黑云压城城欲摧'啊。你看到了，由各行各业组成的抢险大军，已经在河沿上，连续奋战了几天几夜，胜利地抵挡住了两次洪峰。可是，据气象局送来的天气预报，明后两天，黄河上游的许多地方，还将有一场大到暴雨。这样，用不了多久，将会有更大更猛的浪头，向我们袭来。所以，号召全市人民，迅速行动起来，保卫我们的平郡，守护我们的家园，已经成为摆在我们面前的，一项重大而紧迫、神圣而光荣的历史使命。"

侯再道这里讲着话，一边却不断地，有电话打进来。

"水闻，你们做宣传思想工作的，在眼下这种紧急关头，任务艰巨、责任重大啊。我希望通过媒体，通过你们手中的笔，让全市各族人民，在这场灾害面前，始终保持清醒的头脑，保持高昂的斗志，保持人定胜天的信心和决心。同时，要反复地告诫大家，绝不能麻痹大意，轻视洪灾，更不能慌乱恐惧，乱了步调和方寸。我相信，只要我们上下一心，团结一致，就一定能够战胜洪魔，夺得抗灾抢险的全面胜利。"侯再道说，一边来来往往地，连续接了几次电话后，不得不对水闻说："本来，我想就一些具体情况，跟你深入地谈谈，喏，看来是不行了。这样也好，你就多到河沿上，听听看看，走走转转，了解和掌握些第一手材料。我想也只有这样，写出的文章，才能更好地表现出处在一线的同志们那种不畏困难、昂扬向上的勇气，那种奋不顾身、战天斗地的干劲，那种可歌可泣、感天动地的精神。"

"侯书记，请你注意休息，保重身体，"水闻看着身材高大的侯再道，一副神情凝重、疲惫不堪的样子，真挚地说。

"我个人的安危无所谓；只要能够保住大堤，确保平郡二百多万人民群众的生命、财产安全，无愧于共产党员的光荣称号，我就心满意足了。"侯再道说，紧握了水闻的手。

水闻从帐篷里出来，回到营地，仍然不见申有余的身影，由于唯恐他有事，便拨了电话过去。申有余接了，却道前才找水闻，并没什么十分要紧的事，倒是他自己，部里有急需处理的公务，就先回来了。

水闻听罢，默然地摇摇头，然后便去寻维象。

水闻和维象、罗棋，还有蒋潮几个，一起上了广电局的小车。

"怎么是你呢，老万？咱们可有些日子不见了。"水闻见开车的司机，是广电局办公室副主任万路得，便亲热地在他肩上拍了一掌。

"怎么不会是我？"万路得道，"怎么水兄，当了总编，连老朋友都不认得了？"

"我是说，你一个堂堂的主任，怎么又重操旧业，把起方向盘来了？"

"咱本来就是个司机嘛，"万路得说，"再说，能为你们这些大记者服务一把，也是鄙人的荣幸啊。"

"喂，你们两个，水总编、万主任，都堂堂的、大大的干活！"维象伸出大拇指，学着日本人的腔调道。

大家笑起来。

"水老师，前才在指挥部时，申社长交给我一篇稿子，还特别嘱咐，要咱们争取尽快见报。"小车启动后，罗棋从包里，取出一张稿笺，递给水闻。

水闻接过来，见是一首词：

念奴娇·致黄河抢险健儿

黄河北进，一夜间，直指两岸乡城。野马脱缰犹可驯，

185

怎奈水火无情。平郡儿女，良将精兵，敢与天抗衡。车潮人海，浩荡北国风景。　　险峻势同战场，生死度外，饥寒何所能。江河改道论古今，战洪几多英雄。世间更替，沧桑历尽，然无改道人。与尔同行，定饮此水醇浓。

水闻读过了，却没有看到作者的名字，因而问罗棋："这是谁写的呢？申部长交代了没有？"

"关于稿子的作者，我也问了申社长，可社长只是笑笑，并未告诉我。我想，可能是社长自己写的，因此才没有正面回答我。不管是谁写的，我认为此作意境高远，出手不凡，让人有海阔天空、回肠荡气之感。"

"是啊，"水闻点点头。其实，他从罗棋手里，一接过稿子，一看那笔迹，就知道是申有余作的了。并且，待他细读之后，也觉得这篇东西触景生情，直抒胸臆，有一定的气势和力度。只是，就意境、品格而言，似不如先前的《青玉案》，尤其是个别词句，显得干涩、滞积，尚须进一步斟酌。如末句吧，将"定饮此水醇浓"，改为"滔滔浪作歌声"，可能会更好一些。

水闻正这么琢磨着，只听罗棋一字一句地，朗诵起了这首《念奴娇》："黄河北进，一夜间，直指两岸乡城。野马脱缰犹可驯……"

水闻颇感意外，他不知道，在这么短的时间内，罗棋这小伙子，是怎样背下来的。不过，罗棋声嘶力竭的声音，极度夸张的表情，像条毛毛虫似的，抓挠得他浑身不舒服、不自在。

蒋潮先是两手捂着耳朵，以后，又扯罗棋的袖子，又拍罗棋的肩膀，见仍然没有效果，便打拱作揖起来：

"哥们儿啊，你就饶了兄弟，饶了大家好不好？！"

维象坐在一旁，只是冷笑。

只有万路得，仿佛什么都没听到似的，两手握着方向盘，脸上毫无表情。

此时，已是下午四点多钟，天上的暗云，眼见垂得更低了，仿佛压在人们的头顶上。

侯再道"黑云压城城欲摧"的话，用到眼前，用在此时此刻，的确很生动、很形象。只可惜，它不是侯再道创作的，不是侯再道第一个讲的。

第十二章 大河真厉害

虽然我们大家生在黄河边，长在黄河边，然而就是穷尽一生的气力，又能抒发出几句像先人那样的，刻骨铭心、流传百世的言语呢？！

水闻把手放在胸口上，这样拷问着自己。

第十三章　等待好消息

　　水乡毕竟上了年纪，他到二儿子水军承租的园子，栽了几天树，就患了重感冒，卧在了床上。

　　秋云听说了，不得不离开麻将桌，赶到园子里来看他。

　　"亏得你的儿子，只经营了一片园子，若是当了市长书记，你先得把命搭上。"秋云说，一边在小铁炉子上，为他煎药。

　　水乡不吱声，只默默地望着她，听着。其实，自从水军与何云青签过那纸协议，他就由于心急火燎开始牙疼了。以后，水军前脚打起行李，住进这园子，他后脚便跟了过来。那会儿，他牙是不疼了，却又患了感冒。

　　"起先牙痛，就该紧着点，吃些消炎药才是。"秋云说，"再说，病便病了，赶紧回家打针吃药去，却是挺在这里做啥？"

　　"你煎了药就回去，只管忙家里的。"水乡说，半躺在床上，卷着毯子。

　　"有吴楠在家里，闲闲的一个女人，用得着我什么？"秋云说。

　　吴楠是个好人，却不是个好女人，更不是个好母亲，水乡这样想，但没有说出来。

　　"放着西药不吃，专意煨炼这呛人的东西，也不嫌麻烦。"秋云埋怨道，把煎好的药，从外边炉子上端回来。

　　"中药好哩，中药治本。"水乡道。

　　"狗屁，西药就不治病啦？若你得的急性阑尾炎，上医院瞧大夫，看你挨不挨刀子，吃不吃西药？要我说呀，你是成心摆弄人呢。"秋云道，还一个劲

188

儿地，唠叨老伴儿的不是。

水乡不耐烦了，他催促秋云，要她早些回去，照看好孙子水兵。

"回去就回去，老东西，你以为我愿意待在这儿？"秋云越发不高兴了，把药倒到碗里，甩手去了。

水乡也不怪老伴儿，自己不与她讲，她一个粗心大意、做事马虎的人，哪里会晓得他的心事。

近段时间以来，二儿媳妇吴楠，与先前比起来，明显变了样儿。她几乎每日必要出去，而且临行前，总要描眉画眼、精心打扮一番。自打水乡来到园子后，她饭是一日三餐，准时定点为兵兵做着；只是水军租了园子，这么大的事，她竟只来过一次。想想看，一个家庭妇女，会有怎样的事，让她如此地忙呢？俗话说，人闲出故事，饱暖思淫欲。我的这个二儿媳，莫不是随了潮流，有了外遇，做了"小三"吧？水乡虽然上了年纪，却也常听人讲：男人没有"小秘"，活着没有意义；女人没有"把子"，活着不如傻子。可是，吴楠若真是这样，当了第三者，有了把子，伤风败俗、辱没家门不说，倘若哪日不小心，给二儿子军军发觉了，不定会闹出啥大事。

唉，天要下雨，娘要嫁人，随她去吧。水乡叹息了一回，端起那碗药，用嘴吹了吹，一口一口，慢慢地喝了，然后孩子一般咂咂嘴，闭上眼睛，安然地睡着了。

正午时分，阳光透过窗子，泼洒进来，照着他有些苍白的脸。

"爸，爸。"他的大儿子水闻，推了他几次，水乡方才醒过来。

"爸你病了，就该上医院，或是在家里养着。"水闻道，欲扶父亲起来。

"别动，你别动，"水乡摆着手，坐直身子，"爸这也不是啥大病，只是个感冒。"

"那你也不能总躺在这里呀？水军呢？"水闻道，环顾着四周，有几分生气的样子。

"你坐下，坐到这里，"水乡小声道，拉拉儿子，还嗔怪地看他一眼，"别大惊小怪的。爸到这园子里来，是我自己的事，跟军军没关系？"

"爸你也是，这么大岁数了，还能做得什么？这不是给水军添乱、帮倒忙吗？我看咱还是回家吧。"水闻说，一边就要拾掇东西。

水乡摁住他的手，道："你不知道，这园子咱们刚接手，一时里里外外的，有许多的事：开挖渠道啦，平整土地啦，栽花插柳啦，装修房舍啦；你弟弟呢，又要进城买材料，又要管理雇来的工人，只没明没黑地做着。爸哩，年岁不饶人，重活是干不动了，可轻省一些的，仍是可以做的，就再不济，看个门、护个院总还可以吧。"

"爸呀，我们单位，平日倒没有多少事，只是，我刚刚与人办了张报纸……"水闻道，本来进园子时，已大致看到些情形，现在又听爸这么一说，倒一时不知说啥好了。

"这个爸知道，你是公家人，帮不上手，咱们就雇人做吧。"水乡说，"军军两口子，总要有个啥干的，这也是没有办法的办法。"

"可是，要整好这园子，需多大的花销呢？"水闻问。

"数目不少哩。听军军说，就是简单一些，光使它运营起来，也得五六十万吧。"

"这军军，他到哪儿弄这么多钱呢？"

"唉，拆了东墙补西墙呗。"水乡说，"想他两口子，先前多少也有点积蓄；眼下把房子也估算了回，抵押给银行了。"

"那他要在这里经营啥？"

"开店，开饭馆还有旅馆。"

水闻于是想，自己这个弟弟，虽说没有多少文化，遇事却胆大心细，敢想敢干，况且这回又花了这么大的本钱，下了这么大的气力，说不准将来有一天，真能搞出点啥名堂来。

"爸你也不用担心，要我看，现在这个年头，只军军这样性子的人，才能做出一番事来。"水闻安慰父亲道。

"但愿吧，"水乡道，叹一口气。

父子俩说着话，就见水军脸上冒着汗，跨进门来。

"哥呀，你几时过来的？"水军见到水闻，很是高兴。

"噢，刚进门。"水闻嘴里应着，上下左右打量着弟弟。

第十三章　等待好消息

几日未见，水军人瘦了两圈，衣服也脏兮兮的，可是，一张四方脸上，却洋溢着兴奋与激情。

"看你，高兴得嘴都合不拢了，是因有几日没见哥了，还是想着自己，马上就要发迹了？"水闻道，走过去，亲热地拍拍他的肩膀。

"当然是因为咱们兄弟，有几日未见面了嘛，"水军说，用手搔了搔头，一边从背着的包里，掏出几副中草药，"不过，我想只要横下心来，在这园子里，也能干出点事儿来。哎，哥，我正要去找你。"

"什么事呢？"

水军道："我这几天琢磨着，给这块儿地方，还有亭子、食堂、旅馆等，逐一起个名儿，却又不知该叫啥好。正好今天大哥过来了，就帮我想想。"

"说得对，这样一处有水有草的地境，是要有个靓名儿。"水闻说，"走，咱哥俩到外面转转，留心看一遭，再起名儿不迟。"

水乡连连称好。于是，兄弟俩肩并着肩，围着园子转起来。

"这块地方，原称王三海子，占地五六百亩，离城八华里。它的东面有小沙河，西边是一条退水渠，听上年纪的人讲，这池塘是自然形成的。"水军向水闻介绍道。

水闻随弟弟水军，一边沿着岛的外围，缓缓地向前走，一边张望着四周。

平郡的土地，属黄河冲积平原，因而水洼、池塘极少，更没有真正意义上的湖泊。这海子相对说来，也算是平郡境内，一个不小的池塘了。一直以来，人们对这里，虽没有多少留意，但由于它距国道近，路上路下，景色也常看到的。先前，它因有灌无排，完全成了一个蓄水池子，烂草甸子。前些年，经旅游局一番改造，水有了进处，又有了出处，一切都变得鲜活起来。现时，花草一丛一丛，生长得很茂盛，绿茵茵、红艳艳的；水流和缓，清澈见底，偶尔还可看到些，游来窜去的小鱼和蝌蚪；由于树木都是新栽，且没有几株，鸟儿不多，除了飞来蹦去的麻雀，另可看到两样儿：一种是常见的燕子；另一种是身子灰白，不时钻进水里寻鱼吃，本地人管叫捞鱼鹤的候鸟。岛上的房子，大大小小、高高矮矮的，总共有十来间，均是红砖盖的，可惜的是，因还没有装门窗，又一直闲着，看上去风剥雨蚀、灰头土脸的。总之，而今它的面貌，还荒疏了些，算不上什么风景，不过一洼水草而已。不过，若是水军定下心来，舍了气力改造它，也难说不远的将来，就不会吸引人的眼球。

"我已沿着湖的外围，钉了一圈儿木桩，又拉了铁丝网，将它整个儿围了起来。哥，因咱们目前缺乏资金，经济力量有限，我准备因陋就简，就地取材，把它营造成一处，看起来有些原始的景点。除了在岛上，多种树木外，还想搭些草木亭子、棚子，挖个大些的池子，末了，再用取出的土，垒一座假山。哥你再看那边，进得园子的水路，虽说只有两百米左右，也有独木桥，但我还想着置只汽船。做什么呢？使它来来回回地穿梭，接送进进出出的客人；游客若有兴致，还可乘着它，绕着小岛兜风……哥你看着吧，等到了那时节，这园子一准会热闹起来，尤其是逢了节假日，城里的大人孩子，说不准会蜂拥而来，踏破鞋子。"水军信心十足地说，抬起手臂，远远近近地指画着，"只是这片园子，这么一处好地方，必要取一个好名儿。"

水闻不说话，他由这片池塘联想到了西郊的红马篷。这园子与红马篷，正好形成了反差，相互映衬：那红马篷，是中间围着一片水，四边盖房子，做生意；而这里呢，则是四面一片水，中间供客人食宿、看风景。

"我倒想了一个，也不知如何，"水闻道。

"哥你讲来听听，"水军急切地说。

"你这园子，就眼下而言，长处益处，不外乎水草；"水闻道，"我寻思一回，觉得不如就叫'水中央'游乐园。"

"听着不错，简单明了，也够现代。"水军道。

"好便好，只是，让人觉得虚无缥缈了些。"

"我虽然识字不多，倒认为这个名，可能效果不错！"

"此话怎讲？"

"人不知道'水中央'做个啥，便要问人，人与人传来传去，无形中便做了广告。"

"这一层我倒没想到。"水闻道，想这生意人，想问题做事情，就是与常人不同，他们将所看到的，和能把握的一笔一画，均一心一意地落在实处，"不过，我想时间既然还来得急，不如再想想，再多征求一下各方面的意见。"

"哥，与你往来的人，多是识文断字的；而我这方面，是没得依靠了。我看不如这样，要是你那些朋友不见外的话，你这就叫他们过来，大家一起坐坐，也好把这名儿定了。"水军征询道，没容水闻回答，又道，"哥，我这就给吴楠打电话。"

"你给你媳妇，打的什么电话？"水闻不解地问。

"要她送些酒菜过来，"水军道，使手机接通了家里。

电话是母亲接的，说吴楠前才出去了。

水军又打吴楠的手机，却是关机。

"这个娘儿们，不在家好生待着，成天胡跑乱窜个什么？！"水军嘟哝一句，随即挥了挥手，欲唤来近前的工人，进得城去，买些酒菜回来。

"我看算了，时间有些紧，"水闻道，拦下了，"等你开业了再说吧；那时节，我要那些文朋诗友们，有事没事过来，光顾消费，顺便帮你做些宣传。"水闻对水军说。

"那就听哥的。不过，自我租下这地界，哥也是头回来，不如今天中午，咱们一起吃顿饭。"水军说。

"自家兄弟，哪就那么生分。再说，我这就得回去，报社还有一摊子的事。"水闻道。

"也好，等到开业了，你只管呼了同学朋友过来。"水军说。

"这个自然，"水闻嘴里应着，一边返回水乡住的地方，与父亲打了声招呼，嘱咐他好生吃药，乖乖养病以后，便骑着车子往回走。

路上，水闻想到弟弟眼下的困难，忽然记起，自己出书的光景，陈启民拿出的存折。既然启民有经济实力，又总想着帮自己一把，不如哪天跟他取了来，给老二送过来；水军现在，可是背锅子上山——前（钱）紧哪。

水闻这样琢磨着，不知不觉间，已回到城里。他抬起眼来，望望邮政大楼上的自鸣钟，见已是正午一点多了，便跳下自行车，来在一家饭馆前，准备随便吃些东西，再到报社上班。

这时，无意间，他看到了弟媳吴楠。

马路对过，是一家不大不小的，名曰"豪门"的酒店。此刻，吴楠正从它的大门处，步履匆匆地走出来。

吴楠打扮得颇为时尚，头发绾得高高的，穿一身粉红色的连衣裙，着一双雪白的皮凉鞋，撑一把鹅黄的遮阳伞。她下了大门的台阶，便拦了辆出租车，往自家住的方向去了。

她来这里干啥呢？这里离家并不远，她怎么不骑车子，倒打的呢？水闻寻思着，一边想到了前些天，夜里躺在床上，李雨跟他讲过的话。

李雨说，她前日午间下班时，进得超市买菜，偶然碰到了吴楠。其时，吴楠由一个男人陪着，在饰品柜台前溜达。因俩人碰了个正着，李雨不得不停下脚步，跟妯娌打了个招呼。听吴楠介绍，她一旁的那个男人，是她的同学，叫作什么什么的，脸上的表情却极不自然。过后，李雨虽未记住对方的姓名，但对那个身高一米八几的帅哥，印象挺深。

李雨还说，水闻，你看咱们吴楠，近日里的神情举止，衣着打扮，明显与往日不大一样了。当时，李雨虽未再往深讲，水闻分明已听出，她的弦外之音了。水闻了解自己的妻子，她绝非那种捕风捉影、添油加醋的人；何况这段时间，他也多多少少地，从吴楠的身上，发现了一些变化。但是，当时他却烦躁地一摆手，打断了李雨的话，并要她别有的说没的道，把人尽往坏处想。李雨生气了，说往她吴楠脸上抹屎，对我李雨有什么好处？也罢，这话不如要别人讲了，朝我李雨头上也撒尿好了。我这才是闲吃萝卜淡操心呢。李雨这一排子话，把个水闻噎得，翻了半天眼珠子。

想到这里，水闻便站在那里，朝豪门酒店张望着，还想再发现点什么。可一转念，觉得吴楠，毕竟是自己的弟媳，他一个大伯子，不好这般行事。

等哪天让李雨过去，将一些该说的话，婉转地告诉水军，引起他注意些便是。只是妻子李雨，要抓到自己的话柄了。嘿，抓就抓吧，这也是没有办法的事。况且，李雨也不是那种得理不饶人的人。

水闻走进饭馆，坐在桌前，心里不禁有些发堵。他闷着头，吃了一屉包子，喝了一碗绿豆粥，便出来了。

"水总编来了？来来，快到我办公室，有好消息告诉你，"水闻刚进报社的院子，就见朱晓宜隔着窗户喊他。

水闻犹豫了一下，过去了。

"有事吗？"水闻问，站在门外面的台阶上，手扶着门框。

"你先进来，坐下嘛。"朱晓宜热情地说。

水闻只得往前几步，找了把椅子，坐下了。

朱晓宜倒了杯茶，搁在他面前。"这茶可是铁观音；一个朋友到南方出差，特意给我带回来的，来来，你尝尝。"

"嗯，味道不错。"水闻呷了一口，道。末了，瞥一眼朱晓宜手里的茶叶筒，却见那包装，与陈启民办公室里的，分明是一个牌子。又想到她近来对自己的殷勤劲儿，水闻想笑，但忍住了。

"当然了，名茶嘛。"朱晓宜得意地说，把茶筒搁在桌子上，又拿起一张报纸，"水闻，你准备请客吧。"

"这半迟不早、没因没缘的，我请得哪门子客？"水闻苦笑道。

"还没因没缘呢，你是装傻，还是故意逗我？"朱晓宜大惊小怪地，"你看看，看看，你的《喝黄河水长大的人》，上面的报纸都转载了。"

"噢，原来是这个啊。朱主任，若用咱们的行话讲，你这个马后炮，可是炒了冷饭；这篇文章，省报转载都好几天了。"

"啥省报，啥好几天了？你才是炒冷饭呢。"朱晓宜走过来，把报纸拍到水闻面前，"你瞪大眼珠子看看，这可是《大国发展报》，是国家级的大报；早上刚送来的。"

水闻歪着脖子一看，还真有些兴奋：不错，是《大国发展报》，他的深度报道，发在头版，排在二条。

"你这篇文章，我从头到尾又读了一遍，觉得人物真实，事例充分，写得更是感人。所配发的几张照片，也有力度和深度。咯咯，你瞧这侯书记，虎背熊腰，表情庄重，披一件军大衣，裤管上挂着泥巴，蛮像咱们国家哪个哪个大人物；到底是哪个呢，一时倒想不起来了。"朱晓宜一边说，一边笑，"你再看尹建双这张，显得尤其突出，着实给文章增色不少。你看他抱着大石头，昂首挺胸、汗流满面的样子，真有点慷慨激昂，压倒一切的英雄主义气概……唉，这照片是谁拍的？效果还真不错。"

"是电视台的一个记者。"水闻道，想到文章写好后，无图可配，而维象雪中送炭，专门给送过来了，便觉得应该找个时间，谢谢人家。

"我虽然不会写东西，但平日妇联待着，闲来无事，也喜欢读些报刊。如今有些记者，所写出的稿子，内容姑且不论，单是那标题，一看便叫人发腻，不是这个'朝阳产业'，那个'异军突起'，便是如何动了'奶酪'，怎么切了'蛋糕'；还有什么'黑马''突现''惹的祸'，什么'双刃剑''撒手锏'，等等，诸如此类，不一而足，真真是千篇一律，百人一面啊。可你水闻就不同了，毕竟是作家，不一样就是不一样；《喝黄河水长大的人》，仅是这标题，便起得倍儿棒。"朱晓宜说，用钦佩的目光望着他。

朱晓宜这番话，还有看他的神情，使水闻觉着浑身不自在。为此，他忙摆摆手，说："我说姐儿们，你再这样捧我，我就要晕了。"

"晕就晕，该晕嘛。真的，我要能写出这样的文章，非晕倒不可。"朱晓宜说，"大作家，看你小里小气、抠门吧唧的，这顿饭还是我请好了。不过，咱们别去饭店，就去我家里；家里气氛好，也温馨一些。"

"怎么能让你破费，还是我来吧，"水闻真诚地说，他被这个朱晓宜，搞得有些不好意思，甚至还有点儿感动。

"水闻，你就别争了。再说，这也不是你，一个人的功劳，一个人的荣誉，你也是为大家争了光，为报社长了脸嘛。我作为总编办主任，为你庆功摆筵，是理所当然的事。好了，这事咱们说好了，饭局就安排在今天晚上。我这就去通知大家。"

"那先谢了啊。"水闻由衷地说，站起来。

朱晓宜欲出门时，像突然想起了什么似的，又对水闻说："噢，我倒忘了，启民刚才出去了，如果你见到他，就顺便通知一声。"

水闻应了声，往自己的办公室走，一边不由自主地笑了。

启民这个关键人物，倒要我来通知，真有她的。联想到近段时间，朱晓宜与陈启民的微妙关系，水闻更是觉得，朱晓宜把这顿饭，特意安排在她家，仿佛用了番心思，说是醉翁之意不在酒吧，也未可知。

"水老师，上午有个女的，几次打电话找你，好像有啥急事，"邓眠对水

196

闻说。

"是谁呢？留电话号码了吗？"水闻问，坐在办公桌前，"她怎么不打我电话。你没告诉她，我的手机号码吗？"

"问她是谁，不说，只说你的手机关着。"罗棋道，低下头，窃窃地笑。

我的手机关着，又没开？水闻心里疑惑地想，一边摸出手机看了，见果真没开。

水闻一直便是这样，常常张冠李戴、丢三拉四的。说健忘吧，不是，说心里有事也不是，到底因为什么，连他自己也搞不清楚。

水闻翻看着手机，不由得开心地笑起来。

手机里有三条短信，其中有两条，是贾麦发来的。贾麦要他看到短信，立即给她回电话，说有急事找他。另外一条，不知是谁的，却是目下流行的、大家相互逗笑的短语：

做家具的是木材，作诗词的是秀才，众人想的是钱财，

看短消息的是蠢材。

有段日子了，好像从河上采访回来吧，水闻几乎每天，都能接到同一个人，发过来的短消息。这些短消息，都为民间创作，每个都有小包袱，且恰到好处地一翻一抖，蛮有意思。有时水闻工作得累了，便翻出来看一看，乐一乐。此时，水闻笑了笑，看那手机号码，却仍然想不起来是哪位；因为在他的印象里，好像从未有过这样一位朋友或同学。

昨夜饮酒过度，沉醉不知归路，稀里糊涂赶路，误入小

巷深处，呕吐，呕吐，引来苍蝇无数。

你是树，我是藤，我绕你；你是灯，我是油，我耗你；

你是饼，我是锅，我焙你；你是茶，我是水，我泡你。

以上这几条短消息，是前几天发来的，内容十分精彩，读来叫人喷饭。

水闻曾听人讲，编发这种短信的人，不是神经有毛病，就是闲得无聊。水闻却不这样看，他觉得，大家平日的生活，实是单调乏味了一些，需要时常不断地找些东西来丰富和调剂；哪怕这些东西，太过滑稽、闹剧了一些，仅只是笑料也好。所以有的时候，水闻甚至于觉得，有些短消息，强过诗歌许多，最

起码吧，比眼下的"口水诗""废话体"高明和有趣。

若说，二十世纪八九十年代以来，广大的诗人，为了增加诗歌的表现力和扩张力，着实下了不少功夫，花了不少气力。从大的方面说，一派又一派相继崛起，先后登台亮相，使整个的诗坛，看起来百花齐放、百家争鸣，繁荣得不得了；由小的地方讲，大家又把"玻璃""硬币""乞丐""植物""断裂""绿色的梦"等词语，改成"剑""鱼""酒""陶瓷""妹妹""父亲""火车"什么的，但是，读者却还是那样，始终不认可不买账。就是诗人们自己，也很少能够坐下来，平心静气地去看一看、读一读他人的作品。为什么会出现这种状况呢？在水闻看来，当下的诗歌，不管诗人们认为自己的劳动产品是多么精致、独特，多么富有创造性和感染力，却无非是一场风，又一场风，东风西风，刮来刮去，一场雨，又一场雨，大雨小雨，下来下去而已。

记得，早在二十世纪三十年代，张爱玲在自己的《论写作》里，就一针见血地指出，有些作者"曲高和寡不行"，便开始"苦闷"，开始"不把读者放在眼里，这就种下了祸根"。而目前的情形，倒不是一味地"阳春白雪"，也有"下里巴人"的，不过却是躲在象牙塔里，自我精英化的"附众"；而骨子里对弱势群体，缺乏真正的关怀和理解，从而导致了对社会的看法，畸形而片面，甚至于"把读者当成了傻子"。不信你看，一首表现父亲的诗，许多人作着，其眼界、意境竟如出一辙，用词造句也是"似曾相识燕归来"：形式上呢，口语化、散文化到了极点，丝毫感觉不到什么"诗意"；叙述的内容，好像都是父亲弓着背、迎着风在田埂上行走，一边吸着烟袋，不住地咳嗽，不停地叹息或流泪什么的；此外，就是捕捉到一点点意象，便无限地扭曲与夸大，仿佛一个患病的乞丐，出卖血浆后的神色一样。

由此可见，读者不是傻子这话，并不是张爱玲先生，倘或陈启民和水闻发明的，而是大家看得久了，见得多了，心下便都这么以为了。究其"祸根"，好似依然在于我们，总欲创造和发明，却又在丰碑与经典面前，一味地双腿打战，在时尚与风潮的当口，总是挺胸抬头的缘故。

每逢文学课堂上，先生们都要讲，作家要贴近生活、贴近时代、贴近社会、贴近群众，一句话，就是所谓要"接地气"。而在水闻看来，若要真正弄明白这一点，真正理解它们，倒不如抽出些时间，先读一读现代诗歌，再回过头来，看一看这些短消息。短消息让人们喜闻乐见，过目不忘；而那些废话连篇、口水飞溅、屎尿遍地的"无难度写作"的诗歌呢，却像注水的猪肉，催红的草莓、苹果、西红柿。

水闻由这些短消息，又联想到了一件事，就是我国有个县，把近年来收集到的，许多的民间故事和笑话，编成了"某县笑话"在网上公布。这些故事和笑话，都是现实生活中已经发生，或正在发生的小幽默和小故事，十分传神、好看。可令人不以为然的是，此县却把这些作品，据为了己有，视为了专利。其实，它是广大劳动群众，在长期的社会实践中不断积累、共同创造的财富。

　　　你血压高，血脂高，职位不高；你大会不发言，小会不

　　发言，前列腺发炎；你政绩不突出，业绩不突出，腰间盘

　　突出……

水闻正这般兴趣盎然地看着，罗棋拿着一叠稿子过来，要他过目。

"水老师，不好意思，打断一下，"罗棋说，一副文质彬彬、温文尔雅的样子。

"你都看过了吗？"水闻问。

"看过了，觉得不错，还签了意见。首先是这一篇，喏，《平郡商业的蛋糕有多大》，文笔老练，内容翔实，也有些见地。"

"怎么又是'蛋糕'？这样标题的文章，咱们不是发过一篇了吗？"水闻皱了皱眉头，不耐烦地问，"你先换个标题，再拿来给我看。"

罗棋顿了顿，道："这种用法，可是当前最流行、最时尚的，各家媒体都抢着……"

水闻打断他的话，正色道："正因为如此，我们才不能用。以后，凡遇到'蛋糕''奶酪''突现'等，这类连三岁孩子，都会起的标题，必得扔掉，换一个新颖点儿的出来。这要成为报社的一项规定，或者说一条纪律。好了，你拿回去改吧。"

罗棋还欲再说什么，桌上的电话铃响了。

邓眠一边接了，捂住话筒，小声地对水闻说："水总编，你的电话；还是

前才那个女的。"

水闻接了，一听是贾麦，便只"哼"了一声。

贾麦先问水闻："你上午到哪儿去了，怎么不开机？"

水闻道："对不起，忘开了。"

贾麦又问："《大国发展报》上，那篇署名水闻的文章，是不是你写的？"

"你也看到了？"水闻道，有几分自豪和得意，"当然啦，正是鄙人的拙作；哎，你问得倒怪，平郡还有几个水闻？"

"恭喜你了。"贾麦说，口气却是冷冷的。

"同喜同喜。"水闻与她玩笑。

贾麦停了一下，忽然软软地说："水哥，你现在有空吗？我想见你。"

水闻看看桌上，急等处理的稿子，又想到下午的饭局，便用商量的口吻说："若是没有太急的事，你看明天好不好？"

贾麦沉默了一刻，道："那好吧，明天下午五点半，我在老地方等你。"随后，又嘱咐水闻，这两天，可别再忘了开手机，然后便挂了。

这个朱晓宜，非要吃什么饭，真是腻歪透了！

水闻放下电话，一改前才的劲头，还埋怨起朱晓宜来。的确，几天不见贾麦，水闻真有些想她了。刚才在电话里，与贾麦说了几句话，一时竟让他的心里，有种说不清楚的、痒痒的、酥酥的感觉。

不急吧，等到明天，我便又见着这女子了。水闻这般想着，临了却咬咬嘴唇，摇摇头，暗笑着自己的性子。

第十四章　约会遭暗算

天快亮的时候，水闻做了一个梦。

梦是这样的，水闻与三个男人打扑克，握着一手好牌，其中有三张 A、三张 Q，然而却输了。原因很简单，根据梦里的游戏规则，牌要一张张地出，不带"甩"，更不能扔"炸弹"。

水闻醒来后，躺在被窝里，还很为这个梦遗憾。是呀，眼睁睁着那样一把好牌，却没个出处，真叫人惋惜。再说自己，也真是蠢到家了，即使按规则，一张一张地出，这样大的牌，也能出得去，完全可以"争上游"的。可是自己呢，好歹抱着不松手，在一棵树上吊死了。

水闻又想了一回，觉得不论怎么样，这把牌是输了，已经定性了，败局再也无法挽回了，于是干脆睁开眼，起来了。

水闻洗漱过了，走进厨房做早点，包馄饨。

水雪爱吃馄饨，但却不吃小区门口卖的，就爱吃她母亲做的。于是，李雨只要有时间，便三天两头、拐弯抹角地，捏一回这东西。

水闻也爱吃馄饨，但嫌李雨做着费力，因而但凡起早些，便到外面去买，也不管水雪高兴不高兴，嘴里嘟哝些什么。可是今天却不同，水闻想试着，自己包一回馄饨，更想看看女儿，对他的手艺，是个怎样的评价。

水闻一个一个地捏着，费了好大的劲，终于做得差不多了。这时，她娘俩也起来了。

水雪因昨天遇了高兴事，今天心情舒畅，为此表扬了老爸："老爸的馄饨，虽然比老妈做的，差了那么一点点，总体上也过得去。”

“噢，还是差了一点点啊？”水闻道，脸上做了个怪相。

“老爸，你猜猜，昨天期中考试，我在班里，得了第几名？”水雪忍不住，还是问了。

水闻猜对了，女儿果然有喜事。并且，水闻知道，水雪又得了第一，但却故意逗她：“最后一名的最后一名。”

“你才是最后一名呢，”水雪说，脸立马拉下来了。

“爸是这样说，你们班的同学，就像一个圆，而这个圆，是由无数个点组成的；你想啊，数完了最后一个点，再接着数下去，是什么呢？”水闻笑着说，“亏你都五年级了，连这么简单的问题，都理解不了。”

“我不想跟你说话，”水雪说，噘着嘴，“成天到晚，在外面喝酒，即使在家的时候，也不给人好心情。”

“逗你玩嘛，”水闻拍拍女儿的脑袋，学着马三立的样子说。末了，又不无夸张地，“我的女儿嘛，生得聪明伶俐，学习刻苦用功，每次考试，不用问，绝对是高分。”

“哟，你的女儿，”水雪嘲弄地撇撇嘴，“幸亏我跟了我妈，要是跟了你，连二分之一加二分之一，都不知道等于多少呢。”

“好你个水雪，老爸就是数学差点，你也不能整天挂在嘴上，想损就损吧？”水闻说，欲拧她的脸蛋。

水雪咯咯笑着，跑开了。

“如果你期末考试，再得了第一，考上重点中学，爸就给你买辆自行车。”水闻说。

“这话可是你说的？”

“当然是我说的。”

“光说不行，来，拉钩。”

“拉钩就拉钩，谁怕你。”

“拉钩上吊，一百年，不许变！”父女两个，小拇指勾着小拇指，大拇哥扣着大拇哥，齐声大叫。

"行了行了，又闹，"李雨说，烦躁地瞥了水闻一眼，"你有工夫，做点正经事；水雪是你的女儿，不是你的玩具。"

"你说对了，水雪好玩，她就是我的玩具。"水闻道。

"你才是我的玩具，大玩具，"水雪说，忽然放下筷子，胳肢水闻的下腋。

水闻身子一紧，饭喷在桌子上。

"你们俩还有完没完？讨厌！"李雨说，"嗵"地把碗蹾在桌子上，立起身，到客厅坐着去了。

水雪乖了，朝老爸龇龇牙，挤挤眼。

水闻望了李雨一刻，叫水雪赶快吃，临了好去上学。等水雪吃好了，他拾掇了桌上的碗筷，拿进厨房洗刷着。

水闻一边手里做着活，一边想着李雨。

水闻也不知道，李雨近段时间是怎么了，每天下班回到家，很少说话，饭也懒得做，一副无精打采、懒散烦闷的样子。水闻猜测，她可能遇到了啥不顺心的事。有好几次，水闻想问问她，却又不知从哪里开口。

"水闻，我想跟你说件事。"李雨走进来，说，一双眼睛望着窗外，有些忧郁，又有些迷茫。

"有什么话，你说嘛，"水闻催促道。

"咱们是不是将水雪，送到文化馆的培训班，让她不管声乐、乐器，还是舞蹈、绘画，总之学点啥吧？"

"关于这事，我们先前不是商量好，暂时不送嘛，怎么现在又提起啦？李雨，你也不是不知道，搞文艺需要天赋。何况，现在孩子的学习，已经够紧张的了，我们何必再给她，增添不必要的负担呢？"水闻道，像李雨一样皱着眉。

印度哲人克里稀那穆提讲，看起来，父母总希望自己的孩子，将来在社会上，有安稳的职业，有美好的前程，其实他们所谓的责任，不过是要孩子，给自己争取地位和面子罢了。的确，现在有许多家长，他们都在望子成龙，不是将自己的孩子，送入这个辅导班，就是送进那个培训班，让孩子从天到晚，像热锅上的蚂蚁，忙得团团乱转。而他们自己呢，不管年轻的还是年长的，一面说，自己这一辈子算是完了，就这样了；另一方面，却又不断地找乐趣、寻开心，如跳舞、喝酒、打麻将。由于水闻在文化部门工作，这种事见得多了；他最看不惯那些家长，觉得他们很滑稽，很可笑，而同时又觉得，那些天真烂漫的孩子，才算真正苦到家了，可怜到家了。

"多学点东西，提高一下综合素质，总是好的。"李雨坚持道。

"文艺这东西，诱惑力极强，不好出成绩，却容易害人；不管怎样的人，一旦钻进去，就很难完整地出来了。结果，会让好端端的一个人，变为文不成武不就的半瓶醋。远的不讲，你看我现在，便是个活生生的例子。所以，我觉得咱们水雪，只脚踏实地，学点适用的东西就好。"水闻说，一边想起二十世纪三十年代，鲁迅先生就此所讲的话：青年向来有一恶习，即厌恶科学，便做文学家，不能作文，便做美术家，留长头发，放大领结，事情便算了结……

"如果只凭个人的经验，简单地看问题，难免会片面、偏激。"李雨说，像老师对待学生似的，"时下社会发展迅速，已进入信息化时代，优胜劣汰，竞争残酷，她现在不多学些本领，输在起跑线上，将来怎么去面对社会？"

"我刚才所讲的，是我个人的体会和感想，更是历史的经验和教训。李雨，我始终认为，做任何一件事，尤其是搞专业、搞学术，总之是做学问，就是要有所偏颇；如若四面打豆腐八面光，肯定一事无成。"水闻说，有些倔强，"什么进入这个时代，进入那个时代了，只有那些整天抱着书本，摇头晃脑、装模作样的人，才煞有介事地这样讲。依我看，不管生在哪个时代，处于何样社会，只要认认真真、勤勤恳恳地做事，就会有碗饭吃……"

"你这是强词夺理、生拉硬拽，是我行我素、蛮不讲理！"李雨大声道，脸憋红了，胸脯起伏着，"水闻，我没时间跟你抬扛。"

"我不是抬扛。俗话说三百六十行，行行出状元。"水闻道，遂加重了语气，"咱们水雪，学什么都可以，就是不能学文艺。"

"明天我便将她，送到美术培训班，看你能怎样？"李雨说，冷笑一声。

"那你就试试，试试看，"水闻道，认真地看看她，转身走进书房，从抽屉里取出一张存款折，出了门。

"这个李雨，怎么变成这样了？按说，她这个年龄，还没到更年期呀？"水闻边下楼边想。

第十四章　约会遭暗算

水闻不知道，李雨本想与他谈谈，自己在政协会议期间，所递交的那份提案，谁知开口讲出来的，却是这样一番话。

李雨始终弄不明白，为啥自己递交上去的，那份看起来，有理有据的提案，直到今天，仍然没有一点儿信息。这些天来，她很想就此事跟水闻谈谈，交换一下看法，听听他的建议和意见。可是，李雨也不知道，自己究竟是怎么了，总也张不开嘴，而且，总是在欲开口的光景，言不由衷地东拉西扯、张冠李戴。就说刚才吧，仅仅为了一点儿小事，便一反常态，与丈夫争吵起来。

我这是怎么啦，莫非是神经出了毛病？李雨问自己，听着丈夫下楼的脚步声，无力地坐下来，痛苦地闭上了眼睛。

再说水闻，当他来到师院门口，跳下自行车的工夫，偶尔一抬头，像发现了外星人一样，愣在那里不动了。

师院的大门墩子上，贴着幅宣传画，彩色的，四开报纸大小。这张宣传画，由街道派出所张贴，内容是禁止赌博的；上面画有三张牌，都是A，并且附着一句中心语：只图一时刺激，输掉整个人生。

水闻上下左右，认真地看着，感到十分惊奇。

这幅画，与他昨晚梦到的，几乎完全一样，就连那三张A，也甚是相同，一张草花A，一张方块A，一张黑桃A。这是偶然的巧合，还是有啥讲究与说道呢？

水闻并不迷信，他从来不信什么鬼神，但却相信梦，相信预感。因过去的日子里，他做的一些梦，应验了许多次。比如说，前年秋天，他正办着一桩十分棘手的事，又眼见得无望了，可就在这天夜里，他做了一个梦，梦见拾到一把钥匙，还是金灿灿的铜钥匙，等早晨醒来，问题便迎刃而解了。还有一次，他梦到天降暴雨，有雨点打到衣襟上，结果这一天，遭遇到了情感挫折，让有泪不轻弹的他，着实伤心地痛哭了一场。更有一段时间，连续几天，梦到兄弟姐妹们，披红挂绿，男婚女嫁，若不就是自家的房子，不为着什么，便轰然倒塌，结果呢，不是姑姑谢世，便是舅舅逝去了……

许多人都说，日有所思，夜有所梦。水闻也认知这一点；他还以为，白天反复琢磨的事，至夜里又梦到了，是没有什么意义的。像门捷列夫，说是在梦中，发现了元素周期表，倒不如说，那天夜里，他躺下后，根本就没有睡着，只是在假眠。许多写东西的人，也有这样的经历，有时夜里躺在床上，将一篇文章，仔细构思一通，或抒发些零乱的感想，以后，觉得好像是睡着了，谁知脑子里，却有泉水般的句子，汩汩地流淌出来。

说起来，关于梦的书籍，水闻读得并不是很多，只是随手翻阅过几本。但是，他从中清楚地看到，许多年来，对于人到底有没有第六感觉，由于人们认识有限，意见也不能统一。水闻觉得，弗洛伊德们讲女人梦到蛇或拐杖，男人梦到鞋或湖水，是性意识的表达和体现，是颇有道理的。现代科学也证明，自然界中，存在着生物链，存在着"蝴蝶效应"，即人与动物、生物和植物，与地球上的一切，都是互相作用、互相转化、互为因果的，都是你中有我、我中有你、密不可分的。

水闻在某些时候，忽然会有一种感觉，就是觉得此人此事，此情此景，好像曾经在哪里看到过，经历过。他还特意就此事，征询过一些同事和朋友的意见，大家有的深有同感，说"我"也如此；有的却深感奇怪，很是不解，说"咱们"不一样，"我"就不是这样的。不管怎么样，水闻这样问来问去，问得多了，倒总结出一些规律来，就是物质世界，自然环境，赋予每个人的东西，除了生命和肉体之外，便很少有完全相同的地方了。凡事信则有，不信则无，凭的全是本能和精神，灵感和悟性。

三个 A，寓意着什么呢？三张 Q 又代表着什么？是自己对自己的一种提示，还是客观世界的警告呢？怎么这幅图上，并没有三张 Q 呢？然而，昨天夜里，自己的手里，分明还有三张 Q 的……

水闻坐在办公桌前，眼睛望着稿件，心里却还在琢磨着，这奇怪的梦，偶遇的画。忽然，他想到人们闲来无事，用扑克牌占卦的事。说来也简单，若当事人是男人，便把 Q 当作女朋友看待。如果照此推测，这三张 Q，便象征着女人，象征着贾麦了；因今天他只约了她，在小沙河边见面的。难道约她出来，会发生什么问题，甚至发生什么意外吗？没那么严重吧，与一个女孩子，不轻不重地约会一次，便能"毁掉一生"？！再者说了，如果这样推下去，那三张 A，又当作何解释呢？是男性吗？可在纸牌占卦中，A 所代表的，一般是自己的心灵。

水闻推到这里，心下又释然了：有心无相，相由心生；有相无心，相随心灭。看来这一切，均属巧合，都是自己"觉长梦多"、胡思乱想罢了。

杞人忧天！水闻在心里嘲笑自己，复又开始看稿子。然而，他的眼睛，望着黑豆样的文字，心里却仍在，不由自主地翻腾着，这巧合的梦与画。为了转移视线和情绪，水闻从手机里，调出一些短消息，慢慢地翻看起来：

　　你帅你帅，头发像团海带，身披一条麻袋，腰系一根鞋带，没事就爱使坏。你以为你是天下最帅，东方不败，其实是南极土著，神经二代。

　　结婚是失误，离婚是觉悟，再婚是谬误，复婚是执迷不悟，生孩子是犯了大错误，一个人过啥都不耽误。

　　过年没收到你的信息，额很心疼。额想你想的心好痛，曾用香蕉割过脉，用鸡蛋撞过头，用面条上过吊。可都没死成，你就请额吃顿饭，撑死额算了……

水闻看得直乐，觉得这样的大好时光，自己真是有点没事找事，庸人自扰。然而，等到了午后，尤其是往小沙河上走时，他的心里，又不由得有些七上八下、忐忑不安。不过水闻还是觉得，自己是个重感情的人，既然有信于人，便不能擅自失约。其实，不论怎样，他是不可能失约的，因他对这个贾麦，已是十分喜欢了。

水闻自认为，他与贾麦，经过这段时间的交往，自己近乎于了解她了，而对她的感情，也越来越深了。

事实便是这样，水闻每每见到她，便会从心底里，澎湃出一种激情和冲动。这种好似从未有过的、美妙的感觉，让他十分惬意和迷恋。先时，他还不断地责备自己，不该和贾麦来往，因人家还是个姑娘，而自己则是个已婚的男人。然而，他又不断地为自己辩解、开脱，认为感情这东西，是不分什么年龄，不分什么人生经验和社会地位的。水闻相信，贾麦对他也是如此，可能比他更甚，觉得离不开他了。虽然，目前他们之间的关系，既不是恋人，也非情人，只是异性好友而已。

无奈这人爱人，是不由人的事。我这恐怕便是什么，感情战胜了理智吧？水闻这般想着，不知不觉间，又来在了小沙河边。

水闻比他与贾麦，所约定的时间，提前了十几分钟。然而，等他上了堤坝，放好自行车，见贾麦已在那里候着了。

贾麦今天很高兴，很活泼，打扮得也鲜亮、时尚。

"我还以为，你不一定会来呢？"贾麦说，孩子般地笑着，一边打开包，一件件地往外掏东西：熏鸡、火腿、面包、矿泉水……

"为什么？"水闻问，坐到贾麦铺好的布单上，抹把汗，喝了口矿泉水，"有你这样的漂亮姑娘，和这么一大堆好吃的，我为什么不来呢？"

"尽是套话、假话；每次见面，你都说我好，说我漂亮，可到底好在哪里，漂亮在哪里，却又说不出个所以然来。今大，你便仔细说说，说出个一二三四、子丑寅卯来，好让我喝些迷魂汤，高兴高兴。"贾麦撒着娇。

"好便是好，又该怎样说呢？你看这水和阳光，树与花朵，一波一波，一抹一抹，感觉甚是勾魂摄魄；然而若是一一道来，也便无趣无味了。"水闻道，眯着眼，陶醉在眼前的景色里。

"那你就写首诗好了；你不是会作诗吗？"

"不行，现在不行，没有灵感，半句都作不出。"

"为什么？"

"所谓一心不能二用。"

"那如今你的心，用在了哪里？"

"你这个小女子，今天是怎么了，不是问这便是问那，哪来这么多的问题？"水闻没回答她的话，反问。

"你讲你讲，我要你讲嘛，"贾麦道，抓了他的膀子，摇来晃去地缠他。

贾麦的举动，让水闻的心有些酥软、有些痴迷，更有些慌乱和紧张。

水闻自从和贾麦认识，并成为朋友后，贾麦便有言在先，在俩人往来中，无论怎样都可以，就是不能动手动脚。

贾麦讲，她之所以提出这个条件，有这个要求，主要是鉴于自己，先前那段不幸的遭遇。为了减少误会，贾麦还明确地说，自从小的时候，有了那码子事，她便坚决地以为，在这个世界上，没有一个正经男人，男人都不是好东西。虽然现在遇到水哥和陈哥，使她改变了一些看法，但对于男人对女人，所谓的亲热和爱抚，她在心理上和生理上，还是无法接受的，最起码，在短期内还不能够。

对于贾麦这个要求，水闻完全理解，因而他当初便满口地应了。话虽这样说，俩人相处的时间久了，难免让已婚的水闻，在感情的当紧处，感到有些难耐。但是，与贾麦相处了一段日子后，本就偏重两情相悦的水闻，把男女之间的肌肤之亲，也一天天看淡了。因此，他们一直以来的关系，几乎像柏拉图式的。而谁承想，今天这个贾麦，倒自己忽然间，做出这等亲昵的举止。

水闻觉得有些不适应，想提醒她，违犯了"君子协定"，但看贾麦像是无意识的，便没有讲出来。

"那好，我们现在就拿这河水，来讲讲诗好了，"水闻说，下意识地，往一边挪挪身子，"你看，太阳就要落山了，它的余晖，照耀着河水；而河水呢，在轻风的吹拂下，荡起微微的波澜。古时候，有个诗人，看到这一景象，便写出一首诗来：半亩方塘一鉴开，天光云影共徘徊。问渠那得清如许，为有源头活水来。"

"这首诗，中学课本上就有，用得着你教吗？"贾麦说，噘着嘴。

"那就念首别的：杨柳青青江水平，闻郎岸上踏歌声。东边日出西边雨，道是无晴却有晴。"

"只是一首诗，你不想作就算了，何苦糊弄人呢。"

"不是糊弄你，实在是不好表达嘛。"水闻说，以为她真的恼了，心里有些着急，便像哄孩子一样，摸了摸她的头顶。摸过了，忽想到他们的约定，手便有些哆嗦。

自从他们相识以来，水闻还是第一次接触到贾麦的身体。

"一道残阳铺水中，半江瑟瑟半江红……"水闻忍不住又道。

"可怜九月初三夜，露似珍珠月似弓。"贾麦接着背诵道，还抓了水闻的手，头很自然地一偏，靠在他肩上。

水闻慌了，他咬住嘴唇，沉吟了一刻，小声道："小贾，你坐好了，我再念几首，给你听听。"

"是'床前明月光'呢，还是'白日依山尽'呀？我说水哥，你就饶了我，别再拿那些古人的东西，逗我哄我玩了。"

"这几首，也是诗词，却不是古人的；这是上一次，咱们进山回来后，我胡乱诌出来的。"

"啊，真的吗？"贾麦坐直身子，注视了他一刻，欢喜道："那你就快点儿，念来我听听。"

其一　过鹰山

四月入山门，驱车满眼春。

远峰托紫日，高路捧青云。

关塞落白水，松林起翠禽。

欲言秦汉事，耳畔牧歌吟。

其二　山中行

朝阳伴我上山崖，忽见牛羊似看花。

险谷奇峰千万朵，追风逐草渡云霞。

其三　烽火台

昔日汉家烽火台，鹰山顶上断云开。

冲天一抹狼烟起，十万征夫生死来。

其四　草原小城

新朋老友逛边城，草上云间大野中。

杯满斜阳歌未了，归途遥看月朦胧。

"小贾，你觉得，觉得怎么样啊？"水闻吟诵完了，见贾麦还支着耳朵，便小心翼翼地问。

"前边那首，我听着，像死了几辈子的人的东西；至于后边几首，尤其是第二首，与最后一首，似乎更好些。"贾麦说。

水闻听了，头便有些大了："其实，关于你家门前，那个叫望云亭的烽火台，我又特意写了首词。只是，觉得不够顺畅，现在正琢磨着，怎么能改得更有意思些。"

"那你还不一并读了，倒跟我卖哪路关子。"贾麦撇撇嘴，继而又道："唉，不就是与前几篇一起，发在《平郡周末报》上的那首吗，还是我来念吧：

浪淘沙·望云亭

红日照前程，水秀山青，游人指看汉时营。天际流云如笔墨，涂抹雄峰。　　登上望云亭，雨落风生，耳边犹有角弓鸣。自古乡关多好汉，血染孤城。

"就是这首吧？水哥，你觉得我朗诵的怎么样？"

"挺好挺好。只是，你怎么就背下来了？"水闻有些惊讶地问。

"这有啥嘛，不过几行字而已。再者说了，你都能写出来，我背会了又算个什么。"

水闻不再说什么了，只出神地望着她。

"这一首，我觉得更好懂些，听起来也还过得去；总之，像我们水作家作的。"贾麦说，转过头来，静静地望了他片刻，忽地在他脸上吻了一下。

瞬间，水闻屏住了呼吸，周身的血液涌动起来。

贾麦却忽地又闪开了，并且满脸严肃地问他："水闻，《大国发展报》上，那篇啥《喝黄河水长大的人》，真的是你写的？"

"贾麦，你今天是怎么了，总是问这问那的？这一桩事，咱们在电话里，不是已经讲清楚了吗？"水闻道，对于贾麦一改惯例，没有叫他"水哥"，或者"水大哥"，而是直呼其名，感到有些意外。

贾麦沉默了一刻，认真地问："你把那些人，写得那样好，可你了解他们吗？"

"有关人物与事件，都基本上属实。"水闻道，"其中大部分素材，都是我前日到河上采访时，得来的第一手材料……"

"第一手材料？"贾麦冷笑一声，不客气地打断了他，"那你如今，便说与我听听，那个谷川的男人，叫什么尹建双的，以前是怎样的一个人？"

"尹建双？以前？我不知道，也不想知道，我只是想着力表现，他在黄河上抢险、救人的事迹。"

"你这种做法，完全是不负责任！若是不了解情况，就不要瞎吹胡捧。"贾

211

麦手一甩，站起来，脸红脖子粗地说，"我真没有想到，你竟是这样的人。"

水闻坐在那里，抬起头，惊讶地望着她，觉得眼前的贾麦，与早上的李雨，几乎是一个做派。

贾麦冷静了些，坐下来，恳切地说："怎么水哥，我说得不对吗？你想想，假如那个尹建双，以前曾经犯过罪，甚至于坐过牢，有了你这篇文章，不是把一堆狗屎，描画成一朵鲜花了吗？"

水闻低着头，不说话，心里却想：这个贾麦，纯粹是危言耸听，无中生有。说尹建双作奸犯科，刑满释放，这怎么可能呢？可是，仅仅一篇文章，便惹得贾麦这般恼火，究竟是为什么呢？难道我写的尹建双，她不仅认识，而且还了解他的过去？是呀，一直以来，媒体上登载的主人公，有不少就出了问题。其中，有的被描写对象，还让作者跟着他出尽了洋相，吃尽了苦头。虽然到目前为止，自己的笔下，还从未出现过此类情况，但也应该引以为鉴、多加注意才是。

"贾麦，你若对我写的人与事，尤其是那个尹建双，认识或是知道些什么，不妨直接讲出来，这样我也可以，采取一些补救措施。"水闻真挚地说，"其实也没关系，如果他真的像你说的，是一个为非作歹、无恶不作的坏蛋，甚至是爆炸犯、纵火犯、强奸犯、杀人犯，我们就到政法机关检举他；若是思想、行为和道德品德有问题，我就另写文章揭露他，以便让全社会的人们，了解到事实和真相。"

"我只是为你担心，担心你写错了人。水大哥，我总觉得，要宣传一个人，表扬一个人，就应该掌握他的情况，最起码吧，要大致了解一下，他的过去和历史。"贾麦说，脸上的气色缓和了许多。末了，她举起矿泉水，又道："唉，不说这些了。不管怎样吧，你的稿子发了，大名也出了。来，让我们以水代酒，干一杯。"

水闻与她碰了一下，心里却仍旧有点别扭。本来嘛，刚才贾麦也过于严肃了些，搞得人心里都紧张。

冷静下来后，水闻觉得，眼前这个贾麦，自己虽然喜欢她，与她交往也有段时间了，但是对她还是缺少些了解。平日看起来，贾麦只是个性强，有激情，说话爽快，做事利落，可让人意想不到的是，不为什么事，情绪波动竟这样大。话说回来，是不是自己那篇作品，背后还有什么文章呢？若不然，眼前这个二十来岁的姑娘，也不至于无缘无故地对自己发这么大的脾气。不管怎么样，哪天得空，自己得去趟谷川，调查一下那个尹建双，还有就是清河镇的柴成河，以至市委书记侯再道，也要听一下群众的反映。贾麦说得对，自己既然写了他们，表扬了他们，就应该负责任才好。

"水哥，看你的样子，是不是生气了？如果我刚才，说错了什么话，你可别介意啊。要知道，与你比起来，我只是个小八点呢。"贾麦说，伸出小拇指晃了晃，头靠在他的胸口上。

水闻的身体，又陡然燥热起来。他竭力控制着自己，躲开她火辣辣的目光。

"你看着我，看着我吗，"贾麦说，忽然伸开双手，紧紧地搂住了他。

水闻心底一颤，情不自禁地低下头，将自己的唇，抵在她娇嫩、艳丽的嘴上。

俩人忘情地吻起来。

不知过了多久，他们才分解开来。此时，水闻和贾麦，似乎均已使尽了力气，都变得异常的平静。

水闻抚摸着贾麦的秀发，细细地端详着她。

贾麦头枕着水闻的胳膊，娴静地闭着眼睛，均匀地呼吸着，仿佛睡着了一般。

太阳落山了，天也快黑尽了，俩人还这么依偎着。

这时，沉浸在幸福之中的水闻，忽然看到不远处，一个小土堆子后面，有个人影闪了一下。起初，他以为自己看花了眼，可过了没有几分钟，那人又从土堆后，露出了圆溜溜的脑袋。水闻想那人，许是有偷窥的癖好，等他看足了，不见有更多的稀罕，自然会失去兴趣。然而，事情却不是这样，那个生着圆脑袋的人，明显意识到自己，被水闻他们发现了，仍赖着不走不说，还伸着脖子，恣意地朝这边张望。

"贾麦，你看，好像有人哩。"水闻摇了摇贾麦，要她往那里看。

"哼，管他呢，"贾麦说，不当回事，仍是蛇一般地缠着他。

一时间，水闻给贾麦，撩拨得心旌摇曳，激情如火，他便也管不了许多，只俯下身子，一个劲儿地吻着她。这一次，贾麦的口、贾麦的鼻、贾麦的眼、贾麦的额、贾麦的颈，都给他吻遍了，并且，水闻的手还探进了贾麦的怀里，抵达了贾麦的胸部。

两人呻吟着，浓烈、欢快到了尽头。

"起来！"随着一声厉喝，水闻的腿上，给人踢了一脚。

水闻惊醒过来，他本能地丢开贾麦站起来。但是，直到这时，他还有些懵懂，揉了揉眼睛，才清楚地看见，一高一矮两个男人，正围着他们。

"你们这是干什么？"水闻大声道，怒视着来人。

"你们这是做什么？"大个子道，声音比水闻还大。

水闻不知该说什么，贾麦却道："你管得着吗？"

贾麦直到现在，仍然没挪地方，还挺着胸脯，一脸的不屑。

"管不着？我们是警察，"矮个子道，一副凶神恶煞的样子。

"警察怎么了？警察就啥都可以管，啥都可以做吗？再说，你们有证件吗？"贾麦说，拍拍屁股上的尘土，站起来了。

"我看你这个小姑娘，是不撞南墙不回头，不到黄河不死心，不见棺材不掉泪呀，"矮个子冷笑一声，把证件从兜里掏出来，在他们眼前晃一晃。

"可我们犯啥法啦？我们并没有犯法。"贾麦道，别着脖子。

"我们也没说你们犯法。"高个子道，"但你们知不知道，近段时间以来，这个地方，已连续发生了好几起案子？"

"不知道；这与我们无关。"水闻说。

"实话告诉你，我们来这里就是为了侦破那几起案子。"高个子威严地说，"我问你们，现在都这么晚了，你俩还待在这里，想要做什么？"

"我们需要搞清楚。"矮个子接着道。

"那你们要怎样？"水闻问，已经完全平静下来了。

"你们俩，得跟我们俩走一趟。"

"到那里？"

"回市区，局里。"

"好吧，"水闻道，他不想在此时此地，与他们继续僵持下去了。

"我凭啥跟你们走？我不去！"贾麦说。

"那不行！"高个子严厉地说。

"如果你们，你们非要让我走的话，我就跳河。"贾麦说，望一眼那满河的水。

水闻心头一紧，不由得走过去，抓住了贾麦的胳膊："你，你这又何必呢？"

"小姐，你要跳河是你的事，我们可没有逼你。"高个子说，笑了笑。"我们只是要你们，到局里走一趟，把事情说清楚。希望你们配合我们，不要生冷硬顶；如果那样的话，对你们没好处。"

"你不用再讲什么，咱们现在就走好了。"水闻道，无奈地笑了笑，遂又对贾麦说，"贾麦，走就走；咱们并没有犯法，俗话说，人正不怕影子斜。"

贾麦委屈地看看水闻，似也平静了许多。

回城的路上，水闻什么话都不说，也不愿再想，他只是在心里，默默地祈祷着，愿老天保佑，千万别碰到熟人。还好，由于苍茫的暮色，昏黄的灯火，模糊了他和贾麦的面目。

高个子和矮个子，并没有带他们去公安局，而是要他们两个，到了某个街道派出所。

高个子讲，要先与贾麦谈话，便进了办公室。

矮个子看贾麦进了屋子，便一边点了支烟，在昏暗的走廊里踱来踱去，一边时不时地，往水闻这头瞟一眼。

十几分钟后，贾麦抹着眼泪出来了，水闻欲要上前，与她说些什么，被矮个子制止了。末了，矮个子指指房门，要水闻进去了。

水闻没想到，负责谈话的高个子，远没有刚才客气了。他一上来，便板着脸说，自己在履行公务，责任重大；要水闻全面而具体地，老老实实地交代，刚才他和贾麦，在河边所做的一切。

水闻认真地看他一眼，说："我和小贾，噢，就像你说的，是贾麦，只是一直在那里坐着，并没有做任何违法乱纪的事。当然，我们也不知道，那里发生了案子，更不知道是什么案子……"

"我没让你讲什么案子，你只讲你与贾麦的事。"高个子道，"说，你在哪个单位工作？有没有老婆，有没有孩子？你这样一个大男人，与人家一个小姑娘，这么晚了，跑到河畔上去干什么？"

水闻实事求是地说："我在文联工作；我有家庭，有老婆，有孩子。我和贾麦，确实没有做什么，我们只是两情相悦……"

"两情相悦？笑话！"高个子嘲讽地一笑，打断他的话，"我看你是道德败坏！作为国家公务人员，你应该清楚，目前，平郡正在进行'扫黄打非'吧？水闻，我明确地告诉你，若以前你有啥涉黄涉赌的事，咱就既往不咎了，单这一回，你是自己撞到了枪口上。现在你便说说，这件事怎么处理吧？"

水闻听罢高个子的一席话，便完全明白了，他们待的地方，并未发生啥案子；这两个片警，之所以辛辛苦苦地跑到渠上，又将他们成双成对地带回来，无非是要借"扫黄"的名义，在他们身上做点儿文章，往具体说就是揩点儿油水。

水闻想到这里，便没有了一点儿脾气。他觉得，无论自己与贾麦所做的这件事，违不违规，犯不犯法，此时此处，都是说不清道不明的。况且，自己与贾麦，感情发展到这种地步，本来就是错误的，不应当的。虽然，现在他们之间的关系，还没有发生什么，实质性的变化，仍然属于有"苗头"的第三者一类，但如果进一步深入下去，后果便很难设想了。

水闻想到这里，便开始自责，觉得这件事，自己应该负主要责任。正如高个子所讲的，自己是一个已经成家的，比贾麦大许多的男人，而贾麦呢，则只是个二十来岁的姑娘。

"事情已经这样了，你说该怎么办吧？"水闻说，有些无可奈何。

"看你认错态度还可以，还是你说吧，"高个子说。

"罚一千元吧，也算是对我的警醒与惩罚。"

"不行，一千太少。"

"那你说多少？"

第十四章　约会遭暗算

"三千。"

"太多了，我只是个工薪阶层。"

"我不管你什么阶层，我只管罚款。"高个子说，恶狠狠地盯着他，"难道，你是想让你们单位，还有你的老婆孩子，都知道这桩事啦？"

"两千。"水闻咬住嘴唇，闭起了眼睛。

高个子看看水闻，低头思索了一下，道："那好吧。"之后，身子往前一探，伸出了手。

"干什么？"水闻不解地。

"给钱呀，"高个子说。

水闻摇了摇头，忽想起什么似的，摸索出上衣兜里的折子，在他眼前亮一下："都这么晚了，银行也关门了。你看这样行不行，等明天一早，我把钱取出来，如数给你送过来。假如你相信我的话。"

"我就相信你一次。我觉得，像你这样一个作家，是不会把这件事搞大，搞得沸沸扬扬、满城风雨的。你可知道，咱们平郡城，只是块巴掌大的地方。"高个子说，"不过，你得把身份证，给我们留下。"

水闻想了想，从兜里掏出身份证，搁在桌子上。

高个子点点头，示意他可以走了。

水闻拉开门，缓缓地出来，却不见了贾麦。他有些担心，便问仍站在走廊里的矮个子："贾麦呢？"

"哟，你还想找她呀？"矮个子嘲弄地问。

"不……天这么晚了，我有点不放心……"

"你就放宽心，走你自己的吧；我已经将那个女孩，安全地送回家了。"

水闻便无话，出了那道大门，那个小院子。

水闻走到街上，看着花花绿绿的灯光，来来往往的车辆，一时不知往哪里去好了。他站在十字路口处，忽然想起了，昨晚的那个梦。

"今天这事，真像是一场噩梦；所幸的是，没有像门头上宣传画里，所讲的那样，'输掉整个人生'！"红绿灯下徘徊的水闻，不禁苦笑一下，自言自语道。

217

第十五章　有点不像话

陈启民和孔庆雷，一人开着一辆车，驶进了平郡市委大院。

陈启民要将孔庆雷，引荐给他的舅舅，市委书记侯再道。

几个月来，为了让舅舅见孔庆雷一面，陈启民颇费了些心思，下了番功夫。

起初，当孔庆雷提出，欲通过他"拜访"舅舅时，陈启民略微思忖了一下，便满口答应了。陈启民觉得，舅舅作为市委书记，与哪个人见个面，认识一下，是一件再平常不过的事。可不知为什么，有段时间了，舅舅就是不见孔庆雷。一次，见陈启民催得紧了，竟说启民不懂事，介绍一个不了解的商人给自己，纯粹是给他找麻烦。好在陈启民有韧性，坚持不懈地软磨硬泡，舅舅才勉强答应，在办公室里，会一会那个"姓孔的"。

其实，从内心里讲，介绍他们俩人认识，陈启民也不是很情愿。因为陈启民对孔庆雷，也没有多少好感，怎奈他不可能这么快就忘了，人家在报纸首发式上，赞助了他八千元，并且连续不断地，在他们报纸上做广告的事。是呀，这件事与那件事比起来，是多大的一件事呢？人家往外掏的可是硬铮铮的票子，而自己呢，不过就费些口舌，你好意思推三阻四，不满足人家的要求，不帮着人家，实现这个小小的心愿吗？当然，陈启民在舅舅面前，没有讲孔庆雷赞助报社的事，他只说他们是朋友。陈启民知道，关于这笔赞助费，无论到什么时候，都不能够讲的。

侯再道就是侯再道，他一双锐利的眼睛，好像已经看穿了，他们背后有啥

218

交易。为此，陈启民有些着急，所谓应人事小，误人事大，倘若舅舅再坚持下去，自己怎么向孔庆雷交代，孔庆雷又会怎样看自己呢？还好，侯再道虽然感觉到了什么，最后还是给了他面子。不过，陈启民一想到那天，舅舅咄咄逼人的目光，心里就发怵，就打战。

陈启民至今都不明白，每天不知要应酬几多客人的舅舅，为啥单单不想见这个孔庆雷。而且，舅舅不知怎么了，近段时间以来，好像对陈启民很不满意，看他哪儿都不顺眼。

今后，在舅舅面前，必得时时处处，小心谨慎才是。今天好歹了了此事，以后绝不能再轻易地，利用自己的身份，应承他人长短，无形中给舅舅添麻烦了。此刻，陈启民引领着孔庆雷，都走到舅舅的办公室门口了，心里还这么敲着鼓。

还好，百忙中抽出时间，接见孔庆雷的侯书记，显得极是平易近人，和蔼可亲。而孔庆雷呢，言谈举止也是有板有眼，一副不卑不亢的样子。

"虽然你我，早在一些场合，便打过照面，却一直无缘深交。今天通过启民，我们走到了一起，这便说明我们有缘啦。"侯再道握着孔庆雷的手，笑道。

"能够认识侯书记，鄙人深感荣幸。"孔庆雷说。

"目前，平郡现代化建设形势喜人，各项事业日新月异，蓬勃发展。前几天，我们市委市政府，又召开了一次招商引资会议，会上，就进一步开创工商领域新局面，通过了一个决议。在基本建设方面，我们欢迎外埠的投资商，更欢迎像孔总这样的，本乡本土的企业家。为完善市场体系，加速经济转型，创造更为理想的宽松环境，今后市委和政府，还将陆续出台，一系列切实可行的新政策、新举措。这些策略和办法，不仅会使我们的企业家们，能够不断地增加投资，扩大规模，引进国外先进经营理念，在流通方式和营销技术等方面，取得突破性进展，而且将有力地推动，我市对外开放、对内搞活的步伐，进一步改善人民群众的物质生活水平。"

"我完全赞同侯书记的看法；我同样认为，目前的平郡，是历史上发展最好的时期。不过，侯书记对我本人的评价，委实过高了些，我只是个小商人，还算不上真正的企业家。"孔庆雷谦逊地说。"侯书记，市委下发的 13 号文件，我是逐词逐句认真地学习过的，我觉得那些优惠政策和项目，极富思想和远见，极具感召力和吸引力。"

"这就好，这就好。我衷心地希望，像你这样的，身处一线的企业家，对市委市政府的工作，能够多提一些富有建设性的建议和意见，以便我们在今后的工作中，不断地取长补短，更上层楼。"

"以孔某人的想法，平郡市委在改革开放中，所出台的一系列方针、政策，都是高屋建瓴、意义重大的，都是因地制宜、切实可行的。现在的关键问题，是各行各业、各条战线，怎样地去深刻领会，并坚决地贯彻和落实了。"

"孔总讲得好，一切理论皆来自实践，都是为了指导实践，服务实践。而要使我们的新政，生根发芽，开花结果，还需要全社会人们的共同努力。"

"说到实际，我想再多说几句，如若哪些地方讲得不妥，还请侯书记多批评，多指导。依我看，在目前的民营企业中，尤其是建筑领域内，面临着许多新课题和新问题。比如，在公共设施统一规划、布局设计、重复建设等方面，还存在着诸多的问题；像商品房与住宅楼炒得过热、盲目投资、跟风攀比、竞相涨价等，都亟待我们加以研究和解决。"

"关于这一点，已经引起了我们的高度重视，并且，市委市政府正在脚踏实地、下大气力，逐项逐步地着手解决。噢，就今天下午吧，我们班子几个主要成员，便要开个碰头会，商量下一步如何规范市场、引导市场的问题。"侯再道说，下意识地看了看腕上的手表。

"侯书记，由于我们金地公司起步较晚，基础薄弱，同样面临着，不少的问题和困难；比如资金匮乏、观念落后、管理不力等。我希望侯书记，今后能够给予我们，更多的关心、帮助和支持。"

"孔总请放心，培育民营企业，保护民营企业，提高民营企业的市场竞争能力，促进民营企业的大力发展，是我们市委市政府，既定的战略目标和任务，也是我们每一个领导干部，义不容辞的职责和使命。"

"听了侯书记这番话，孔某人便吃了定心丸了。"孔庆雷说罢，立起身来，言侯书记事务繁忙，故此就不叨扰了；同时又强调，在侯书记方便的时候，不知可否，给他个面子，吃顿便饭。

第十五章　有点不像话

侯再道稍稍犹豫了一下，站起来笑道："这个提议好，今天咱们是相谈甚洽，意犹未尽，叫人颇有相见恨晚之感。不难看出，孔总是一个有思想、有见地的企业家；我很愿意我们，能够这样深入下去，就一些房地产方面的问题，进一步地切磋和探讨。只是，我刚才讲了，今天还有个会，等什么时间有空，我们再联系好了。"

"那就先谢了，"孔庆雷说，弯一弯腰，与陈启民一道，告辞了出来。

二人下楼时，陈启民长出了一口气。

侯再道与孔庆雷，谈了不过十几分钟的话，陈启民却觉得，像过了几个小时似的。

"启民，咱们一起出去，随意吃些东西？"俩人出来，上车的工夫，孔庆雷征询他的意见。

陈启民抬起头，看看天上的太阳，懒懒地说："这才几点呢？再说，我一点儿都不饿。"

"那好，改日我正式请你好了。"孔庆雷说，紧握着他的手说，"启民，今天这事，真得谢谢你了。"

"不必，小事一桩，"陈启民笑笑，朝他挥挥手，上了车。可是，马达启动后，他一时却有些茫茫然，不知该往哪里去了。因而，便摁了下喇叭，示意孔庆雷先走。孔庆雷礼貌地回了声"嘀嘀"，然后驱车出了大院。

妈的，为了你，老子把自己的事都给耽搁了。陈启民望着孔庆雷的车屁股，在心里骂了一句，之后便熄了火，返身又回到楼上。

陈启民上了四楼，到了宣传部，进了申有余的办公室。

平郡日报社的副总编秦无虚，正与申有余说话，看到陈启民，客套了几句，起身走了。

"怎么了，启民？"申有余看陈启民，脸色不大好，问。

"没事，"陈启民无精打采地说，点着一支烟，半躺在沙发上。"申社，他来做什么？"

"你问的是谁？噢，是秦总啊；没什么事，只是找我随便聊聊。"申有余说，拉开抽屉，取出一包中华烟，点了支吸起来。

"你几时开始吸烟的？你不是不会吗？"陈启民说，感到有些好奇，侧着身子问。

"不会可以学嘛；别的什么不好学，这个还学不会？"申有余说，摇摇头。

陈启民看申有余，一副心事重重的样子，想到自己可能来的不是时候，便要走人。

"坐一坐嘛，这么急干吗？"申有余说，伸手拦住了他，"我正想找你。不过，想来你过来，也是有事的，那就你先说好了。"

"算你说对了，申社，我还真有事求你，"陈启民说，走到申有余的桌子前，捻灭烟头，又坐下了。"是这样，前时我与羊绒衫厂的老总，讲好一笔广告业务，可事到临头，那小子又变卦了。我来是想问问你，与他熟不熟，关系怎么样，能不能帮上我这个忙。"

"你说的老总，就是那个袁世武，人们称为袁大头的？"

"自然。别看这小子靠捡破烂起家，现在可是财大气粗、鸟枪换炮了；单看他出来进去，坐着的宾利，跟着的保安，就知道那威风和架子了。"

申有余沉吟一下，道："按说，这个袁总，我会上会下，倒是常碰头，人算是熟的，口也自然可以张了，只是怕没什么实际效果。不瞒老弟说，咱们宣传部，说是市直机关，但到底是个清水衙门；平日里，吓唬一下吃皇粮的人还可以，对袁大头这样的私营业主，可就是老虎下山，只剩一张皮了。当然，部里的主要领导，可就另当别论了。"

"这又为什么？"

"一把手，挂着市委常委的头衔嘛。"

陈启民似有所悟地"哦"了一声，旋即压低声音道："哎，申社，人说风水轮流转，今年到我家；我听说咱们杨部长，就要升任市委副书记了，他那把椅子，是不是该轮到你坐了？"

"怎么可能呢，我的头上，还有常务副部长；再说这年头，有些事很难说，尤其是人事调整方面，敏感、复杂得很。怎么说呢，就像你与羊绒厂的业务吧，是一个道理，单凭交情和友谊，恐怕……"申有余不往下说了，只一味地苦笑着。

第十五章　有点不像话

"天无绝人之路，要不咱们一起，再想想办法？"陈启民问，忽然觉得，为了申有余，自己是不是应该，再去麻烦一下舅舅。虽然这件事情，相比孔庆雷那件事情，要大得多，也困难得多。

"你有办法？"申有余说，一双眼睛亮了一下。

"如果你相信，并且不见外的话，我就去试试。"陈启民说，笑了笑。

"咱们俩，谁跟谁，见得什么外？至于你的能量，我就更没什么可说的了。"申有余说，激动地站起来，目不转睛地望着陈启民，"启民，你这么够哥们儿，叫我怎么谢你呢？"

"不用客气。咱们都是弟兄，彼此有难处，自然要相互照应、相互帮衬了。"陈启民满不在乎地说，像前日答应孔庆雷时的样子。

陈启民是个颇为细心的人，然而，这回却没能看出来，眼前这个申有余，近段时间以来，为争取不争取这个部长，当上当不上这个部长，已经连愁带闷，给熬炼得整整瘦了一圈了。

这些天来，申有余吃不下饭，睡不着觉，急得像热锅上的蚂蚁。时下人们都说，生命在于运动，当官在于活动。若说他申有余，也是一个机敏睿智、善于周旋的人，然而，在这个关键时刻，他却感到从未有过的无奈和无助。每当夜深人静之时，申有余躺在被窝里，仿佛都能够看到，有多少人在暗中往来着，在你争我夺着这个职位。你想，一座小城市，一个小地方，忽然出现了一个宣传部长、市委常委的空缺，这对所有的中层干部来说，无疑都是一件极具诱惑力的事。而若是粗看起来，这些盯着部长宝座的人，仍然像寻常一样上班下班、有说有笑的，但彼此却都明白，对方此刻，怀里揣着一团怎样的火了。

一般地讲，这些日思夜想、专心致志、欲向上发展的干部们，有的人有钱有势，有的人有裙带关系，总之，两头总有一头的。可是申有余呢，因经济上没有实力，政治上没有靠山，只能眼睁睁地等待组织上的"分配"和"安排"。也是到了这个时节，申有余回过头来，才猛然发现，自己打拼这么多年，到头来什么都没有，有的只是上上下下、里里外外，那一点儿看不见的交情，摸不着的友谊。面对这种困境，申有余不想坐以待毙，可是，这么多天来，他脑子都想疼了，也没琢磨出个道道来。

当然，申有余也想到过陈启民，却也只是一闪念而已。因为他觉得，这事若真依靠陈启民，未免有点隔山打牛的意味。

申有余与陈启民认识至今，相处得一直不错，可惜并没有多深的交情。只是陈启民到报社后，俩人才多了些往来。不过，申有余所期望的，也并非是他们的感情，而是拉扯起来，这一层上下级关系，更确切地说，是彼此间的利益关系。不是吗，前段时间，陈启民正是靠着他这个"社长"，才成功地创办了一张报纸。并且现在，陈启民就是打工吧，也总是在他的手下，在他所领导的宣传部的麾下，可以想见，他今后还有许多事，还要用得着自己的。当然，这也是他在升迁问题上，会想到陈启民，还产生出一丝联想的缘由。

作为宣传部副部长，申有余当然知道，陈启民与侯再道是亲戚，是舅舅外甥的关系。刚才，他要陈启民留下来的用意，就是想探探陈启民的口气，看他到底能不能，主要是想不想，帮自己这个忙。然而事到临头，他思来想去，又有些顾虑，总担心自己张了口，图事情办不成，反而惹出什么乱来。

这几天，有关领导和市委组织部，正在几上几下地，考察和研究部长人选，如果在这个节骨眼上，传出他走"后门"的口风，很可能会弄巧成拙，适得其反。然而，凡事预则立，不预则废。当听罢陈启民的自荐，申有余那点儿联想，一瞬间变得丰富多彩起来。

人常说，哪怕只有一线希望，也绝不放弃。眼下这个陈启民，便是他申有余，须努力抓住的唯一"希望"，或者可以说，是一根救命的稻草。并且申有余现在觉得，自己这件事给谁说，也不如跟陈启民说保险。陈启民人虽然在报社，在自己部门的下属单位，可说到底，他只是个个体劳动者，事情办成更好，办不成，对自己也没有什么坏处。

"启民，既然你把我，当作真心朋友，那么有件重要的事，我也就不瞒你了：平郡日报社的个别领导，跟我反映过不止一次了，说既然现在，你自己办起了报纸，那么，继续担任社里的广告部主任，就不是很合适了。因这两方面，总会有些矛盾，有些冲突……"

"你说的，是那个秦无虚吧？"陈启民打断申有余的话，站起来，冷笑了一声，"我早就知道，这些年，他看我挣了些小钱，又不给他进贡，眼珠子便红了，便要想着法儿，整天找我的不是了。"

"启民，你先别急，也别管是谁，反正都让我给挡回去了。"申有余说，摁他坐在沙发上，又递上一支烟。"冤家宜解不宜结。我的想法，哪天找个时间，大家一起坐坐，联络一下感情，增进一些理解。"

"有这个必要吗？"陈启民问，有些不买账，"我看就由着他们，爱怎样折腾，便怎样折腾吧，反正我跟平郡日报社，前几日才续签了承包合同。"

"你这种想法，实是要不得，咱们既要做事，便不能耍小孩子脾气。"申有余说，摇摇头，语重心长地，"合同终究是人定的，说穿了，只是一张纸而已。人家那样大的一家报社，那样大的一级组织，如果真要处理这般小事，也无须与谁打招呼，更用不着费多少气力。现在，有风出来，还吹进了我们的耳朵，这便是好事。具体好在哪里呢？好在说明你陈启民，扬帆远航的海上，已经涌起了些浪头，只不过，眼下它来势还小，还没有到翻船的地步；并且，搞得好了，这股浪头还可以推着船前进。启民，你认真想一想，是不是这么个道理？"

"当然，我也不愿意，把事情搞僵；我还有许多事要做。"陈启民说，又坐到沙发上，"现在，既然申社这么说，那我就听你的；下午我便请了他们，系统地招待一回：先打麻将，再喝烧酒，然后安排洗桑拿，到歌舞厅……"

申有余摆摆手，道："处理事情，也不见得，统是这么一个法子。再说也不用这么急，下午更是使不得。这样吧，此事就由我出面，由我找个时间，具体负责安排好了。"

"申社出面，自然是再好没有了。只是，启民却不敢叫你破费。"陈启民说，打开包，从里面取出一沓钞票。

"你这是做什么？门缝里瞧人吗？"申有余说，不高兴的样子，"我好歹是个副部长，是个处级干部，区区一桌饭，还是管得起的。况且，我吃你的，已是数点不清，这次你就给我个机会，让我也表现表现嘛。"

"那我就让咱们申社，也闪亮登场一回？"陈启民道，半是玩笑，半是认真地。

申有余连连点头，道："咱们通过水闻，认识这么多年了，我这个人，你

225

还不知道，是给点阳光就灿烂，给个箩筐就下蛋。"

俩人相视一刻，旋即大笑起来。

陈启民与申有余，痛痛快快地笑过了，又说了些闲话，便散了。

其实，两个男人之间，尤其是上下级之间，所谓的闲话，许多时候看起来，也不是可以一笑而过的。比如，申有余在说笑间，又似不经意地，谈到的几个问题，便使陈启民深受启发，受益匪浅，颇有"与君一席谈，胜读十年书"之感。其中，申有余所触及的水闻的那篇《喝黄河水长大的人》，以及金地建筑公司老总孔庆雷，让陈启民听了不仅恍然大悟，茅塞顿开，而且着实有了几分担心和害怕。

"要我看，《喝》文对某些主人公来讲，并非是什么好事。"申有余讲，一边咂着嘴，"你知道水闻写的那个，那个所谓救人的英雄，叫作尹建双的，是个什么人吗？"

"不知道。什么人？"

"是刑满释放的劳改犯。"

"不可能吧？你听谁讲的呢？"陈启民惊得张大了嘴。

"这还有假，是平郡监狱的教导员，看到报上的文章后，专门向我反映的。他在电话里讲，尹建双原是谷川二中的教员，七年前因猥亵数名女生，被判了五年刑。因在监狱里表现良好，被减刑一年，去年冬天刚刚释放……"

"……"

"我正要找个时间，跟水闻谈谈这事。"申有余说，"由于他不了解情况，没有掌握第一手材料，这次可以说，在政治上，犯了个说大不大、说小不小的错误。这么说吧，他那篇文章，不仅结构不合理，语言华而不实，而且最重要的，重点不突出，简直是头重脚轻、本末倒置了。"

"有那么严重吗？"

"怎么没有？很明显嘛，他把次要人物，甚至是不应当写的人物，当作榜样和典型宣传了。这么一来，自然就舍本逐末，颠倒了次序，把主要人物，比如说侯书记吧，摆在了很不恰当的位置上。"

二是关于开发商孔庆雷。

第十五章　有点不像话

"孔庆雷这个人，长得细眉小眼，尖嘴猴腮，却是颇有心机，极善谋略。如若仔细了看，他的眉宇间，还蕴藏着一股子狠劲，甚至是杀气。"申有余讲，咬一咬嘴唇，"更重要的，很少有人知道，此人与市长赵长新，有着非比寻常的关系。有次，我到北京出差，在一家饭店，意外地碰到他俩在一起……"

陈启民打着方向盘，走在回报社的路上，一边仍在琢磨申有余的话。

这个申有余，不愧为宣传部长，与一般人比起来，就是站得高，看得远，他的那些话，可谓一针见血，入木三分，越琢磨，越咀嚼，越觉得在理，且句句点到了要害处。

与申有余的一番交流与沟通，让陈启民发现了自己的幼稚和肤浅，找到了自身存在的不足，以至缺点和错误。现在，陈启民感到，过去与水闻和孔庆雷的交往，尤其是那个孔庆雷，颇值得自己反思和检讨。是呀，是到了对一些人与事，引起足够警觉、警惕的时候了。你看，水闻的那篇《喝黄河水长大的人》，虽然赞颂了舅舅，还配了张彩色照片，但却放在了文章的末端，并且，还是在一个劳改释放犯的后边。这且不论，再瞧瞧舅舅所讲的那番话，那一排子话，看起来极富激情和气魄，却属于豪言壮语、气壮山河一类，不过是口号式和总结性的，似有假大空的嫌疑。而孔庆雷则是更别说了。一想到他，陈启民就不由得恼怒和后悔，为了几千块钱，自己竟然把这样一个人引荐给了舅舅。现在看来，舅舅之所以不愿见他，恐怕也在于掌握了一些他的具体情况，看出了他的危险与狡诈，知晓了他与市长赵长新的关系了。

自己真是糟透了，就像舅舅讲的，给担任市委书记的他，添了不必要的麻烦，造成了不必要的影响。前一件事情，水闻的文章还好，不算好事，也坏不到哪里去；后一件就不同了，因为自己尚不明白，孔庆雷认识舅舅，其真正的目的是什么，而眼下又在做着什么。抑或他是受了赵长新的指使，专意使出啥阴谋诡计，来故意拉舅舅下水，陷害舅舅也不一定。这可不是什么危言耸听，故弄玄虚；活到陈启民这个年龄、这个份上，何尝不知道，风云变幻的政坛、尔虞我诈的官僚们，会生出几多落井下石、你死我活的事。况且，目前平郡的几大班子，还有行政事业单位的，那些没事找事的干部职工，都在道听途说，添油加醋，称侯书记与赵市长两人，私人关系极其紧张，已经到了白热化的程

227

度。现在，假如我再给舅舅脸上抹了黑，以至于舅舅被暗算、被陷害，遭受不白之冤，自己岂不成了不明事理的饭桶，助纣为虐的害人虫吗？不行，我得马上到舅舅那里去，承认自己的过失和错误，然后，明确地告诉舅舅，申有余的这排子话，以及孔庆雷是个什么东西，以便让舅舅，进一步提高警惕，明察秋毫，防患于未然。

陈启民想到这里，停下车，擦擦脸上的汗水，拨通了舅舅的电话。不料，侯再道一听是陈启民，只口气严厉地说了句，自己正在接见一个重要客商，有啥事改日再谈，便把电话挂了。

舅舅漠然的态度，使本来焦躁不已的陈启民，渐渐地冷静了下来。陈启民想，自己是不是太紧张了，有点小题大做，乃至于走火入魔，把事情想得过于严重了。舅舅让改个时间，那就改个时间好了，瞅个周末的晚上，到舅舅家里去，平心静气地把心里话讲了，顺便再壮着胆子，鼎力举荐一下申有余。

陈启民这样寻思着，进而想到了申有余所作的一首词：

唐多令·岳飞

临风拂铁衣，对垒扬长戟。岳家军，北伐动天地。马上胡虏闻鼓角，人未走，魂先去。　　一打金牌令，急如流星雨。风波亭，血泪铸悲剧。展翅鲲鹏九万里，恨千古，折九泥。

这首词，是去年秋冬交替之际，陈启民有次去找申有余，申有余不在，他翻阅桌上的一本党建杂志，无意间看到的。也就是从那天起，陈启民感到，自恃德才兼备、年富力强的申有余，其内心深处，是多么渴盼着有朝一日，能够出人头地、卓尔不群，能够做出一番惊天地、泣鬼神的事来。

这个申有余哪，可是不简单。陈启民摇摇头，暗自寻思着。别的不说，单是听他讲话，便每每极有分寸，恰到好处。

通过刚才的谈话，陈启民更是觉得，自己没看错，这个申有余，绝非等闲之辈。而既然知道人家，有头脑，有能力，有水平，日后必做出一番事来，那还不如趁现在，尽力帮他一把；纵使将来有一天，他真的平步青云、飞黄腾达了，大概也不会忘了我，不会忘了舅舅的。

陈启民下定决心，便一拧钥匙，启动了车子。

陈启民前脚到了报社，朱晓宜后脚就进了他的办公室。

朱晓宜没有坐，只在那里站着，而且脸上毫无表情。

"晓宜，你把那天我看过的，那张报纸拿过来，"陈启民有些疲倦地说。

"哪张报纸？"

"就是发水闻稿子的，那张什么发展报。"

"是《大国发展报》吧？"

"别管什么报啦，你赶紧去拿过来。"陈启民道，不耐烦地挥了挥手。

朱晓宜沉默了一下，轻手轻脚地出去了。过了没有三分钟，又轻手轻脚地进来，把那张已揉得皱皱巴巴的报纸，递给了陈启民。

"启民，我想跟你说件事，"朱晓宜道。

陈启民哗哗翻着报纸，不置可否地哼了一声。

"我有了，"朱晓宜轻声说。

"有了什么？"陈启民问，一边从抽屉里，取出一支红蓝铅笔，在上面画着圈。

"孩子。"

"孩子？"陈启民自言自语道，仍旧轻一下重一下，在报纸上画着道，勾着圈。然而，旋即就像给蜜蜂蜇了一下似的，猛地抬起头来："这，这不可能吧？"

"怎么，这样大的事，你竟怀疑我吗？"朱晓宜说，一边竭力控制着自己的情绪。

"问题是，咱们已经有段日子……没有了。"陈启民道，仍然惊讶、困惑地望着她，"何况，我可是每次，每次都是有所准备的。"

"我就没有准备吗？反正现在是有了，鬼知道是怎么回事。"

"会不会……你丈夫……"

"陈启民，你浑蛋。"朱晓宜说，咬牙切齿地，一边把墙脚的一个空酒瓶，"砰"地一脚踢开了。

"想不到，你也学会了骂人。"陈启民说，嘲讽地撇撇嘴。

"启民，我骂你是不对，可你……我们别再这样说话，互相伤害了好不好？"朱晓宜道，哀伤地望着他，"我跟你说过多少次了，为了我们的事，他已经跟我分居很长时间了，难道连这点你都忘了吗？"

陈启民偏着头，思索了半晌，才眯缝着眼睛问："你确定吗？到医院检查过了吗？"

朱晓宜点点头，补充道："快两个月了。由于反应不是很大，我也是这几天才确定的。"

"那咋办呢？"陈启民说，把笔丢在桌子上，一边皱着眉，在心里骂自己：他妈的，人若是倒了背运，喝凉水都塞牙。

"你说咋办就咋办好了，"朱晓宜说，平静地望着陈启民，"你说做掉，我便做掉；你说生下来，我便生下来。"

"如果我让你生下来，你真的会生下来？"陈启民不相信地问。

朱晓宜没有说话，只咬着嘴唇，坚定地点了点头。

陈启民见了，心里便有些感动。现在，他不仅确信朱晓宜有了孩子，相信这孩子是自己的，而且觉得自己很差劲：与朱晓宜相处都这么久了，竟然没有看到，这女人倒是一根筋，宁愿在他这棵树上吊死。这样想着，他便起身闩了门，拉她一起坐在沙发上。

"做掉吧，这样对我俩，对孩子都好。"陈启民说，拥着她。

朱晓宜沉默了片刻，点点头，抿一抿嘴，便有眼泪流出来。

"这段日子，我知有些对不住你；但是，我们这样长期下去，又当如何呢？"陈启民说，不看朱晓宜了，望着天花板。

"我也不知道。但只要你对我好，过一天便是一天了，反正，我人已到了，现在这副样子。"朱晓宜紧紧地搂着他，任凭脸上的泪水流淌着。

陈启民捧着朱晓宜的脸，静静地望着。直到现在，他才发现，朱晓宜比先前瘦了许多，颧骨突起，双目深陷，并且脸色也不好看，一副苍白、疲惫的样子。

"启民，你可知道，我是多么的爱你呀；如果没有你，我真不知道，自己怎么活下去……"朱晓宜说，呜咽开来。

朱晓宜为了降低哭声，不得不用一只手，捂住自己的嘴。

瞬间，陈启民的一颗心，像给一缕激光穿透了，他疼痛着，温暖着，一时便不由地亲吻起朱晓宜来。

陈启民与朱晓宜平静下来后，便开始一五一十地、具体而认真地商讨起怎样处理孩子的事来。他们商量的结果，是今天中午，即就是现在，由陈启民带着朱晓宜，悄悄地到一家私人诊所，把孩子做掉。本来，起初陈启民坚决不同意，到啥私人诊所的；因他先前便听人讲过，平郡的一些小诊所，由于医疗条件差、技术水平低，曾有为女子流产，横生出殃及性命的事。但朱晓宜呢，却坚持要到私人诊所，否则宁肯不做手术。

"如果到大医院，碰到熟人，事情就麻烦了。"朱晓宜说。

"如果是到小诊所，那遇到危险怎么办？我一个大男人，既然做了，便要敢作敢当，便要对你负责。"陈启民严肃地说，"真想不到，事情都这样了，你还这样畏惧、害怕。"

"我害怕，我畏惧？"朱晓宜压低声音道，用手指着自己的鼻子，"陈启民，我可完全是为你考虑，替你着想；如果你不理解我，那我哪儿都不去了，就等着把孩子生下来了。"

陈启民听了，便又有些激动，又抱着朱晓宜吻了一阵，之后，两人才相跟着出来，上了车，往街区走。

陈启民开着车，在巷子里转来转去，一家一家地找合适的诊所。朱晓宜喊了几次停车，见陈启民根本不听，便有些不耐烦了。

"为了以防万一，做手术的诊所，须离某个大医院近一些。"陈启民对朱晓宜说。

"好了好了，听你的还不行吗？"朱晓宜说，在他脸上轻轻地拍了拍。因陈启民又对她好了，去做人流的她，倒像是与陈启民，去领结婚证似的。

陈启民则一边开着车，一边不住地骂自己：陈启民哪陈启民，你他妈的，是个什么东西，竟会拥有这样好的女人。朱晓宜啊朱晓宜，你算是瞎了眼了；你知道不知道，其实这段日子，我在心里，已经将你抛弃了……

终于，他们的车子，驶入一条小巷，在一家较为僻静的诊所前，停了下来。

这家诊所，门脸看着不大，里面倒还宽敞、卫生。更重要的，它距平郡人民医院很近，仅二三百米的样子；倘若手术当中，一旦发生什么意外和不测，也好采取应急措施。

大夫是一个中年妇女，四十七八岁的样子。她看看朱晓宜，又瞅瞅陈启民，以后就冷冷地对朱晓宜说："到里屋去，躺到床上去。"

朱晓宜犹豫了一下，进去了。陈启民往前几步，欲对大夫说些什么，却欲言又止。

大夫却不再看他，只吩咐一旁的护士，准备器械，准备手术，随即自己也到里屋去了。

陈启民找了张长条椅，坐下了。

这时，陈启民开始，为自己感到惊讶，因为他没有想到，自己一直绷紧的神经，这会儿反倒松弛下来。现在，他不仅一点儿也不紧张了，情绪还十分镇定，颇有股子临阵不乱、从容不迫的劲儿。

一切都很顺利，大约过了二十分钟，手术做完了。

"要按时吃药；要卧床休息一个礼拜；要……"大夫左安右顿着，一边为朱晓宜开处方。

陈启民夹着包，恭恭敬敬、小心翼翼地站在那里，还小鸡啄米似的，点头不已。

大夫开罢处方，抬起头来，看了陈启民一眼。

陈启民觉得，大夫那眼光，冷冷的像针管，尖尖的似针头，且包含着许多的、复杂的、说不清道不明的东西。面对着这目光，陈启民想，自己怕是此生此世，都忘不了这位女大夫了。而此时此刻，正在忍受疼痛、折磨的朱晓宜，又会是一副啥样子呢？

"你还愣在这儿干啥？还不赶快进去，进去看看她呀，"大夫对他说，脸上的表情似乎好看了些。

"好，好好。"陈启民连声应着，却不敢再看一眼大夫，只管掉转身，大步往里屋走。

第十六章　麦田绕圈子

天渐渐地热了，辽阔的北方，万物生长起来。

然而，龙王爷却又与人作对了，没有了风，也没有了雨水，以致春上大涝的黄河，如今又出现了旱情。

平郡的人们，面对着反常的气候，出来进去，烦躁不已，他们又开始，数落起了老天爷的不是。

晴天雨天，与良言恶语一般，不论春夏秋冬，南方北方，都在发生着，也是在所难免的。本来嘛，这人活在世上，百年的光景，倒逢不着几个痛快的日子。不过，水旱灾害，对城里人的影响，无非是给工作和生活上，带来一定的影响与不便；而在乡村呢，轻则作物歉收，五谷不丰，重则要饿肚子、靠救济了。

我们前才说过，人这东西，尚有一口气，便要开口说话，更不能饿肚子的。如果一旦不小心，连饭都吃不饱，便会发生许多的事，并且多半还是天大的事。你看，属自流域浇灌的平郡，虽说眼下出现了旱情，可水源还基本上有保证哩，便偏生出不少的乱来。

平郡的几大班子，经过一番调查研究后，认为这种现象，很不正常。因目前的旱情，远没有那样严重，地里的庄稼，该生长的都在生长，村人们的日子，也都过得去，根本不似现时看上去的，像是已经闹了饥荒，又受了天大委屈的样子；所发生的事端，大多是由于虚假信息的传播，受谣言的蛊惑和影响，人为造成的。不过，领导们还是一致认为，不管怎样，既然发生了问题，就应当着手加以解决，并且，要力争把出现的苗头，消灭在萌芽状态。何况这次旱灾，也确实给一些地方，给一些农民，带来了一些困难和问题。如位于西部的清河镇，有几个村子的小麦，便生了一种叫作蚜虫的病。当清河镇镇政府，将情况汇报上来后，引起了领导们足够的重视：他们在大会小会上，三番五次地大讲特讲，要全民动员起来，防涝抗旱不说，还明确指示宣传部，要在确保平郡政治稳定、民族团结大好局面的基础上，充分利用各种传播媒介、采取多种形式，广泛宣传当地人民，战天斗地的事迹，以及奋发图强、力争上游，建设社会主义新农村的精神。

宣传部接到上级指示后，立即召开了党组会，并且很快做出了决定，号召宣传思想战线的干部职工，立即行动起来，积极配合一线，大力宣传旱区人民，抗旱救灾的先进事迹。与此同时，为确保清河镇粮食生产的全面丰收，他们还在全系统范围内，组织了五十多名干部职工，利用双休日，深入田间地头，开展义务劳动，帮助农民消灭病虫害。

几天前，宣传部部长杨之声，升任了平郡市委副书记；副部长申有余，接替了他的职务，做了一把手。

平郡的宣传部长，虽然只是处级，但却是市一级的领导成员。只是，由于申有余刚上任，目前还不是市委常委。不过，大家都心知肚明，关于申有余的常委任命，只是个时间问题。因无论哪个地区、哪个市，宣传部长都是既定的常委。

作为市级领导，说话是要算数的。申有余便是这样，他不仅是这样说的，也是这样做的。一个周六上午，太阳还未露脸，申有余就亲自带领灭蚜虫的队伍，分乘五辆小车，两辆大巴出发了。

"新官上任三把火，申部长这才是头把火呢。"

"几年前，他不过是文联的一般干部，现在倒当了部长了；真是人比人，活不成啊。"

"听人讲，申有余家底厚，不差钱，他父亲是个买卖人……"

"申有余与侯书记，拉扯起来是亲戚，并且他有个同学，在省委组织部当领导……"

第十六章　麦田绕圈子

当大家你喊我叫、前呼后拥地坐到车上后，有人开始这么议论。

"……水作家，你可又有好素材，又可以做文章了。上次是《喝黄河水长大的人》，这次呢，是《灭清河蚜虫的人》吗？"

他们将申有余翻来覆去，编排得差不多了，不知怎么的，将话题扯到了水闻身上。

"水闻，这次下乡，你计划写篇什么？"钟离道，许是一段时间以来，他自己没能写出一首歌曲，因而，此刻多少有些愧疚，又有点钦佩地望着水闻。

"水总编才高八斗，学富五车，不消说，今后会有更多的好作品问世。"罗棋不屑地对钟离道。

罗棋、邓眠此番下乡，不仅是作为记者，也是代表报社来做义工的。

"是学富五车（jū），不是学富五车（chē）。"一直不说话的冯露，纠正罗棋道。

"什么车（jū）？明明是个车（chē）么，"罗棋咧着嘴，翻着白眼。

"小罗……"邓眠拉拉罗棋的袖子，示意他确是错了，就不要再讲什么了。

罗棋恼怒地甩开邓眠的手，脸红脖子粗地，继续对了冯露："难道我一个大学生，一个记者，连个车（chē）都不认得，倒用得着你来教我？"

邓眠把头一扭，不搭理他了。

"小伙子，你虽是记者，想来还不认识，眼前这个小女子，更不了解她了。她叫冯露，不仅是我们文化系统的'文花'，还是复旦大学中文系的研究生，现任平郡图书馆馆长。"时光说，一边伸出手，在罗棋的肩上轻轻拍了下，"大记者，你可以彬（shān）彬（shān）有礼、风度翩（biǎn）翩（biǎn），但不能酗（xiōng）酒，更不能裸（guǒ）奔。"

"时光，请你不要以讹传讹，三人成虎。"冯露严肃地说，因她不认识罗棋，便认真地瞅了他一眼，"我们作为文化工作者，首先应该尊重民族文化，尊重汉字。"

"水闻，咱们说了半天，你还没回答我的问题哩。"钟离见大家尴尬，忙岔开了话题，"你倒是说一说，这次准备再写篇啥呢？"

"水闻创作上旺不旺、火不火，咱先不论，但我敢肯定，他这次下乡，是不会再像上回那样，写什么有关黄河的东西了。"时光说。

"为什么？"罗棋问时光，一双眼睛，仍盯着冯露。

"上次，河上有侯书记，这回呢，地里只有申部长。"时光慢条斯理、略带嘲讽地说，"申部长怎么能跟侯书记比呢？再说大家没有看到吗，现在，咱们的农民兄弟，连黄河水都快喝不着了。"

罗棋不吱声了，只留心地看了一眼水闻。

钟离怀疑地问："时光，平郡的旱情，怕没你说得那么严重吧？"

"他呀，本来就是张乌鸦嘴，"白烟接住话茬道，嘲讽地瞅了时光一眼，"我最讨厌那种天桥的把式——光说不练的人，有本事，你自己也写一篇试试；大家可谁都没捆着谁的手。"

"哎，我说白烟，每次我与水闻一说话，怎么你总是向着他？真是奇了怪了。"时光说，带着股子酸味。

"哟，你还吃醋了？"白烟说，"我就喜欢水闻，你能怎么样？"

"喜欢归喜欢，也得分个环境、场合吧？"

"本女子是敢恨敢爱，敢哭敢笑，立场坚定，斗志昂扬；不像某些人，纯粹是躲在阴暗的小屋里，专搞弯弯绕的小白脸，连写个小品，表现一件光明正大的事，都躺在那里，呜里哇啦地不说人话。"

白烟所讲的，是半年前，由时光创作的，那部叫作《生命的阶梯》的舞台剧。

"白烟，听你这么说，我倒觉得，你像《西厢记》里的莺莺，而我便是那个张生。莺莺啊——"时光道，同时，手舞足蹈地念一句白。

"时光，我看你这副样子，倒像是他两人的娃娃。"白烟一本正经地说。

"怎么讲？"时光问，不唱了。

"因时光不到，还没出生呢。"

众人听了，笑得前仰后合。

时光起身，在白烟的肩膀上扭了一把。

一边只顾想心思的水闻，也给他们逗乐了。

近段时间以来，不知为什么，水闻郁闷、烦躁得很。

水闻的性格，有点像他的父亲，不张不扬，不卑不亢，顺其自然，随遇而安。一直以来，他也是这么过来的。家里呢，有一个贤慧的妻子，一个漂亮的女儿；工作方面，从事着自己喜欢的创作，在他看来，生活水平和质量虽说一般，却是少有的稳定与安宁。为此，他曾企图自己的一生，就这样平静而平淡地走下去。

若是认真推论起来，水闻的这种思想，多少含着点老子"处下""不争"的意味。不过，不说做人作文，单就对待生活的态度，作为小人物的水闻，是没法跟老子扯上啥关系的。

老子是天才，是圣人，他集大成于一身，"替天行道，神游中国"，体现出一种大智慧，大境界。

然而，有时候水闻想，即使两千多年前的老子，虽然历经百年的修炼，到头来仍然没有大彻大悟，仍然没有从真正意义上，摆脱人生的烦恼和羁绊，做到所谓的"以柔克刚""以弱胜强"。就拿他的《道德经》来说，能够流芳百世，光照千秋，其根本原因就在于，确立了"遵从自然""顺从时势"的理念。而他自己呢，作为一个自然人，应人之约，撰成此书后，竟像阳光下的水一样，从人世间蒸发了。假如老子的一生，只是为了写这区区几千字，那么也算得功德圆满了；然而，遗憾的是，活了一百六十多岁的他老人家，好像并不以此为满足。你想，一个仙风道骨、行云流水的哲学家，一个雄才大略、扫空万里的思想家，怎么会轻易地，将他的"道"束之高阁，让他的"经"蒙尘含烟呢？绝对不会如此，也不可能是这样的，客观规律与逻辑上的老子，定然会不遗余力地，去"服务社会"，身体力行地，去"指导实践"；因为只有这样，他才能够使自己，从"无为"变为"有为"，使"无形"变为"有形"的。

使水闻颇为不解的，还有许多帝王将相，平日喜欢翻弄的，诸如仁义道德、礼制纲常等理论与说教，这些用来统治民众、愚弄百姓的货色，怎么倒几乎均出自像老子、孔子和孟子这等的大家和学者，这样的贤哲和圣人。中国的历史，纵然不完全像鲁迅先生所讲的，一直是人"吃人"的，但在很多时候，"劳心者治人""刑不上大夫""只许州官放火，不许百姓点灯"，却是不争的事实。若依此看来，一些所谓的正人君子，所谓"得道"的读书人，之所以千方百计、绞尽脑汁地整日制造和鼓吹，这般束缚和制约人们思想意识、行为方式的游戏规则，只是为了维护自身的利益，更是为了使自己，也能够狐假虎威、为所欲为了。当然，从本质上讲，老子提倡的"守雌"和有所为有所不为，是教导人们在认识世界、改造事物的同时，努力实现自身的价值。但熙熙攘攘的后来者，不管工农商学兵，亦无论三百六十行，更多的却只从他那里，学到了不少似是而非的东西。

既然老子与他的《道德经》，也是一对矛盾，那么我们一般人，置身在这花花绿绿的世界，被污染被破坏的环境，其艰难和凶险，便可想而知了。一个普普通通的人，对人生道路的选择，往往是落后多于进步，撤退多于冲锋。而那些所谓的成功者呢，其中有很大一部分，也只是没有放弃和抛弃，而是仍然在坚守与抵抗着罢了。

水闻便是这样，未经什么深思熟虑，便将自己早先抉择的，所谓的梦想和追寻，很快地搁置一旁，甚至于抛到脑后了。然而，在现实社会中，鱼与熊掌，大家嘴上说不可兼得，但各人在面对着的时候，常常是放下这个，又拿起那个。最后，虽然迫于无奈，不得已做了选择，却是一路走来，仍在左顾右盼，前思后想。从某种意义上讲，一个人从生到死，其内心深处，无时无刻不在痛苦、不在遗憾的，就是这两样事物。

水闻在反复拜读了圣贤们的大作后，愈加坚定不移地认为，二十世纪的伟人毛泽东，"灵魂深处闹革命"的话，绝非空洞的说教，而是经过他老人家，对人性和人生深刻解剖和分析后，归纳和总结出来的哲学，是实事求是的人文主义理论，是颠扑不破、放之四海的真理。

我们先前说过，水闻因无才华，又无毅力、恒心，多少还牵扯到，没有什么机遇吧，在创作的道路上，是很难再跨上一个新台阶了。而他自己，似乎也充分认识到了这一点，故而，才采取了两条腿走路的方针，即一只脚踏在文联，一只脚踩在报社了。

若说，类似他这种兼职的现象，现在满世界都是，一点都不稀奇。何况，上面好似已经出台了，有关中高级专业技术人员，在一定条件下，可以兼职的政策。我们这样说，不是说水闻这样干，就符合上面的精神了。依他目前的情况，能否可以两头兼顾尚待商榷。我们要说的是，水闻为了使自己和家人，生活得更好一些，便如此这般地当起记者，多拿了一份薪水，其实也不算多大的坏事。只是，连他自己也没想到，如此一来，他的心境和思绪，却又失去了平衡，陷入了愈加难以自拔的境地。

经过一段时间的实践与思考，水闻终于明白，工作的忙乱，收入的增加，不仅不能使他获得满足，摆脱空虚，而且精神负担反而更重了。究其原因，便在于他丢下了文学，做起了报纸，脚踏两只船的缘故。水闻逐渐地认识到，搞新闻办报纸，绝非他的本意，更难体现他的自身价值。归根到底，报社不是他身体的庇护所，更不是他灵魂的栖息地。而自己之所以走到这一步，也是由于创作上的失败，以及对人生的迷茫和困惑。既然这样，那便回文联，继续安安静静地搞创作好了，而水闻又不能够。

由水闻这种现象，我们不难看出，一个试图同时踏入两条河流的人，是没有出路、没有希望的，甚至是危险的。然而，社会上却有不少人，包括一些高级知识分子，在许多的时候，对自己的生存境遇和生活方式，都不能很好地面对和把握。钱钟书《围城》里的人物，并不完全生活在二十世纪三十年代，他们当中有许多，至今依然活跃在我们周围。这些人，整日徘徊在十字街头，等待和企盼着那个虚无缥缈的戈多。

其一　中秋

移步向园亭，临街十里灯。

灯光交月色，云影合花魂。

子夜人初寂，五更蝉又鸣。

登楼持老酒，索句遇仙翁。

其二　九月感怀

平原九月天，雨后北风寒。

向晚思归去，待晨念复还。

真人鲜论道，小子常说禅。

君看黄花地，哪开红牡丹。

水闻以及这些人的内心世界，恰如水闻自己在上面这两首五言诗中所描写和表述的那样。

此时，水闻望着窗外的景物，回忆着往事，心中交织着一丝苦痛，一缕渴望。他忽然觉得，在人类认识自然、认识自身极其有限的今天，如果人们的生命，不再有什么情感和思维，而像太阳一样地运行，像江河一样地流淌，像草木一样地自生自灭，那才是最美丽、最动人的。

水闻的一颗心，随着这般的事物起伏着、跳跃着，直到一旁的时光与白烟们，放声高歌起来，他才定过神来。

> 正当梨花开遍了天涯，
>
> 河上飘着柔曼的轻纱。
>
> 喀秋莎站在峻峭的岸上，
>
> 歌声好像明媚的春光。
>
> ……

大家一路说说笑笑，不知不觉，到了清河镇的一个村子。

水闻他们下了车，但见申有余等一班领导，已在地头上站着，与几个村镇干部模样的人说话。其中有个人，水闻觉得有些眼熟，待仔细辨认后，方知是上回在黄河边上，他采访过的人物柴成河。

因那柴成河，与他隔了些距离，又只顾着说话，没有看到水闻。水闻想是进了芳草地村，也不多想什么，只倒背着两手，左右踱着步，放眼四周的景色。

眼前的麦田，一块块浓密而又齐整，在微风中泛着绿，涌着浪。麦子长得正旺，已齐腰高了，乍看上去，与阳光下的人们一般，精神而康健，一点儿看不出，正生着什么病。远远近近的田埂上，那一排排白杨，恰如柴成河在河边所讲的，株株健壮伟岸，挺拔俊秀。东边不远的地方，有一座起伏的沙梁，沙丘的后边，便是村落与房舍了。

整个的芳草地村，十分得安然、静谧，而若留心一些，偶尔可以听到，一两声狗吠鸡鸣声。回过身来，再往远看，是一片展悠悠的空地，光秃秃、白花花的，没有一株草木。此时，但见一些男人，挥舞着铁锹，在那里挖土掘坑。想来，那便是柴成河所讲的，寸草不生的盐碱地，也叫憋僵滩的了。

第十六章　麦田绕圈子

这个村子，贫富先不论，规划得倒还齐整：因花了力气，流了汗水，渠沟路林田统已配套，且村上一间间的屋子，竖成排，横成行，看着实是喜人……

水闻正这么望着，寻思着，一直凑到申有余跟前的罗棋，传回话来，说咱们这回下乡，算是白跑腿了，老乡们不让进地。

"为什么？"坐在树下纳凉的白烟、时光、钟离等，纷纷站起身来。

"说是眼下的小麦，正在灌浆，一群一伙的人开进去，会伤着它们，会减产。"

"那到底有病没病？"

"病是有的，但不是很重。何况，再过七八天，这麦子也要收了。"

"若听你这样说，我们这趟来，不仅没有多少益处，反而会起反作用啦？这分明是人家赶车，咱们却上坡拽，下坡拉，帮倒忙来了。"

"我看是吃饱了撑的，遛弯子呢。"

"脱了裤子放屁，多此一举。"

大家议论了一回，又要坐回到树下，等着上车回家。罗棋却又过来，传达领导的指示：所有的人，统统过去，排成一行，到麦地里走一圈。

站着的与坐着的人，嘴里均嘟哝着什么，但还是聚到了一处。可是，等到零乱的人们都集中起来了，排成了长龙，有人却又不叫大家去地里，只让原地等着。也就到了这时，众人才看见，两名电视台的记者，在不远的地方，往起支着三角架。

水闻随大家的目光，望一眼那两个记者，但见是维象与那个叫蒋潮的实习生。

"好啦！"等摄像机摆放好了，蒋潮对着领导们叫一声，挥一挥手。维象前后左右瞅了回，俯在了机子前。

"大家听好了，现在朝前走；不要挨得太近，各自要保持一定的距离。"申有余大声道，旋即迈开步子，走在了队伍的最前面。

水闻几乎排在最后，等他起步时，申有余已行至田间。而在申有余身后，紧跟着广电局局长梁音、平郡日报社副社长秦无虚、文联主席徐言等。申有余不单单是在走，他还时不时地停下脚步，一手撑腰，一手抚麦穗，表情严肃抑或面带微笑地，与陪同的乡镇领导，讲几句什么话。并且，申有余的正面，总是对着维象与蒋潮，对着镜头。

十几分钟后，麦田走过了，大家便返回原处，准备歇一歇，上车走人。又是罗棋，紧着过来，说村里的领导，安排了午饭，要大伙儿统一到村部去。

众人听了，脸上露出几分喜色，说这个村的村干部，倒是懂事，考虑问题这般细致周到，一边便相随着，说说笑笑地往村里走。

村部在一座沙丘的前面。

水闻他们沿着大路，陆陆续续地走进村部，便见几个青壮劳力，在院子里杀鸡宰羊。其中那两只羊，因逢了好季节，长着有红是白、又肥又足的膘。不过，等到开饭的时辰，人们并没有急着吃它，而是按照"酒要慢肉要烂"的惯例，先喝起酒来。

吃饭喝酒的场地，是一间俱乐部。说是俱乐部，既无音响也没有舞台，只有五六张桌子，一个书报架子。而一面刷了白粉的墙上，倒是花花绿绿的，将中外伟人的画像和山水风景，张贴得到处都是。

地上的桌子拉开了，只一张闲着，与那书报架子一起，立在墙角里。

水闻走过去，往那架子上瞅，但见格子里，仅有一份当地的报纸、几本农科方面的书籍和杂志，且封底和封面已翻得模糊不清、不见棱角了。倒是扑克、军棋、跳棋与麻将牌，这等玩的乐的，一副副一盒盒垒摞了不少。

"你一个作家，从城里跑到乡村，不会是专寻啥稀罕读物吧？"维象问他，一张极富质感的脸上，灿然地笑着。

"哪里呀，我只是随便看看。"

"你平日高高在上，对乡村的了解，似乎要少些。其实，现在有许多村子，人们的文化生活水平，要比这里高出许多。"

"是吗？"水闻问，有些不大相信。

"当然啦，要不咋叫小康呢，"维象道。

"你知道得倒不少。"水闻说。

"这说明我常往乡下跑，与咱们农民兄弟，始终保持着血肉联系了。"维象笑道。

第十六章　麦田绕圈子

"这个村子，是不是叫作芳草地？"水闻问。

"是呀，是叫芳草地村。噢，我想起来了，这村子的村长姓柴，上次河上你写过的。"维象说，还欲讲些什么，却听申有余，大声地唤他俩，"过来过来，水闻、维象。"

申有余在最里边那张桌上，当头正面款款地坐着，一边用手指指跟前的凳子，意思是要他二位，坐到自己身边去。

俩人相互看一眼，犹豫了一下，过去了。

"大家安静一下，听村长讲话啦啊，"申有余道，用手指敲敲桌子。

申有余话音落了，水闻身旁的村长，恭恭敬敬地站起来，清清嗓子，讲了几句话。大意是：感谢市委、乡镇领导，以及在座的城里来的干部职工们，在百忙之中抽出时间，头顶烈日，不惧酷暑，帮助乡亲们战胜旱灾，消灭蚜虫。为此，村委会特意备了几桌便饭，犒劳诸位，希望大家不要嫌弃，吃好喝好。

村长的话，水闻没听着几句。那会儿，他正低声地问维象，怎么村长不是村长，不是柴成河了？而一旁的柴成河，像突然发现了他似的，表现出了意外的惊喜，与他握了手，还说了几句客套话。至此，水闻才知道，柴成河已于一月前，当选了清河镇的副镇长，此番故里行走，是专门陪同申部长等领导，一同来视察和消灭蚜虫的。

等村长说完了，申有余又简短地讲了话。申有余着重强调，尽最大努力帮助农民兄弟，战胜目前所面临的困难，是我们国家公务员应尽的责任和义务。然后，他代表宣传文化系统的干部职工，对村委会的热情款待，表示了诚挚的谢意。临了，还略带批评性地指出，我们此回下乡，深入一线，服务基层，实属正常的工作，不想村委会，倒这般安排和招待，又是酒又是肉的，搞得有些复杂，也有些生分和见外；希望村干部们，在今后的工作中，多加注意才是。

申有余讲过了，村长连忙诚恳地表示，市领导批评得对，自己在今后的工作中，一定加以改正。末了，他笑容可掬地，端起酒盅，提议全场干杯。

村长人厚道，话也朴实，而桌上的酒与菜，虽档次与品味一般了些，却也有模有样、七碟八碗的；由此在座的人，便纷纷站起来，几乎统统地干了。

眼下，正是青黄不接之际，依乡村的情景，竟有这般的食色，让大家的心里，委实有几分感动。

但凡喝酒的人，是最怕动感情的，一动感情，便千杯万盏也嫌少，把本来夺人魂魄的穿肠毒药，权视作白开水了。这不，领导与村干部们，才按着往日的惯例，你一句我一句，一二三、三二一地讲话与提议，就见满场子的人，高一声低一声地猜拳喝令，直奔那要命的主题去了。

这一场酒，真是喝好了。直到太阳偏西，十之六七的人，东倒西歪，满嘴连篇的酒话，才算作罢。

水闻没醉，但明显是多了，上车的工夫，申有余要他和维象，都坐到自己的车上，他却头重脚轻地，爬上了大巴，与邓眠、冯露等坐到了一起。这还不算，待申有余打发罗棋，到车上唤他时，他却抓着前边的靠背，死活不松手。

申有余也是高了，见水闻不下车，维象也要上大巴，便左摇右晃地过来，拽住维象的胳膊，生拉硬拽地，将她架到了自己的车上。

呜，呜呜……司机们按着喇叭，谢过相送的人们，以后，便一辆接着一辆，卷着一股股的黄尘，朝村外奔去。

回到城里，水闻下了车，见天已擦黑，鸡儿都上架了。他东南西北，原地转了一圈，才发现司机极负责任，将他放到了小区门口。水闻刚往里走了几步，又忽然想起了什么似的，从兜里摸出了手机。

水闻把这个电话，打给了贾麦。话筒里却说，没有这个号码。水闻以为自己打错了，又拨了一回，依然如故。

"奇怪，莫非她，她手机换了丢了？"水闻嘴里嘟哝着，返回身来，招手要了辆面的。

自从上次在小沙河边，发生了那桩事后，水闻便再也没有见过贾麦。给她打手机，总是不接；给她发短信，总也不回；给她办公室打电话，她一听是水闻，连话都不讲便压了。有时，水闻很想去找她，却又担心被拒绝。不得已，他只好这样等着，等着贾麦平静下来后，能主动与他联系。

对于那件意外的事，先时，水闻还感到困惑和愤懑，苦恼和压抑，以后便觉得沮丧和无奈，甚至于无聊和滑稽了。

可是，这些日子以来，水闻极想知道，贾麦是怎样看待这件事的。想来，

第十六章　麦田绕圈子

以她的人生经历和率真的个性，也许觉得无所谓，更没有在精神上和思想上造成多大的压力和负担。然而，不管怎样讲，她毕竟是一个年轻的姑娘，还不是很成熟，遭遇这种意外的挫折，无辜的伤害，不可能无动于衷，没有一丝的恐惧和惶惑。可见精神上的打击，已是注定了的，心头的阴影算是留下了，虽然，可能算不上多么沉重。为此，水闻总想找个机会，与她深入地谈谈，安慰安慰她，让她看开来，想开些。可是，贾麦却一次又一次地，坚决地拒绝了他。

此时，水闻几经思考，决定到贾麦住的地方去，并且想告诉她，社会上还发生过，和正在发生着许多，比这件歪歪道道、磨磨叽叽的事，更肮脏、更无耻、更下流的勾当。水闻的意思，是要她大可不必，往牛角尖里钻，背什么思想包袱，只继续过自己该过的生活，走自己该走的路就是了。

水闻来到银花公司，因不知贾麦具体住在哪里，便问了看门的保安。保安告诉他，贾麦不在这里住了，并且，已经有三四天了吧，没有来公司上班了。

听罢保安的话，水闻愣了一刻，摇摇头，缓缓地走了出来。

看来，自己将这个问题，看得太简单了。或许贾麦觉得，事情很严重，自己受了天大的委屈和打击。

水闻来到街上，漫无目的地朝前走着，一边思索着，贾麦现在会到哪里，是否会发生什么意外的事。忐忑之中，他要了陈启民的电话，向他打听贾麦的下落。他以为凭他们的关系，他应该知道的。然而，陈启民回说，对于贾麦的近况，他也不甚清楚，因自己已有几日，不与她联系了。

水闻收了电话，心中很是不安，眉头皱得更紧了。当他无意间，看到路旁有家酒吧，踌躇了一下，便进去了。

这家酒吧名为"北冰洋"，里边地方不大，却很精致，又因时间尚早，没有几个客人。

水闻要了瓶啤酒，坐在吧台前，自斟自饮起来。

吧台上，值班的是一个小伙子，二十多岁的样子。他大概看水闻有心思，便把音响打开了。须臾，便有《蓝色的多瑙河》在幽静的屋子里，轻柔地弥漫开来。

很快，水闻把酒喝干了，他又要了一瓶，还到一边坐了下来。

这时，手机响了，不知是哪个发来一条短信。他懒懒地摸出手机，不经意地打开，精神却不由得为之一振：

"水哥，想不到那晚，在小沙河边，会上演那样一出闹剧。想想也无所谓。你说呢？我已于日前离开银花，到了另外一个地方。我现在一切均好，勿念。贾麦"

水闻细细地看了两遍短信，之后，才发现贾麦的手机号码已经变了，但水闻来不及多想，很快便把电话拨了过去。然而，对方却是不接。还好，几分钟后，贾麦又发来一条短信：

"我知道，你现在很想我。水哥，希望你不要这样，更不要给我打电话。待我安顿下来后，会主动与你联系……"

"贾麦啊贾麦，你也太……不管你到哪儿，总该跟我说一声吧？怎么能这样，连个招呼都不打，便不声不响地走了呢？你这样做，使我很不放心。既然知道我想你，你就应该听电话。"

不管怎么样，终是有了信息，终是没出什么事！水闻悬着的一颗心，落回到了肚里。

踏莎行·梦君曲

梦里今宵，几多思量，问君可是别时样。记得初夏小河
边，东郊月下人欢畅。　　怎料风来，又添霜降，花叶两散
难相忘。断鸿无计满天白，残鱼愁对一河浪。

水闻极快地将这首词编成一条短信，试着给贾麦发了过去。之后，便将手机撂到一边，慢慢地喝着酒。

没过几分钟，水闻听到了嘀嘀的回复声。他拿起手机，急急地看了，本来感慨万端的心头，愈加惆怅不已。

贾麦发过来的，是一首短诗：

我不知道

那天晚上

你一直在等我

第十六章　麦田绕圈子

　　许多的时候

　　隆冬的天空

　　燃烧的是雪

　　而不是一团火

　　真的　属于我的季节

　　阳光　歌声　还有花朵

　　还有爱的约会

　　好像都已经错过……

　　不过　我还是恳请

　　把你的手给我

　　在这寒冷的冬天

　　夜已僵硬的时刻

　　……

　　这首《请把你的手给我》的小诗，是前些日子，水闻专意写给贾麦的。

　　水闻没有想到，贾麦对这首诗，倒这般一字一句，用心地记着。这且罢了，关键是她竟能够，将它们恰到好处地，用在了此时此刻。水闻一时竟不能自已，他心急火燎地，直接拨通了她的电话，然而，让他急着恼的是，贾麦不仅依然不听，而且看他没完没了的样子，索性关了机。水闻见状，无奈地摇摇头，只得作罢。

　　"这位大哥，看你好像有啥心事；要不我给你找个人，一块儿聊聊，解解闷？"领班的小伙子，大约是见水闻的气色，比刚才进门时，多少好看了些，便不失时机地靠过来，小心翼翼地问。

　　"可以呀。"水闻不假思索地回答。

　　"那好。先生请跟我来。"小伙子说，摆一摆手，将他领入一个单间。

　　原来，这间酒吧，外面看着不大，里面却是宽敞，沿着昏暗的长廊，有一溜十来个包间。只不过，要通过一个影壁，方能看得分明。

　　水闻坐下，随意点了几样东西。

　　小伙子用手机记了，出去了，随后进来一位小姐。

　　小姐正当妙龄，生得很白净，细皮嫩肉的，话也说得乖巧。只是，像是刚来此地不久，操一口浓重的外埠口音。

　　"小姐京东人呀？"水闻端起杯，与她碰了下。

　　"大哥的眼力真好，一眼便看出来了。"小姐道，一边很自然地，往他跟前凑凑。

　　水闻不由自主地，往后撤了撤身子。水闻倒不是怕她，只是觉得她身上，那股子劣质的香水味儿，十分刺鼻子。

　　"看你，挺伶俐的一个姑娘，怎么……"

　　"大哥看我小吗？其实我不小了，二十六岁，都成过家了。"

　　"噢，这我倒没有看出来。只是如果成了家，还有机会出来吗？"

　　"大哥，你以为，我乐意整这个呀？这也是迫不得已啊。"小姐说，叹一口气，抿一口啤酒。"我家住在大白山下，黑马河边，世代为农。然而，那地界，却不似你们这里，穷山恶水的，没有多少田种。我高中毕业后，在家闲待了几年，便嫁给了本村一个男子。不承想，男人比我命更苦的，与我结婚不到一年，有天到城里买农药，竟被迎面而来的车，活活地撞死了。幸而我们没有一男半女，了无牵挂，于是我便跑到外面来了。先时在南方打工的，只因自己涉世未深，遭人暗算，失了身子……"

　　水闻听罢小姐的话，惊讶不已。他想起了上次，在朔阳的那家歌厅，见过的那个女孩，以及她所讲的故事。奇怪的是，今天这个女孩，讲的这个悲惨的故事，与那个女孩所讲的，除了时间、地点不同外，其余几乎完全一样。水闻至今记得，那个女孩，叫什么"王芳"的，是一个南方人，家居万岭山脚下。怎么同样一桩不幸的事，会同时发生在两个不同的人身上呢？她们可是一个在南，一个在北，相隔数千里啊。

　　水闻越想，越有一种上当受骗的、进而滑稽可笑的感觉。是呀，自己上回在朔阳，听了这个故事，一直被感染着，以致从省城回来后，很久一段时间，都不能够忘却。他从心里觉得，那个女孩"王芳"，悲惨得跟《悲惨世界》里的珂赛特似的。

　　"小姐的故事，我分明听过。想来你不会说，自己也姓着王，叫着什么王芳吧？"水闻笑着说，大大地喝了一口酒，站起来。

"大哥，难道你见过我？不会吧？"小姐说，小心翼翼地。"我就是姓王啊；不过，不是叫王芳，而是叫王芬。"

"你叫王芬吗？你敢说你叫王芬？"

小姐慌乱地点着头，一副胆战心惊的样子。半晌，她才嗫嚅道："大哥，我哪里不好，惹你不高兴了？"

"哼，你叫王芬？我还叫王菲呢，你信不信？"水闻冷冷地说，从兜里摸出一张钞票，拍在茶几上，出来了。

来到街上，水闻才觉得，自己委实有几分可笑：酒喝多了，以至跑到了这里，来了便来了，谁知竟还扯开嗓子，与一个小姐斗气。

真他妈的！水闻甩甩手，讲了句粗话。凡是认识水闻的人，都知道，他从来不说粗话。

可是，水闻今天讲了，而且讲过了，还觉得从未有过的舒坦、痛快和惬意。

第十七章　多喝了几杯

自从前日，接到贾麦的短信后，水闻失眠的老毛病又犯了。

昨天晚上便是如此，直到东方现出鱼肚白，他才数着一二三四五六七，朦朦胧胧地睡去。早上醒来，已是九点多钟。他穿好衣服，下地的光景，觉得脑袋有些胀痛，于是又爬上床，闭上眼睛想眯一会儿。可就在这时，徐言打来了电话。

徐言要他下午三点钟，准时到单位开会。

水闻看看日历，见并非文联约定俗成的、大家碰头的日子，便想倒头再睡，可不知为什么，心里总像装着什么事，不起来不行似的。无奈，他趿拉着拖鞋，进了洗漱间。

水闻一边洗脸，一边琢磨着单位会有怎样的事。

一般地讲，若没有什么当紧的事，徐言是不会打破惯例，要大家去单位的。徐言的工作方法，不像有些单位的领导，有事没事，摆花架子，对上对下铁板一块。徐言是个文人，他非常了解和懂得，并且理解和尊重，自己麾下的这帮文人们，独特的工作方式和生活习惯。

与往常差不多，下午的会议，开得既简单又快捷。徐言只用了一刻钟的光景，便讲了两件对文联来说也算大事的事。

一是过罢春节，明年一开春，平郡要举办建市十周年庆典。为此，市委、宣传部给文联，下达了一项任务，要求他们配合文体局，搞一台大型晚会，具体要求是，以歌曲、小品、相声、快板等形式，歌颂平郡十年来，在市委市

第十七章　多喝了几杯

政府的正确领导下，在两个文明建设中，所取得的巨大成就。徐言讲，这项工作，其实我们过去，已经做好了的，就是大家把先前，那些写给谷川的，未派上用场的东西，改一改划一划，交上来便是了。因这两台晚会的内容，基本上大同小异，表现形式也如出一辙。二是经市委常委会研究决定，原谷川县文联主席柳相学，调任平郡市文联副主席。任命已经下来，单等着柳相学交代完那边的工作，便来上任。徐言希望，在今后的日子里，大家鼎力支持、密切配合柳主席的工作。

　　对于第一件事，因大家早有耳闻，且个个成竹在胸，故未作太多的理会；但对第二桩事，好像在座的人，多少都感到有些突然，有些意外。

　　徐言宣布散会后，大家正欲解散，钟离忽然道："哎，水闻、白烟，还有你们几位，留意这几天的《平郡日报》没有？"

　　水闻说没有，大家也都摇头。

　　"咱们徐主席，又有大作发表啦。"钟离说，从旁边的书报架上，取来一沓《平郡日报》，翻开其中一张的副刊，指给众人看。

　　水闻接过报纸，见是"纪念毛泽东逝世专版"，其中徐言的一首五言律诗，排在二条的位置。

　　钟离抖了抖报纸，大声朗诵起来：

　　　　　　五律　读毛泽东诗词感赋

　　　　　夜来北斗明，今日东方红。

　　　　　舜帝临南越，毛公进北京。

　　　　　龙腾三楚水，虎跃九州风。

　　　　　云汉迷人眼，只缘世未平。

　　"此诗对仗工整，平仄讲究，融艺术性、思想性于一体，尤其是结尾两句，给人留下了思索余地、想象空间。不错不错。"水闻赞许道。

　　白烟偏着脑袋，用怀疑的目光看了会儿水闻，然后才慢悠悠地说："我虽然没完全听明白，没完全理解，却觉得这诗一般，字里行间有假大空的嫌疑。水闻你是不是，夸得有些过火了？"

　　"刚才水闻的话，大家可别当真，他那是鼓励我哩。"徐言含笑道，没看白烟，"不过，水闻我是了解的，他与我一样，崇拜毛泽东，也喜欢毛泽东的诗词。"

白烟抢白道："徐主席，你别动不动就把毛泽东他老人家，抬出来吓人；我们可都是长大的，不是吓大的。"

一时间，所有人的目光，都集中到了徐言身上。

徐言咧咧嘴，微微欠了欠身子，继而一摆手："会议到此为止。如果各位没有别的事，就都散了吧。"

大家见状，忙知趣地站起身来。

"没想到，真没想到。"刚推开办公室的门，钟离便小声嘀咕道。

"没想到什么？"白烟不高兴地问，以为钟离的感慨，是冲她而发的。

"想不到那个柳相学，竟会来平郡，竟会做我们的主席。"钟离回道，头摇得像拨浪鼓。

"少见多怪，你想不到的事多了。没听人家说，人不可貌相，海水不可斗量吗？"白烟说，像往常一样，挥舞着那半块毛巾，抽她的桌椅。"钟老师啊，这就叫缺啥补啥。都好几年了，咱们单位，只黎可鲁一个副主席，还长年在家泡病号，分明是占着茅坑不拉屎嘛。"

"话可不能这么说。黎可鲁这个人，虽然剧本写得一般，如今又成了病秧子，但毕竟是个老干部，更是个少有的好人。嘿，真是人生无常啊，那样结实的一个人，谁知转眼间，竟得了黄疸肝炎。"钟离说，感慨地摇摇头。

"前几天，我在人民医院门口，碰到黎主席和他爱人，便拉呱了几句。"白烟说，"听老两口讲，就这几日，老黎又要到北京抽腹水了。"

"总这么抽，何时是个头？我都替他发愁。"钟离叹一口气，又问白烟，"也不知柳相学这人，因人对事怎么样？"

"我与你一样，单单只见了一面，哪就比你知道得多了。"白烟没好气地说，终于把毛巾丢到了一边，却又拉开抽屉，鼓着腮帮子，前后左右地吹，"咱们这个单位，上面配置的领导职数，原就是一正两副。就算上黎可鲁吧，不是还缺一个吗？你们可倒好，没有一个去主动争取，就等着天上往下掉馅饼。事到如今，眼瞅着上面派了人来，你钟老师倒问我咋样。咋样便咋样，你说能咋样？"

钟离翻着眼珠子，样子似不服气，但只张了张嘴，什么都没有讲出来。

"哑巴见了妈——没话说了吧？"白烟问钟离，眼睛却瞟着水闻。

水闻装作什么都没看见、没听见的样子，拿起杯子去倒水。

现时，由于文化贬值，一路走低，许多人都说，文章不能锅里煮，百无一用是书生。这话原是旧时就有的，只不过现今摆乎得更甚了，像杜甫笔下的秋风。就在前些日子，某个大文豪，在某家电视台做客时，竟也一迭声地感叹自己命运乖蹇，生不逢时，而且还恨不得一头扎回唐朝去哩。

记得，好似鲁迅先生吧，曾说过"人生识字糊涂始"的。恐怕这某文豪某先生，也是书读得多了，有几分糊涂了。的确，某先生因他的个性、秉性和天性，以及他做人、为文、当官的主张，曾坐过大牢、遭过大罪。但是，那所谓的大唐，便是文人的天堂吗？那唐朝的文人，便个个都有什么黄金屋、什么颜如玉吗？倘若真的是那样，那么，生活在那个年代的李白，怎么会挥毫泼墨，奋笔疾书，"吟诗作赋北窗里，万言不值一杯水"呢？

大家都知道，李白不仅是诗界的"谪仙人"，还曾在唐玄宗时，做过说大不大、说小不小的官。假若天才的某先生，有幸生于大唐，说不准也可以，中个举人、进士什么的，甚至像李白一样，弄个翰林做做。问题是，依先生这样的性情，一旦操有了权柄，遇了"朱门酒肉臭，路有冻死骨"之类的不平事，是断然不肯装聋作哑、坐视不理的。然而，倘若先生真的提笔操刀，白纸黑字，想骂谁便骂谁，想宰谁便宰谁，想来也会吃不了兜着走，最终像李白一样，云游四方，隐匿山林。不夸张地说，如此结局算是好的，搞得不好，还可能被收监入狱，甚至给砍了脑壳子。当然，以先生高山仰止的德行，大刀阔斧的斗志，直面鲜血的勇气，任何刽子手的屠刀与戕害，可以说均不足畏。若非如此，又何来的老僧隐而悟禅，朱子退而格物，西伯拘而演《周易》，孔子厄而著《春秋》呢？可见，只要是有思想、有感情、有血有肉的一个人，无论处在怎样的年代，怎样的社会，又无论行走在何种行当，有着何种的身份和地位，恐怕最重要的，也是最当紧的，是要做怎样的"这一个"了。

眼下是时过境迁、今非昔比了；万般皆下品，唯有读书高的年代，已经离我们越来越远，并且眼瞅着是一去不复返了。但是，我们也应该看到，目下有许多玩笔杆子的，尚且算作作家、艺术家吧，日子过得不仅不坏，还很滋润。所以，认真说起来，水闻还是愿意在文联待着，与文艺界的人聚在一处。虽然在个别人眼里，文联是个"庙小妖风大，水浅王八多"的地方；而文艺家们也是孤芳自赏、桀骜不驯，还有点像阿Q、孔乙己似的一群。

话虽这样说，可每当水闻静下心来，思前想后，更多的却是悲怆和苦楚，失意和无奈。为此，他这样写道：

水调歌头·辛弃疾

红焰照江水，黑雾绕城飞。金兵越过秦岭，铁马踏寒灰。壮士登高远望，满目疮痍大地，按剑泪双垂。　新鬼托魂梦，天路雁南归。龙蛇斗，狼羊计，犬为媒。一朝且过，宫阙又是管丝吹。可叹英雄半世，北固楼头饮恨，把酒待春雷。却是秋风起，落叶已成堆。

水闻始终认为，作家们的生活，只是太多地依了自己的性情、爱好与习惯，但即便这样，他们浑身上下，所流露着的，仍是真实的、骨子里的东西。文人们大都自视清高，不拘小节，喜欢随个人的情趣、情绪，特立独行地生活和工作。固然，大家为了各自的利益，彼此之间，也常常钩心斗角、尔虞我诈，但到底如前人讲的，文人相轻，自古亦然，秀才造反，三年不成。

说到矛盾与斗争，与许多行政事业单位一样，文人圈子内，同样也很激烈，有时甚至于还很残酷。比如，每逢召开文代会，换届选举的光景，大家为了做这个主席，当那个委员、理事，也是人前人后，台上台下，争得鼻青脸肿，死去活来。

要说，一个人喜欢做官，并不是什么坏事，做了官，有了一方领地，才能够更好地，施展自己的才华和抱负，才能够像俗话说的，为官一任，造福一方。可事情往往不是这样，一些写诗的、作画的、唱歌的、编戏的，总之舞文弄墨、说书唱戏的，削尖脑袋往官场里钻，许多倒只为那一顶官帽子。这也怨不得他们，在咱们这个古老的国度，官本位一直是顶要命的东西。

所以，官瘾一般人都有，只是大小不同罢了；当官的好处谁都知道，只是知道是一回事，怎样去抢去做，又是另外一回事了。拿水闻来说，只要有机会，官也愿意做的，哪怕徒有虚名也好。只不过，他的想法是，上面让做便做，不让做就拉倒，反正自己不会主动去争取。他这个态度，分明像白烟讲的，是等着猴年马月，天上往下掉馅饼了。

"水闻，你看这本《今日平郡》，乍一看，装帧设计蛮花哨，显得档次蛮高；但看内容，我只粗略翻了几页，便见错字连篇，词不达意。"钟离不与白烟说话了，跟水闻说，还哗哗地翻着画册，"我这么讲，可是有事实依据，你看赵市长的这篇'代前言'，标题便是《全面开创平郡各项事业新水平》。我虽是个作曲的，但'开创新局面'这般大话，平日里耳朵早听起茧子了，不想今日倒开了眼界，使原本不识几个大字的我，'开创'了'新水平'了。"

"但凡印成铅字的东西，或多或少，总会有失误或错误。"水闻说，"其实写文章与拍影视剧一样，也是遗憾的艺术。"

"也对，像我们音乐方面的书籍，因谱子不好校对，错误往往更多。"钟离道。

"狗屁。"白烟噘着嘴，道，"要我说，只有那些高高在上、自以为是的半拉子书生，才能给我们的市长大人，搞出这般的稀罕物。说不准赵长新市长在哪次会议上，还要照着稿子，对着话筒，大声地朗读呢。这便好了，又给平郡干部职工的茶余饭后，添了道风景，增了个笑料。"

"白烟呀，编书捏戏，咬文嚼字，看着轻巧，却须有一颗淡泊的心，尤其是现在这个年头。所以，他们能这样不计名利、点灯熬油地爬格子，我觉得已经很不易了。"钟离由衷地说。

"既然如你所说，这是份苦差事，那咱们文联，这专搞文字工作的单位，怎么编这画册，倒连手都插不上了？"白烟直冲冲地问，"要我说呀，他们是看着市里，为出版这本画册，专门拨出的款子，心热了，眼红了，全不认得什么，张三李四王麻子了。"

"心热心凉，眼红眼黑，咱们先不说，就说这册子，有钱便能搞得了、做得来吗？说实话，你就是给我再多的钱，我也指定搞不出来。"钟离无精打采、悲观失望地说，"我呢，面对这个灯红酒绿的世界，尤其是那些美声的、民族的、通俗的、原生态的，以及古典的、现代的、流行的，总之千姿百态、各种各样的音乐和唱法，是越来越不会写东西了。唉，二十多年前，在音乐学院学的东西，算是装到狗肚子里去了。"

"依我看，却不是装进狗肚子，而是装进猪脑子里去了。"白烟讥讽地说，不再搭理钟离，对了水闻，"嘿，我说水闻，你不是几个月前，也给上边抽了去，专编这画册的吗？怎么如今这劳什子出来了，那些花花绿绿印着的、人模狗样的一堆编辑里边，倒没你的大名呢？"

"我只是过去，帮了几天忙，所谓无功不受禄嘛。"水闻答。

"就是几天，工作也总是做了的。书既然出来了，就该送你两本，并付些辛苦费才是。"

水闻没有正面回答她，只关切地问："哎，白烟，今天怎么不见时光，时光呢？"

"嘿，你就别提他了；这几天，时光的肺跟肚子，都快给气炸气破了。"白烟道。

"怎么啦？"

"就像咱们钟老师说的，也是一个想不到；时光他们买的房子，那个什么渔民村，竟然是个'豆腐渣'工程。刚装修好没几天，他人还没住进去呢，墙壁就裂了指头宽的缝子。我早上来上班，路过他们小区时，见渔民村的业主，正一群一伙，乱纷纷地聚在那里，说要跟这个那个讨什么说法。"

"楼是哪家公司开发的？"

"叫什么金地公司的。哎，不知你们听说了没有，关于商品房方面，最近新闻可不少哩。就说金地那个，啥姓孔的开发商，听说他今年，又在搞啥泥人院计划，还从银行贷了上亿元；可谁都没想到，那家伙钱一到手，人便跑得没影儿了。"

"小道消息，小道消息。"钟离说，仍是摇头。

"既然你不相信，那就别听嘛，谁稀罕跟你搭腔啦？"白烟呛钟离一回，又对水闻道，"还有更离奇的呢，咱们的图书馆馆长，就是那个万人迷冯露，跟姓孔的一起，不知天南地北，往哪国哪界逍遥去了。"

第十七章　多喝了几杯

"冯露也失踪了，还是跟孔庆雷？！"水闻惊愕地瞪大了眼睛。

"八九不离十。"白烟答，顿了顿，压低声音又道，"你这一向，只管在报社挣大钱，单位来得少，对于新近发生的事，自然不知道了。去年冬天，就听图书馆的人说，冯露傍了个暴发户，是个什么房地产开发商，只是，人丑得跟猪八戒似的。我当初听了，还不相信……这次可是不同了，有关他俩玩失踪的事，这几天，整座文化大楼，人们七嘴八舌，吵吵不已……"

"这个老孔，这个冯露……真是奇人奇事！"水闻自言自语道，像钟离一样，也开始摇头了。临了，他还是不敢相信，像冯露这样年轻漂亮、高学历高智商的女人，会看上那个尖嘴猴腮、歪瓜裂枣的孔庆雷。

"……钱哪钱哪，你这杀人不见血的刀！"白烟感叹过了，继而惋惜地说，"反正哪，那个什么渔民村，什么'豆腐渣'工程，我看业主要讨什么说法，恐怕是没戏了。唉，只是苦了时光，他买房子的钱，大部分是从银行贷的；这下子，背了一屁股债不说，就说新婚的被窝吧，还没焐热哩……"

水闻欲说什么，包里的手机响了。

"水闻吗？"是蓝田，从朔阳打来的。

"是，是是，蓝老师您好，"水闻嘴里应着，一边朝白烟摆摆手，示意她说话声音轻些。

蓝田有几分欣喜地告诉水闻，他的小说集《利器》，已经送交印刷厂，不几日便要出来了，只是，需作者包销一千册。

"这么多啊？"水闻哑然一笑，忙又道，"唉，一千就一千吧，我想想办法，找米下锅吧。"

因这本集子的出版日期，早已超出双方约定的期限，何况水闻为了它，电话费也不知花了多少，所以，他已经远没有了当初的热情和兴致。而蓝田一直以来，总说出版社这了那了，又不知向他道了多少次歉。说真的，若不是事情已搞成这样，不好更改，水闻便打算不出它了。现在，听到这半死不活的事，终于有了些眉目，水闻倒仍一如既往地，客气地呼着蓝老师，并对其给予自己的悉心照料，表示了赞誉与感谢。

"还有一件顶重要的事，我现在要说与你听。据可靠消息，省内的报刊整顿，这次要动真格的了：所有的内部刊物，统统一刀切，不留一点儿活口。如果真是这样，那你们的报纸，被砍掉的可能性就大了。"

"这可是一桩大事。"水闻说，"蓝老师，您是听谁讲的，消息可靠、确切吗？"

"目前，这方面的信息，上边封锁得很严。"蓝田道，没有正面回答他的问题，"不过，还是有业内的朋友，透露出点信息。据他们说，所涉及到的报刊，近几日要在省报上公布。水闻，你给启民掏下耳朵，好叫他有个思想准备。"

"您的意思，是完全没有什么再回旋的余地了？"

"据我看，大势所趋，只能听天由命了。"

水闻听了，沉默一刻，遂道了谢意，挂了电话。

"水闻，你有集子要出版，可是一桩喜事，怎么倒一直瞒着我们？"钟离问，有些羡慕地望着他。

"这算得什么喜事？时下，但凡肩上扛着个脑袋，便会做文章，便能出书的。"水闻说，苦笑了一下。

"听你这话，倒像在嘲笑我们，大字不识得几个啦？"白烟说。

"哪里敢呀。白烟，你误解我的意思了。"水闻忙说。

白烟仍然不依不饶道："不是这个意思，又是什么意思？既然现如今，人人都可以出书，怎么我和钟老师，还有时光，待在这文化单位，到如今却没有出一本呢？"

水闻急了，摊开两手，道："话哪能这么讲，问题哪能这么看呢？你看……"

白烟笑了，道："行了行了，你也不用辩解，字是越描越黑的；不如今天晚上，就请了我们几个，到海鲜楼搓一顿，庆贺一番了事。"

"好好。"水闻想这白烟，是想与自己一道坐坐，便爽快地应了。

"算了，算了，白烟只是跟你闹着玩，等书印出来，再庆贺不迟。"钟离道，摆着手。

"老钟你怎么这么虚？大家都是同事，想说就说，想吃就吃嘛，有什么好玩的。"白烟说，白了钟离一眼，"不是我说你，你这个人啊，凡事左摇右摆的，没有一点儿定力。"

水闻见钟离，脸上有些挂不住，便忙笑道："白烟，你若是嘴馋了，就早些讲嘛，怎么挖苦我不说，还这样埋汰人家钟老师呢？"

"水闻批评得对，我总是没大没小的；对不起啊钟老师。"白烟对了钟离，有些歉意地说，末了，又很快补了一句，"反正我是属猫的，只要有鱼有虾吃，怎么着都可以。"

水闻和钟离，见她一副馋猫的样子，都笑了。

水闻抬起眼睛，看看墙上的电子表，见时间尚早，复又坐到桌前，点了支烟，琢磨着蓝田刚才的话。

有段时间了，业内风言风语，传闻从上到下，要整顿内部报刊了。可是，眼见这么长时间过去了，并没有见上边，出台啥有效措施，采取什么实质性的行动。现在不同了，如果蓝田的消息确切，省里对所有的内部报刊，果真要一刀切、一锅烩，那么他们这张报纸，怕是很难生存下去了。因为这一次，是要人人头上摸一把的，像喝酒时的过"潼关"；一旦通知下来，成了既定事实，是不可能找什么理由，去拖延和顶着，或者上下左右活动的。唉，停办就停办吧，现在大报小报满天飞，都快成蝗灾了。不过，自己应该尽快找个时间，与陈启民沟通沟通，互通一下信息；虽然起不到啥实际作用，但社里的人与事，总可以尽早安排，另做打算；省得到时候思想上准备不足，搞得手忙脚乱、措手不及的。

水闻这样琢磨着，就听一旁的手机里，谁发来了短消息，便懒懒地拿来看了，仍是那个不知名的人，闹着笑话：

> 有一只老鼠，一直都没有找到老婆。一天，终于有只蝙蝠，答应嫁给他了。老鼠很高兴，而他的同伴们，却一个劲儿地笑话它没有眼光。老鼠翻了一回眼睛，然后颇为自豪地说："你们懂个屁，咱处的对象，好歹也是个空姐哩。"
>
> 收到短信不联络，将遭到人肉搜索；收到短信不快乐，将受到开心制裁；收到短信不想我，将被罚站；收到短信不请我吃饭，将被友情罚单。

水闻笑一笑，却是有点苦涩。他叹一口气，刚想关掉，却发现这条消息，署了维象的名。水闻不禁有些惊异，他前后看了半晌，又调出先前那些短消息，一条一条仔细核对过了，方才恍然大悟。

也许是由于近来事情多，也许是"舒乐安定"吃多了，水闻总记不住事，更记不住数字和号码，因而平日里，几乎每打电话，都要翻看记事本，或者查找储存记录。前日，到乡下灭蚜虫回来后，他将维象的手机号，又一次问清楚了，也做了如此处理。

"发这些短消息的，怎么会是维象呢？"水闻拍着脑袋，自言自语道。

说实在的，对于这样一桩事，他怎么也和维象联系不起来。一个电视台的记者，一个面容姣好的有夫之妇，为啥要日复一日、连续不断地，给自己发这般的短语，而且还是现在社会上，流行的小幽默、小品文呢？难道这个维象，仅仅是为了好玩吗？

水闻越琢磨，越觉得这件事情，没那么简单。

"水闻，想不到这么多天了，我发了那么多条短信给你，你竟一句话都不回。难道你是块木头，抑或冷血动物吗？"水闻心里有点担心，担心维象哪天急了，这样直言不讳地质问他。真的，依她的个性、嘴巴，生出这排子话，一点儿都不奇怪。

下班后，大家相跟着往饭店走，水闻却还在想着维象。

> 别试图教猪唱歌，因为这样不会有结果；别跟傻瓜吵架，不然分不清到底谁是傻瓜；猪和傻瓜有没有都不重要，重要的是，太阳明天依然会从东方升起。

水闻思考再三，改编了这样一条搞笑短语，给维象发了过去。

晚上近十点钟光景，水闻与白烟、钟离等，红火热闹地吃罢晚饭，嬉笑怒骂地分了手。

水闻感觉自己的酒，明显是多了，当他晕晕乎乎地，推起自行车，才要跨上去时，就听有一条短信，嘟嘟地进了手机。

这条短信，从未有过的长，他足足翻了三面才看完：

"水哥，我跟你讲的自己的事，全是真的。那个禽兽不如的老师，就是你

第十七章　多喝了几杯

在《喝》文里描写的，舍己救人的'英雄'尹建双。因而，自从我看到那篇文章，便开始恨你（我知道这不应该，因为你根本就不知情），决定报复你，于是就有了那天下午，咱们在河边被抓的事。你不会想到吧，这件事是我预先设的套、布的局……过后我很害怕，也很后悔，一时不知该怎么办，便与苗乐一起又到了铁狮。水闻，你给了我很多快乐，而我却欺骗了你。我知道你看到这里，心里一定很生气，但我想你不会记恨我。我一直认为，你不仅是个好男人，更是我永远的大哥哥。等着我，我们有再聚的日子。贾麦"

水闻读过了，先是惊懊、诧异不已，接着便有些惶惶然、茫茫然起来。

贾麦说得对，接到她的短语，水闻一时间思绪万千，不能自已。但他确实没有恨贾麦，也找不出理由去恨她。相反，事到如今，他倒越发地心疼起她来。自然，这里边有怜香惜玉的成分，不过更多的，却是对一个柔弱的女子，无限的同情与怜悯。

自从认识贾麦后，尤其是那日，在小饭馆里听了她的叙述，水闻便觉得，贾麦是一个坚强的女孩。是呀，她小小的年纪，却将那样的欺凌，那样的侮辱，勇敢地面对和承受了，并且还挺起胸膛，栉风沐雨，一步步地朝前走着。虽然小沙河边的事，说明她还不太懂事，不是很成熟。

当水闻想到，这样好的一个姑娘，只是由于自己的过失，才迫不得已，再次到了遥远的南方，到了遥远的铁狮时，他的内心，感到了从未有过的，深深的懊悔和自责。

这样过了不知多久，水闻又想，贾麦的出走或许是对的。因为以她的境遇与人生，欲要真正地直面和正视，可能还需要不少的时间；在这种情况下，离开自己的亲朋好友，奔波异地，远走他乡，无疑也是一种选择，或者说是一种解脱。诚然，这样一来，孤独和冷清，将会时刻伴随着她，但是，到了一个新的环境，毕竟可以更好地，重新开始自己的生活。况且铁狮这个地方，她已经去过一次，且待了一段时间。再退一步讲，她的身边还有苗乐，俩人可以互相帮助、互相安慰……

在这个世界上，所谓的尊严和体面，完全是另一个层面上的东西。普通的百姓，只需平静与安宁就是了，是用不着一天到晚，踮起脚尖，东张西望、左顾右盼的；因为，生活所给予他们的，只有艰辛和窘迫、酸楚和忍耐。所幸的是，大家还拥有朴素、真挚的感情，彼此又总在无时无刻地，奉献着自己的爱心。虽然，相对漫漫的长夜而言，这爱所闪烁着的，不过是火柴头一般的光芒。

水闻呆呆地站在那里，这般苦苦地寻思着，眼前的事物，仿佛都已经停止了、凝固了。不知过了多久，他慢慢地回过神来，这才猛然发现，自己仍在原地站着。

水闻回到家里，躺在床上，却是辗转反侧，难以入眠。并且他的内心深处，还燃烧、升腾着一种再宣泄些、再抒发点什么的欲望。他看看表，快凌晨两点了，担心继续这样下去，影响李雨休息，便索性爬起来，轻手轻脚地进了书房。

其实，李雨也没有睡着，此时她正闭着眼睛，想着自己的心事。李雨的心事，同样很重，并且，她临上床之前，原想跟丈夫说说的。然而，当她看到丈夫，一副烦躁不安、坐卧不宁的样子时，只得再次打消了念头。

下午，新任副校长郑婕，找她谈了话。

郑婕说，鉴于她所带的这个班，学生思想混乱，纪律松懈，像马良吧，无故旷课长达一个星期，因而，经校长办公会研究决定，免去她的班主任职务，并撤销已经上报的职称评审资格。

末了，郑校长还严肃地告诫她："李雨同志，在今后的教学工作中，无论遇到什么事，比如与学校，或是同事间发生了纠纷、矛盾和冲突等，我们希望你，先找学校有关领导谈，争取内部解决；不要动不动就向教育局，乃至市里五大班子反映……"

面对着一反常态的郑婕，李雨本想争辩，却欲言又止。之后，她默默回到办公室，独自坐在那里，思前想后一回，却始终也没有弄明白，自己究竟错在了哪里。

学校里，几乎所有的老师和同学，都知道马良是因交不起学杂费，才无故旷课乃至辍学的。而自己近日来所做的一切，包括做家访，找校长谈话，在政协会议上写提案，只是尽了一个教员，应尽的职责和义务。既然自己是对的，并没有什么错，就没有理由懊恼和难过。

　　此时，听水闻拧亮台灯，似在写啥东西。这让李雨觉得，大凡一个人，终究还是有点爱好好，最起码吧，可以将自己的注意力，转移到另外一个地方，使原本紧张的神经，焦虑的情绪，暂时得以舒缓和排解。所幸的是，自己还好，连这种屈辱的事，都能够想得开、咽得下了……

　　李雨这样一想，便平静地睡着了。

　　水闻呢，却是打开电脑，百感交集地划拉出三首诗词来：

其一　李白

壮心出蜀地，拂袖离京门。

剑舞天山雪，笔摇沧海云。

歌飞一片月，醉散万株金。

飘然诗仙子，美名天下闻。

其二　成吉思汗

碧草红花白羽明，银铃金鼓铁雷声。

马蹄踏破千川雪，鹰翅打开万壑风。

其三　浣溪沙·夜问

一场秋风一场寒，乡关雁去莫凭栏，游魂十去九不还。

似水流年不可测，焉能一剑定江山，谁人月下唱楼兰。

第十八章　现在在哪里

水乡的家里，连着发生了几件，谁都没有想到的事。

前天上午，水乡的老伴儿秋云，在麻将桌上玩得正欢，几个民警闯进来，说他们参与赌博，以后便不由分说地，将她和几个麻友，赶羊一般吆喝上了警车。还好，人家看他们玩得小，五角钱的和，便只集中在一起，批评教育了一顿，又要每人交了五十元的罚款，写了份检讨了事。

俗话说，祸不单行，福不双至。老两口从派出所回来，要进门的光景，才发现门窗敞开着，家已被贼盗了。确切地说，是水军家丢了东西，一台录像机、两瓶酒和三件衣服。其中服装均是皮货：水军的皮鞋，水兵的皮夹克，吴楠的皮大衣。

此时，吴楠正在公园里，与何云青约会。她听说了这码事，风风火火地回来，翻箱倒柜，清点家资。

吴楠的脸，黑得像锅底，心里的火苗子，更是蹿到了脑门上。可是，却一时找不到茬口，来宣泄它们。

眼见得婆婆和公公，哆嗦着身子，立于一旁，已是惊弓之鸟了。何况，她也找不出啥理由，对他们发作，怪罪和责难他们。这样，吴楠只得把所有的怨气，都集中到了自己身上。好在所丢的东西，并不是很多，数目也不是很大，吴楠只气恼了半个白天，心疼了一个晚上，脸上便烟消云散，又见阳光了。

水乡和老伴儿，但见儿媳妇对他们，并没有太多的埋怨，便抹一把额上的汗，跟着进了南房。

"只顾着给你取钱，去派出所交罚款，这不，把鞋后跟都跑丢了。老婆子，你看看，看看，"水乡说，脱了鞋，把它伸到秋云面前，"这双鞋，可是李雨孝敬我的，刚穿了几个月。"

"我看看，看看。怕是李雨粗心，又买到了假货。"秋云说，接过鞋端详着。

"改天李雨过来，你可不敢这么说。"水乡道，"不过掉了后跟，我出去钉一下就好了。"

"怕什么，就是说了，她也断然不会多心。咱们李雨，她，不能比的。"秋云道，朝北屋努努嘴，又支起耳朵，听了听那边的动静。"人说丢了钱免了灾，况且那些东西，也值不了几文钱，算不得多大的事儿。"

水乡竖起一根指头，挡在嘴边。

秋云望着他，眨眨眼。

一对老人，你看我我看你一回，开怀大笑起来。

水乡与他的老伴儿一起，将这种好心情，一直保持到了翌日早上，第三件事来临之前。

接踵而来的，是一桩大事。在它发生之后，老两口再也乐不起来了。

钱是丢了，却未能免灾。

第二天上午，旅游局办公室主任，自称姓崔，叫崔一鸣的，郑重其事地通知水军，说他们旅游局，要将自己的园子，现在叫作"水中央"的，原样收回去。

水军听了，初时并不当回事，说："噢，你说收回就收回了？我与你们局长，可是签了租赁协议的。"言罢，还将所签的协议，拿来给他看。

崔一鸣不看，还冷笑道："你看吧，但须仔细了瞅。你俩签的这叫啥协议啊，完全是无效的，没有谁能够承认，就是法院也不会认可。你看这上面的印章，只是我局财务科的收讫印模，根本就不能代表单位。更重要的，落款仅署了个人的名字，所以，只能代表他自己，何云青自己。"

水军说："你一个人这样说，好歹是不算的，我要找你们何局长理论。"

"还何局长哩，"崔一鸣撇撇嘴，正色道，"何云青因行贿受贿，东窗事发，已经被上边'双规'了。"

"双规？什么是双规？"

"连双规都不晓得啊？双规，往简单了说，便是国家公务人员，在工作中犯了错误，发生了问题，比如贪污、腐败、有生活作风问题等，组织上要其停职反省，接受审查。如今，我跟你打开窗户说亮话吧，那个姓何的，距蹲大牢也只差一步了。"

水军大震，望望崔一鸣，又看看手里的协议，嘴唇哆嗦着，一句话也说不出来了。

崔一鸣走后，水乡要水军给水闻打个电话，看看还有啥解决的办法。水军不打，只闷着个脑袋，在园子里转来转去；一会儿，他叫干活的工人停下来，一会儿又嫌他们偷懒，不好好做活计。

水乡不得已，便要一个装修的工人，给水闻拨了电话。

这个装修工，叫小然，是水军早些年，在街头摆台球案时，那个与大牛抬杠的小个子。

正在家里写稿子的水闻，接到电话后，心急火燎地赶了来。

水闻见园子的工程，已接近尾声，单等着开业了，而弟弟水军呢，在这当紧处，却整铺大盖地躺在床上。

父亲悄悄地告诉水闻，水军接到通知后，急得像热锅上的蚂蚁，到处乱窜，不小心摔了一跤。

水闻听了，忙问水军伤着哪里没有，要不要到医院看看。水军苍白着脸说，不过秋上的日头，太狠太毒了些，现在感觉好多了。水闻细看水军，也只是一时急火攻心，痰淤气滞，并无大碍，便手把手安慰了几句，返回城来。

水闻到了旅游局，找到副局长周治良，跟他打探事情的原委。

何云青出事后，上边要副局长周治良，暂时负责旅游局的全盘工作。

水闻与上次，打电话找他时一样，并没有对他讲，水军是自己的弟弟，只说一个不错的朋友，托他问问园子的事。

周局长关了门，又上了锁，才压低声音对他讲："作为一个领导干部，何局长，不，是何云青，表面上对工作认真负责，兢兢业业，因人对事还算谦让，而骨子里，却是一个只谋权道、单认钱财、专横放肆、飞扬跋扈的人；其生活作风，更是糜烂不堪，无以言表。"

水闻听了，有些惊讶地望着他。

"何云青在任几年来，打着开发旅游资源、发展旅游事业的幌子，大搞基建工程，借以假公济私，敛财牟利。因审计局派来的调查组，刚开始工作，结果有待一段时间出来。但是，仅我局一班人初步核算，目前，他说不明来路，又寻找不到下落的资金，就有三百多万。这且不论，他的婚外隐私生活，也十分荒唐、混乱。局里的干部职工，常常相互嬉谑说，若是将他的相好累加起来，恐怕足够一个排了。说来真是色胆包天，他将那些女人，带到旅馆里过夜，带到家里消遣也就罢了，有时竟连上班时间，也出双入对，甚至于锁上门乱搞。尤其近段时间，简直到了明火执仗、恬不知耻的地步。单说与那个姓吴的女人，每日勾肩搭背，招摇过市，搞得老鼠过街，人人喊打。"

水闻心里不禁一颤，旋即整张面孔，似火燎油烫一般。

"若论何的出事，其中有一半，便是栽在了女人手里。半个月前，他到南方出差，在宾馆里嫖宿，给夜半查房的民警，捕了个正着。"

"竟有这等事？"

"怎么，你不信吗？也活该他倒霉，民警在处理时，核查了他的身份，罚了五千元现金，还通报了上级主管部门。哎，水闻，你一个作家，又是《平郡周末报》的副总，按理说，消息总该比我灵通呀，怎么咱们平郡的干部，出了这等风流韵事，倒一点不晓得？我说水总，你莫不是在逗我玩吧？"

水闻不说知道，也不说不知道，只是摇了摇头。其实，此时的他，正在心里，感到十二分的庆幸：也是自家祖上积了阴德，与这何云青一起被捉的，不是弟媳妇吴楠！

"仅是为着几个女人，倒也罢了，只要上面压着，不予追究，光是大家穷吵吵，到底没有什么用。谁知这个何云青，为把官做得更大一些，弄个副厅级当当，近来四处活动，大肆行贿，直至撞到了枪口上。

"水闻，你知道，明年开春后，平郡市委和政府，分别要召开党代会和人代会，选举新一届领导班子。上边还特别强调，这次要选拔几个年富力强、有胆有识的基层干部，担任副书记和副市长。这小子听说后，竟然鬼迷了心窍，怀揣了三十万元现金，在一个星期天，跑到了侯再道门上。侯书记当时不在家，林荫，就是那个在计生局当局长的侯夫人，悉数收了钱，还满口应承，届时让'老头子'帮忙。不料，这小子正做着副市长的美梦哪，在上周召开的招商引资会上，侯再道讲话时，忽将此事捅了出来。这且罢了，侯再道还当着与会人员，把那三十万元人民币，当场交给了市检察院院长。并且，他在会上还明确表示，在党代会、人代会召开之前，不论是上下跑官的，还是伸手要官的，只要一侯发现，整歪门邪道，搞行贿受贿，都要按党纪国法，严肃查处……

"平郡几乎无人不知，无人不晓，何云青是赵市长的小舅子，林荫是侯书记的老婆。然而，侯书记却能够这样高风亮节，大义灭亲，不给他二人留半点儿情面，着实令人佩服。

"水闻啊，面对此事，不知你作何感想？就我个人而言，经过反复思考后，却不免心生疑窦。你想，侯书记单为一个何云青，便将自己的老婆，搭了进去，这于情于理，似乎都有些讲不通。那么，咱们的侯书记，到底又为啥要这样干呢？"周局长问水闻，见水闻摇头，便喝了口茶，继续道：

"很明显，侯是醉翁之意不在酒；要我看，他玩这个外摆手，完全是冲着何的姐夫，也就是赵市长来的。由此看来，眼下人们所传言的，侯赵二人关系紧张，已到了水火不容、剑拔弩张的地步，绝非空穴来风了。若不，侯决然不会也不可能下如此大的赌注。我说水老弟，真是仕途险恶、人心难测啊……"

"那么，关于那片园子，局里是怎样考虑的呢？"水闻硬着头皮，听罢周局长的铺排，关切地问。

周局长已看出，水闻有几分不耐烦了，但无奈他们两个，过去曾经是笔友，又在同一幢办公楼上，待了那么些年，整天抬头不见低头见的，便也不好意思多说他什么。

"那个承包园子的，是你的什么人？"周局长问。

"与你我一样，是交好的朋友。"

"那我便明确地告诉你，将那个园子租出去，并且，租赁费只有五十万元，纯属何云青的个人行为；从原则上讲，与旅游局，尤其是与我，没有多少关系。但这块园子，毕竟是旅游局的，既然是旅游局的，我们就一定要收回来。这也是两天前，局长办公会上议定的。不过，好在那笔租金，何云青没有私吞，要会计收讫了。而且，不论怎样讲吧，这个何云青，以前也是局里的主要领导。为此，经我们进一步研究，决定给受损失的乙方，一定数额的经济补偿。"

"具体补多少呢？"

"这需要调查核实，等我们摸清承租人，这段时间的投入，才能做决定。"

"那要等多久呢？"

"我想时间不会太长，因上面对何云青的事，追查得很紧。——在这个风口浪尖上，哪个也不敢懈怠。"

水闻从旅游局出来，欲返回园子，将了解到的情况，一一告诉水军，陈启民却打来电话，说报社有事，要他过去一趟。

水闻犹豫了一下，骑着自行车去了。

"水老师，今天早上，我刚进单位的大门，就意外地发现，咱们报社的招牌，掉到地上了。"水闻进了办公室，屁股还未坐稳，罗棋就凑过来，神秘兮兮地说。

"意外？大惊小怪。昨夜那样的大风，吹掉一块牌子，算得什么事。"水闻道，联想到蓝田的电话，心里也有些别扭。

"昨晚刮了大风？"罗棋怀疑地望着水闻。

"是呀，难道你没有听到？"水闻问，不屑地瞥他一眼。

这个罗棋，年纪不大，却不是盏省油的灯。

今年夏天，罗棋从省新闻学院毕业后，正为找不到工作而发愁，无意中听同学讲，《平郡周末报》招聘采编，便忙着赶了过来。其时，担任主考的水闻，看他文笔还顺，口才也好，便让他留下了。谁知这个罗棋，试用期刚满没几天，便惹得同事们，人人对他翻白眼儿。尤其是邓眠，本来与他桌子对桌子，对打对坐着，有天却不管罗棋的脸面，硬是搬走了自己的桌椅，还索性与他坐了个背靠背。

当时，水闻从工作的角度考虑，从团结的愿望出发，批评了邓眠，并且要她把桌子再搬回原处。可是，倔强的邓眠，却坚决不从，还说与其天天面对着罗棋，还不如每日看一泡狗屎。邓眠还对水闻说，如果报社的领导，硬要让她搬回去，她宁愿辞职回家。水闻觉得，不管怎么说，这也算不上一桩多大的事，只得作罢。而邓眠呢，为自己获得了"解放"，也为感谢"水总编手下留情"，竟然专门请报社的同人，吃了一顿饭。

也就是从那以后，水闻便开始，留意罗棋的一言一行、一举一动了。

一般地讲，水闻所欣赏的，是那种多谋事少谋人、多栽花少栽刺、多付出少索取的人。可是，罗棋这个小伙子，在人事方面的心眼儿，远比写文章的功夫深。他有事没事，总爱往陈启民和自己跟前凑，并且，好似无意识地，常叨叨同事们一些鸡毛蒜皮的事。比如，昨天谁上班时间打牌了，喝酒了，今天哪两个人拌嘴了，斗气了，哪个男的跟女的，一块儿上街，还下了馆子了，等等。这便罢了，一段时间以来，他甚至还跑到申有余那里，以汇报工作的名义，反映单位的内部情况。

就说上次吧，宣传系统的干部职工，下乡帮助农民灭蚜虫回来，水闻的意见，大家人车大马地下去，只是走了走形式和过场，具体也没做多少实际工作，所以只在报纸上，发条消息便罢了。而且，他事前也留意过了，平郡的其他媒体，也没有就此事做啥文章。陈启民也表示赞同。不曾想，罗棋却不干，还挑灯熬油、连明昼夜地，写出近两千字的一篇通讯，题为《七月里的一把火》，让水闻在报上发表。水闻嫌太假大空，没有同意，他便拿着稿子，跑到申有余那里，要"申社长审阅、批示"。这且不论，他还对申有余说，水闻平时就对你申社长，明里一套暗中一把，这不服那顶撞的。申有余听了，当时就给陈启民打电话，要求报社的领导，在平素的实际工作中，要认真对待编辑、记者们的建议和意见，尤其是要认真对待，大家争分夺秒、辛辛苦苦，写出来的新闻和作品。末了，进一步严肃地批评道，从罗棋的稿子，发与不发的问题上，可以清楚地看出，目前的《平郡周末报》，对党的新闻工作的重要性，认识不足，对当前我市的中心任务理解不深，对有关领导高度重视和亲自过问，群众反映大、呼声高的焦点事件，不能进行有效的反映，实时的报道。言外之意，即《平郡周末报》贯彻领导意图不力，在办报的大方向上，出了原则问题。

总而言之，目前平郡周末报社内部，有必要进行一次全面整顿。这样一来，搞得陈启民也很被动；之后，他将罗棋的通讯，很快安排在头版头条，大张旗鼓地登载了不说，还亲自跑到宣传部，做了深刻的自我批评。

其时，陈启民本来就在心里，跟水闻别扭着，生着那篇《喝黄河水长大的人》的气，自从出了这档子事，与水闻的话更少了。这且不论，一周前，他任命罗棋为编辑部主任，竟与水闻连个招呼都没打。水闻知道，若不是朱晓宜，逢了各种场合，三番五次地给陈启民掏耳朵，为他说话，他与陈启民的关系，不仅会日趋紧张，就是申有余那里，误解也必然会更深一层了。

"经水老师这一提醒，我想起来了，昨晚确实刮了大风，并且呼呼有声，一夜未停。况且今天是七夕节，是个好日子，是个浪漫的节日……"罗棋不无夸张道，还要说下去，见水闻低下头，开始看稿子，便知趣地走开了。

水闻眼睛看着稿子，心里却和罗棋一样，觉得这事有点蹊跷。昨晚的风，并不是很大，怎么那么大的一块牌子，说掉就掉下来了呢？莫不是蓝田的话，真要应验了吧？想到这里，水闻再也坐不住了，他站起身来，进了陈启民的办公室。

水闻见了陈启民，首先将从文联听到的，有关孔庆雷的小道消息，讲与他听了。

"竟有这等事？妈的孔庆雷。"陈启民听了，深感惊诧的样子，然而，嘴里却是哼啊着，也不说个子丑寅卯。

其实，有关孔庆雷像水一样，或者说像老子一样，在阳光下蒸发掉的事，陈启民早就知道了。只不过，陈启民没有料到，事情来得这么快，这么突然。现在，他只是在心里，一个劲儿地祈祷，祈祷那个孔庆雷，以及这小子的事，千万别和他舅舅——市委书记侯再道有啥牵连，有啥关系。

昨天晚上，陈启民就到舅舅侯再道那里，将他听到的，有关孔庆雷的消息，小心翼翼地讲了。不曾想，作为市委书记的舅舅，听了他的话后，不仅没有任何表示，而且还一改近一个阶段以来，对他不冷不热的态度，特意拿出一瓶茅台，让妗妗炒了几样菜，与他小酌了几杯。然而，不知为什么，舅舅越是这样，陈启民越是有一种感觉，觉得他这个舅舅，已经上了孔庆雷的贼船。

陈启民为啥会有这种感觉呢？因为依他的看法，所谓的领导，尤其是大一点的领导，高一层的领导，是集智慧和威严、能力与水平、思想与远见于一身的；无论他们在前进的道路上，遇到怎样的艰难险阻，荣辱得失，哪怕是离婚、坐牢、掉脑袋，都能够等闲视之，泰然处之，都能够时时处处，保持自己的作风和形象。最起码吧，在陈启民的眼里，作为厅局级干部的舅舅，平郡市委书记的侯再道，就是这么个样子，也应该是这么个样子。

可是这一次，陈启民却意外地，从舅舅的脸上，看到了一丝紊乱，一缕不安。所以，打从舅舅家里出来后，他的一颗心，便再也没有平静过、安生过。陈启民由衷地希望，这一切都是自己的猜想，都是自己的错觉。然而，他越是这样想，越是感到恐惧和害怕。唉，说一千道一万，错就错在自己一不小心，把孔庆雷介绍给了舅舅。如果舅舅这次，真的与他有啥牵连，真的出了什么事，也是给他这个外甥害的。

傻瓜，浑蛋！陈启民不由得骂自己，还狠狠地拍了一下脑袋。

站在一旁的水闻，本来还想跟他说一下，蓝田在电话里与他讲的，上面欲砍掉报纸刊号的事，但看他这副样子，都话到嘴边了，又咽了回去。

陈启民与孔庆雷的关系，水闻多少知道一些，但到底是怎样的一种，却又不大清楚，甚至于不甚了了。更重要的是，此刻，面对着烦躁不已的陈启民，水闻对他这个老同学，也有些把握不住了。

已经有些日子了，本来爱说爱笑的陈启民，不是满怀心事，沉默不语，便是无缘无故地发脾气；搞得报社的职工，都有些神经紧张。这且罢了，陈启民还在上期报纸的副刊上，发表了两首，明显带有破釜沉舟、背水一战意味的七言诗：

其一　塞上写意

长风北地卷龙沙，落叶纷飞到我家。
斗酒才歌塞上曲，填词又唱木兰花。
黄河夜露吞明月，阙塞晨霜吐彩霞。
更有东南飞紫雁，和云共雾满天涯。

第十八章　现在在哪里

其二　秋之声

日暮登高犹梦中，烽烟未起见刀兵。

死生本是寻常事，恨爱方为大性情。

金玉无足行大地，诗书有翼驻长空。

东方不亮西方亮，除却南山有北峰。

"朱晓宜的爱情，以及办报过程中的风风雨雨，使这么多年来，梦想成为诗人的陈启民，终于实现了自己的夙愿。只是这一点，可能连陈启民自己也不知道。"水闻寻思着，一边不由得暗暗称奇。不过，古人云，诗言志，歌咏言，声依永，律和声，从启民最近所写的诗中，不难看出，他此时的焦虑与紧张，等待与观望，乃至于失落与无奈。

水闻随即又想，以陈启民现在的心境与情绪，再讲啥刊号将被吊销的事，无疑有些不合时宜。因给人掏耳朵，需分个时间和场合，倘若在这种时候，把这个坏消息告诉他，无疑等于往火上浇油，朝伤口处撒盐。况且，这样一件大事，恐怕陈启民早就知道了，他只是担心大家恐慌，才没有说出来。

再退一步讲，有关报刊整顿的话，业界的人们一直嚷嚷不休，但时至今日，却并没有见上边，采取啥实际行动；或许这一次，也是雷声大雨点小罢了。你想呵，报纸办滥了办滥了，刊号不批了不批了，他们不是就在春上，又申请了刊号下来吗？

抑或是对自己所办的报纸，有了点儿感情，又心存几分侥幸的缘故，水闻便没把心里的话，一下子都讲出来。还有，就是那个贾麦，水闻觉得，也要找个时间，与陈启民交流一下看法。

水闻这样思忖着，刚要转身离开，陈启民把他叫住了：

"刚才，继林打来电话，叫咱俩过去，一起吃午饭。"

"这个黄总，又叫吃饭，有啥喜事吗？"

"也算是喜事吧，一处园子，给他包租下来了。"

"园子，哪个园子？"水闻忙问，嗓子眼儿有些发紧。

"就是平郡城东郊，开发区北边的那个，看上去像烂泥塘的。听说这处地方，原是何云青他们单位的……噢，不，是旅游局的。"

273

水闻听了，先是怔了一下，继而，现出一副漫不经心的样子，问："那片园子，面积可不算小，不知继林租了多少年，租金又是多少？"

"这个他没有细讲，我也没多问。"

水闻不吱声了，只一个劲儿望着陈启民。

"怎么啦？"陈启民看他木木的样子，问。

"喔，没什么。"

"你若没有别的安排，待会儿就坐我的车，咱们一起过去吧。"

水闻嘴里应着，又道那边桌子上，还有几篇急等处理的稿子，便退出来了。

水闻回到办公室，坐在桌前，拿过一篇稿子，却一个字也看不进去。

水闻曾听父亲说，水军租的园子，是黄继林的父亲，原平郡政协副主席黄飞江，费了好大的劲，才帮他们从旅游局弄过来的。父亲的话，水闻至今记忆犹新，可是怎么这会儿，这一片园子，又给他二儿子租了去呢？看来这其中，必定有啥猫腻……更叫人可气可恼的，是那个周治良，他明明将这园子，又租赁出去了，自己为此事找上门去，却一点消息都不透露，还天上地下、不着边际地，讲了那么一堆子废话。

"我靠！"水闻越想越气，越想越觉得自己很无奈，于是在心里骂了一句。骂过了，他闭上眼睛，思索了一会儿，然后，急速地在键盘上敲起来：

这一年

脱掉衣服躺在床上

闭上眼睛什么都不再想

只求在无涯的梦中搁浅

看不见风暴也听不见海浪

可笑的是那些桌椅板凳

还有已经熄灭的台灯和烟灰缸

嘀里咣啷朝一处聚来

并且很快设计出一种模样

第十八章　现在在哪里

> 这一年我从春天到夏天
>
> 不断操作和复制某个过程
>
> 企图使思想挺拔成大树
>
> 让美丽的果实随风飘扬
>
> 岂料业已成熟的枝头
>
> 结满了叽叽喳喳的麻雀
>
> ……

水闻一口气写毕，刚想给家里打个电话，电话铃响了。

水闻接了，听是母亲。

"大小子呀，不好了啊，你弟媳吴楠要自杀……"母亲带着哭腔，语不成调地说。

水闻听了，惊出一身冷汗，忙叫母亲不要着急，有话慢慢讲。

母亲顿一刻，抖抖索索地说：吴楠喝安定片这事，已经过去有一个时辰了，是邻居们帮着她，将吴楠送到了医院；经大夫抢救，总算脱离了危险；现在，已在自家床上歇着啦……

听到吴楠还活着，没闹出人命，水闻方才平静了些。他偏着头想一下，嘱咐母亲，这事暂不要跟水军讲，他正在园子里忙着。

母亲回说，她知道二小子有事烦着，才要了他这个大儿子的电话。

"我靠！"水闻收了电话，又骂了一句，且骂出了声。

办公室里，罗棋、邓眠两个人，都惊讶地望着他。

水闻却是心急火燎的，一点儿都未察觉自己所爆的粗口。他匆忙出了门，跨上自行车，往平郡一小赶。

此时，李雨在办公室里，面朝窗子，望着空旷的操场，一个人想心事。学校免去李雨的班主任职务后，由于李雨"对自己所犯的错误，思想态度不端正，缺乏起码的认识，以至于连份检查都不写"，遂又对她进行了"停职反省"的处理。

刚才，校长付士君打来电话，要李雨下午一上班，到他办公室去一下，说有要事跟她谈。难道为这桩事，他们闹成这样，仍不肯罢休，还要我下岗乃至离职不成？李雨想到此，急出了一身冷汗。也就在此时此刻，她才深切地感到，自己的这码子事非同小可，绝不能再等闲视之、听之任之了。

"作为一名教师，我这么多年来，做人做事堂堂正正、光明磊落，并没有对不起党和人民的地方，更没有干什么违法乱纪的事，他们凭啥这样对待我？倒是我自己，虽然势单力薄，受到了不公正的待遇，甚至于说是屈辱，却绝不能就此沉沦下去，羔羊一般任人宰割。我一定要坚强起来，继续斗争下去……不知今天下午，付校长找我会谈些什么；如果我们学校，一味坚持这种错误的做法，仍然要我待岗，要我做检查，我就立刻再去政协，逐一找主席、副主席，进一步向领导反映，我现在的真实情况和实际处境……"

李雨正这么寻思着，水闻推门走了进来。

"李雨，你抓紧时间，到母亲那里去一趟，"水闻道。

"看你匆忙的样子，是有狼在追着吗？"李雨道，要他坐在椅子上，自己起身去倒水，"去做什么？我还有课哩。"

水闻咬咬嘴唇，压低声音，将吴楠喝药的事讲了。

李雨捂住嘴，轻轻啊了一声，尔后，便紧着拾掇了桌上的课本，背起了包。

"反正这光景，吴楠已经脱离了危险，我看你就别过去了，省得她见了你这个大伯子，脸上挂不住。"李雨说，顺着楼梯，前面噔噔地走。

水闻没吱声，心里仍在生着吴楠的气。

到了院子里，李雨朝他摆摆手，骑车走了。水闻望着她的背影，正不知往哪里去，手机叫了起来。

水闻心里，禁不住有些发慌。他想到了贾麦，想到了先前的日子，和贾麦在一起的情景。

水闻摸出手机，小心地看了，见是一条短信，维象给他的：

"今天下午五点半，我在红马篷等你，不见不散。"

又是一档子麻烦事。水闻想到上次在芳草地村，他们在一起时，维象那双充满哀怨的眼睛，不禁苦笑了一下。

第十八章　现在在哪里

诉衷情·七夕之殇

人间天上有情人，今日再相逢。牛郎白发千丈，织女泪
成星。　　风雨夜，鹊搭桥，路难平。一年一度，生死之约，
爱恨无穷。

水闻站在那里，默默吟罢了这首词，仰天长叹了一口气，推着车子，出了
一小的大门。

水闻来到街上，漫无目的地朝前走着，在郊外一条新街处，他下意识地停
下了脚步。

这里，是一个偌大的工地，到处堆放着沙石、钢筋和水泥；那些陈旧的房
舍和设施，正一间间地被拆除着，而与此同时，新盖的高楼、厂房，也在一处
处地崛起。

水闻踮起脚尖，环顾四周，很快给远处的一幢大厦，吸引住了视线。

这座大楼，也许是目前的平郡，最高的一幢建筑物了。看上去，大楼马上
就要竣工了，此刻，工人们正在脚手架上，忙着装修墙壁。在西斜的阳光下，
它的浑身上下，闪耀着亮丽、时尚的色彩，流淌着清新、蓬勃的朝气。

望着这一切，水闻不禁又联想到为庆祝平郡建市十周年，徐言交代的任
务，以及文联的同事们所要编创的节目。起初，水闻以为，将本来写给谷川的
稿子，搞成平郡的晚会，纯粹是张冠李戴，拆了东墙补西墙；可是，现在他不
这样看了，并且觉得，姜还是老的辣。

的确，若不是徐言，水闻绝不会想到，自己所写的那首歌词，还可以如此
简单、便捷的处理，并且，经过一番偷梁换柱、移花接木之后，看起来还蛮像
那么回事。君若不信，就请再读一下，这首所谓的《春到平郡》:

二月里来刮春风，
春风吹到平郡城。
平郡城里喜事多，
千歌万曲唱不尽。
……

把羊赶到山上去（后记）

我在《前言》里说，《推云》从完成写作到最后发表，花了十五年时间。十五年，可是个不短的日子，人生能有几个十五年呢？因此可以说，《推云》的经历和故事，就如同我的经历和故事一样，是三天三夜也讲不完的。在此，我长话短说，只简单归纳三点：

《推云》是虚构的梦中梦

《推云》是我发表的第一部长篇小说，是我一个时期的人生感悟和生活体验，也是我的一场梦。

"搞文学艺术，本是青春期的梦，大凡年轻人都爱做的。可一般人等到天亮，梦也就醒了，你老兄倒好，眼看日头都西斜了，还在被窝里美着哩。"

以上这番话，是《推云》这部小说里，一个叫陈启民的人，对另一个叫水闻的人讲的。水闻和陈启民一样，都是虚构的人物。只是水闻有点像我，也喜欢写作，还喜好没完没了地做梦。

在现实生活中，我不仅总像生活在梦里，有时还真切地感到，自己以及自己的生活，都是虚构出来的。其实，已是耳顺之年的我，哪里不清楚不明白，梦境与现实不一样，虚构与生活是两码事呢？为此，我一方面常常失笑自己，一点不实际，天真，幼稚，爱幻想，太离谱；另一方面又为梦境和虚构，所产生的强大的吸引力、穿透力和生命力所迷惑、所震撼。

一部《推云》，不仅加深了我对人性和本能的理解，也考验了我的耐心和意志，刷新了我的追寻和梦想。

把羊赶到山上去（后记）

今后，我争取不再责备自己怪异，不再嘲笑自己爱做梦了。

《推云》是真实的灵与肉

文学源于生活。由于我长期在文联和报社工作，当过秘书、记者、编辑和创作员，对宣传思想文化战线的人与事十分了解和熟悉，颇有老马识途、轻车熟路的意味，所以在写《推云》前，我连个提纲也没列，还是写得挺快、挺顺手、挺痛快。写得快、写得顺手、写得痛快是好事，但并不能说明就写得好、写得真实、写得生动和形象。因而小说完成后，我每读一遍，每改一次，都要认真地审查和检验它，看它是不是做到了"三个坚持"。即：坚持深入生活、扎根人民的宗旨；坚持走民族化、大众化和中国化的路子；坚持不求数量多，但求质量高的标准。这"三个坚持"，也是我从事文学创作以来，自己给自己规定的原则和标准。

在创作《推云》的过程中，我除了在语言、环境、结构、细节等方面狠下功夫外，还将"编造"一个以假乱真、引人入胜的故事，塑造一群有血有肉、跃然纸上的人物，列为了"打拼"的出发点、落脚点和突破点。瞄准了这三点，我便依据人物的性格和命运，来推进故事的发生和发展，反过来，又借助故事来表现人物、塑造典型。我力求在故事情节闪亮出彩、好看耐读的同时，使书中那几十号人物，尤其是那几个主要人物——水闸、陈启民、申有余、李雨、吴楠、水军、何云青、朱晓宜等，让读者感受到他们的呼吸和心跳，让读者能够一伸手，就可以触摸到他们的五官和四肢，乃至皱纹和毛孔，以最终达到栩栩如生、呼之欲出的效果，实现生活真实和艺术真实的有机统一。

我这样说，是王婆卖瓜，自卖自夸，且有几分又犯了痴呆的嫌疑。《推云》究竟是个什么样子，还有待广大读者裁判和评定。

《推云》是历经坎坷的幸运儿

我前面讲过，《推云》从构思到脱稿，大概用了一年的时间（这期间，我还断断续续上着班）。但没有人知道，我修改它付出的劳动和汗水，远远超过了初创消耗的时间和精力。十五年来，我只要一有时间，就增删、修改《推云》，将它从最初的三十多万字，压缩到了十几万字，又从十几万字，扩展到了二十多万字。所谓十年磨一剑。现在大家所看到的《推云》，说是我十余年呕心沥血、数易其稿的产物，也不为过。

在我们内蒙古老家，有一句俗话，叫"有羊不怕赶不到山上"。如今，我把它拿来用在《推云》身上，觉得很适当、很贴切。为了将《推云》这只"羊"赶到"山上"，我用了十几年的工夫。时至今日，我已记不清给多少家杂志、出版社投过《推云》了。不夸张地说，今天的《推云》，已经周游了大半个中国。

老实讲，对于《推云》产生后所面临的一次又一次的失败，我事先虽然早有预料，早有思想准备，但事到临头，还是感到有些气馁，有些沮丧。我相信"柳暗花明又一村"，却不相信"天上掉下个林妹妹"。所以有时候，我甚至打算就此搁笔，再也不写什么小说了。然而，让我没有想到的是，在这个春暖花开的季节，终于为这个"养在深闺人未识"的"女儿"，找到了"婆家"，找到了生命所依……我可以歇一口气，安下心来，继续写我的东西了。

读者朋友，我还想强调的是，《推云》毕竟是小说，请不要对号入座，自寻烦恼。

孙世平

2022 年 3 月 25 日于北京